U0068588

澳洲牧羊記

沈志敏

小說散文選

自序

赴澳三十年，創作文學作品超過百篇，疫情期間，整理舊作，從中選出小說散文三十多篇，其中包括〈變色湖〉、〈澳洲牧羊記〉、〈假如我活一萬歲〉，等獲獎小說散文十篇，此外還有〈與袋鼠搏擊〉、〈悉尼第一刀〉、〈戰勝Casino〉等在澳華文壇上產生過一定影響的作品。

時光如箭飛逝，回頭再來閱讀這些作品，依然感到親切如初，歷久彌新，嚼之有味，思之底蘊綿綿。其中主要描繪的是二十世紀末，四萬赴澳華人走過歲月的痕跡，有他們在這塊新大陸上酸甜苦辣的感受，也有苦中作樂的生活果汁，更有在貼近的生活中，對異國他鄉產生的許多無法替代的經驗認知。這一切似乎都在南十字星空下，融化為燦爛多姿的圖景和豐富多彩的情感；這是華人跨入澳大利亞的腳步，也是人生探索奮鬥的故事。

——沈志敏

CONTENTS

輯二 散文

輯三　評論

輯一

小說

1　薄餅烤肉店

一

把一大片一大片浸過漬料的羊肉或雞肉，串在一根閃亮的不鏽鋼鋼棍上，鋼棍插在轉動的烤肉機底座上，背後是上中下三層火紅的電熱絲烤爐，兩旁兩塊扇形的鋼板用以遮熱。瞧著整個肉坨子隨著鋼棍不停地轉動，肉一點一點地由外朝裡烤熱烤熟，烤肉的成色越來越滋潤，油光閃亮，香氣撲鼻，使人垂涎欲滴，就像那句話說的一樣：「引死人！」

這種烤肉法和華人小家子器的烤羊肉串不同，雍容豪爽，顯得更加大器，頗有中世紀歐洲的貴族風度。卻說那根串肉用的大鋼棍和中國人烤肉用的小鋼條和小鐵絲就不可同日而語，這根大鋼棍抽出來有將近一公尺，就像古代武士用的鋼劍，絕對可以用來做貴族或騎士之間的決鬥。其形狀如下：

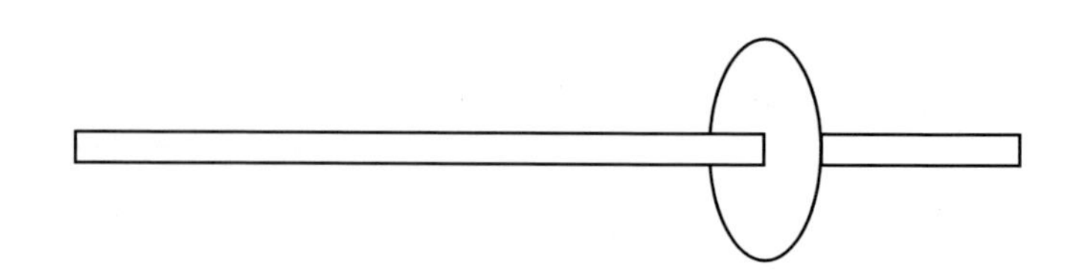

肉烤熟後，削肉的刀具也很特別，是用一種鋸齒形的電動刀，又俐落又科學，切下一片片烤肉，放在一張大薄餅中間，加上生菜沙拉和各種調料等等，一捲上，有點像中國的大蔥捲餅，但那檔次和級別應該和中國的烤鴨捲餅不相上下。

這種薄餅捲烤肉的名字叫「蘇不拉底」，我總是把它和古希臘的哲學家蘇格拉底的名字聯想在一起，所以很好記。蘇格拉底是否吃過「蘇不拉底」就無法考證了。據說製造這種捲餅的方法最早應該起源於中東地區，就是現在巴勒斯坦和以色列打仗的那個地方，也是阿里巴巴叫喊「芝麻開門的地方」，也就是上帝的兒子耶穌和穆斯林的先知默罕默德出生的地方，有這麼多聖賢誕生在那裡，那裡就一直很熱鬧……

穆沙就是從那塊芝麻開門土地上出來的人，他是我們烤肉店的大師傅，他會製作各種沙拉和各種調料，再用調料醃製雞肉、羊肉，幹活又快又好。穆哈一週掙一千元現金，一週幹七天，四天上午班，三天下午班，一年三百六十五天，天天在幹活。而我的工資連他的一半也不到，說不嫉妒不眼紅是不真實的。所以我只能忍辱負重，洗刷沉重的烤肉機和鋼鍋鐵盤，誰讓我沒有那手絕活呢，誰讓我的爸爸不是阿里巴巴呢？

穆沙還是一個虔誠的伊斯蘭教徒，齋食節那天，他只幹活不吃飯，連水也不喝一口。我呢，故意在邊上咂巴咂巴地咬著薄餅烤羊肉，咬得滿嘴噴香。他的心一點也不為所動，用以前那句話說就是「靠自覺」。我對穆沙說：「真主又沒有看著你，假正經幹什麼。」他聲色俱厲地說：「住嘴。」然後他又從收銀機裡拿出一些金燦燦的硬幣，態度和藹地讓我到隔壁香煙店去買一包香煙。

他從收銀機裡拿硬幣的時候，我總是轉過頭去，雖然黎巴嫩老闆對我和穆沙都關照過，要特別注意那個收銀機，其實那意思就是讓我和穆沙相互監視。我又不是老闆的狗腿子，何況買來的煙，我總是先拆開盒，嘴上叼上一支煙，走回店裡，穆沙對此也沒有什麼意見。穆沙抽煙的時候，只要瞧見我在邊上，總要問我要不要也來一支，就像中國的哥們相互蹭煙。

除了抽煙之外，吃的、喝的店裡都有，不用花錢。穆沙酷愛喝咖啡，我喜歡擠一杯新鮮的果汁。然後我倆就坐在門口太陽傘下的小桌邊，抽著、喝著談女人。兩個男人談起女人是不分國界的，穆沙還吹噓他對女人是如何如何地有吸引力。他的眼光不停地瞟著街上走來走去的女人，嘴上嚷著「Nice，Nice」，好像全世界的女人全都是美女。從此可以看出，我倆的關係是挺融洽的，要不是發生了那兩件事……

二

第一件事，就是舉世聞名的「九一一」事件。那天晚上所有的電視頻道裡都是美國兩幢摩天大樓在燃燒，想看點別的玩意兒也沒有。

第二天，我一到店裡就準備和穆沙吹噓這件頭等大事：「穆沙，阿美里加的摩天大樓……」

我的話剛說半句，穆沙就臉紅脖子粗地搶上來說：「這件事是你們中國人幹的。」

我聽了很不滿，問：「為什麼，你有什麼根據？」

「上次美國佬炸了你們南斯拉夫領事館，你們中國人就去美國燒大樓，就這麼回事。」他還振振有詞。

我想告訴他，我們中國人沒有膽量去美國炸大樓，我們中國的壞人最多在自己的領土上炸幾幢小小的居民樓。但這話我沒法說出口，只能洗耳恭聽穆沙滔滔不絕的宏論。他說美國佬也不是什麼好東西，在他的家鄉中東地區老是折騰，現在還沒有折騰完。穆沙大概是以什麼巴勒斯坦難民的身分來澳洲定居的，說這話，我表示同情和理解。不過，這話也引起了我的警惕。

那時候全世界都在傳說賓拉登的基地組織和恐怖主義。我們烤肉店附近住著不少猶太人，他們都是店裡的常客。雖然巴勒斯坦人和猶太人是仇人，但他們都喜歡吃薄餅烤羊肉，那是一致的。就在那一階段，我發現穆沙幹活的時候總是想入非非的樣子，煙也抽得特別凶，以前每天從收銀機裡拿一次硬幣，現在改拿兩次。還有，我們店堂裡老鼠橫行，買老鼠藥是輪公斤秤的，那種老鼠藥一粒一粒就像是綠色的爆米花，很好看，也一定好吃，不然老鼠不會一吃就是一大堆，可是吃掉了這麼多，老鼠也沒有見少，而且也沒有發現什麼死老鼠。我就告訴穆沙說：我們中國有一種老鼠藥效果特好，名叫「一步倒」，不管是鼠是人，吃了以後一步就倒下。穆沙聽了很有興趣，問我容不容易搞到手。我說：「這又不是什麼毒品，在中國商店裡到處都有賣。」以後，穆沙又多次提起過「一步倒」等等。

此刻，把這些跡象都聯繫起來，我就像那個比利時大偵探波羅一樣，推理出一個一個的「假如」。假如穆沙是恐怖主義分子，他根本不用去放炸彈，他只要在加工雞羊肉時摻進一些「一步倒」之類，摻在沙拉和調料裡效果更佳。那麼，愛麗文地區那些特愛吃薄餅烤肉的猶太人就會有一半倒在門口的國王街上，那不成了奧斯維辛大屠殺了。我還想到，假如我不是猶太人，我吃了薄餅烤肉，我的腸胃和猶太人的腸胃也沒有什麼兩樣，不同的是，我是在洗鐵盤子的時候，腳一軟倒在店堂裡。這就看穆沙哪天心血來潮，在食品裡摻上一把了……

為了防止恐怖主義，那個階段可把我的腸胃搞慘了。每天我都帶著熟泡麵和袋裝榨菜，在一個大碗裡放進半碗白水一塊泡麵，在微波爐裡轉十分鐘，鼓搗一些榨菜進碗，就能湊合一頓了。當我吃完了康師傅牛肉麵、海鮮麵、香辣麵、排骨麵，用手指點一點一共有十個紙箱，雖然麵條裡沒有一點肉絲兒，我卻在想，康師傅怎麼也不製作一點羊肉麵？很顯然，在我的潛意識裡面是薄餅烤羊肉在作怪。那時候，我的體重因為熟泡麵和袋裝榨菜的原因，已經減去了十幾斤，身心乏力，端著鐵盤子兩條腿直哆嗦。

於是我就開始反思，直到現在店門口的國王街上都好好的，沒有倒下過一個人，地區的政府部門還來了表揚信，表揚我們店裡衛生搞得好，我想老鼠一定是跑到隔壁新開張的「屁猜店」裡去了，四周的先生太太等廣大群眾都說我們店裡的薄餅烤肉做得好吃，比隔壁店裡的「屁猜」好吃一百倍，可見人的口味和老鼠的口味就是不一樣。於是店裡的生意越來越火紅，害得穆沙和我連抽煙談女人的時間都沒有。

看來恐怖主義的風波已經過去，我又恢復了吃薄餅烤肉的習慣，而且吃得更加狠，薄餅裡捲的羊肉多了一倍，我也和穆沙和好如初。

三

第二件事，自然為了女人，不然為什麼叫「飲食男女」呢？確切地說，應該是穆沙為了女人，反正和我也有一點關係。

剛才不是說穆沙上四個上午班、三個下午班，下午班是指下午二點至晚上十點那個班頭，那麼另外四個下午班，就是我和阿曼達搭檔。阿曼達是一個頗有幾分姿色的女人，她的老家在印度，現在大家都知道印度是出美女的地方，世界選美小姐的冠軍、亞軍老是出在印度。後來阿曼達又去了南非，在南非她養了一個兒子，兒子現在已經有十二歲了，而阿曼達現在才只有二十八歲。說起兒子，她就有點動情，好像眼淚要掉下來的樣子，顯得很嫵媚，很溫柔，很有女人味。她每月掙到錢，就買東西寄給南非的兒子。她在南非是否有老公，她總是含含糊糊地不說清楚。

她來到澳大利亞是花了一萬美金，辦理假結婚來的。我們中國人辦假結婚聽說要價是四至五萬澳幣，可見要價太高了一些。不過話又說回來，一分價錢一分貨，阿曼達那份貨就不怎麼樣——我指的是她的那個假老公，一個金頭髮的酒鬼，他沒有工作，領一份政府的救濟金，現在加上拿了阿曼達的那份錢，酒就喝得更凶了。阿曼達沒有膽量和他住在一個屋子裡，就在外面租房子住。她的假老公每週去她那兒一次，來拿阿曼達的內褲，並且把自己的內褲交給阿曼達。拿走內褲的時候，他總是把阿曼達的內褲在鼻子前面嗅嗅，然後對她擠眉弄眼，手上還握著酒瓶子。我勸阿曼達：「你就別理他了，這種變態佬。」阿曼達傷感地回答：「不理他行嗎？」這時候，我也有點傷感。

不過，這種事情移民局的官員和我們平常人的想法就不一樣，他們從來不傷感。現在移民局對假結婚的事管得很嚴，過十天半月，就會把夫婦倆招去問話，提的問題千奇百怪，有的問題可以唬弄過去，有的問題就無法混蒙過關了，其中有一個關鍵問題就是：她或者是他這星期穿的是什麼內褲？

阿曼達將內褲之類的事也告訴了我，說我和她一點關係也沒有，別人也不會相信。但我堅持認為，主要的還是穆沙和阿曼達的關係。穆沙說起阿曼達的時候，眉飛色舞，說總有一天要娶阿曼達做老婆。我說：「穆沙你不是已經有老婆了嗎？」他說：「按照我們的風俗，我能娶四個老婆。」我又說：「按照澳洲法律，一夫一妻，你現在人在澳洲。」他說可以慢慢想辦法，一副充滿把握的樣子。我繼續說：「可是人家阿曼達已經有老公了。」我這裡是一語雙關，指的是她的假老公和在南非的那個影子般的老公。

穆沙說：「這都是假的。」他還驕傲地告訴我，那次他躺在阿曼達的床上，瞧見阿曼達的那個假老公握著酒瓶子進屋耍酒瘋，他從床上爬起來，對著那個酒鬼就是一頓老拳，差點把那個變態佬揍遍了。

後來我問阿曼達是否有這回事，特別是穆沙躺在床上又從床上爬起來那一段。阿曼達第一次回答是打哈哈，第二次回答，說穆沙這個人喜歡吹牛。我也知道穆沙喜歡吹牛，特別是在女人的事情上，所以我就更難辨真假了。

追求阿曼達的何止穆沙一個，還有老瑞爾。老瑞爾是蘇格蘭來的移民，他總是騎著自行車來我們店裡，頭上戴著一個漂亮的頭盔，那模樣像個古代的將軍。他從來不吃薄餅烤肉，他喜歡吃麥苗，就是那種種在盤子裡的像青草似的麥苗，用刀割下一把，放在絞汁機裡絞出一小杯麥苗汁，那只杯子小得就像中國喝白酒的酒盅，這一小盅就是二元錢，他還要一大瓶蘇打水三元錢，麥苗汁滲在蘇打水裡一起喝。他說喝這個是世界上營養最好的，每天喝能煥發青春，返老還童。老瑞爾經常對阿曼達說，他現在沒有老婆，單身一人，自己還年輕，各方面的能力都很強。他還告訴阿曼達，他在銀行裡存有五萬澳幣，讓阿曼達不要傳出去，如果政府知道了就會停發他的老人金。不過，阿曼達如果願意嫁給他，阿曼達就可以和他分享那五萬澳幣。阿曼達說：「我已經結婚了。」老瑞爾好像也不在乎，也許他也知道阿曼達假結婚的事，所以他仍然鍥而不舍，天天晚上來店裡喝蘇打水滲麥苗汁，風雨無阻。阿曼達也熱情接待他，陪他說幾句好聽話。阿曼達把這些都告訴了我，所以我一點也不把老瑞爾當作一回事。

賽布爾和賽濟姆這對猶太老哥倆對阿曼達也有點意思，他倆一進門就高喊「阿曼達」的芳名，坐定後，又是要薄餅烤肉捲，又是拿飲料，吃吃喝喝，然後各來一份甜點（穆巳精心烘烤出來的那種奶油小甜餅），最後還要吃水果、喝咖啡，是兩位「消費碼子」。他倆都是有家有室事業有成的人，一個在皇后街上開著珠寶店，另一個在國王街上開著皮貨鋪。兩個人吃喝過程長達二三個小時，在此期間，他倆就要說些輕佻話，挑逗阿曼達。阿曼達也會打情罵俏地和他倆說幾句。對於這些在我眼前晃來晃去的鏡頭，我肚子裡有點氣，如果我是老闆，我一定把那兩個傢伙轟出去，他倆花再多的錢也沒用。

不過，黎巴嫩老闆和我的看法截然不同，他對於阿曼達能夠以嫵媚的形象來吸引客人是很高興的。他對阿曼達也特別關心，還給阿曼達加了工資，卻從來沒有想到過給我加工資。他來店裡的時候，老闆娘總是跟在身後，當老闆和阿曼達靠得比較近的時候，老闆娘鼻子裡就會發出哼哼的聲音，所以老闆沒戲。

當晚上輪到穆沙站櫃台的時候，店堂裡就會清淨了許多，老瑞爾不來，猶太哥倆不來，老闆也不來。所以穆沙和我能抽掉一包煙。

其實，追求羨慕阿曼達的男人，或者說想吃她豆腐的男人，遠不止這些。舉個例子吧，阿曼達晚上下班回家，不坐火車也不坐巴士，而是叫出租車。起初我不明白，我問她：「你掙了多少錢啊？每晚要坐出租車回家。」她說坐出租車不花錢，司機是她的朋友。我說：「是朋友也不能每晚來接你啊，他不要拉客做生意了？」阿曼達說，她又不是專門叫一輛車，她先打電話，哪一輛車空著就叫那一輛，隨便哪一輛都行，她那口氣就像一個女皇。反正電話機掛在牆上，電話費是老闆付的，就憑阿曼達吸引客人那幾招，多打幾個電話也是應該的。

以後我發現，經常有一些皮膚棕黑色的人士在烤肉店裡轉來轉去，有的喝一杯咖啡，有的喝一杯飲料，他們都比較年輕，充滿活力，阿曼達和他們說說笑笑，還經常你擰我一把，我摸你一下，有時候阿曼達還塞一些食品給他們，也沒有見她收錢。我有苦說不出，又不敢發作，只能睜一眼閉一眼，我從睜開的那隻眼睛看到，他們一來，門口的道上就會停著一輛輛米黃色的出租車，我這才知道他們都是出租車司機。

我心懷不滿，怒目圓睜地質問阿曼達：「難道墨爾本的一半出租車司機都是你的男朋友。」

她也不反駁，嘿嘿地一笑，她說在她十二歲的時候，就有男人為她打架決鬥。據我知道，印度男人是不會為爭女人決鬥的，南非的男人如何我就不清楚了。還有一個問題，我對阿曼達提出來：「在你十二歲的時候，你究竟是在印度還是在南非？」

阿曼達洋洋得意地說：「你嫉妒了吧。我還以為中國男人只會存錢不會嫉妒呢？」她說的嫉妒就是吃醋的意思。因為英文中吃醋的意思就是把醋喝下去，絕對和中國話的意思拌不到一塊。

那個晚上十點下班的時候，阿曼達沒有打電話通知出租車司機，她要求我開車送她回家，儘管我那輛車又破又舊。不僅如此，這個晚上更驚心動魄的事情發生了。以前下班時，阿曼達換衣服都躲進廁所，關上門。這個晚上，她換衣服的時候竟然當著我的面，脫下工作衣時，裡面沒有內衣，只有一個胸罩裹著兩個晃動的肉團團，看得我兩眼發直。她脫下工作褲換裙子的時候，更讓我目瞪口呆，就差沒有流下口水，她那豐滿的屁股上只有巴掌大小的一塊褲衩，明眼人一看就知道，該幹什麼幹什麼，是男人都得血脈賁張。我的雙手顫顫抖抖地在她上面和下面豐滿的部位各碰了一下。

阿曼達「格格格」地笑了起來，笑得又清脆又放浪，她那對大眼睛含情脈脈地瞧著我說：「想不想讓我替你生一個兒子？」

這一句話一下子使我警惕起來，要知道我們是從那個時代過來的人，警惕性是很高的，人一警惕就會冷靜下來，就會沒有熱情，剛點燃起來的欲火就像被澆上一盆冷水。就在這一刻，我把阿曼達看成書裡描寫的色情間諜，看成是把革命幹部拉下水的像蛇一樣的美女等等，儘管我只是一個洗盤子的雜工。

我想，雖然我從來沒有在阿曼達面前提起過有多少存款。但阿曼達好像說過這樣的話：「你們中國人最會存錢了，你的存款一定比老瑞爾還多。」她還曾經讓我把我的澳洲護照帶去讓她瞧瞧，她瞧著護照很動情地說：「我能拿到這張護照就好了。」現在她又說要為我養一個兒子。把這些跡象聯繫起來分析，我感到她居心叵測。如果我真的在她肚子裡種出一個兒子來，那個兒子到底屬於誰的？她那個酒鬼假丈夫是否會來和我拚命，她在南非的那個影子丈夫又該如何？種種顧慮就像魔鬼似的，在我的本能和理智間進行鬥爭——用「鬥爭」這個詞是不恰當的，應該用中國那句俗話：「又想吃羊肉，又怕惹得一身羊騷臭。」

我一邊考慮著一邊替阿曼達穿上衣服，嘴上還假惺惺地說：「當心著涼。」我還得把她送回家去，雖然我的住處和她的住處是截然不同的兩個方向。

當我駕著破車把阿曼達送到她的樓下，她問我要不要上樓喝一杯咖啡。我說：「你知道我只喝果汁不喝咖啡，喝了咖啡，我一個晚上都睡不著覺。」她說，睡不著沒關係，她可以陪我，她明天上的是下午班。於是，我更看出她的居心不良，她為了養個孩子，準備和我折騰一夜。我說我晚上還有約會。夜裡十一點鐘還說有約會純粹是「搗漿糊」，其實我是想趕回去，躺在床上看漂亮的七仙姑手握峨眉飛刀和英俊的大俠提著武當劍幽會的那一章，我對武俠書很入迷。眼前的阿曼達狠狠地盯了我一眼，失望地走上樓去。我還在後面說：「親愛的，慢走。」

其實當晚，我捧著武打書，左看右看，七仙姑怎麼成了阿曼達，她那豐腴的身材老是在我眼前晃動，搞得我把武打書看成豔情小說，我不得不扔下手裡的書，鄭重地考慮起我和阿曼達到底有沒有關係？

四

我把方方面面都考慮到了，就是沒有考慮到穆沙會找到我頭上，我晚上送阿曼達回家，她要和我生一個孩子等等，這些子虛烏有的事，不知怎地會傳進好戰分子穆沙的耳朵裡。幾天後的一個傍晚，又是我和阿曼達搭檔，我捏著她的手，正在給她看紋路算命，穆沙衝了進來，他當然不懂什麼手相紋路，一把把我拉到店堂後面，氣勢洶洶地責問我：「你他媽的竟敢搞我的女人？」

「他媽的，阿曼達什麼時候成了你的女人？」說這話時我在想，阿曼達也不是我的女人，不過我有條件把她搞成我的女人，但我沒有搞。我是看不慣穆沙盛氣凌人的樣子。雖然我倆自從「九一一」事件後有了隔閡，但已冰釋前嫌，和好如初。現在為了一個女人，好像比那次炸大樓的事情更有爆炸性。

當時，我倆的口舌戰中究竟用了哪些罵人語言，我已經記不清楚了，反正隨著舌戰升級，我倆都劍拔弩張，進入文攻武衛的階段。我威脅穆沙說：「以前，我當過兵，在解放軍的射擊比賽中，百發百中，要不是機遇不好，真說不定會去奧運會摘金牌。」

「摘金牌有什麼鳥用，我在法赫塔游擊隊裡，還殺過人呢。」他的話不知是不是吹牛。

我說：「你這是恐怖主義。」

以下發生的事就更加恐怖了。在我倆推推搡搡時，穆沙突然一步跳出圈外，猛地從架子上拿下一根不鏽鋼烤肉棍，我也不甘示弱，一個箭步衝上去，從架子上抽出另一根。於是，我倆開始乒乒乓乓地決鬥，那根鋼棍握在我的手中，腦海裡儘量想著峨眉飛刀和武當劍之類，該使用八卦招還是龍門招，把那根鋼棍舞得虎虎生風。對面穆沙也一定看過西部俠客佐羅的影片，那幾招頗得西洋劍術之精妙，我倆是劍逢對手，劍頭和劍頭碰在一起閃出火光。

就在這個時候，阿曼達出現了，瞧著兩個大男人的格鬥場面，她一點也不感到害怕，反而幸災樂禍，臉上浮起妖媚的笑容，滿臉生輝，一副心花怒放的樣子。「外面有客人，我等會再來看。」她又拔腿去前面店堂。

我和穆沙手上的鋼棍揮舞得更加來勁，我倆上躥下跳，屋子裡只看見銀光閃閃，刀光劍影像流星般地在空中旋轉。雖然我倆還沒有擊到對方的要害處，卻已把四周疊起的食品盒子、掛著的香料口袋，打翻刺穿，搞得空氣中飄溢著一股兒香甜甜的味道。

打鬥了十幾分鐘，雙方都有點手腳疲軟，氣喘吁吁，再說那根鋼棍份量也不輕，得有二三公斤，兩個人握鋼棍的手都在朝下垂。我知道，我和穆沙兩人都在等待，等待那阿曼達進來觀戰，只要她出現，我倆肯定會勁道倍增，再戰幾十個回合也沒有問題。可是等著等著，我和穆沙手上的鋼棍越揮越無力，越刺越沒勁，就像小孩子在玩家家。此時，還不見阿曼達露臉，難道外面生意真的那麼忙？

就在這時候，戴著頭盔的老瑞爾興沖沖跑進來，我想：「這下可好了，又來了一位決鬥的大將軍。」

老瑞爾雙目怒睜，大喝道：「你們在這兒搞什麼鬼？阿曼達被人抓起來了。」

我和穆沙一聽此話，「哐噹」扔下手中的鋼棍，衝了出去。

店堂裡有五六個穿清一色西裝制服的大漢，正要把阿曼達帶走。穆沙瞧著這光景，想衝上去，又有一點害怕，我瞧他那熊樣，只能硬著頭皮走上前去問道：「這是怎麼回事？」

其中一位大漢從西服口袋裡摸出派司說：「我們是移民局的，有人舉報，這位女士搞假結婚，我們要帶她到移民局去查問。你是這兒的老闆嗎？」

我又不是老闆，我是老闆又能怎麼樣？我只能眼睜睜地瞧著他們把阿曼達帶走。對這些傢伙，我又無法拿著不鏽鋼棍和他們決鬥。

後來才知道，事情出在阿曼達的那個假老公身上，他酒喝多了，錢也花完了，在外面到處嚷嚷他和阿曼達假結婚的事，這些事就傳到移民局探子的耳朵裡。我責怪穆沙說：「肯定是你把阿曼達的假老公揍狠了，才惹出這等鳥事來。」穆沙攤開雙手一副有苦說不出的樣子。

自從阿曼達離開了薄餅烤肉店，店裡的生意清淡了許多。老瑞爾再也不來喝蘇打水摻麥苗汁了，他去了對面的喬治果汁店喝豆芽汁，據說果汁店裡有一個新來的俄羅斯妹。那猶太哥倆的影子也瞧不見了。也再沒有出租車停在路旁的景觀。而我呢，嚼著薄餅烤肉捲，味道也大不如從前了，是穆沙的手藝退化了呢，還是其他什麼原因，我也說不清楚。

（原載於澳洲《大洋時報》2004年9月23日及《澳洲日報》等）

2　與袋鼠搏擊

一

「哐噹」一聲，那塊幾米長的鋼板軋成鐵路邊上的護欄，一塊又一塊，一天到晚，我和朗寧不知要軋完多少噸鋼板。大個子朗寧是我的搭檔，身高一米八十五釐米，腰圍粗得像鐵筒，體重足有一百四十公斤，比我重一倍。他最大的樂趣就是在我面前出風頭，照上海話說是「扎台型」。這會兒他拽起衣袖，說他胳膊上隆起的肌肉能將我的腦袋也撞碎，於是他兩個麵包似的拳頭比劃著，說他的拳術是澳大利亞第一名。

「阿里、泰森，哪個是你們澳大利亞拳擊手。澳大利亞只生產袋鼠，個子大，沒用。」我譏諷道。

「你們中國人膽小得像老鼠，才不會有拳擊手呢。」

「誰說沒有，我就是拳擊手，在中國學了三年拳擊，我們中國的拳擊手都是輕量級的。」

「吹牛。」他哈哈大笑，將腦袋上的金髮搖晃得像一團亂稻草。不過他還是喜歡和我談拳擊，電視上的拳賽，他每場必看，我也是每場欣賞。每當我倆在工作空隙講上一兩句的時候，那個土耳其佬，工頭艾倫就躲在邊上，用他那對陰險的眼睛看著，不一會兒他就衝著我吆喝起來，他對車間裡的亞裔工人都這樣吆喝，不過他從不敢對金髮碧眼的朗寧吆喝一聲。

「狗屎！」朗寧會大喝一聲，顯然是幫我忙。

朗寧雖然是我的朋友，還將他那輛性能很不錯的舊吉普車賤價賣給我，但他開玩笑沒有分寸，有時候還會動手動腳，出於禮儀之邦的我對此很不習慣。我已經變著法警告過他，我告訴他：剛來澳洲不久，有一天晚上我在一個車站等候汽車，兩個小流氓向我要錢，我說沒錢，他們兩個臉露凶相摩拳擦掌，而且每個都比我高出一個腦袋，我假裝害怕摸出一個破皮夾，在翻動皮夾的一剎那，我的雙拳出擊，將兩顆腦袋當作練拳用的沙袋，三秒鐘內兩張臉各挨了五拳，一個已經跪倒在地，另一個蒙著臉逃跑了。這是千真萬確的事。

朗寧把這些話當耳邊風，有一次他真的把我惹火了，兩個大拳頭不真不假地捶在我的背上，嘴裡還吐出一個個帶有侮辱性的字眼：「他媽的，中國佬，老鼠。」我也伸出兩個拳頭。其實，我心裡並不想鬧事，儘量躲避著，兩個拳頭做招架之用。

工人們都圍過來看熱鬧，朗寧發瘋似地，一對大拳頭揮來揮去，大有將我收拾一番的味道。我躲著，但鼻子還是給他擊中了一下，熱乎乎的鼻血流出來，腳一滑倒在地上。他還不肯擺手，神氣活現地叫道：「一二三四……」

我注視著他那張臉，怒火中燒，以迅雷不及掩耳的動作跳起來，同一時刻，「啪」一個由下朝上的勾拳猛敲在他的下巴上，另一個拳頭同時從左側擊到他的臉上。他捂住嘴「哦哦」直叫，當即蹲下身去，當他兩個手掌鬆開嘴巴，從嘴裡吐出一個帶血的牙齒。

第二天，廠辦公室通知我說，我被開除了。

當我拖著腳步走到廠門口時，「喂，兄弟，」朗寧叫喊著追了上來，他走到我面前，「對不起，那是工頭艾倫告發到辦公室去的。我不願意你走開，你是我的朋友。」我白了他一眼。「真的，實在對不起，中國人。」他伸出手要和我握手，我撥開他那毛茸茸的手掌，逕自走向那輛破車。

二

以後，兩個月，我到處找工，沒有找到工作，心情沮喪，錢也快花完了，每天似乎胸中窩著一把火，「此處不留爺，自有留爺處」，一怒之下，將鋪蓋行李朝破車裡一扔。

離開悉尼時已經入夜，我將車停留在一個高坡上，回首眺望燈火燦爛的城市，又瞧瞧朗寧賣給我的這輛破車，想起他在我鼻子上的一拳和我在他嘴巴上的一拳，更想起我遠涉重洋時候的許多辛酸之事，不禁鼻子一酸，兩滴眼淚從眼眶裡湧出來。一陣轟鳴聲從頭頂掠過，不用分辨我就知道，這是一架康塔斯公司的飛機，明淨的月光下，果然機尾上的袋鼠圖案還依稀可見，和我赴澳時坐的飛機一模一樣。哦，一個到處有袋鼠的國家。

第二天的下午，我的車駛入荒山野嶺，公路上幾乎沒有其他車輛。就在這時候，我瞧見前面公路上有一堆異樣的東西，駛近一看，是一頭袋鼠躺在地上。我打開車門走出去，看見地上到處是血漿，那隻大袋鼠的四肢在一抽一抽地做垂死掙扎，牠胸前的口袋裡有一隻小袋鼠，可憐的小腦袋下垂，已經死了，死得像睡著一般。在這片荒蕪的地方找不到電話，我無計可施，也沒有辦法挽救牠們的生命。

那隻袋鼠以淒慘的眼光和我對視著，最後牠抽了一下腿，閉上眼睛，我默默地站立了一分鐘，邁入汽車。

車輪在那片血漿地上駛過，我發現叢林邊還有一隻活的袋鼠，牠個子不大，卻非常靈活，我慢慢駛過去，牠眼珠兒溜溜地一轉，跳進樹叢。

前面哪個冒失鬼駕車撞死了袋鼠，看來這兒是袋鼠出沒的地區，開車要異常小心。

入夜，當我的車轉入前面一個彎道，車頭燈照出一個大袋鼠，牠臉對著我，一動不動，我急忙剎住車，鳴響喇叭，想讓牠走開；牠沒有走開，我打亮大光燈，牠卻像磐石般一動不動。我看清楚了，這隻袋鼠和那隻被撞死的袋鼠一樣大，看上去更加孔武有力。牠和我的車足足對峙了三分鐘，仍然沒有走開的意思。我轉動方向盤，打算從牠身邊慢慢地繞過去，牠卻「噗」地跳過來，又攔在我的車前，我傻眼了，「這是什麼意思，這傢伙腦子有病。」

打開車門，我跨下車，準備趕牠走開。牠卻猛然撲跳過來，揮動兩個前爪朝我襲來。

「不好，不會是碰上朗寧的化身吧？」我急忙圍著車轉避退讓。那個大袋鼠卻寸步不讓地繞著追我，繞了五六圈，我有點氣乏，牠卻越追越猛，一對前爪幾次伸近我的臉，有一次抓住我的衣領撕下一塊。「砰」地一下捶到了我的背上，我一個踉蹌差一點倒下，沒料到牠的拳爪這等有力。

如此折騰下去，我必定會倒在牠的手下，我不能只有招架之功而無還手之力，如同上次對付朗寧一樣，我的兩個拳頭也開始揮動。雖然我的出手很快，有招有式，但那袋鼠是一個天生的拳擊家，牠的出拳規則是牠的本能，當牠的拳爪和我的拳頭相碰時，雙方都感到對手的份量。不過牠的跳躍迅速有力，每跳一下，我必須眼明手快地避讓，我知道自己不可能一直保持靈敏的反應，如果給牠撲上一次，牠那上百公斤重量加上一跳幾丈遠的衝力，撞壓在我身上，我不會有好結果。

我一閃身，跑到路邊的一棵大樹後，牠也追了過來，看來非要將我置於死地。路的這邊是一道斜坡，底下一片漆黑看不清楚，我必須踩穩腳跟和那傢伙周旋幾遭。

機會就在剎那間來到，袋鼠跳到靠斜坡那邊，兩條後腿在鬆軟的樹葉上滑了一下，我正面對著牠，雙拳一先一後朝牠的胸口猛擊去，牠朝後仰去，我又竭勁全力伸腿朝牠身上踹了一下，牠終於倒下，接著我聽見牠那龐大的身軀在斜坡上轟隆隆地朝下滾，滾進了一片黑色。

我驚魂未定，駕車飛駛，將近一個小時駛出山道，在山口的一個小鎮邊剎住車。這時候我感覺到一身汗已經冷卻下來。哦，到了有人的地方，我漸漸鬆弛下來，在車內蜷縮了一夜。

三

第二天，我的車駛入一片荒涼的沙漠，簡陋的公路像一條蛇一樣彎彎曲曲地爬進沙漠深處，放眼望去，此處的沙漠並不平坦，有點像起伏不平的丘陵，又有一點像一浪一浪的波濤，車在波浪中行走，就如同一葉扁舟。雖然車窗外是一片單調的沙漠色彩，然而卻使我想起了很多，想得最多的還是昨晚的那隻袋鼠：「為什麼，這是為什麼，那隻袋鼠要拚命地纏住我，我和牠沒冤沒仇，仇、仇……」突然間我想起了什麼，「復仇，這是復仇。這隻大袋鼠肯定和那隻被撞死的母袋鼠有什麼關係？也許牠們是夫妻，還有母袋鼠腰裡那隻可憐的小袋鼠……啊！」我恍然大悟，除此以外沒有任何原因可以解釋。牠一定認為我是罪魁禍首，從山上追來和我拚個死活。我無法用語言對牠解釋，幸好，我算是逃出了這場劫難。

我逃脫了什麼呢？我不知道人能否逃脫出自己的命運，能否逃脫出天網似的命運？然而，我不甘心自己的命運，我是在生活中掙扎。我想起那部叫《命運》的美國電影，最後一個鏡頭是一輛吉普車在沙漠中間燃燒。看來沙漠中間最可怕的遭遇就是燃燒，只要看一眼沙漠上面那輪灼眼的太陽。

雖然沙漠上的太陽也是金黃色的，然而這種金黃色能給人帶來什麼呢？帶來一種嚴酷的毫無情感的熱量，於是乎，你就能明白為什麼人們會將沙漠稱為燃燒的沙漠。沙漠之所以是沙漠，也許是在十年八年，甚至幾十年不會碰到一場雨水澆淋……

然而這個時候，一片亂雲不知從什麼地方吹來，那片亂雲就像一大群跑散的袋鼠，怎麼天上也出現了袋鼠？袋鼠越來越多，在天空中活蹦亂跳……

不一會，袋鼠似的亂雲扯成了一片，哦，袋鼠集合起來了，越來越密集，密不透風，天空中的最後一絲投射陽光的空隙也給堵住了，蒼穹之下的沙漠一片陰森森的，越來越暗，就如一個空曠無際的地獄。此時我的車就像在地獄裡爬行的一隻小螞蟻，而在這個地獄裡還沒有另外一隻螞蟻，因為在沙漠的道上我還沒有碰到另一輛車，我驚恐地對著車窗外這片景色，不知道會發生什麼事情。

下雨了，沙漠中竟然下起雨來。「咚、咚，咚」一粒一粒敲擊在我的車頂上，不一會就密織成雨網，如同密集的機關槍封鎖住整個沙漠。

天空似乎亮了一點，但車窗外什麼也看不清，刮水器撥到最大一擋也毫無用處，雨水像傾江倒海似地落下來。丘陵狀的沙漠真的變成了一片洶湧波濤的大海……。我不知道自己的車是否還在公路上行駛，如果這時候撞在沙丘上出點什麼事，真是一點出路也找不到。我停住車，索性雙眼一閉，在車內打起瞌睡。在暴雨中的沙漠裡打瞌睡，人的處境真是不可捉摸……

當我睜開眼睛的時候，沙漠已經恢復了原樣，太陽又高掛在沙漠的上空，如同什麼都沒有發生過一樣，一切如夢幻一般，又如變幻莫測的命運。

四

我的車駛過了一百多公里的沙漠。

當火紅色的晚霞照出一個又一個山頭的時候，我的車又轉入一條山道上。在一個山坡上轉彎時，我眼前一閃，瞧見另一個高一點的山頭上好像有一群動物，「不會又是袋鼠吧？」我停住車，果然撞入眼簾的又是一群袋鼠，我想，：「此袋鼠不是彼袋鼠。」一種好奇心驅使我下車，再去瞧個新鮮。

當我走近山沿，瞧清對面山頭的情況，倒吸了一口涼氣。那是一群袋鼠，但領頭的那隻大袋鼠和我昨天晚上搏鬥的那隻袋鼠如此相似。我幾乎不相信自己的眼睛，「難道牠滾下山坡沒有遇難，難道牠追蹤了幾百公里路，中間還隔著一片大沙漠，還有那場傾盆大雨，這無法想像。」但看上去，牠的模樣、形態、動作，都和昨夜月光下的那隻袋鼠毫無區別。此時此刻，牠也發現了我，分明用那對眼睛仇視地望著我。我感到不寒而慄，手足無措，朝後退去。

不過，我知道現在不存在什麼危險，十幾公尺，袋鼠跳得再遠，也不能一下子跳十幾公尺，何況昨夜那頭袋鼠的跳躍力，我也已領教過，牠本事再大，也得跳兩跳，才能跳到我這邊，中間是百丈深淵，第一跳出去，等待牠的就只能是粉身碎骨。如果說牠從那個山頭繞到我這個山頭，也需要一段時間，但那些袋鼠似乎不像追奔的樣子。

那頭大袋鼠身後有六七隻袋鼠，其中一隻跳到大袋鼠面前，「吱吱」地用鼠語和那頭大袋鼠對話，還用兩隻前爪比劃著，隨後兩隻袋鼠站在山沿的同一條線上，四隻眼睛目示著我。「牠們想幹什麼，難道牠們能跳過來不成？」我弄不明白，時間在一秒秒地過去。

就在那一剎那間，一隻袋鼠跳了出來，幾乎在同一時間，那隻大袋鼠也跳了出來，在半空中，那隻大袋鼠在另外一隻袋鼠的肩膀上踩了一下，另一隻袋鼠直入百丈深淵，而那隻大袋鼠則借力又跳躍而起，朝這邊山坡撲來。

啊，我頓時感到天地宇宙間的一切都凝固住了，那絢麗燦爛的晚霞也變得黯然無光，風塵滾滾的歲月，人世間的一切，如何能和這偉大壯觀的一剎那相比較？我無法猜出，這是上帝給予牠的靈性，還是復仇之神賦予的力量。

我只能知道跳到這邊山坡上的這隻袋鼠，牠已經不是一隻袋鼠，牠只能是草原上一頭呼嘯的雄獅，景陽崗上竄下的一隻猛虎。我在劫難逃了。不管這隻大袋鼠在長途跋涉之後還有多少力量，但牠在精神上已經以一個勝利者的面貌出現。

我拚命揮動雙拳，用盡了我所有的本事，我在體校所學的一套拳術，在軋鋼廠練出的一身鐵打的筋骨，但我不是武松，在精神上已感到氣餒三分。我的衣服被那隻拳爪狠狠地撕開了，皮膚也被撕裂，腿肚子被踩了一下，一個膝蓋彎曲跪地。我只能死命招架，臉上也挨了一下，口吐鮮血，頭上又挨了一下，頭頂上好像被抓去了一塊頭皮，血流淌下來。那隻袋鼠瞧著我這張血臉，似乎停止了攻擊，只是兩隻拳爪還在一伸一伸地揮動示威。

「我會死。」鮮血流淌過我的眼睛，血流模糊之中我注視著那隻大袋鼠，突然一個念頭跳了上來：「牠就是我神聖的榜樣，我可以死去，死在這個山坡上；但我不能像一個膽小鬼那樣死去，我可以被打爛，可以被揍死，但我對於我自己，對於自己的靈魂，絕不能讓另一個靈魂戰勝，要像一個男子漢一樣死去，儘管沒有人知道，一個華人是如何死在澳大利亞的荒山野嶺的……」這時候我聽到那隻袋鼠吱吱地叫著，牠不會是在拳壇上叫「一二三四五六七八……」吧？我彎曲的膝蓋終於直立而起，我的雙拳向袋鼠胸前猛揍過去，發出「咚咚」的響聲。牠毫不退讓，用胸口頂住我的拳頭，我感覺到牠胸口的震動，緊接著，牠伸出兩隻拳爪在我胸前更猛地一擊，我被擊退了幾步，仰靠在身後的車門上，胸口悶痛，雙手再也提不起來，頭腦昏昏沉沉，但我的眼睛還大睜著，我要看看這隻袋鼠給我最後的發落。

突然我看到了另一個景象，一群袋鼠奮勇跳躍而來，大概牠們已經從另一個山頭繞跳而來，牠們跳跑到那隻大袋鼠身邊，一起虎視眈眈地瞧著我。看來這隻大袋鼠是在等候牠的群體，讓牠們一起來收拾我，讓牠們一起洩憤復仇。

也就在這時候，我看見在牠們後面，有一隻袋鼠飛快地跳躍而來，這隻袋鼠身材不大，氣喘吁吁，眼珠兒溜溜轉。我感到似曾相識，對了，這是我最初看到的那隻袋鼠，死袋鼠旁邊的叢林中的一隻異常靈活的袋鼠。哦，牠應該是一個見證者，我不知道牠是否看清了是誰撞死了牠的同胞。

牠跳到大袋鼠面前吱吱叫著，然而大袋鼠仇恨的目光沒有減去絲毫。其實對於牠們來說，撞死牠們同胞的是人，我也是人，屬同類，而且牠們已經追蹤了幾百公里，追蹤途中跳崖又死了一隻袋鼠，牠們的復仇對象還能是誰呢？

這時候的我已是精疲力竭，一陣頭昏目眩，也許是幾分鐘，也許是幾十分鐘。當我睜開眼睛，那隻大袋鼠仍然站立在我眼前，牠又跳近一步，伸出一隻拳爪，牠是否準備給我最後一擊呢？沒有，牠的拳爪在我面前好長一會，我不知道牠在等待什麼，接著牠的拳爪又伸到我的手邊，抓起我的手，搖了幾下，然後鬆開。

牠轉過身「噗」地跳開了，接著牠身後的那群袋鼠，一個跟著一個跳開，那隻靈活的袋鼠跳在最後。晚霞消失在山道上，牠們也很快地跳遠消失。

我突然明白過來，那隻大袋鼠是在和我握手。（完）

（原載於澳洲《東華時報》1996年8月22日及《大洋報》，
台灣《中央日報》等。此短篇小說被收入「澳華叢書」，
並被收錄於大陸海外華文文學大學教材輔導讀本）

3　Ashfield月亮街十五號

一

Ashfield的字義可稱為塵埃揚起的地方。在Ashfield地區有一條月亮街（Moon St.），月亮街夾雜在車水馬龍的拍拉瑪打大道和幽靜的溫莎小街中間。其實月亮街比溫莎小街更短，走到盡頭才只有十五號。眾所周知，自從中國留學生踏上澳洲土地，Ashfield就像揚起了一片新的塵埃。月亮街十五號已被幾位留學生租居三年多了。

「叮鈴鈴」一陣響亮的電話聲在髒亂不堪的廳內響了好長一陣，桌上那幾張沾著油污的舊報紙似乎都在震動發抖，連聾子也該察覺了，這才看見一個滿臉絡腮鬍子的人打開門，從屋內衝出來，提起電話：「喂，哈囉，你找誰？」

「請問你們是不是登載了廣告，有一間空屋要招租？」

頓時手握電話的老胡接不上話來，是的，他確實在華文報紙上登了一份招租廣告，照他的心思是不願意那間屋子有一天空閒，但那間屋確實空關了兩個月，多付了幾個房錢就像在他心頭割肉。不過此刻，老胡的金錢意識模糊不清了，他被一種聲音打斷了思路，這個聲音把他的魂給勾住了。

「喂，請回話，是不是我打錯了電話？」

「不、不，對、對！我們這兒確實要招租一位房客。」胡傳德激動地大聲回答。

那扇被打開門的內屋裡傳出一陣女人「哎喲哎喲」的浪叫聲和喘氣聲，燈光昏暗的屋內另有兩位男士正在有滋有味地欣賞著一部小電影，電視螢幕上映著一位肉身橫躺的金髮女郎正在和一位粗野的男子交歡，不一會這些圖像消退下去，出現了一些風景之類……

「老摳怎麼電話扯到現在還沒有斷？」其中一位又粗又胖的傢伙在破沙發上轉動了一下，他叫王明德。

「我看，再換一盤新片，管他呢！」這一位身材瘦長，瘦臉上戴著一副金屬架眼鏡，頗有幾分斯文模樣的叫刁建德。

「等等，你聽老摳在講什麼？」王明德豎起了耳朵，在他嘴上「老摳」經常替代胡傳德的大名。

「一間房的價錢嘛，價錢嘛，價錢嘛，」胡傳德在話筒上重複了三聲，最後道出了一句，「你快過來看看，房間包你滿意，就這樣，價錢好商量，一週我只收你三十五元錢。」

「小刁，老摳去了幾次教堂，學成洋菩薩了，那間房子他才叫價三十五刀啦。王明德給老胡起綽號的原因，就是因為這位二房東在金錢方面，斤斤計較，摳得可以。

「以前他說要收四十五元。」刁建德也感到奇怪，他抵了一下鼻子上的眼鏡架，一副疑團滿腹的模樣，「這老土匪八成有戲。」他背後稱胡傳德為老土匪。因為胡傳德滿臉絡腮鬍子，有點兒電影裡土匪的狀態，此外胡傳德嘴裡好像透露過一點信息，他父親1949年以前加入過土匪隊伍。刁建德再添上聯想，胡傳德是江蘇常州那一帶的人，《沙家浜》裡那個胡傳魁不就是那兒的土匪司令嗎，說不準這個胡傳德和胡傳魁真有點瓜葛。於是乎，他越看越像：「沒錯，老胡這人純屬土匪類型。」當然，刁建德絕不會將自己和刁德一聯想在一起。

「怎麼，毛片看完了？也不等我一會。」胡傳德邁進屋裡，笑逐顏開。

「老胡，你腦子沒有出毛病吧？那間屋對我們還叫價四十五刀啦，掉下十元錢，我倆可不負擔啊。」王明德不滿地嚷道。

「哎，男子漢大丈夫不要這麼小氣嘛。這十元錢就算我的投資。」胡傳德拍拍胸脯。

「什麼投資？」王明德被搞糊塗了。

「你倆都能算大丈夫，我還沒有婚史。」刁建德不陰不陽地說。

胡傳德又換上了一副嘻皮笑臉道：「兩位可不要後悔啊，到時候我就獨占花魁了，實話告訴你們，來的是一位姑娘。」

「女的？」王明德睜大眼睛。

「你怎麼不早點說。」刁建德也有所不滿。

「我敢和你們打賭，這女人的聲音是我有生以來聽到過最好聽的聲音，比唱《紅樓夢》的女人聲音還動聽，又柔又清脆，聽了這聲音就好像吃了一碗清香的糯米粥。」胡傳德如同一下子年輕了幾歲，說得眉飛色舞，「我一點也不誇張地告訴你們，每天能聽到這種聲音就是一種人生享受，能多活好幾年，所以我才降價十元錢。」

「啊，老土匪就是老土匪。」刁建德差點叫出聲音，「這傢伙自己的老婆孩子被別人拐走了，房間空關了兩個月，還沒有把老婆等回來，現在又想動其他女人的腦筋。不過聽他的言語，看來真有桃花運要撞進我們月亮街十五號樓了？」刁建德嘴上卻是這樣說：「老胡啊，你每週掉價十元房錢，就想泡上一個妞，也太貪心了一點，我和王明德也不能袖手旁觀啊。」

「是啊，」王明德也急不可待地插上話來，「來了一個女人，這裡可要忙不過來了，晚上，三條漢子輪流敲她的門，她接待哪一位好啊？」

「那他媽的變成按摩院了，王胖子別這麼下流好不好。我看誰能贏得她的芳心，還真要看本事呢。」刁建德從口袋裡摸出煙盒，叼上一支澳大利亞產的「魂飛爾」牌香煙，咔嚓一聲點上火，吐出一口清煙，大有擺開龍門陣的味道。

別看三位德兄平時肚子裡勾心鬥角，但也黏糊糊地住在一起三年多了，特別是談起女人，津津樂道，肆無忌憚，一發而不可收拾。

照王明德的意思是，這年頭赴澳留學生，男的比女的多出好幾倍，陰陽不失調才怪呢。最使王胖子氣憤的是，有一次他去弗萊明頓市場買菜，朝那兒瞧去，那個賣菜的女人身段不錯，衣著打扮肯定是一位女留學生。走近一瞧，那女的恰好轉過臉，是個「斜白眼」，王胖子趁買菜時和她搭腔幾句，那女人正眼都不瞧他一下，一副愛理不理的樣子。「媽的，她驕傲得就像一位公主，感覺好得不得了。在國內這種女人，我才不會瞧她一眼呢。」這個故事王明德不知複述了多少遍。

「可悲啊，真是可悲，現在留學生正處於一種『性飢餓』的半瘋狂狀態，成群結隊地去按摩院，就像上飯館一樣。」刁建德表露出一副悲天憫人的樣子，「對於這種現象我仔細分析過，準備寫一篇報導。這是一種性心理在作怪，根據弗洛伊德心理學，性的潛意識是從娘肚子裡帶出來的，無論是男人還是女人，無論是心理還是生理，男人呈進攻型，女人呈被進攻型，就像一個蘿蔔一個坑一樣，需要非常相稱，如果光有進攻者，缺乏被進攻者……」

「好了，好了，你這個大道理不知說了多少遍，」胡傳德一臉不耐煩的樣子，「進攻也得有本事，在澳大利亞這塊地盤上，就是有錢有身分，這叫物質條件，懂嗎？」

二

誰有本事呢？

當三人分別躺倒在自己的床上，都對這個問題捉摸起來。王明德和刁建德合住一間大房，各付三十五元，胡傳德一人一間，中等房，才付四十元，如果那間小房間只收三十五元，老胡那間就該提價了，因為整套房子的租金是一百五十五元。不過，老胡來澳五六年了，最有錢了，現在又得到了四年臨時居留的身分，他媽的優勢都在他那兒。王明德想到此就感到氣短三分。還有對面床上那個小刁，在國內是一位正宗的新聞系學士，能說會道，肚子裡有不少墨水。自己是趁著報讀「英語語言課」的大潮混到澳大利亞來的，沒上幾週課就去打工掙錢了。自己有什麼優勢呢？破嗓子能哼幾首歌，有點理髮之類的小手藝，還得給這兩個傢伙免費服務，一張不入流的高級中學文憑一錢不值。只是最近手氣較順，從吃角子老虎機上贏到幾百元錢，這又能頂什麼用？「唉，女人啊女人，」王胖子手上的《龍虎豹》雜誌換上《藏春閣》，然後又換上《花花公子》，最後索性將一疊黃色雜誌全都塞到枕頭底下，「呵，車到山前必有路。」他鑽進被子，一會兒就呼嚕呼嚕地打起鼾聲。

對面床上的刁建德還在一支接著一支抽煙，他對王胖子的鼾聲已經忍受了三年多，早已習慣了。對於這個傢伙他一點兒也不放在眼裡。競爭對手是隔壁屋裡的老土匪，剛才那傢伙不是已經在用「錢」和「身分」進行挑戰了嗎？老土匪的錢，說得不好聽一點，和搶來、偷來的也沒有什麼大區別。聽說他剛來時和幾個留學生在一家麵包廠幹活，後來他一個人偷偷地在老闆面前拍胸脯吹噓，自己能把麵包廠的活全承包下來，還能為老闆減低人工。老闆自然一口答應。胡傳德當上二老闆，他讓其他留學生拉長工作時間，壓低工資，結果不少錢流進他的腰包。至於「身分」嘛，也不過是早來了幾年，碰巧搞到了「四年臨居」而已。「臨居身分」頂個屁用，他老婆不是給那個有「永居身分（指已獲得綠卡）」的傢伙給勾引去了。想到這兒，刁建德就有點兒得意，今後應該在那位新來的年輕女性面前，有意無意地將老胡的醜事透露一些。還有，最大的優勢，自己是三個人中間最年輕有為的一個，還沒有結過婚。來的是一位中國年輕女子，又不是鬼妹子，中國女人難道沒有一點傳統道德嗎？刁建德越想越感到自己的優勢在增長、隔壁屋裡的那位在掉價，他對著那面牆自言自語道：「哼，老胡你這傢伙，明搶暗奪地搞錢可以，搶女人不可以。在當今這個世道上，不要說你是一個老土匪，就是土匪司令也沒用，土匪時代已經一去不復返了。」現在留學生中間時興「大哥大」，搞個什麼組織，弄個什麼協會，辦一份報紙雜誌，甚至開一家雜貨鋪，都能自封為「大哥大」，當上了「大哥大」還愁搞不到女人嗎？刁建德除了打工以外，也在一家華文報紙裡弄了一個兼職副主編和記者之類，雖然還不能進入「大哥大」行列，但也能算上半個「大哥大」級別。頓時，雲裡霧裡，他感到自己比芸芸眾生也高出了半個腦袋。咔嚓一聲，他點上最後一支「魂飛爾」煙，黑夜裡煙火一紅一紅。

「這小刁模子除了能多抽幾支『魂飛爾』，多讀了幾年書，腦袋裡多幾個鬼主意，讓人不得不防。不過本人在國內的時候，也算是坐Office（辦公室）的，在社會上也比他多混了幾年，和本人相比，哼，小嫩雞一隻。」隔壁屋裡的胡傳德當然也將刁建德視若主要競爭對象。使老胡痛心疾首的是自己以前把錢看得太大，對老婆孩子也太摳門了一些。在這個花花世界裡，老婆喜歡穿著打扮，手裡只有那幾個他施捨給她的零花錢。結果她被一個拿到綠卡的傢伙伸出一個小手指頭就勾引走了。這次掉價十元房租就算是我補貼給那位女性的，她來居住後，要在適當的時機給她點明一下，讓她知道我為人豪爽大方，是個真正的男子漢。以後不管是錢大錢小，哪怕是出幾次血，都要花銷在女人身上，全世界的女人都認錢。」

當胡傳德將絡腮鬍子埋進被窩，將定期存摺又仔細瞧了一遍，「六位數」，他不相信六位數的金錢還不能贏得一顆「芳心」，老胡穩操勝券地進入夢鄉。

三

當三位德兄夢醒的時候，已是太陽高照。以前一到週末，三個人起床各管各折騰一下，就像腳底抹油般地朝外走；今天三個人好像都沒有外出的意思。

「喂，老胡時間不早了，你該去教堂了。」刁建德手上是一本心理學著作。

「今天是星期六，教堂裡只是大家聊聊而已，星期天才正式做禮拜。再說今天有人要來看房子，做房東的不照應照應怎麼可以？」胡傳德揭起桌上那份油污的報紙。

「這有什麼關係，人家來看房子，看中了就交押金，這點小事你怕我們應付不了？上帝的事重要，你就先走吧。」刁建德朝那張破沙發上一靠。

「小刁，你這大記者週末不是也很忙嗎，不出去採訪採訪？」胡傳德一屁股坐在對面那張吱吱叫的椅子上。

「呵，有什麼好採訪的，今天這幢房子裡就會出新聞。」他索性將腿翹到長沙發的那頭。

王明德推出一架舊吸塵器（上次他擺弄這件玩意還是三個月以前的事），他說：「我看你倆有事都出去忙吧，我想把廳裡弄弄乾淨，如果人家來看房子，這麼髒，影響不好。」

「轟——」二手貨發出了震耳欲聾的聲音，王明德看見兩位都不瞧他一眼，又將吸塵器推回去。兩個傢伙裝模作樣，一個看書，一個看報，王明德沒有什麼好看的，想看電視，那架大彩電放在胡傳德屋裡。他已經提了好幾次，胡傳德說廳裡太髒。其實王明德心理有數，這架電視機和錄影機都是老摳的私人財產，他和他倆訂下了一個協議，每週借錄影帶的錢由王明德和刁建德平攤，到胡傳德屋裡放映，共同觀看。「操，不就是怕我們白看他的電視機！」王明德肚子裡嘀咕著，「對了，我先到門外去走走，說不定那位來看房子的小姐，第一個就讓我撞上了。」

當王明德走近門口，還沒有開門，「篤篤篤」的敲門聲先傳了過來。門後貼著一張半裸體的女明星畫像，在屁股上挖了一個洞，洞裡是嵌入在門上的一個暗眼。王明德將臉貼上女明星的屁股，從暗眼裡看出去，外面那張臉倒是很清秀，但是一個男的。他打開門：「哈囉，你找誰？」

那位說：「我是來看房子的。」

屋裡的另外兩位也扔下手裡的書報，走到門口。

「你是……」胡傳德疑惑不解地說，「昨晚打電話的好像是一位女的。」

「是這樣的，她是我的一個朋友，今天她加班，讓我來代看一下房間。」

「你們搬進來的是兩個人還是一個人？」刁建德也沉不住氣了。

「哦，就她一個，如果房間看上，押金我也帶來了，她過一週就來居住。」

當那位男士看完房間走後，刁建德故意問道：「老胡，昨晚的聲音到底是男是女，你聽清楚了嗎？」

「廢話，我老胡又不是聾子，你沒有聽剛才那位說麼。不過，那小白臉說不準是她男朋友？」

王明德則表示懷疑，因為現在留學生中間流行同居，如果真是一對，還不搬進一間屋子？刁建德左思右想，也說不出一個所以然。反正三個男人的腦袋上都像被澆上了一盆冷水。特別是胡傳德，人家把押金都塞進了他手裡，話說去又不能收回來，那十元錢就像割了自己一塊肉。

第二次，真的讓王明德給撞上了。

星期五傍晚，王明德想到博彩俱樂部去碰碰手氣，出門一會兒又一頭撞進門來，嘴裡叫嚷道：「一級了，一級了。」

「什麼意思，老虎機中大獎了？」胡傳德問，他也偶然去碰碰運氣。

「什麼呀，那位姑娘搬來了，搬場車在街口找地址，真巧碰上我，現在車就停在院子門口。那個姑娘可以得一百分，比這位還漂亮。」他指了指門後畫報上的電影明星。

「真的？」刁建德打開側面的落地窗，一個箭步邁到陽台上，瞧見不遠處站著一位亭亭玉立的姑娘，他又整了一下眼鏡架子，看清了那姑娘的瓜子形臉蛋和一對黑亮的大眼睛，不由感到自己氣也喘不過來。「絕對的絕對的，百分之一百地漂亮。」走進屋裡，他氣喘吁吁地嚷道。

「快去搬行李。」王明德和刁建德迅速跨出門去，胡傳德也顧不上自己是什麼二房東還是「四年臨居」的身分，拔腿跟上。

其實這位姑娘也沒有多少行李，王胖子搶著搬最重的床架子，胡傳德捧著一個電風扇，刁建德則提起那個小書架，來回幾次就搬完了。

那位姑娘從挎包裡掏出一罐罐飲料塞到三位德兄手上：「今天真是麻煩大家了。本來準備明天搬來，明天又要加班，恰好今天下午下班早，叫了一輛搬場車，直衝你們這兒搬來了。」說著她自我介紹道：「本人姓名蘇娟，英語名字蘇珊。如果方便的話，大家叫我阿娟好了。」然後她又伸出那張纖細的手，大大方方地和每一位都握手，「以後我們都是鄰居了，請各位多關照。」

三位男士都有點兒受寵若驚之感。

關於這位阿娟姑娘相貌、身材、皮膚等等，是三位男士躲進屋裡的話題，什麼「閉花羞月之貌，沉魚落雁之容」，反正他們最後得出的結論是：在赴澳留學的中國女性中間，這位姑娘是他們所能見到過的最美麗的一位，三個人一致對她打上了滿分。另外他們還有所發現，那天來交押金的那位男性今天沒有來，如果真是蘇娟的男朋友，哪有不來幫助搬家之理？可能只是個普通朋友而已，這使三個男人的心頭之火又燃燒起來。

四

蘇娟非常忙，讀書、上班白天接著晚上，週末星期六還要加班，不過她一碰到大家總是笑臉相迎，笑臉中的那一對黑眼睛也像會說話似的。而且每天晚上她最後一個做完飯，總是將灶台擦得乾乾淨淨，一邊擦一遍還要哼幾聲歌曲。

這時候王明德就會踏進廚房，清一下喉嚨跟著哼唱起來，還故意弄出幾句男中音的唱腔，接著說：「阿娟，你唱得不錯。以前我也學過聲樂，老師說我很有音樂天賦，只差一步就可以進中央樂團了。如果我倆一起唱那首〈夫妻雙雙把家還〉，包能在舞台上唱紅。」

「你太抬舉我了，咯咯——」蘇娟笑了起來，頓時銀鈴般的笑聲為屋裡平添了一層歡樂的氣氛。

最使王明德得意的是，他替蘇娟剪了一次頭髮，他認為那套從國內帶來的理髮工具這次才算真正派上了用處（以前替刁胡兩位理髮，也不收一分錢，簡直是在給自己添麻煩）。他認認真真地剪了兩個多小時，那張胖臉湊近蘇娟的頭髮，一個勁地嗅著姑娘的髮香。蘇娟說，「燙頭髮也該完了，」還甜滋滋地叫他一聲，「王胖子，快一點兒。」喜得王明德差點將剪刀剪上自己的鼻子。

此外，王明德還有一次更大膽的行動。那天星期六，他又去了一次弗萊明頓市場，當然不是去看那位「斜白眼」，因為他已經打聽到了蘇娟的工作，是在弗萊明頓的鮮花工場裡製作鮮花。

弗萊明頓市場還是那樣地熱鬧，熙熙攘攘，人聲鼎沸。王明德找了好半天，腦袋上滲出了熱汗，才找到製花工場。他對老闆說找蘇娟，老闆聽不懂中國話，王明德七手八腳比劃了一陣，這才想起那個名字「蘇珊」。老闆把蘇珊從工場裡叫出來，只見蘇娟一頭秀髮披在工作服外面，朝前款款走來，別有一番風姿。蘇娟問他：「有什麼事？」

王明德笑笑：「沒什麼事，只是來看看你。」

蘇娟的眼睛朝邊上的老闆瞅了一下，意思很明白，這兒可是工作的地方，而且是在工作時間內。

王明德當然說不上幾句就走人了。可是他一回到家，卻對另兩位吹噓了半個小時，大加渲染了一番。

那兩位當然也不甘落後。刁建德已經將幾本世界名著和心理學的書塞進了蘇娟的那個小書架，還在星期天和蘇娟大侃什麼弗洛伊德、馬斯洛等等。

蘇娟頗有興趣，她告訴刁建德，她在國內幼兒師範學校學過兒童心理學，也很喜歡讀文學作品。她還誇獎刁建德，說他知識淵博，才華橫溢。

「那當然了。」刁建德感到這女子就要撞在他的槍口上了，於是乎更加得意地推銷起自我，談起自己在這裡的編輯記者生涯，以及一大通悉尼留學生的奇聞軼事，不時再添加上幾段宏論，得意之時，站起身在房間裡有模有樣地走上一圈，點上一支「魂飛爾」香煙。

「小刁，你那鍋五香豬蹄快烤焦了。」胡傳德在外面吼叫道。刁建德這才奔進廚房，這傢伙以前星期天從來不在家裡燒飯煮菜。

胡傳德則處處表現出自己是這幢房子裡的老大。他的傑作是將電視機和錄影機都搬進廳裡，這倒便宜了老想看電視的王明德。現在他是處處熱情關照蘇娟，還買了不少高級洗髮乳和香皂之類放進盥洗間。王明德剛伸手撕開包裝，他拍了一下王明德的手，聲明道：「這可是給女性用的。」他又特意把蘇娟叫來，說是給她一個人用的。搞得蘇娟苦笑不得，掏錢給老胡，老胡硬說這些盥洗用品都由房東支付。王明德嘀咕道：「給我們用的就是幾塊破肥皂。」

說起錢，老胡當然沒有忘記，有意無意地提起以前那間屋叫價四十五錢。還有一次，大夥坐在廳裡談論報紙上的一則新聞，一位留學生夜間在加油站裡工作，被一個搶錢的傢伙殺了。結果發現，這位死去的留學生在這幾年中已經攢起了八萬元澳幣。胡傳德不以為然地說：「八萬元有什麼稀奇，加個倍，我都六位數了。」

「六位數？」王明德扳著手指大驚道，「那就是十六萬啊。」

刁建德也驚嘆道：「老胡你真是發達了，看來是留學生中攢錢的Number 1（第一名）了。」

「Number 1也說不上。這筆錢嘛，我想投資一套房子，以後你們也可以成為我的那套房子裡的房客。還有我的那輛六千元的車，你們哪一位想要，便宜一點，五千元我就出手了，我想搞一輛兩萬元的新車。」他在炫耀自己的時候，也偷偷地觀察著蘇娟的反應。

蘇娟對待三位男性似乎一視同仁，也沒有對哪一位特別熱情。自從她搬進月亮街十五號，三位男性也沒有變成三條雄性的餓狼，反而顯得陰陽調和了。最明顯的改觀是公用場地，環境變得乾淨起來了，盥洗室裡四壁被擦得雪白，浴盆裡的污垢被擦得一乾二淨，廚房裡的不鏽鋼爐灶鋥亮鋥亮。後院裡那個晾衣架上的衣服，男士們洗完後，就不知道什麼時候收回。蘇娟收衣服的時候就一起收進屋裡。這些事情都是她悄悄幹的，使得三位大男人感到有點不好意思，當然門後那張半裸體畫像早給他們撕了，色情錄影帶也不去借了。

五

那一天星期六，太陽照上屁股，幾位男士從床上爬起來，瞧見那位女性已去加班了，待在家裡也沒有什麼意思。胡傳德刮淨鬍子（自從蘇娟搬來後，他每天都將鬍子刮淨），整裝打扮去教堂，刁建德拎著皮包去跑新聞，王明德兩手閒著，找出點零錢，又去俱樂部玩博彩老虎機。

下午，胡傳德第一個回到家裡，打開門頓時一愣，整個廳室煥然一新：那張破沙發上，鋪上一套靠墊，桌上添了一張漂亮的桌布，地毯也被吸過塵了，牆上還醒目地掛著一幅金髮小女孩的大掛曆。

「誰搞的？」胡傳德猜想著。

恰好此時，王明德也闖將進來，嘴裡還不停地嚷著：「發達了，發達了！」

「什麼好事情？是你打掃……」胡傳德更加疑惑。

「打下一個不大不小的二等獎，二十元錢贏了五百刀啦，今天手氣真他媽的好。」王明德洋洋得意。

「房間是你搞的嗎？小王。」

「沒有啊。」王明德也看清了屋裡的場景，「大概是蘇娟吧？」

「蘇娟不是去加班了嗎？是小刁嗎？那一定是太陽從西邊出來了？」

過了一會，刁建德也興沖沖地踏進屋裡，叫嚷著有特大新聞。

「什麼特大新聞？」王明德搶著問。

「移民部長會見華人社團，話中有話，那意思好像要給我們這些人派發綠卡了。」話沒完，也發現這間廳裡變了樣，「怎麼，今天吹的什麼風？兩位把屋子搞得挺有意思。」

「不知誰搞的，我們也不知道。」

傍晚時分，門被推開了，一簇鮮花呈現在門口，然後是蘇娟那張漂亮的臉龐。今天這位姑娘打扮得楚楚動人，一套合體的米黃色連衣裙勾勒出她一身上下的曲線，一雙黑絲絨高跟鞋更使她亭亭玉立，挺立得像一枝水仙花。三位男士的眼神同時處於「定格」狀態。

王明德問：「今、今天你沒去上班？」

「沒有，今天我請了假，沒有加班。」

胡傳德急忙問道：「那麼，這房間是你搞的吧，沙發靠墊和桌布等等……」

蘇娟抿嘴一笑。「這些都是從弗萊明頓市場攤位上挑來的，我看和我們廳室的擺設很相配，挺便宜的，沒花幾個錢。」

「那你手裡的鮮花呢，今天有什麼喜事，是獻給誰的？」刁建德說著走上前把鮮花捧過來。

「你們猜猜？」

三位德兄搖頭晃腦地猜不出來。

蘇娟一字一句地說：「今天是中秋佳節，我們中國人的節日。」

「怪不得幾家華人雜貨鋪門口，放著一大疊一大疊月餅盒子。」王明德補充道，「這裡的月餅特貴，都是香港來的，幾十澳元一盒，換成人民幣該二三百元了，吃不起。」

「哦，月餅，差點忘了，我的男朋友小李還在門外，他帶來了正宗的中國產月餅，是家裡郵寄過來的。」蘇娟急忙打開門去喚小李。

「噢，她真有男朋友，我們沒戲了。」屋裡三位男士你瞧著我，我瞧著你，傻了眼。

蘇娟的男朋友就是那天來看房子的那位青年，走進門來熱情地和大家打招呼，手上還提著不少東西。

蘇娟對各位逐一介紹之後說：「小李在國內學過三級廚師，今天特意來做幾個菜，請大家吃飯。」

六

洗菜，剖魚，切肉，蘇娟和小李在廚房裡忙碌。

王明德將不同大小的碗碟、茶缸、杯子一起擺上桌子，胡傳德從自己屋裡的床底下拖出那箱啤酒，朝廳裡的大桌中間一放。刁建德沒有什麼可拿，把屋裡的音箱拉到廳裡，放起交響樂。

當小李和蘇娟將松子黃魚、糖醋排骨、清蒸大蝦、香菇豆腐等一個個色香俱佳的菜肴端上桌子，窗外的月亮已經爬上了樹梢。

「小李的烹調手藝真不錯。」王明德急不可待地伸出筷子。

刁建德則摸著酒杯，慢悠悠地問：「小李在這兒，也幹烹飪這一行？」

「我沒有做工，在讀大學。」小李除下圍脖。

「這兒不掙錢，怎麼能活下去？」王明德將一個大蝦塞進嘴裡。

「主要靠蘇娟贊助，有時候學校放假，我也去餐館做做臨時工。」

「我想，」蘇娟接上話道，「一個人賺錢是沒有盡頭的，我想我們出國，也不能苦幹一輩子，待他讀書畢業，無論是留在澳洲，還是回中國，知識都能派上用處。」

「好福氣啊，好福氣，小李你能找到蘇娟這樣的姑娘，真是前世修來的福氣。」胡傳德將一口啤酒灌進嘴裡。

「小李，那你為什麼不搬來和蘇娟一起住，還能省一份房租。」王明德嘴上咬嚼著大蝦。

「哦，我表個態，」蘇娟笑著對大家說，「也許我這個人比較保守，我不喜歡什麼『曾經擁有』，而希望『天長地久』所以我倆現在還是暫各一方，當那天一起踏進那間新房，就應該白頭偕老。」

三位聽到此語，不由心頭一怔，不一會露出了會意的神態。

「聖母馬利亞，你真有點像教堂裡的聖母馬利亞。」胡傳德情不自禁對蘇娟伸出大拇指。

「對啊，阿娟，這束鮮花應該獻給你自己，獻給像你這樣心靈的中國姑娘。」刁建德也有點兒激動，他把那束鮮花又捧到了蘇娟手上。突然，他又想起了什麼，「對了，今天是中秋節，聽聽民族台廣播有什麼內容？（澳大利亞的民族廣播電台專門播送各種民族語言的內容）」他將收音機頻率撥到了SBS民族台。

電台裡傳出了清晰的漢語播音：「今天是中國慶賀月亮的一個節目，月亮象徵著團圓，在古代中國有一位大文豪蘇東坡寫下了這樣一首歌頌月亮的詞：『明月幾時有，把酒問青天，不知天上宮闕，今夕是何年……』」

廳裡的四位男士和一位女性也跟隨著朗誦起來：

「不應有恨，何事長向別時圓，人有悲歡離合，月有陰晴圓缺，此事古難全，但願人長久，千里共嬋娟。」

餘音纏繞在每一位的心頭，讓大家好像都處在一種動靜交融的境界裡，動是一種輕動，猶如河面上泛起一陣漣漪，使人浮想聯翩；靜如一層純潔溫柔的月光，人的心靈被包融在這片月光之中……。

「我說呢，我們的老前輩就是比小刁的那個什麼心理學家弗弗什麼德……」胡傳德已經喝了三四杯。

「弗洛伊德。」刁建德手上握著一個酒瓶子。

「我知道，中國的蘇老先生就是比那個鬼佬弗洛伊德高明。」王明德這個中外名家大拚比引起了大家開懷大笑。他更加得意地舉杯道，「來，來，讓我們為阿娟和小李的幸福未來乾一杯。」

蘇娟站起身來，那尊倩影映照在四位男子中間，她打開月餅盒，將月餅一一分到各位手裡，然後又給大家斟滿了酒，清脆甜美的聲音滲進了每一位的耳朵，也溢滿了房內：「我想，應該為我們的中秋節，為我們的月亮街十五號乾杯！」

這時候，屋外又大又圓的月亮已經升到了天頂，嵌刻在星光閃爍的澳大利亞的夜空中。同樣，那輪圓月也高掛在萬里之外的中國的夜空。

（原載於澳洲《滿江紅》雜誌1994年）

4 紅坊夜雨

紅坊區緊貼在悉尼市區的邊上，那兒有許多老房子，那些房子的年齡大概和悉尼的年齡也差不多。若干年前，紅坊火車站邊上還有一個大倉庫連接成的集市，一到週末，四面八方的人趕來購買東西。「一元錢一公斤！」小販們拉開嗓門叫喊著，這是最後的叫價。

喧鬧之後，集市關門。這也算紅坊區的一景吧。後來，那個集市被遷往他處，於是紅坊區一年比一年冷落下來。除了紅坊區，火車站算是一個較大的中轉站，紅坊區的色彩似乎越來越淡薄。走出紅坊車站，經常能碰到幾個人高馬大的土著漢子問你要一元二元錢。這裡居住著許多土著人，更有不少喪魂落魄的酒鬼和一貧如洗的窮人。

入夜，紅坊區內不少狹小的街道如同迷宮，而那些一幢比幢破舊的房子如同黑幢幢的鬼影。我在悉尼商業學院讀書，為了掙一些學費和生活費，晚上我還經常去市內的唐人街飯店打工。如果說離悉尼市區近，租房便宜，非紅坊區莫屬。我就居住在其中的一幢舊房子裡。

我的隔壁住著一位上了年紀的土著單身漢波特，他雖然皮膚黝黑，但不像其他土著人肥胖高大。波特瘦小的身材一天到晚蜷縮在一張破沙發上，手裡捧著一本書，津津有味地閱讀著，混亂不堪的房間裡堆著不少書，還有一些奇形怪狀的土著藝術品。波特大概算是一個土著人的知識分子。

有一次，我在街上瞧見波特，悄悄地跟在他身後走著，只見路邊斜躺在台階上的兩個土著大漢，瞧見波特走來，他倆坐直身子，放下手上的啤酒瓶，露出尊重的眼光。

我和波特的關係不錯，有時候，我從飯店裡帶回一些飯菜給他送去，他吃得津津有味。他問我：「你們中國人的菜為什麼做得這麼好吃？」我說：「因為我們做這些菜有很長的歷史。」他又說：他們土著人居住在這塊土地上的時間，就像中國人居住在東方土地上的年代一樣古老。他經常和我提起一件寶藏的事，他說那是他祖先部落留下來的信物，如果能找到那件寶藏，他就要求政府恢復他祖先的土地區域。「都是那些白鬼子，把我們趕得像野狗一樣，四處亂竄。」他忿忿說道。我想說，也是白人將這兒建成了一個秩序井然的國家。但我沒有說出口，我不想使波特掃興。

波特從不和樓下的詹姆斯說話，詹姆斯那條狗汪汪叫，波特的腦袋也不轉動一下，他不喜歡白人，儘管詹姆斯是一個窮困潦倒的老白人。

都說在澳大利亞的燦爛陽光下，人和動物都被養得又肥又胖，偏偏詹姆斯的那條狗又瘦又小。一年四季，一天到晚，老詹姆斯和他那條瘦狗都在門口曬太陽，他嘴裡念念有詞，不知在說什麼，那條狗則是在瞧見人的時候叫一聲。有時候，我走出門，詹姆斯會和我聊幾句，這時候他的語音比較清晰，但永遠是一個話題，他的祖先在大不列顛的土地上，是維多利亞女皇陛下的貴族——詹姆斯家族。

在沒有太陽的日子裡，詹姆斯和那條狗就守在自己的屋子裡，我從過道上走過他門口，詹姆斯乾咳一聲，那條狗沙啞地叫一聲，算是打召喚。不過，我從沒有踏進過他的門，只要門一開，就能先聞到一股騷臭味，大概是那條狗拉屎在屋裡。

詹姆斯隔壁的那間屋子原先空著，一直沒有出租出去。最近似乎有人住了，那天，我瞧見一個年輕女子的側面，身材姣好，而且是一個亞裔人，也許是一個中國女子。她的側影有點像我在國內大學裡的一個女同學，準確地說，那個女同學曾經是我的女朋友。我猶豫著，嘴還沒有張開，那道側影已經進了門。門關上了，我的心扉卻被打開了，腦袋瓜裡老是轉著這件事。可她卻像一個隱身人，讓你無法瞧見，她的房間裡沒有一點動靜。有時候，我在餐館幹活很晚回來，洗完澡，躺在床上，在朦朧中聽到地板下面的房間裡有一點聲響，「大概是她，她在幹夜班嗎？……」我處在似睡非睡之中。

最近這些日子，不要說沒有太陽，天空陰沉沉的，那些雲就像浸透水的海綿，抓一把，就會在空中滴下水來。悉尼的天氣應該是陽光燦爛的，在我的感覺中，我的家鄉山城重慶，才會有這種濕漉漉的情調。

今天晚上，我從老闆那兒拿到二百塊錢工資，老闆對我說：「這種天氣生意不會好，你早點回去吧。」我早點回去，他能省下一點工錢。可是我回去幹什麼呢？今晚是週末，難道讓我一個人待在那個破屋子裡啃書本嗎？我已經受夠了這一切。我毫無目的地在唐人街周圍，像一條無家可歸的野狗一樣四處遊蕩著，終於，一家香港人開的小電影院將我吸納進去，銀幕上正在播放粵語的三級片，因為我在飯店幹活，能聽懂幾句廣東話，不過這種影片能聽懂或不能聽懂並不重要，那些男歡女愛的鏡頭將我從陰冷的感覺中點燃起來，肢體開始發熱……，這場電影的票價是十元錢。

我又踏入陰沉沉的夜，我的內衣口袋裡還有一百九十元錢。走進紅坊區的時候，我小心翼翼，眼光朝四處打量，雖然我還沒有碰到過那類倒楣的事，但紅坊區每天都在製造搶劫的新聞。

又下雨了，幸好我已踏入了我那幢破房子，背後一陣雨驟然而下。走過詹姆斯的屋子，裡面傳出一聲乾咳和一聲狗叫，踏上樓梯，瞧見波特的門下漏出一絲燈光，在這個潮濕的夜中，這幢老屋沒有一點睡意。

我的屋子裡雖然稱不上家徒四壁，有幾件房東留下的老掉牙的家具，那張破舊的三人沙發，是波特吩咐兩個土著大漢替我從街上撿來的，我給了他倆兩瓶啤酒。

我拉開那扇被蟲蛀壞的木窗，潮濕的空氣迎面撲來，我凝視著窗外淒淒厲厲的雨，思緒飄到地球的另一邊，嘉陵江邊，我的山城重慶。我們四川雖然被譽稱為天府之國，其實一直很窮，那兒的人口太多，四川是中國人口最多的省份，重慶地區的人口已經超過了大上海，接近澳大利亞的人口，我的眼前似乎出現了重慶街頭密密麻麻的行人……

窗邊的木框上出現了一個一個移動的小點子，棕黑色的小蟑螂像甲殼蟲一般慢慢爬行，如果一受驚動，牠們很快地溜之大吉。牠們喜歡在夜間從木縫或洞中爬出來尋找吃的，每一樣生物都緊緊抓住牠們的生機，這和人沒有什麼區別。這間舊屋裡能夠滋養出不少生活在隱暗處的生物。我還瞧見過老鼠，有一次，一串小老鼠，一隻咬著一隻尾巴，從我前面走過。我在想，為什麼澳大利亞的蟑螂和老鼠如此小，而瓜果蔬菜卻能長得如此大。許多動物植物都是從海外移植到南半球的這塊土地上，在遷移過程中，是否每一個生命都能適應這片土地，每一種生物都能享受澳大利亞的陽光呢？

我聽人說過，那些小蟑螂被稱為西班牙蟑螂，從遙遠的歐羅巴洲鑽進大船的縫隙間，遠涉重洋，以後爬上這片大陸。以前，我只知道西班牙創造出強悍的公牛、風度典雅的鬥牛士，還有風騷的吉普賽女子，那是海明威筆下的風情。現在又添上了西班牙蟑螂。不知那位大文豪是不願意，還是沒有注意到那些沒沒無聞的蟑螂。我記得那本書的名字叫《太陽照樣升起》，西班牙是一個陽光熾熱的國家，澳大利亞也有燦爛的陽光，中國不也有「東方紅，太陽升」麼？

窗外仍然是陰暗得沒有一絲光輝的雨。需要一點熱量，動物和植物的生存繁殖都需要熱量；當然不僅僅是熱量，還需要那種最原始的刺激。剛才影片中男歡女愛的鏡頭又占據了我的頭腦……

我記得我的第一次是在讀大學的時候。那時，我和我的女朋友都沒有膽量在大學的校舍裡尋找快活。那是在放暑假期間，我去看望她，從朝天門碼頭出發，坐船幾個小時，來到大巴山腳下的一個小鎮上。她就是那個小鎮人家的女兒，經過奮發努力，踏入紅磚牆的大學校門。她是一個有意志、有毅力的女孩，為了達到一個目的，不惜吃盡一切苦頭。我對她說：「如果在以前的革命時代，你肯定能成為紅色的江姐。」她笑了。就在大巴山腳下的那個小鎮上，我倆度過了幾夜歡樂時光，窗外的雨聲和我倆說不完的情話織成了一段甜蜜的回憶。

那時候，我倆都是中文系的佼佼者，一起閱讀那些讀不完的書，她喜歡詩，我喜歡小說。畢業後，她隨著時代大潮，去深圳經商，開創她的新生活。我還老老實實地留在重慶。也許正是那種模模糊糊的志向和追求將黏在一起的兩個人拉開了，雖然那時候我倆還有通訊聯繫，但不知道什麼時候可以分久必合。如今，我倆更是天隔一方，隔著太平洋。

窗外的雨似乎停了，我不知道生活中究竟還有多少歡樂。我發現自己的手停留在內衣口袋裡，摸出那些錢，紙幣上還沾著我的體溫。來到澳洲讀商科已經兩年，我像一名清教徒一樣，從未尋花問柳。雖然我有大學生開放的一面，但另一方面，東方倫理的陰影仍然籠罩著我，更何況經濟狀況也不容許我有更多的奢望。

然而，在今天這個黑色的雨夜中，我踏出了灰色的一步。我開門下樓，走出雨水滴答的破房子。哦，一共有多少步呢，穿過一條小巷，踏上一條大路，在大路上走過一道坡，就是這個門牌號碼，門上有一盞小紅燈，我是在報紙的角落裡瞧見這個「蜜人園」廣告的。

打開一道小門，迎面是一道樓梯，在樓梯拐彎處攔著一道鐵柵欄門。我按響門鈴。開門的是一位人高馬大的傢伙，嘴裡咂巴咂巴地咬著口香糖。問明來意，他臉上擠出一絲笑意：「歡迎你，先生。」

上樓進門後還真是別有一番洞天，大客廳裡瀰漫著刺鼻的脂粉香味，牆上掛著幾幅現代派的裸體畫為這情欲場所增添了幾分藝術氣氛。正面是一座吧台，兩邊連接著兩條走廊，大有曲徑通幽的味道。我還沒有在沙發上坐定，下面的門鈴又響了起來，那位大漢又去迎接客人，看來這兒生意還真不錯。

不一會，吧台後面的金頭髮老闆娘按響電鈴，兩邊走廊裡魚貫地走出十幾個姑娘，各種膚色，各種頭髮，一張張不同的臉蛋，「蜜人園」似乎也在印證澳大利亞是一個移民國家。然而，走出的最後一位姑娘使我大吃一驚，目瞪口呆，並不是說她如何漂亮，雖然也可以說有幾分姿色。老闆娘說：「她是來自中國的簡妮。」老闆娘又問我是不是中國人。我點點頭，然後又點點頭；第二次點頭的意思是我挑中了簡妮。我想她的中國名字當然不會叫簡妮，不久前我看到了她的一個側影，我一直等待著看清她的全貌。此刻，她以她那種身分站在我的面前，兩片薄薄的嘴唇緊閉著，塗滿鮮紅色的口紅；身材勻稱，有點像我過去的女朋友。哦，這個意思我已經表達過了……

在吧台上，我的那張百元大鈔落到老闆娘手上。簡妮領著我進入一條走道，走道裡亮著幽暗的粉紅色的壁燈，然後踏入一間屋子。我在一張沙發上坐下，很想和她說幾句話，畢竟我倆都是中國人，何況我還帶著幾分好奇。

簡妮「砰」地關上門，轉過臉瞧見坐在沙發上的我，毫無表情地說：「脫褲子吧，抓緊時間。」我一愣，不知說什麼好。她又說：「要不要我替你脫？不要不好意思。」我屁股底下的沙發好像變成了一塊寒冰，嘴裡吐出一句：「難道這兒除了脫褲子，真的沒有一句話好說？」她兩片薄嘴唇裡也吐出一句：「坐咖啡館不用花這麼多錢，這伢仔沒有搞錯吧？」後一句是衝口而出的四川話。頓時，我嘴裡也冒出一句：「你是四川人？」

常言說眼睛是心靈的窗戶，這時候我發現她那憂鬱的黑眼睛裡閃出一絲光亮，這一絲光亮使她那張冷漠無情的臉上添了幾分柔情。我說道：「我是四川人。」她也點點頭。我又說：「我是四川重慶，你是四川哪裡？」她低下頭沉默不語。「我以前在重慶大學讀書的時候，有個女同學很像你。」我嘴裡又情不自禁地吐出一句。

「相逢何必曾相識。」她的一句感嘆。

這更使我感到驚異，哦，她很有文化。我馬上就能說出白居易長詩〈琵琶行〉的上句——「同是天涯淪落人」，但我沒說。我對她講：「我現在在澳大利亞讀商務專科，將來的目標是國際貿易。」她又看了看我，苦笑著說：「我是以商務考察的名義來澳洲的，現在在進行女人和男人之間的貿易。」「哦，」我又說，「都是一個『商』字，出國的目的是為了錢。我們四川出國的人和北京、上海、廣州那些大城市相比，算是少得可憐。」

她點點頭，同意我的看法，開口說：「我們四川人很多，他們不少人走出家門，雖然沒有走出國門，許多四川人走到廣州、上海、北京，去尋找自己的夢想，然而人生太無奈，有不少女孩子像我一樣為了錢，如此活著。你不要笑話，我們都這樣認為，掙到一定數量的錢就能圓一個夢。」我說：「我理解，我們都是從那個盆地下面走上來的人，就像人們說的：人往高處走。可是，每一個人的走法不一樣。」

當我們倆的談話進入我們的四川盆地，就變得投機了。從古至今，從那塊盆地裡走出了我們這些無名小卒，但也走出了不少名聞天下的大人物；就在當今時代，有著中國的第一號人物鄧小平，雖然他已經閉上了眼睛，然而無可否認的是，他揮動的大手筆，和我們這些小人物走出盆地走出國門，有著不可分割的聯繫。

還有，我們四川的火鍋已闖入全國各地的食府，遠隔萬里的澳洲唐人街上，如今也有了火鍋飄香。在重慶的小街上，麻辣火鍋的湯水是不換的，吃完這批人，又來一批人，沸騰的老湯，加水添料，喝不完煮不乾。走出盆地的四川人還是四川人，雖然像我這樣年輕的四川人已經不像老人那樣留戀山脈中間那塊土地，但在我的夢中還經常沸起那火鍋中的湯水，嗅到那種帶花椒的香味。我又問她最喜歡四川的什麼，她說最喜歡的是麻婆豆腐和女詩人薛濤的詩詞。而我最喜歡的是嘉陵江上的號子聲和蘇東坡用創作詩的方法做出的東坡肉。

時間在一分一秒地溜走，兩人談話進入了這樣一個境地，從樂山腳下的大佛談到黑暗的渣滓洞，從劉備三顧茅廬請諸葛亮出山到劉文彩家的大莊園。我對她講了一個劉文彩的小故事：有一個窮人到劉文彩家裡討飯，管家把討飯人趕了出去。劉文彩對管家說：「你應該給他一些吃的，他吃完了走得再遠，拉屎也拉在我家的土地上。」

「呦，劉文彩家的土地一天也走不完，他家該有多少錢啊？」簡妮瞪大了眼睛。「按今天的標準衡量，大概是一個億萬富翁吧。」我說。「現在四川不也出了一個億萬富婆劉曉慶嗎？」簡妮說道。就在這個時候，床頭上的一個電喇叭叫響了，說時間已到。「呦，你花錢來和我談這些，你成了冤大頭了。」這位風塵女子有點不安。「哦，」我也一愣，不過在我心裡湧起另一種感覺，「他鄉遇故知，難道比不上一次性發洩嗎？」這是在問簡妮還是在問我自己呢？

她那白皙的臉上迅速泛起一層紅暈，她似乎對我有點依依不捨，突然她嚅嚅地說道：「你的錢不會白花的，再過幾個小時，我下班回來後補償給你，你不就住在我樓上嗎？」「哦、哦，」

我不知所云，我想到了另外一個問題，我說：「你深更半夜走回來，不怕遇到歹徒？這兒是紅坊區啊。」「走回來，沒有多少路，我口袋裡也不放什麼錢。」「不、不，我不是這個意思，我是說……」「我知道你的意思，如果真遇到了，吃我這碗飯的，就算是給別人吃一頓免費餐吧……」她臉上的紅暈迅速退去，仍然映出那一層和我進門時一模一樣的臉色。

我跨入彎曲的樓梯，走過那道鐵柵門，又走進了漫漫雨夜。我的心也彷彿進入了一條黑色的隧道。剛才和簡妮談話時激起的興致，如同隧道中閃起的一陣光亮，迅速地消失了。我記起李白的兩句詩：「舉杯澆愁愁更愁，抽刀斷水水更流。」

當我走入那條燈光幽暗的小巷，踏進那幢黑沉沉的樓房，再一次聽見詹姆斯的乾咳和瘦狗的叫聲，上樓時仍瞧見波特門底下那道燈光。這幢房子裡的人是否特別喜歡黑夜呢？詹姆斯睜著眼睛在做著他前幾輩的貴族夢，心懷不滿的波特想在黑暗的夜中長出翅膀去尋找寶藏，去尋還失落的土地，還有在黑夜中操著皮肉生涯的簡妮，和我這個像沒有頭的蒼蠅在黑夜中亂竄的傢伙。我們好像是沒有被澳大利亞的陽光照耀到的一群，還是澳大利亞的陽光不願意照到我們身上。儘管詹姆斯和他的那條瘦狗成年累月地躺在陽光下面，但在他和那條畜牲身上也嗅不出一點陽光的氣息。

我又站在那扇被蟲子蛀壞的木窗前，細小的蟑螂還在爬動。她說過，過幾個小時回來。幾個小時的意思是什麼呢？是兩小時還是三小時，那時候清晨來臨，不知明天是陰轉晴，還仍然是雨天，我在等待著。我是在等待簡妮嗎？能否去「蜜人園」門口等待？不行，那兒是大街上，還有許多說不出的原因。我下樓又走到了這幢破樓房的門口，在門口等待著……

門前的雨時大時小，但沒有一刻中斷，就像永遠下不完似的。水氣在小巷的燈光下構織成朦朦朧朧的薄霧，突然，我從薄霧中看到她走來，定睛一看沒有，仍是一片水氣。她是誰呢？我想起那位詩人戴望舒描繪的雨巷，詩人筆下的雨巷裡有著一位丁香花一般的姑娘。如果我等待的是一位煙花女子，等待給我帶來一次性滿足，儘管是在一條國外的一條雨巷之中，這是否和美麗的詩意相差十萬八千里呢？那麼我是在等待什麼呢？是否等待著我以前大學裡的女友，或者想從簡妮的身上瞧見她的一些影子，這叫移情，難道我的情感能從女朋友身上移到她身上嗎？這一道道題目都是「不」，似乎又都不是「不」。

那麼我究竟是在等待什麼呢？或許，我在等待著剛才的那場談話還能繼續下去，等待著為身心帶來某種感覺的語言和鄉音，還有，我在等待著夢幻編織成的一片說不清道不明的感覺……。我們的祖先留下過這樣兩句意境深遠的詩：「何當共剪西窗燭，卻話巴山夜雨時。」（李商隱〈夜雨寄北〉）

在我等待的時空中，門前的小巷裡，雨還在淅淅瀝瀝地下著，雨水在地下流淌著，紅坊區彷彿迷失在夜雨之中……

（原載於澳洲《東華時報》2000年7月20日及《大洋時報》等）

5　龍小子大鬥老虎機

一

「富麗俱樂部十萬大獎，刀仔鋸大樹機會重臨」，醒目的廣告大版地刊登在華文報紙上。

那天早晨十點，富麗俱樂部剛開門，達文龍走進了那扇玻璃門裡，先在服務台上簽上自己的姓名，這是規矩。然後，他自然而然地朝四座打量了了一下，這一切達文龍已經習慣。記得第一次光臨這兒，那位身材高大、衣著筆挺的外國佬為他拉開了門，他內心一陣侷促緊張，而當他踏入那個富麗堂皇的廳內，頓時眼前浮起以前看過的外國電影裡的場景，那些富人們玩樂的場所。來過幾次後，他也會在櫃台上要一杯啤酒，走起路，皮鞋底下輕飄飄的，頗有一些達官貴人的感覺。當然，他也為此付出了代價：大廳裡那些使人眼花繚亂的、形形色色的吃角子老虎機已經吞入了他不少的積蓄。過去的已經過去，以往的各種感覺早已煙消雲散。現在的感覺似曾相識，如同出國前的感覺，當時他一心一意地想，搏一記，出國闖天下，現在也到了「搏一記」的關口。不是說，人生能有幾回搏嗎？

兩個星期前，達文龍和廠裡的工頭大吵了一場。在他認為，那個工頭達克絕對屬於好人壞人裡面的壞人那一類，那對賊溜溜的藍眼睛老是盯著他，一張嘴，就是催著他快幹活，如同催命鬼一般。達文龍這份屠夫工作幹了將近一年，從牲口骨頭上把肉一塊塊地撕割下來。流水線上，一片片巨大的開膛破胸的牛體滾滾而來，他必須橫豎幾刀從牛體上割下某個部位，一天下來，成千上萬刀，他的手累得刀也握不住；一年下來，他發現自己那雙手已經變形。他放慢了速度，那個鬼工頭又在後面大喝一聲「faster」。他和那個傢伙吵起來，炒魷魚怕什麼，難道他出國就是為了在這個鬼地方做一輩子屠夫？結帳，他從辦公室裡拿到幾百塊錢，還特意在工頭邊啐了一口，昂首闊步地走出那個畜牲加工廠。

二

他為什麼要和這些畜牲打交道呢？難道他來到國外就是為了一輩子當勞工？不，他要重新選擇一個機會。他是屬於那種要麼成功要麼失敗的人。他不喜歡走兩者之間的中庸之道。他相信自己這次　定成功。

對那十台聯線的角子機，他已經觀察了好幾天，沒有真正上陣，只是偶爾扔幾個硬幣，過一下手癮。根據以往的經驗，總是一到十萬就落下大獎。但十台機器，會落在哪一台上呢？昨天晚上，他一直看著那位「刀仔」（常玩角子機一心想中大獎者）把五百元錢扔進那台機器，但那台機器就像一潭死水，沒有一點浪花。這是出大獎的先兆。無論什麼角子機都有一個概率，圈數轉到一定的周期，就會有所反應。達文龍是玩過計算機的，懂得一些電腦編碼和程序之類。

他拉了一張高背椅，坐到了那台角子機前。他並不是不怕這頭「老虎」，當他第一次和角子機打交道時，甚至覺得這頭老虎有點可愛。記得以前，他也常勸別人不要去賭錢，對別人輸掉成千上百塊錢，發出幾聲哀嘆。但自從那次坐到角子機前，他感到自己那雙被屠刀扭曲的麻木的手，開始甦醒，一下又一下打在一二三四五的按鈕上，似乎就像按動電腦那樣自如和舒暢。是的，他在玩錢，玩自己掙來的錢，但這和在流水線上勞作的感覺完全兩樣，他感到自己是一個主人了。

達文龍很慶幸，自己今天一來就占住了這台機器。昨天晚十二點俱樂部關門的時候，他看著那位刀仔垂頭喪氣地跨出俱樂部的大門。這些鋸大樹的「刀仔們」，很多是留學生。留學生的生活是單調和辛苦的，為了擺脫這些單調和辛苦，不少人都躍躍而試。達文龍和他們一樣，並不是為了玩錢而玩錢，他絕對把刺激押在輸贏上。有時候，他也會像普通人一樣想到家，父母弟妹和那個等待著的女友。在這兒打工苦熬下去，儘管能掙一些血汗錢，但什麼時候能夠熬出頭呢？

歸去來兮，如果能夠早日歸國回家，什麼東西最能表現出他的價值和他的面子呢？一個在親朋好友眼裡賺了大錢的人——有出息的人。光宗耀祖並不僅僅是老一輩中國人的專利。有時候，他也像不少中國留學生那樣，想搞一個外籍身分，在一個他鄉定居下來。然而定居下來，做一個被中國先聖孔老夫子稱為勞力者治於人的傢伙，他甘心嗎？眼前就有一個例子，那個畜牲工廠裡，一位操了一輩子刀的西人老屠夫，雖然在這一輩子裡掙錢買了一幢房子，一輛小車，卻落得了一身病，帶著一張蠟黃的臉，跌落於黃泉之中。達文龍當然不會走這條路，他還是個熱血青年，他不願意像那位老屠夫那樣一輩子只是為了原始積累。十年八年，日日苦幹，洋插隊和當年的土插隊之間畫上了等號，那麼人生還有什麼意思呢，還談什麼價值呢？

如果他現在就有了錢，他可以搞一個小生意，有所發展後，他可以辦一個正正規規的企業，最好和電腦有些關係。他人並不笨，為什麼不呢？這就叫發達麼。此例在海外的華人老前輩們中間，已是屢見不鮮。此外，他有了錢，也可以進一所正規的大學，搞個洋學位，畢業以後也可以像模像樣地坐進老外的寫字樓，先做職員，然後混上個官員什麼的，這又是另一種活法。這一切用中國一句老話來說，可謂「成家立業」。成家立業可以在國內，也可以在海外。這一切有點像夢，然而做夢的並不僅僅是達文龍一個，達文龍身上有許多留學生的影子，也許並不僅僅是出國留學生……

但夢裡的東西常常會出現在現實之中。例如富麗俱樂部的上幾次大獎，一次五萬元，一次八萬元，還有一次十萬元都是中國留學生像砍大樹那樣砍下的。於是「刀仔」現象在留學生中滋生起來，這些人又被美名為「餵老虎的優秀飼養員」。現在，他們已經把十台連線機全占滿了，另有幾位沒有占到位的，只能在邊上溜達，等候別人把錢送進老虎肚子裡，兩手空空，讓出座位，然後他們再上陣。

達文龍也算是一位玩角子機的經驗人士，他總結了一下，角子機能呈現幾種狀態：一，角子機經常出小獎，扔進三個五個，經常會吐出五個十個，還會出現五十上百個的小獎；二，機器如同一隻飢餓的老虎，只吞進角子，很少吐出，就如同昨晚的那位仁兄，扔進去五百元錢如同扔進水裡一樣；三，過了飢餓階段，機器甦醒，那時必出大獎。這就屬於達文龍現在上陣的階段。「打別人已經打熱的角子機」，已成了刀仔們的金科玉律。達文龍已經拋進去了上百元的角子，仍未見起色。

今天，達文龍不是為了幾個小錢而來的，邊上的那些刀仔們也和他一樣，大家心照不宣。邊上那幾台機器轉動著，老是嘟嘟地響個不休，盡出一些十個五個的小錢，而達文龍這台機器連五個十個也很少出。這台機器的圖案是由各種動物、人像和數目組成的，可是圖案上的動物們到處亂竄，雜亂無章，人像變來變去，老是湊不到一塊，數字跳上跳下，有意和達文龍為難。圖案左上方的字母表明，扔進機器裡的角子已經用完，指示你繼續加錢，隨後字母跳掉，又閃出一個「Good luck」（好運）。達文龍已經送進老虎嘴裡二百塊錢了，還沒有得到好運。什麼是好運呢？他憧憬著。角子機的好處，就是給人帶來希望，每按一下，就給人帶來一個希望，也許大獎就在這一下之中，從螢幕上滾出來，使你發財，一下子變成富人。當然，更多的是給你帶來一個失望。但在人的心理上，希望經常占據著優勢，不然，那一下下，為什麼總要按下去呢？達文龍想起他孩提時代的那個希望，那時候，他最大的希望就是想得到一把彈弓，用一根粗鐵絲、八根牛皮筋和一塊小皮子組成，鐵絲外面用綠色的塑料線密匝匝地一圈圈繞起來，當年達文龍的小手裡握著這把彈弓，高興得像飛上了天。現在，他手裡想要的是什麼呢？

此刻的希望遙遙無期，他每按一下，就像按破了一個肥皂泡。他肚子裡的那些計算機學問完全失靈了，那些概率論程式論也無法論證眼前這頭捉摸不透的機器老虎。特別使人討厭的是螢幕上的幾條狗，老是跳來跳去，眼看就要排成一線，驀地前面一個掉下去，還有一次，四個明明是擺在一條線上，中間會突然被刺破一個。希望就是這樣，近在咫尺，遠隔千里。達文龍又用力按了一下，機器不轉了，原來是投進去的錢又給吞完了。他的手習慣地伸進口袋，才發現帶來的幾百元錢已經全屬於那台角子機了。

三

角子機又被稱為老虎機，這一名稱真是再恰當不過了。科學昌明，時代進步，是誰發明了角子機，這傢伙的腦袋絕對不亞於大發明家愛迪生，其深層意義是在賭博中，消除人和人之間對陣的矛盾，讓機器和你對著幹。當你輸了錢想發火，機器讓你罵幾聲捶打幾下，也毫不在乎。你只能自認倒楣，總不能一榔頭把機器砸扁了。這可要觸犯眾怒，因為許多人對它還抱著無限希望呢。他們就是希望你能把錢扔進去後滾蛋，然後由他們來繼承你的事業。這就和達文龍坐上那台機器前的心態差不多。

為什麼他要滾蛋呢？絕不。達文龍坐在轉椅上又摸了一下口袋，他想抽煙，摸出那個「魂飛爾」煙盒，煙盒裡空空如也。「媽的」，自從他由勞心者變為勞力者，粗話、髒話也開始多起來。他看到幾位刀仔遊逛過來，窺視著他的座位，眼下這個座位在刀仔們看來猶如皇帝的寶座。他按了Reserve（占用）這一鍵，紅燈亮起來，表面這台機器他還有繼續使用，不能讓那些小子來撈外快。達文龍朝內衣口袋裡摸出銀行卡，他早就有所準備。

俱樂部的那個不顯眼的拐角裡有一台自動出納機，聯邦銀行的出納機和賭場的出納機用電腦聯繫在一起，取錢不用出門，服務周到之至，也可以說是串通一氣。達文龍按按動了四個號碼，這四個號碼全世界只有他一個人知道，如果角子機裡的祕密也只有他一個人知道，那麼他就是超人了。銀行卡裡的錢，存入多少，才能取出多少，一台台角子機可是遍布全澳，取之不盡……。達文龍從想入非非回歸到現實之中，出納機裡吐出五百元錢。

帳台上，一個老頭迎上來，這個老頭的一頭金髮已經開始變白，達文龍聽說過，這個老傢伙是富麗俱樂部服務多年的經理，工資相當高，角子機肯定是他工資的主要來源。老頭將滿滿一杯角子推到達文龍面前，笑臉和藹，猶如角子機上的圖案。看來這是一個好兆頭，達文龍又要了一杯啤酒和兩包煙。儘管賭場裡的煙酒要比外面商店裡貴出三成，但對於一個賭徒來說是微不足道的。「日日行大運，天天發大財」，達文龍經常光臨此地，一共輸掉了多少錢，他也記不清了。反正沒有發過大財，偶爾小贏過二三百元錢。今天，他深信必會撞上大運。

怎麼搞的，這五百元錢會滾掉得這麼快？他還沒有意識到到發生了什麼，錢已被吞進了老虎口裡。達文龍感到眼皮一跳，眼前發黑。哦，就像當初，一顆紙彈射上了他的眼睛。有了彈弓必然會參加孩子們之間的彈弓遊戲，另一位孩子彈中了達文龍的眼睛。真倒楣，他眼球充血，整整半個月，一隻眼睛被蒙上了布條。小夥伴們送了一個外號「獨眼龍」，除了形象之外，至少有一個「龍」字和他的姓名相同。經常有倒楣的事情伴隨在他童年的歲月之中。

霉氣來臨，是鬼使還是神差，彷彿那道陰影又籠罩到他的頭上。但他是一個勇於拚搏的人，他絕不相信，今天會輸錢。他又從出納機裡提取了三百元錢。帳台上，老頭的笑臉更加客氣。這裡的一切都對你客客氣氣，從賭場到酒吧，從飯店到商場，殷切的笑容永遠都掛在一張張臉上，是文明禮貌，也是金錢效益。在這種氛圍下，人也會變得瀟灑起來。外國人為什麼如此瀟灑，連賭錢也格外瀟灑，手上舉著一杯啤酒，筆挺地站在角子機前，不緊不慢，一下一下地按動著，清脆俐落，贏得瀟灑，輸得也那樣瀟灑，大把大把輸錢時，連眉頭也不皺一下，落落大方。是的，他們出了錢，就是為了玩得痛快，玩得瀟灑，沒有那種猴急的心態。對，要玩就玩得痛快，中國人不也有「千金散盡還復來」麼，超脫瀟灑。達文龍也想學學那種瀟灑，他放慢了節奏，也端來一杯可樂，喝了一口，可樂和啤酒不一樣，清涼爽神，帶著一絲涼涼的甜味。

四

三百元錢被前面這台角子機輕鬆瀟灑地吞了進去，也沒有「還復來」的感覺，達文龍卻感到無法瀟灑了，也無法痛快了，每一根神經都像被揪緊了一般。到底是什麼地方出了毛病？他突然發現了自己的那雙手，賭錢講手氣，手氣不就在手上嗎？對，一定是手法上出了毛病，不能老用一個手指往下按，把霉氣和陽氣混淆了，等於陰陽不分，彈鋼琴、按電腦不也講究指法嗎？他十根手指像彈鋼琴似地在按鍵上輪流替換，如果一個手指按下去，角子機裡噢叫一聲，吐回五個和十個角子，這隻手指上還有陽氣，需要繼續發揮，如果按下去，五個角子全被吞進去，說明這隻手指正處於霉氣的當口，需要馬上另換一根手指，從左手到右手，一二三四五，五四三二一，他數著自己的手指，連眼睛也不朝螢幕上瞧，反正耳朵裡能聽到機器裡的叫聲。

角子機的叫聲越來越稀落，達文龍則感到越來越疲勞。手上好像又被塞進了那把割肉的屠刀，流水線上牛肉體一片一片湧來的情景又出現了，他的手只是機機械地運動著……

他邊上的塑料杯一個個疊起來，每個杯子裡能裝二十元錢的硬幣，已經有好幾疊杯子了。一個服務員把杯子一起收進了帳台。媽的，他們恨不得將杯子裡馬上填滿角子，再從帳台上送換到賭徒的手裡，這個輪換的節奏不斷，俱樂部老闆口袋裡的錢也會越來越快地裝滿。這個道理達文龍不會不懂，他的眼前的杯子又在面前疊起來，他記不清楚光顧帳台幾次了，只記得最後一次用另外一張銀行卡從出納機裡取出七百元錢，因為「七」在這兒是一個吉祥的數字，如果五個七字成一條線在螢幕上呈現，就是十萬大獎降落之時，這點達文龍還是非常清楚的。他還記得帳台上那個換角子的老頭問了一句：「Are you luck?（你幸運嗎？）」他搖搖頭，那個老頭又和顏悅色地吐出一句：「Maybe after!（可能以後會幸運！）」但願上帝保佑如此。

上帝似乎把達文龍推進了一個夢幻的境界，眼前一黑，恍惚之中眼睛又像被彈弓射中了一下，一片漆黑，一個黑色的女人從側面徐徐走來，終於看清楚了，是一個穿黑衣裙的外國老太太……，連耳旁也突然響起來，聲音怎麼會變得如此悅耳，螢幕上五個黑桃皇后整整齊齊地排在一條線上，同一時刻跳出「10000」的數目，達文龍的心一陣抽搐，他看清楚了，不是十萬元大獎，一萬個角子等於一千元錢，但也給他帶來了一陣喜悅。

猶如一陣熱浪滾過，達文龍馬上冷靜下來，一千元錢並不是他今天的目標，他幾天扔進角子機的錢也已遠遠不止一千元錢。然而，他感到終極目標，十萬大元已離他很近。他曾經聽上次獲大獎的那位刀仔說過，得大獎前，先出了五個黑桃皇后，沒過半小時，那個大獎就如同一顆碩果掉下來，那傢伙說他眼淚也掉下來。呵，哪位偉人說過，歷史會有驚人的相似之處。黑色是變幻莫測的，猶如一個神祕的黑箱，女人是溫和的象徵，那麼皇后呢？是主宰者，但又被皇帝所主宰。還有什麼，角子機，老虎，他是龍，龍虎之鬥，龍是必勝無疑的。

五

達文龍的心怦怦地跳動起來，緊張而又激動，血管裡的血似乎要沸騰起來，但還在靜靜地流著，這種情緒是和剛才不能相比的，這種情緒內又夾雜著一點懼怕和壓抑，猶如決戰前夕的心情一般。

達文龍從手掌中展出兩根手指，食指和中指，鉗形般地伸向角子機，他向這頭老虎發起了總攻。按鍵上，他的兩個手指輪流跳動著，又像蟋蟀的兩顆尖利的鬥牙在一衝一衝，不，應該是兩顆龍的牙齒，在這兩顆龍牙的左右兩邊，大拇指有力地彎在右後邊，如同後盾；無名指和小指配備在左翼，共同組成了一個戰陣，在這一道戰陣後面，他那條手臂猶如一條長龍。他捲起衣袖，一根根青筋從皮膚下凸現出來。一年多來，嚴酷的體力勞動已經把這條手臂鍛鍊成像鐵一樣，臂腕粗壯，肌肉堅硬分明。這隻手臂曾經用屠刀狠狠地從牛體上撕割下無數肉條，這隻手也曾經在計算機上輕鬆自如地跳動過。而今天，這隻手已經在角子機上跳動了千百次，千百次的跳動猶如千百次的衝鋒，他相信自己的這條鐵臂可以橫掃千軍如捲席。

這猶如一場戰役，是古老的赤壁大戰，還是當代的史達林格勒戰役；是滑鐵盧的硝煙瀰漫，還是諾曼第的海潮滾滾……。呵，正像進入了藍色的大海，蛟龍在翻江倒海，龍爪、龍鱗、龍盔龍甲在藍色的海水中時隱時現，海水變成了紅色，海水變成了黑色……。這是從大海裡騰起的蛟龍與山間闖出的猛虎之間的一場惡戰。

如果說他的長臂像一條龍，那麼在這條龍的後面，他的身軀就是一座大山，泰山壓頂，他一定能把那頭老虎的天靈蓋壓得粉碎。戰鼓陣陣，地動山搖，他全都聽見了……。螢幕上的圖案在轉動著，變成一幅幅不同的畫面，每一幅畫面在達文龍眼裡都形成了一片戰場。

達文龍大口呼吸著，好像氣也接不上來，心跳加速，熱血沸騰，他感覺到自己每一根血管裡都已經漲滿，每一條神經都在抽搐著，每一塊肌肉都在抖動著，甚至每一個細胞都在向前衝刺，全身上下的氣血神都集中湧往一個方向。他的眼睛已經看到了那個大獎的影子，鼻子已經嗅出了大獎的氣息，耳朵也從機器轉動的聲音裡聽到了金錢上下翻滾的巨響。當然，他已不僅僅是為了錢，錢算得了什麼？然而在這個世界裡，錢可以為你帶來成功的感覺，讓社會承認你的價值，可以為你的家庭帶來歡樂，在你的親朋好友中炫耀，甚至連你的敵人也會對你刮目相看。呵，錢是一個矛盾的東西，達文龍與其說是在為錢搏鬥，還不如說在和錢搏鬥，和錢這一頭老虎搏鬥。他模模糊糊地看到了這頭老虎背後的許多東西，前所未有的感覺在他心頭蕩起：有古老傳統的因襲，也有當今海外社會的刺激；有小市民對金錢的渴望，也有理想主義者的追求；有賭徒般的瘋狂，也有生命和熱血的沸騰；有暴發戶一般的投機心理，也有勇士一般的衝鋒陷陣……

哦，他衝到了哪兒，什麼地方？記得達文龍在那條殘酷的流水線上幹了一年多，得出過這樣一個結論：人怎麼能夠和機器搏命！果然，這個結論此時此刻也靈驗了，那個和流水線同樣殘酷無情的螢幕告訴他，僅有的最後一個角子也被吞進了老虎肚子裡。達文龍又趺趺衝衝地走到自動出納機邊上，吐出的紙條告訴他，兩張銀行卡已是一片空白。他腦袋裡也變成了一片空白，木然地走回去，坐到那張高背靠椅上。

另一位刀仔走過來，安慰了他一句：「朋友，不要心灰意冷，從老虎機邊上跌倒，以後還可以從老虎機邊上站起來，現在嘛……」言行之意，是請達文龍現在可以讓出這個寶座，後繼有人。

當達文龍走出福麗俱樂部那扇玻璃門後，一屁股就坐在門口的台階上，腦袋裡空空如也，只覺得肚子很餓，忘記了吃午餐，可是口袋裡一個子兒也沒有留下。突然間，他腦子裡產生了一個想法：這個世界真他媽的自由，你贏了大錢沒人管，輸了大錢也沒人管；吃飽肚子沒人管，餓著肚子也沒人管。這時候，天已經開始黑了，但他身後的富麗俱樂部更加熱鬧起來。（完）

（原載於澳洲《滿江紅》雜誌1991年10月
及上海《萌芽》雜誌等）

6　蘭花手指

一

陽光盡情地鋪灑在一片溫和柔軟的草地上，大小不一的石塊點綴在草地中間，同樣太陽也毫不吝嗇地將熱量輸送給每一塊石頭。林西亭踏入那片草地，坐了下去，他找工走了大半天，兩條瘦溜溜的腿頓感鬆弛，一陣快意。

他喜歡坐在草地上，而不喜歡坐在石頭上。因為他喜歡草地鬆軟，而不喜歡石頭的堅硬，就如同他喜歡看天上舒卷的雲，而不喜歡目睹刺眼的閃電一樣。但是，生活不像草地和雲，卻偏偏如同石頭和閃電一般。林西亭感到生活總是在那樣硬梆梆地逼著他，逼他成為一個大丈夫，逼他成為一個男子漢……

「男大當婚，一個男人怎麼能不結婚呢？」他母親厲聲說道。但是，在林西亭的內心深處，確確實實不曾有過一絲結婚的念頭。如今雖然不是「父母之命，媒妁之言」的年代，但林西亭的幾句慢聲細語不可能招架住父母及親朋好友的強大攻勢，終於他那雙細瘦的手臂也夾起一捲裝飾新房的牆布忙碌開了。

「人家都在朝外跑，傻瓜，不抓住這個機會出去闖一下，還算什麼男子漢！」結婚不到一年的妻子將一張澳洲英語學校的報名單塞到丈夫手裡。

林西亭並不欣賞這樣的「機會」，「出國風」——「出國瘋」，別人津津樂道的話題幾乎和他毫不沾邊。不過，他也喜歡英語，在倉庫保管員的那一間寧靜的小屋裡，除了擺弄計算機，清算倉庫裡的物品，空閒下來，半導體小耳機塞進耳朵，英語不硬不軟的聲音，輕輕地震動著耳膜，很是舒服。

「那你學英語有屁用？」妻子嗔怒道。以前她是反對丈夫學這種「洋屁」語言，現在卻認為這個慢條斯理的丈夫頗有遠見，結果是她拉住丈夫的手填寫了那份澳洲語言學校報名單。以後她借款、購物、奔波、忙碌。當別人垂頭喪氣地收到拒簽通知時，她從郵遞員手裡接過掛號郵件，然後將帶有簽證的棕色護照捧到了林西亭眼前，同時，兩行熱淚也奪眶而出，她不知道自己的將來，也不知道丈夫的將來，是喜還是悲。

此刻，這一位男子終於被送到澳大利亞的草地上來曬太陽，「我來澳大利亞幹什麼？」林西亭捫心自問。

別人找工，他也找工，別人找到了，他找不到。儘管那幾位還沒有聽懂對方說什麼，就胡扯什麼自己有工作經驗，儘管他差不多聽懂了對方的每一句英語，但他怯生生地羞於回答，更不好意思撒謊。一條路接著一條路，一家工廠連著一家工廠，他就像踏破鐵鞋，但什麼工作也沒有找到。他真恨，恨自己是一個男人。「為什麼要讓男人成為強者？強、狠、硬這些字眼似乎永遠和男人聯繫在一起。為什麼男人一個個都要像景陽崗上打老虎的武松，還要學習打虎上山的楊子榮！……」此刻的他就像上了山，卻無法下山一樣。將近半年，他沒有掙到過分文小錢，花的卻是用人民幣換的澳幣。澳幣一張一張地花出去，口袋裡就將空空如也，如何和家人交代呢？

天空中飄來幾朵雲彩，擋在太陽前面，使得陽光顯得柔和了一些。「世人總是喜歡把女人比喻為水，將男人比喻為火，比喻為鋼鐵，這有什麼意思呢？」林西亭還在胡思亂想，「男人為什麼不能成為水呢？男人們喜歡逞強，你爭我鬥，打架罵娘，然後是戰爭和征服，將天下搞得乒乒乓乓。如果男人也像水一樣，也許這個世界會安分得多……」林西亭不由得遐想起以往寧靜的日子，那個寧靜的倉庫保管員小屋。還有在數年前，他有過一段使人難忘的，在心裡泛起漣漪的好時光。

二

在那兒，他結識了一個人，不，應該說是好幾位，那個人只是其中和他最親近的一位。那是在人民廣場邊上的一個三角花園裡，華燈初上，林西亭晚餐後，散步走到那兒。悠揚的二胡聲伴隨著戲曲的唱段，飄散在幽暗的樹林周圍，越劇《紅樓夢》，錫劇《西廂記》，特別悅耳的是那一位的京劇花旦的唱腔，他扮著女兒腔，舉手投足之間，十分傳神。

「來，來，過來。」這位花旦和林西亭已經相熟了，「小兄弟，我看你也能學幾招，先要學招式，然後練嗓子。」他將有點怕羞的林西亭拉到身邊。「對，抬起手，兩條手臂一起朝右，舒軟一點，小手指翹起，像我這樣，對，好極了。這叫蘭花手指……」我的做工和唱腔都是從梅蘭芳徒弟那兒學來的，你可知道梅蘭芳嗎？中國最有名的京劇大師，專們男扮女裝唱花旦……。瞧你又細有白的手，翹起小指，真是天生的蘭花手指。」

「小兄弟，明天你可要來啊。」告別時那位花旦親熱地拉著林西亭的手。

這個三十幾歲的男人把林西亭給吸引住了。林西亭沒有哥哥，小時候，他不像其他孩子那樣，希望自己有一個會打架，能在眾人面前耍威風的哥哥。如今，他卻真想把這位架著一副琺琅架眼鏡的白面書生認成為自己的哥哥。

於是乎，他每天晚飯後，都要去三角花園見那位斯文的哥哥。偶爾一天沒去，就感到魂不守舍似的。他已經知道了那位哥哥的名字叫「海芳」，有點像女人的名字。

這位哥哥手把手地教林西亭唱戲，不厭其煩，時常表露出幾分親熱，拉拉他的手，輕輕地捏一下他的手背。有一次，海芳那張嘴有意無意地在他的後頸上親了一下，使得林西亭一陣臉紅耳赤，當然在夜幕中也看不清楚，僅此而已。林西亭喜歡和他們這群人聚在一起，唱唱鬧鬧，心情格外歡暢，很有幾分快感。

天有不測之風雲。那一天，林西亭踏入這片三角地時，這夥人一個個都不見了，一連幾天，不見他們的蹤影。「發生了什麼事？」林西亭丈二和尚摸不著頭腦。

一個多月後，在一條小馬路上，林西亭遇見了一位曲友，是他們中間拉二胡的。他把林西亭拉到一邊：「出事了，不能再去三角花園了，那兒有公安局的便衣。」

「為什麼，唱唱戲，拉拉琴犯了什麼事？」林西亭莫名其妙。

「你不知道啊，你的海芳哥哥被抓進提籃橋，說他搞同性戀，吃五年官司。他是頭兒，誰有膽量沾邊。」那位說話嗓音嘶啞，絕對不亞於二胡走了調。

就像過眼雲煙，林西亭心裡泛起一陣傷感，悶悶不樂，那段愉快的時光不得不變成了記憶。

五年以後，也就是林西亭新婚不久，他又碰見了海芳，瞧見那張細皮白肉的臉泛黃了，老成了許多，不由心頭悲喜交加，冷熱同生。在一家咖啡館的角落裡，海芳嘮嘮叨叨地敘述起大牢裡的場景：「小兄弟，你可不知道，那個提籃橋監獄比我的年齡還要大一倍，內內外外有好幾圍，從上面俯視下去，整個建築是一個紅色的大十字，你可知道這個十字有什麼用處嗎？當年東亞人的飛機到上海來扔炸彈，瞧見下面有個紅十字，就沒有朝裡面扔炸彈……」海芳的神態好像當年他在大談戲曲家梅蘭芳一樣。

「在裡面，他們還要我擔任什麼文藝組長，帶頭唱革命歌曲。小兄弟你知道，我的嗓子可不是隨隨便便亂唱出來的。唱那些歌曲，一唱就走調，於是就說我故意破壞，天地良心，我並不是故意的——」海芳的嗓音走了調，「唉，『破壞』更擔當不起，輕則讓其他犯人打你屁股，或者雙手一上一下放在背後，嘗一嘗扁擔銬的味道，犯重規的，就要關地牢、天牢，地牢就是地下室的水牢，和電影裡看見的差不多，那個天牢是在屋頂的陽台上，一個架子上的手銬把你銬住，架子的高度使你既不能站又不能坐，必須躬著腰，熱辣辣的太陽迎面照著你，一天下來，包你這一輩子也不會忘記……」

從此以後，林西亭和海芳的交往稀疏了。他對這位哥哥確實有幾分「依戀之情」，不過一想起什麼天牢、地牢、扁擔銬之類，頭頸就會情不自禁地朝衣領裡縮，再說，他現在已經是一個有家室的人了。

出國前夕，林西亭和海芳最後一次碰面。

「出國好啊，在外國，男人和女人，女人和男人，男人和男人，女人和女人，什麼都是自由的。」海芳感嘆地說出這句話，眼鏡片子後面的眼珠頗有意味地一轉。林西亭對此話並沒有真正聽懂，只是以為他有點感傷。海芳的贈別禮物是一盒錄音磁帶，錄著他自己的戲曲唱段。「小兄弟，不要忘記我啊。」他伸出小指挑起林西亭的小指，就像兩隻蘭花手指勾在一起。

林西亭喉嚨裡一酸，眼睛發熱，淚水差點溢出來。

就如同普希金說的那樣：「過去的，就會變成親切的依戀。」其實，林西亭是挺有幾分文藝細胞的，他愛好文學。「男孩子學理工科才有出息。」他父親一本正經地下了一個定義。於是他只能選上那個不文不理的電腦專業。不過，平時他經常看一些文藝書籍，也愛好古典戲曲之類。他不喜歡什麼《三國演義》、《水滸傳》之類，偏愛《西廂記》、《紅樓夢》等。

三

夕陽西斜，晚風帶來一陣涼意。林西亭站起身走出這片草地，漫無目標地朝市區走去。

今晚市中心熱鬧非凡，大馬路上似乎有些異常狀況，一隊隊騎著高頭大馬的巡警溜達而過，有幾條馬路上施行交通管制，汽車不能進入。人們都朝海德公園那兒湧去。林西亭突然想起，《悉尼晨報》上登載著今晚有同性戀大遊行。這是他在國外第一次耳聞的新鮮事。

據說澳大利亞是對同性戀最寬容的國家，比歐美那些領導新潮的國家還要寬容。同性戀者有他們（她們）的權利和自由，在繁華的牛津街上有他們的俱樂部和酒吧，他們經常開展各種活動。雖然，平時有些人在罵人的語言中對同性戀者有幾分鄙視。這會兒，無數男女老少像喜慶似地去看大遊行。

真沒有想到，遊行隊伍如此龐大，五彩繽紛的車輛接連不斷，花枝招展的人流連綿無盡，成千上萬，激光燈在他們四周閃爍。林西亭不由得想到，是不是全世界的同性戀者今夜全聚集在這裡了？人流上面拉出標語，哦，真有從美國來的同性戀隊伍，從歐洲來的同性戀隊伍，從一水之隔的新西蘭來的同性戀隊伍，還有從亞洲來的同性戀隊伍，有從香港、台灣來的同性戀隊伍……，當然看不到從中國大陸來的同性戀隊伍。他們身上的衣著裝飾稀奇古怪，無奇不有。有點像騎士，有的像小丑，有的披鱗帶甲，有的赤身裸體，還有的身上塗抹著各種螢光色，粉白、鮮紅、豔黃、草綠，各種各樣的色彩像潮水般湧來。林西亭越看越興奮，白天的愁緒一掃而光。觀看的人太多了，他站在後排，只能踮起腳。

「Every one all man, not woman, There, you look look.（都是男人，沒有女人，那兒，你看看。）」突然林西亭前面的一個男人轉過頭，嘴裡帶著酒氣，讓林西亭欣賞前面走過的男扮女裝的隊伍。

不一會，遊行隊伍中間出現了一個巨大的道具，有點像男人的陽具，幾個遊行者操縱著這個道具表演出猥褻的場景。那個人哈哈大笑起來，興奮地叫道：「Nice，Nice!（太棒了！）」又問林西亭喜歡不喜歡，林西亭笑笑。

前面這個人身材不高，臉蛋卻不小，肥頭大耳，一對黑眼睛賊亮亮的，身穿一件顏色花哨的T恤衫，皮膚黝黑，不是白種人，有點像新西蘭那兒來的土著人的後裔。他興奮地和林西亭交談起來，自我介紹道，名叫艾倫。他問林西亭是不是中國人、是不是留學生，林西亭點點頭。那個人說他喜歡中國人，也非常喜歡林西亭，又問林西亭是否喜歡他。林西亭不知道怎麼回答好，也勉強地點點頭。

「OK！」那個傢伙非常高興，眼珠兒一轉好像想起來什麼，他問林西亭有沒有工作。林西亭回答：「沒有，現在找工作太困難了，特別是對我們這些剛來不久的留學生。」那人爽快地說：「沒問題，我是工頭，你可以到我的工廠裡來工作。」

踏破鐵鞋無覓處，得來全不花功夫。林西亭絕沒有想到今天這一個湊熱鬧的晚上，無意中撞上一個好運。他向艾倫要了地址，問了明天的上班時間。夜裡興奮得無法入睡，興奮的原因是那場大遊行的場景還是明天即將到手的工作，他還搞不清楚，便糊裡糊塗地進入了夢鄉……

四

那是一家加工鐵皮的小廠，幹活的有六七位中國留學生，怪不得艾倫對留學生的情況如此清楚。他把林西亭帶進辦公室。老闆是一位高鼻子、黑頭髮、灰眼睛的義大利中年人，西裝革履，筆挺的紅領帶上夾著一個金色的小飾品，還沒有走近，林西亭已聞到一股兒濃郁的香水味。老闆的臉上帶著一副黑色的秀郎架眼鏡，他從玻璃鏡片後面透出眼光打量著林西亭，慢條斯理地說了幾句，意思是現在工廠裡並不缺人手。工頭艾倫解釋了幾句，說有一個空缺，需要找一個人。老闆看著工頭，和藹地笑了笑，點頭答應了。

如同一條流水線，第一道工序是將鐵皮裁小，下一道是直角沖壓，後一道是橫向沖壓，一道道地進行，最後將鐵皮定型成各種小配件。給林西亭的活計較輕鬆，推一輛小車，送送機油之類的東西，工作沒有指標，悠閒自得。

沒幾天後，林西亭發現工頭平時笑嘻嘻的，說翻臉就翻臉，特別是對待那幾個中國留學生，一會兒指責這個幹得不好，一會兒又叫囂那個幹得太慢，講話中髒字不離口。不過他對林西亭從沒有發過一次火，甚至禮遇有加。在工作的時候拉住林西亭說說笑笑，還特意朝林西亭的手裡塞幾顆巧克力糖果。搞得林西亭在其他留學生面前有點抬不起頭。

過來兩週，那天領了工錢，下班後艾倫親熱地拉著林西亭去喝酒。林西亭不是很喜歡喝酒，但又不好意思不去，這是艾倫第三次邀請他了。在酒店裡喝了幾杯啤酒，林西亭出門時腳步踉蹌。艾倫仍然拉著他，說回家再去喝幾杯，他家裡有好酒。林西亭被他拉上了小汽車。

從踏進艾倫家裡開始，林西亭感到一切都變得渾渾噩噩，就如同銀幕上出現的模糊鏡頭。一杯杯，一瓶瓶，碰杯，灌酒，林西亭根本不知道喝的是什麼酒。艾倫先是和他稱兄道弟，後來說愛他，那張粗手在捏他的臉蛋，那張嘴也像豬一樣拱了上來……。林西亭好像說自己實在太累了，想回家去睡覺。「沒關係，你就睡在這裡，明天我送你去上班。」接著艾倫將他抱上床，替他寬衣解帶……

半夜裡，林西亭有點清醒過來，他發現那個鼾聲如雷的艾倫就睡在自己身邊，睡在同一條毛毯下，兩條粗黑的胳膊壓在自己的胸口上。哇，林西亭差點叫出聲，自己全身上下是赤裸裸的，身邊那個傢伙也是赤裸裸的。他想跳起來離開逃走，剛把兩條胳膊拉開，艾倫停住鼾聲醒過來，又要和林西亭親熱：「親愛的，你真是細皮嫩肉，可愛的小伙子，我非常非常喜歡你。」

林西亭一陣哆嗦，他澈底清醒過來，同時感到自己的肛門後面有點脹疼。雖然以前他還沒有真正領嘗過這種肉體上的滋味，但在一本X級的雜誌上閱讀過這樣的情景，他已經真正明白了是怎麼一回事。他有苦說不出，嘴巴裡好像吃進了一隻蒼蠅。

以後，這種遊戲進入了程序。說句實話，林西亭在心理上似乎打破了一層障礙，但在生理上總是感到有些厭惡。何況艾倫太粗糙，嘴裡老是噴著酒氣。有一次，林西亭想把氣氛搞得文雅一點，他翹起蘭花手指，邊唱邊演，表演了幾段中國戲曲。那傢伙大為高興，不等林西亭唱完，一把將林西亭摟進懷裡，端起酒杯朝他嘴裡灌，林西亭頓生反感，但他是一個膽小怕事的人，是一個不敢發脾氣的人，一個忍氣吞聲的人，何況他怎麼敢和頂頭上司拉下臉呢，他必須考慮到那份來之不易的工作。

艾倫似乎對林西亭更加體貼關懷了，第二天讓他早下班兩小時，回去休息休息，還說這兩個小時工錢照給。林西亭有點害怕，他說老闆知道了會有麻煩。

「沒有任何麻煩。」艾倫拍著胸脯，他說他和老闆有特殊關係，林西亭的一切事情都包在他身上。林西亭知道在辦公室裡操作電腦的那個膚色黝黑的姑娘是艾倫的妹妹，好像和老闆的關係也挺不錯，她當然不是老闆的妻子，是不是情人就不清楚了。

「艾倫和你特別親熱，是嗎？」另一位留學生冷言冷語地問他。林西亭明顯地感覺到，廠裡的幾位同胞對他越來越冷淡，是嫉妒還是看出來他和艾倫之間的關係？如今，他們經常對他白眼相視，惡語相加。

一種鄙視輕辱的氣氛將他包圍住了，他猶如吞下了黃連，有苦說不出，內心越來越難以平衡。有時候，他會從半夜的惡夢中醒來，剛才的夢裡，一會兒是另幾個留學生的冷冰冰的臉，一會兒又是艾倫那張反覆無常的豬頭似的臉，猛然間，這張臉對他吼叫起來，讓他滾出廠門……。林西亭感到害怕極了，暗暗流淚。唯一能夠安慰他的是，打開錄音機，將耳機塞進耳朵，海芳的唱曲輕輕地傳出來：「妹妹，你來遲了。」他知道自己的內心深處，還深深地存在著那位哥哥的影子。

可是艾倫那傢伙對林西亭的要求越來越頻繁，動作也越來越放蕩，甚至在白天上班時，也會來幾下下流動作。另幾位留學生瞧見，就對林西亭越加鄙視，指著禿頭罵和尚，還說：「真噁心。」

林西亭感到不堪忍受了，在一個週五下班時，艾倫又要拉他去喝酒。他鼓起勇氣，嘴唇嚅動著說：「艾倫，今後我們是否可以結束這種遊戲了？」

「Fuck（操）！」艾倫頓時拉下臉來，接著又連珠炮地問，「操，你還想不想在這兒幹下去？窮小子，你的錢是進了這個廠才掙來的，明白嗎？」艾倫「砰」的一聲關上車門，留下一句「Fucking you（操你）」駕車揚長而去。

星期一，林西亭心驚膽顫地踏進廠門，整個週末，他都在惴惴不安的狀態裡，飯嚥不下口，覺不能入睡，他時時刻刻擔心這份舒適的工作化為泡影。不，他可能連苦活也幹不上，他將被一腳踢出廠門，他到哪兒再去掙這一份不錯的工資呢？國內的妻子對一個在國外只會花錢不會掙錢的丈夫又會怎麼想呢？……林西亭真不敢想下去，束手無策。

一整天，林西亭心驚肉跳地怕艾倫出現在面前，但始終沒有見到這個傢伙的人影，也沒有聽到他粗野的話音，甚至車間辦公室裡艾倫的妹妹也沒有瞧見。只是老闆今天在車間裡走得勤快了一點，走過林西亭身邊，他就擔心被叫喚進辦公室，然後是結帳炒魷魚。但是，老闆沒有說話，只是對他笑笑就走開了。

下班時，林西亭洗完手，小心翼翼地最後一個離開車間，當他走出廠門時，只見老闆三腳兩步地跨過來，一邊鎖廠門，一邊叫住了林西亭。

林西亭的心馬上「咚咚咚」地跳起來，也許今天是最後一天上班了，老闆馬上要下逐客令了。

「Mr林，我想，我要和你談一談。」老闆將眼鏡架朝鼻子上頂了頂，提著皮包朝林西亭走來，「哦，坐到我的車上談。」

老闆那輛漆光鋥亮的賓士車比艾倫那輛二手貨福特車，可是昂貴漂亮多了，車坐上鋪著絲絨座墊，林西亭的屁股雖然挨著軟軟的車座，但心裡仍然在七上八下地亂跳。

「Mr林，我聽說你在中國大學裡學電腦，對計算機有經驗？」

林西亭點點頭，但疑惑不解，老闆問這個幹什麼，而且老闆怎麼會知道我是學電腦的？

「我想，讓你來使用本廠那台電腦，不會有什麼問題吧？」

林西亭吃了一驚，又感到心頭一喜，但又一想，問道：「艾倫的妹妹不是電腦操作員嗎？」講到此，林西亭索性問道，「管工艾倫今天沒有來上班嗎？」

「哦，我不想提起他們，我只是問你，願不願意幹計算機的活？」

「我，我當然願意。」林西亭喜出望外。

「另外有一件事，你聽我說，你們中國留學生幹活都很勤快，你是他們中間英語講得最好的，你可以每天到我這兒來接受指令，然後由你把生產指標告訴你的中國夥伴。我想，他們沒有管工，也照樣能把活幹好，是嗎？」老闆頭頭是道地說。

林西亭真是高興，為自己也為其他幾位留學生，如果這樣，大家都可以不用看艾倫喜怒無常的臉色了，還有無形之中，自己在那幾個留學生中間的形像也會大為改觀。

「哦，你那張手，」老闆突然抓起林西亭的手看了一下說，「這張手確實應該和計算機打交道，和那些粗活是不相稱的。」接著老闆又笑著說：「最後一件事，如果這兩項工作你都能勝任，以後，我將給你每小時增加兩元工資。

林西亭簡直是受寵若驚。「謝謝老闆，謝謝老闆。」

老闆也顯得很高興：「Mr林，為我們今後的合作愉快，我想，請你去我家裡喝一杯，怎麼樣？」

賓士車駛上了公路，一路順風。林西亭觀賞著車外澳洲田園般的景色，不由得想到，今天真是個好日子，沒有遇上倒楣事，卻撞上了好運。當然老闆也有他的算計，讓我幹這兩件活，等於為他省下了一份人工。不過對雙方來說，這是一件兩全其美的好事。老闆為人不錯，平時對待工人們客客氣氣，說話從不帶髒字。他容貌斯文，衣著打扮整潔，和那位肥頭大耳的艾倫相比，簡直是天壤之別。不過，那個工頭艾倫，現在在林西亭的肚子裡則成了一個謎……

老闆的家地處北悉尼的海邊，是一幢帶有義大利風格的花園洋房。踏進屋裡，林西亭眼睛一亮，大廳裡，地下是鑲有花紋的地毯，頂上垂下乳白色的枝形吊燈，一架黑色的鋼琴設在屋角，牆上掛著幾幅油畫，為屋內平添了一股藝術氛圍。

老闆為林西亭開了一瓶香檳，林西亭一邊啜著白色的酒沫，一邊打量著這間屋子。房子裡沒有瞧見其他人，不清楚老闆的家人在哪兒，又不能直接問，洋人最忌諱打聽別人的私生活。但林西亭看見前面的一個玻璃櫃裡放著一雙漂亮的女式高跟鞋，還有絲襪和女性化妝品。

老闆脫了西裝，穿著一件小格子花紋的淺色襯衫，風度翩翩，顯出幾分文化修養，他興致勃勃地問林西亭：「你喜歡不喜歡藝術？」

「以前很喜歡。」林西亭回答，「但現在來到澳洲忙於打工，生存更重要。」

老闆聽見此言笑起來，他呷了一口酒道：「喜歡不喜歡藝術是天生的，有的人天生就愛藝術，有的人則天生就是一個混蛋；就像有的人天生細膩，有的人天生就是粗坯一樣。」說到這兒，老闆的玻璃鏡片後面的眼珠兒狡黠地一笑，借題發揮道：「比如那個管工艾倫，天生就是一個粗貨，一頭蠢豬，沒有受過像樣的教育。還有他的妹妹，雖然懂一點電腦，也是一個笨蛋，每一件事都要做錯。他倆每週要拿許多錢，簡直是在對我的工廠進行欺詐。現在我已經讓他們永遠不要再踏進我的廠門。」老闆露出了得意的神態。

原來是這麼一回事，林西亭完全明白過來，同時也證明了他的猜測。老闆不是傻瓜，如何用人是從經濟角度上考慮到。

老闆接著談起自己，他早年也是一個義大利裔的移民，知道移民的辛苦，他小時候吃過不少苦，年輕時還進過藝術學院，他興高采烈地說：「你知道我們義大利歌劇嗎？那可是世界上最美好的音樂，就像你們中國的古典戲曲一樣，都是非常優美的藝術。」

真想不到老闆身上還有不少藝術細胞，對東西方藝術都有了解，林西亭似乎碰到了知音，內心不由一陣喜悅，他已經很久沒有這種感覺了。

老闆將酒徐徐地送進嘴裡，清了清喉嚨，走過去揭開黑色的鋼琴，一邊彈奏，一邊用義大利語唱出來一段帶有抒情味道歌曲。林西亭讚賞地輕輕拍了幾下手。

香檳、琴聲、歌曲，還有那柔和的燈光，使整間屋子呈現在浪漫的情調之中。幾杯酒下肚，老闆臉上泛著紅光，笑容可掬。「你也會唱歌吧？」不待林西亭回答，他繼續說道，「我知道你能唱非常好聽的中國戲曲，一邊唱一邊還能做出這樣的動作。」老闆伸出毛茸茸的手掌，出人意料地翹起蘭花手指。

林西亭驀然一驚，自己邊唱邊演，只有給艾倫看過，怎麼會傳到老闆這兒？

「這種樣子非常美，像一位年輕的女士。我認為男人裝扮成女士，是一種高雅的愛好。」說著老闆站起身，打開玻璃櫃，興沖沖地拿來一本相冊。打開相冊，那張照片上是一個腳蹬高跟鞋，穿著長筒絲襪，嘴唇塗得鮮紅的人，似曾相識，呵，就是他，眼前站著的這位老闆。林西亭似乎從什麼事情中明白過來。

此時老闆表現出一副十分親熱的神態，他說：「你知道，我現在非常喜歡你。以前，我曾經喜歡過艾倫，那是一個錯誤，他是一個粗糙的混球，滾蛋了。那個傢伙怎麼能和你相比，你的知識能為我的工廠服務，你還是一個有文化教養的東方人，我當然選擇你，選擇你作為親愛的夥伴。」

這幾句話使林西亭後背升起一股涼意，他恍然大悟，原來艾倫和老闆的特別關係，就如同和他的關係一模一樣。只是現在老闆踢開了那個傢伙，移情到了他的身上。是的，他剛逃出一個陷阱，眼前這個充滿羅曼蒂克氣氛的房間，頓時又變成了第二個陷阱……

「親愛的，唱一個，唱一個。」老闆兩眼發亮熱情洋溢地催促道，又為林西亭斟滿了香檳酒。

林西亭手足無措，言語頓失，他一句也唱不出來。如果說以前工頭艾倫看上了他，可以稱為「工頭之戀」，那麼如今又換上了「老闆之戀」。林西亭不知道這種戀情的結尾是喜劇還是悲劇，因為他也不知道自己是否會變成第二個被老闆踢出廠門的「情人」。

此時，也許他心裡只有一個希望，今後不管那份「戀情」如何發展，他能夠得到一種「平等和公正」嗎？

呵，在這個對待同性戀者最寬容的國度裡。

（原載於澳洲《滿江紅》雜誌、《東華時報》1998年2月。
被選錄大陸《澳洲情人》小說集）

7　悉尼第一刀

一、歐斯底雞廠

要說悉尼第一刀，就不得不從歐斯底雞廠講起——

（一）前任老闆歐斯底

歐斯底雞廠是希臘裔老闆歐斯底開辦的。歐斯底老闆五十幾歲，吃了幾十年的雞飯，對悉尼雞類行業瞭如指掌，雖說他也能握著刀在雞肚子上劃幾下，但稱不上割雞高手。是不是割雞高手並不重要，對於歐斯底老闆來說，重要的是他有了一個發現，他質問他老婆：「你為什麼越來越像一隻肥母雞？」他老婆也不甘示弱，咒罵道：「你如今變得像一隻超標準的澳大利亞肥雞。」

澳大利亞什麼都講規格標準，養雞業也一樣，比如18號雞就是一公斤八兩，22號就是二公斤二兩，拔了毛放了血的光雞還有二公斤多，當然是一個肥壯的雞。歐斯底老闆論斤稱兩至少是一百號，也就是說一百公斤，如果去掉內臟，估計不會少於八十公斤。他雖然身材肥胖，但那張臉一點也不胖，鼻子、嘴巴朝前撮起，一踏進工廠，一頂雞冠似的紅帽子戴上腦袋，走起路一挪一挪，挺有雞的風度，講話更是尖聲尖氣，如同雞叫。不過，歐斯底老闆對他老婆評價沒錯。道理簡單，歐斯底老闆在雞肉堆裡打滾多年，從一個漂亮的金髮希臘小伙子變成如今這般雞模雞樣。常言說夫妻相、夫妻相，老闆娘則從老公那兒汲取了雞的精華，於是乎，夫妻身上雙雙散發出雞的味道。如果懂得這個道理，歇斯底夫婦就不應該相互攻擊、相互咒罵了。

但歇斯底老闆是不大講道理的人，隨著年齡增長，越來越不講道理，那個「發」（Fuck／操）字不離口，廠裡工人沒有一個不被他「發」過，他認為錢是「發」出來的，可能他還從廠裡的某個中國工人口裡聽說過，「發」在中國字裡是一個吉利的字眼。

被老闆罵得最厲害的是一個小越南。小越南身材矮小，平時不聲不響在一個角落裡拆雞，那天不小心將一塊雞肉扔進雞骨頭堆裡。歇斯底老闆雖然像一隻老雞一樣動作遲緩，但尖銳的眼光不減當年，他將那塊雞肉從骨頭堆裡撿出來，怒從心底起。諸位看官可以想像一下，那雷霆般的罵聲從雞叫般的嗓門裡鑽出來，其尖銳的程度不亞於割雞的尖刀。

那邊小越南的臉色由紅到紫，惡從膽邊生，回罵一聲「發」，抽出那把割雞刀。歇斯底一看不妙，轉身就跑。小越南追出一步，在塑料箱上絆了一跤，這算是救了歇斯底先生一條命。他一步一挪爬上樓梯，逃進辦公室，又從那邊門逃出，從那邊樓梯爬下去。小越南窮追不捨，幾上幾下，歇斯底跑得即將斷氣時，小越南被一邊的工人拉住。

「雞啊、雞啊……」警車鳴叫著光臨歇斯底雞廠，警察對這次事件調查取證。

經過這場折騰，小越南被逐出廠門。但廠門內的歇斯底老闆也大不如從前，像一隻即將斷氣的瘟雞，經營情況一天不如一天。但歇斯底老闆腦袋並沒有壞，睜開眼睛看一看，悉尼地區除了幾家宰雞的大雞廠外，那些小型雞肉加工廠在這幾年間都已轉賣到中國人、越南人等黑頭髮的新移民手上。黑頭髮小老闆再將工價壓低，雞肉的賣價也壓低。連歇斯底老闆也認為這種價格簡直是歇斯底里發作，他也無法做。但那些中國佬經營的小雞廠照樣越做越興旺。歇斯底老闆終於認識到一個真理，太平洋後浪推前浪，那些「掐你死」如同自己年輕時候一樣，幹起活沒死沒活，不怕競爭，不怕壓價，從蠅頭小利中打出一片天地。於是他不得不忍痛頂讓，將歇斯底雞廠賣給了黑頭髮的王希思。

（二）現任老闆王希思和他的助手史地歇

王希思是中國留學生中的成功人士，買下歇斯底雞廠，進出廠門是一輛二手貨的寶馬車。他的計畫是在北悉尼高尚住宅區，買一幢靠近海邊的豪宅。為了實現這一目標，他在廠裡進行了多項改革。先將辦公室搬到樓下。樓下這間屋原來是工人吃飯和休息的場地，和車間一牆之隔，上端是一排玻璃。王希思想道，以前歇斯底老闆從樓上跑到樓下，盯在別人屁股後面罵，吃力不討好。如今他將辦公室搬到樓下，隔著玻璃就能瞧見那邊，無形之中就給工人增添了壓力。此外，他又使出一招。諸位一定記得，以前在中國工廠裡，牆上都貼著一塊塊紅色的語錄牌，以後又改成管理規則等等。王希思移花接木，也在歇斯底雞廠的牆壁上搞出一塊塊牌子，反正拆雞者大都是黑頭髮，也無須英文了，索性寫上中國方塊字，標題為「雞要拆得好」，其內容曰：「拆下的雞肉不帶骨，拆下的雞骨不帶肉，精肉上不帶肥，肥油上沒精肉，拆肉率要高，人工花得少，價錢能賣得貴，成本必須減少。——老闆王希思。」牆上每隔幾公尺就貼上一塊。讓每一位拆雞工人都牢記他的最高指示。幾天後，王老闆發現最高指示的後面一句被竄改成「工錢必須付得少」。又過幾天，底下又添一句「鈔票最好一分也不付」，署名處改成「一毛不拔」。王老闆當然想一毛不拔，但這話能赤裸裸寫在牆上嗎？

王老闆還聘用了一位能幹的銷售員姓史名地歇，那史地歇是何方高人呢？以前大陸電視裡出現過他的形象，那年頭電視經常轉播大學生辯論比賽，史地歇就讀某大學法律系，是甲方辯論隊隊長，熟知天文地理，通曉山南海北，盡數世間人事、天堂神事、地獄鬼事；他兩片嘴唇絕薄，一口氣講三個小時嘴角上沒有一點唾沫；他最大的特點是，能將在砧板上已被大剁八塊的雞講得飛上天空。王老闆為了讓史先生發揮最大的潛力，給廠裡打開局面，答應分給他歇斯底雞廠一成股份。史地歇像野狗一樣在悉尼地區亂竄，搞推銷，抓客戶。今天又給老闆王希思提出一個建議：舉行一場拆雞大獎賽。

王老闆皺皺眉頭：「大獎賽得發獎，還得出錢招待，這不是虧本的買賣？」

「這你就得聽我的了。」史地歇胸有成竹地分析道，「兩筆帳，一筆是出帳：大獎賽獎分三等，頭獎三千元，二獎兩千元，三獎分三名各一千元，總計八千元。招待費嘛，你冰庫裡那些賣不掉的雞翅膀，長年累月放下去也成一堆廢品，拿出來化化冰，借幾個燒烤爐子，咱就美其名曰參加比賽者，免費提供燒烤食品，最多再弄幾大包馬鈴薯條，購幾箱飲料，我看兩千元錢綽綽有餘。場地嘛，就在本廠，不花一分一毫，一萬塊錢就能把大獎賽搞定。另一筆是進帳：參加大獎賽的拆雞手交二十元報名費，有一百人參加就是二千元，悉尼地區有六七百萬人，雞廠、雞店不知有幾百幾千家，說不定來幾百號人，光報名費就能進帳不少。這可是大獎賽中最小的一筆收入。」

「最小一筆錢，大錢從什麼地方來？」王老闆弄不懂。

「第二筆錢嘛，幾百號人參加比賽，初賽、複賽、決賽，至少賽上一個星期，參賽的都是拆雞高手，一個星期得拆掉多少雞，加工費你一分錢也不用付，這一項能撈進幾萬塊錢吧。第三筆錢就更大了。那叫無形資產，歇斯底雞廠舉辦悉尼第一刀大獎賽，大名遠揚，在雞類行業引起轟動效應，以後購雞肉的客戶紛紛而來，踏破門檻，歇斯底雞廠三班倒，活也來不及幹，老闆你坐在辦公室裡一天到晚數錢，我也不用像野狗一樣到處亂竄了，你數錢數得手痠時，我替你接著數就行了。」

「哈哈哈，」王老闆放聲大笑，「真的搞成這樣，給你二成歇斯底股份。」

二、悉尼第一刀大獎賽

大獎賽廣告在中英文報紙上一登出，不出史地歐所料，來了二百多個拆雞高手，都想掙那幾千塊獎金，個個摩拳擦掌，磨刀霍霍。

因為人太多，場地太小，只能分批舉行。初賽進行三天，複賽進行二天。王老闆瞧著一卡車、一卡車的整雞拉進廠，一卡車、一卡車加工完的雞肉拉出去，肚子裡暗暗發笑：「真想不到破費一點雞翅膀、土豆條，就能抵上加工費，史地歐這酸文人的主意真夠絕了，嘻嘻。」

決賽在週末舉行，也使各路高手都有時間來學習觀摩。那位問：「高手還要學習什麼？」君不知，來的雖然都自認為是拆雞高手，但江湖之大能容各路英雄，山外有山，天外有天，如果對二百多位的風範一一描繪，恐怕能寫一部皇皇巨著。就像圍棋比賽一樣，電視鏡頭都是對著最精彩的決賽。在此就給各位轉播最精彩的悉尼第一刀決賽。

為什麼說是轉播，諸位看官一定記得車間和辦公室相隔一排玻璃，那邊是五位判官，這邊一排不鏽鋼桌上安排五名參加決賽的拆雞手，邊上兩台錄影機，線路直通二樓的吃飯的大房間，房間裡放兩架大彩電，彩電前放十幾排椅子作為觀眾席。

節目主持人史地歇首先向觀眾（這些觀眾大都是初賽、複賽淘汰下來的心懷不滿的傢伙）介紹了五位評委，其中三位是從悉尼大雞廠請來的金髮碧眼的鬼佬，他們是陰溝門雞廠的傑克、白奶奶雞廠的達克、石頭鎮雞廠的馬克，第四位是原歇斯底雞廠的老闆歇斯底，以前他也是滿頭金髮，如今五十幾歲滿頭白髮，一根金毛也找不到了，第五位是現任老闆王希思，他也和大雞廠的老闆平起平坐，感覺好得不得了。

然後，史地歇給大家說明決賽程序：每個決賽者能用三個小時，參賽者要割完一百個整雞，兩百個雞胸，和四百塊雞腿。

（一）屠夫世家張戈利

張戈利的姓名是他到了國外後用中英文拼湊起來的。在國內的時候，他中學一畢業就頂替父親在菜場裡肉墩頭上的位置，再朝前追溯幾代，他爺爺是農村殺豬宰牛的屠夫。張戈利在大肉墩上一幹就是十年，那把大砍刀像李逵玩斧頭一般團團轉。

下面是主持人史地歇拿著話筒給大夥介紹：「現在，大家瞧見電視螢幕上張先生戈利相貌平平，但他對我說過一段不平凡的話，在悉尼他已幹過五家雞廠，他是五家雞廠中的第一名，參加大獎賽，他不是為了什麼大獎，而是來領教一下，悉尼內外還有沒有高手。哇，真有英雄打擂台的氣魄，大家鼓掌。想當初大家拿綠卡時，不少人靠的是大學文憑之類，張戈利靠的是一把刀，不是割雞刀，而是砍豬刀，他報了一個技術移民類別Butcher（屠夫），那天移民局的考試官將他領到一家肉類工廠，瞧瞧他的真本事。張屠夫拉出一爿（半頭豬），他舉起大砍刀，那可不是吹的，乒乒乓乓，肉是肉，骨頭是骨頭。張戈利說他一天能如此削二百片，能砍二百爿豬的高手，一天玩千把來個雞等於下一場毛毛雨。」

（二）海南雞手劉大勝

劉大勝這個名字沒有一點洋味，大劉是從中國海南島，不遠萬里，來到海這邊的澳大利亞。海南人中有一批拆雞高手，更有不少開雞店、吃雞飯的，不然怎麼會有大名鼎鼎的「海南雞飯」。

大劉一出場就與眾不同，走到桌邊，雙手朝不鏽鋼桌上一放，兩眼一閉吸一口長氣，如同老僧入定一般，別說玻璃那邊的鬼佬評委看不懂，就是樓上電視機前的黑頭髮觀眾也不知道他在玩什麼名堂。還是王老闆希思看出眉目，他告訴幾個金髮判官說：「拆雞手正在運氣，施行中國功夫割雞。」那鬼佬連忙點頭稱是，好像他們也常玩中國功夫。

樓上史地歇早已摸清大劉的底細，他告訴各位：「劉先生信佛，每天早晨起來練法輪功。」下面有一位問：「信佛怎麼能割雞？」史地歐道：「拆雞和殺雞是兩碼事，拆雞不在殺生之列，屬於加工，死雞和木頭有什麼兩樣，刀劃上去不疼不癢，劉大勝拆雞和他以前在國內幹木匠活也沒有什麼區別，何況那拆下的雞肉供應市場，讓大家享受美味佳肴。這合乎法輪功大師提倡的真、善、忍。真者，割雞真槍真刀；善者，為大眾服務；忍者，劉先生拆雞多年，不吃一塊雞肉，終年食素。」

史地歐又道：「好，理論問題以後討論，各位請看清楚，當然一般人是看不見的，高手之氣能緩能疾，緩如龜爬，疾如兔躍。此刻劉先生之氣如同旋風，將他腦海中大轉輪吹動起來。」史地歐大叫道：「那大輪子越轉越快，如疾風中之風車，力大無比，更似轉動的汽車輪子，加速，正在加速，八十公里，一百公里，一百二十公里，兩百公里，啊，我看見大勝腦袋後閃出火星，從頭皮裡跳出的火星，金色的火星，哦，那是大轉輪旋轉閃耀的光芒。」該出手時就出手，說時遲那時快，只見大劉那雙手霍地從桌面上揚起，握刀抓雞，刀光在雞身上閃現，雞肉在刀鋒下撕裂。全場觀眾目不轉睛注視著這位高手的表現……

（三）日本雞手馬丁高倉

從中國去日本的時候，他改名為高倉陳，由日本到澳洲，他又加上馬丁二字。那時候高倉陳並不想來澳洲做馬丁高倉。高倉陳在日本讀完語言學校，又在早稻醫科大學讀了一年，實在交不出昂貴的學費，只得改學割雞。其實他在中國時就在一家醫院裡操手術刀，後來他聽說，在國外混個洋博士上手術台操刀，一年掙的錢比他一輩子掙的錢還多。懷著這樣的夢想他跨上異國征途，誰知此夢難圓難於上青天，他只能從手術台轉到割雞台。以後，高倉陳又戀上一位日本女子真由美。真由美起初對這位中國來的身材高大的男子頗有興趣，時間一長也就沒有新鮮感了。高倉陳本想娶真由美為妻弄個日本戶籍什麼的，竹籃子打水一場空，一場愛情傷悲之後，他從日本轉道澳大利亞，在他行李中還有一把日本割雞刀和一塊日本砧板。

此時此刻，那把割雞刀和那塊砧板已放在桌上，那把刀與眾不同，刀柄、刀尖垂直一體，有點像把匕首，刀面通亮，刀柄漆黑，而那塊圓形的用日本上等木料製成的砧板和這兒常用的塑料砧板也有所不同。而一米八三的馬丁高倉一出場，更是鶴立雞群。聽見裁判一聲令下，馬丁高倉一聲「哈依」，將一隻雞端放在砧板上，抓起明晃晃的割雞刀朝空中一扔，刀體如一道光線朝上飛去，在離天花板兩寸之時，刀尖一轉，垂直而下，不偏不倚，刺落在雞屁股上。

這一手絕活讓觀眾看得大眼瞪小眼，剛才說大轉輪在劉大勝腦袋裡轉，恐怕只有史地歇一人能瞧清楚，現在這一幕可是有目共睹。節目主持人發話了：「大家仔細看看馬丁高倉這張臉，嚴肅、冷漠，一層鐵青色，以前稱為，滿臉的階級鬥爭，現在用一個時髦的字——『酷』。有人說馬丁高倉有點像日本電影裡的高倉鍵，馬丁高倉先生曾經也有過一位女友真由美，當然我們沒有必要討論他過去的私生活，只要注意他那一臉酷相就行了。如今不講什麼階級鬥爭，越酷就越有人欣賞。賞識高倉先生之酷，當然不止真由美一個女人。現在的女人都喜歡男朋友酷，不僅喜歡男人外表酷相，更喜歡男人在床上對她們嚴酷無窮，玩性變態才夠刺激。以後得玩老虎凳、灌辣椒水才有酷味，還得收費，不然就沒有人玩酷。這個『酷』字用在我們拆雞手身上是再合適不過了，下刀要狠，管他娘大雞、小雞、雌雞、雄雞、胖雞、瘦雞，六親不認，一律刀刃相見。」

史地歇吹了吹話筒，又道：「啊，真有高招，馬丁高倉的東洋割法就是和我們西洋割法不一樣，東洋割法從雞屁股上起刀。刀也道也。相信諸位一定知道，日本是一個講究道的國家，養花有花道，飲茶有茶道，下棋有棋道，殺人越貨稱為武士道。拆雞這一行在日本應該稱為雞道吧。馬丁高倉先生在東洋國，一是學會了哈依、哈依，二是學到了一手高超的雞道。各位對他不同凡響的雞道已領略一二，他不但相貌酷，落刀更酷，一刀、二刀、三四刀，刀刀俐落，涇渭分明，割出的雞肉漂亮極了。那雞道和我們王希思老闆提出的精肉上不帶油、肥油上沒精肉、骨頭上沒有肉、肉上沒骨頭的要求完全一致，真是英雄所見略同……」

（四）塔島雞手羅傑刀板客

羅傑刀板客也是希臘人，一頭金髮又短又粗，聽說在他身強力壯的年代，一天一夜不睡覺不休息，能拆二千隻雞。那年頭拆一隻雞八毛錢，他一天能掙一千六百塊錢。後來他怎麼會長途爬涉去塔斯馬尼亞島上拆雞呢？說來話長，那個老闆在塔島上辦起一家雞肉加工廠，他久聞刀板客大名。不久，刀板客收到那個老闆的來信，信裡說：真心實意邀請悉尼拆雞高手刀板客來風景優美的塔斯馬尼亞島上居住，並為刀板客選購了一幢漂亮的房子。這幢住宅坐落在一條蜿蜒的小河邊，小河上有一座木橋，跨過木橋就是塔島上新開辦的一家雞肉加工廠。雞廠朝氣蓬勃，欣欣向榮，不久就能開創出雞天雞地的新氣象等等。於是，羅傑刀板客提刀直奔塔斯馬尼亞島。

那塔島雖然風景優美，但人煙稀少，生意難做，老闆苦心經營多年，刀板客也不知為他拆了多少萬隻雞，但生意還是一年不如一年，老闆決定關門大吉。那天，天氣陰沉沉的，老闆讓刀板客將冷庫裡的最後一批雞割完，二人將雞肉搬上貨車，老闆親自駕車，和刀板客一起把雞肉送完，回廠關閉大門，和刀板客握手道別，兩位久經雞場的英雄道一聲拜拜，各奔東西。刀板客將那花園房子三錢不值二錢的賣掉，提刀殺回大都市悉尼。

此時此刻，刀板客像一座希臘雕塑似地站在桌前一動不動，突然他的雙手上出現兩把鋼刀，這刀是從哪裡拔出的誰也沒有看清，刀板客出手之快猶如美國西部電影裡的快槍手。只見他將兩把鋼刀，刀鋒對著刀鋒磨將起來，三五下後又將刀提上腦袋，兩把鋼刀在頭髮上刮磨幾下。

「哇、這是不是古希臘傳下來的刀法我不清楚，」主持人又發話了，「不過他頭髮裡能滲出一種天然利刀油，那刀在金頭髮擦過後，金光閃閃，不亞於孫悟空手中的金箍棒，其鋒利程度如同中國古代干將莫邪冶煉出來的寶刀。」

有人問道；「這麼鋒利的刀，怎麼不割掉他的頭髮？」

史地歇回答：「這個問題問得好。一、從刀板客頭上找答案，他的金髮像豬鬃，很少能找出這種金頭髮的傢伙，這是天生的，以後隨著金髮和鋼刀千萬次摩擦，越來越相互適應。二、拆雞被稱為高手就在於他手上的份量，那兩把鋼刀也許有吹髮髮斷的鋒利度，但在刀板客手上不會刮斷自己腦袋上的一根頭髮。」……

（五）女雞手瑪麗黃

瑪麗似乎是一個漂亮的名字，再加上一個黃字，不用猜是中國來的瑪麗。瑪麗黃一出場實在讓觀眾洩氣，身材細瘦，骨架矮小，說句難聽的話，像一隻小種雞。

「人不可貌相，海水不可斗量，」史地歇說道，「請千萬不要小看瑪麗黃女士。這位女士拆雞八年，她丈夫和她在雞廠認識，也有十年拆雞歷史。他倆究竟拆了多少雞已經數不清楚，但有一點很清楚，他倆已買下八幢房子。不說這房子是什麼豪宅，就算是最普通的居住單位，那得花多少錢？當然她丈夫也是拆雞一等一的高手。為什麼不來參加比賽，她丈夫說輸給她。」

瑪麗黃不露聲色地在桌上動手了，她和其他割雞手沒有什麼兩樣，一手抓雞一手握刀，但她手一動就瞧不清她的刀和手了。

「怎麼看不清她的刀法？」底下有一位叫道。

「對了，這就對了。」史地歇回答，「有一位大文豪說過：寫作的最高技巧就是無技巧。那麼，拆雞的最佳刀法就是無刀法。刀板客用兩把刀拆雞，瑪麗黃手和刀已經合成一體，她十根手指全是刀。想當年，瑪麗黃是紡織廠女工，連續十年被評為三八紅旗手，她在紡織機上結線頭，別人也看不清她的手勢，她每天工作量比別人多兩倍。各位知道拆雞手長期握刀割雞，關節扭曲，手指不直，但割雞在瑪麗黃身上留下什麼痕跡呢？那根圍裙的掛繩已在黃女士頭頸裡留下一道永恆的記念，她說一輩子也洗不淨、擦不掉。不過，為了那八幢房子，值！」

一百隻雞剛割完，幾百塊雞胸、雞腿又倒上桌，如同一座小山，不過這座山很快就像冰雪消融似地，一個小時後桌上已空空如也，瑪麗黃拆雞的時間比規定時間提早十五分鐘，雞肉質量也割得非常好，全體觀眾無論高手、低手都口服心服，澈底買帳。

總評分為：張戈利9.93分，劉大勝和馬丁高倉得分相同，9.95分，刀板客9.97分，瑪麗黃女士9.99分。史地歇高度總結道：「今天比賽無可爭議地說明，無論屠夫世家的雞手、大轉輪的雞手、玩日本雞道的東洋雞手，還是使雙刀的西洋雞手，都比不上共產黨培養出來的三八紅旗手。」眾人一片歡呼，後面一位當場高呼：「共產黨萬歲！」

在發獎儀式上，眾人無不羨慕地瞧著各位雞手將千元獎金塞入口袋，特別是瑪麗黃那個信封裡裝著三十張一百元大鈔，而黃女士拿獎金時面不改色、心不跳，沒有露出一絲瑪麗式的笑容。

有人說：「真不敢相信，一個女性雞手能夠壓倒所有男性高手，為什麼男人做雞不如女的，請瑪麗黃女士談談自己的看法。」

「男人做雞當然不如女人，男人做鴨還湊合。」瑪離黃針鋒相對地回答。

更有一位別有用心者提出：「聽說做雞這一行時間長了，不喜歡吃雞肉，不知道瑪麗黃女士現在還吃不吃雞吧？」

瑪麗黃眼睛一瞪：「姑奶奶吃雞吃鴨管你什麼事？晚上，讓你老婆替你去吃雞巴。」

「好，回答得好。」那邊史地歇鼓掌叫好，舉著話筒喊，「這才不愧是悉尼第一刀的回答。」

底下掌聲如雷，尖叫、口哨此起彼落，不絕於耳。悉尼第一刀大獎賽到此結束。

三、功夫在雞外

悉尼第一刀大獎賽的帷幕剛剛落下，又見報紙上赫然登出澳洲拆雞協會的大廣告。加入協會者每人須交會費三十元，會員可參加拆雞協會舉辦的各種活動，並免費供應各種燒烤食品。明年舉辦一次全澳「雞聖杯」拆雞大獎賽，第一名獲雞聖榮譽稱號，可獲純金製金雞一隻，外加獎金若干等等。

（原載於澳洲《東華時報》1999年9月9日
及《墨爾本時報》、《大洋報》等）

8 紙摺飛機

一

飛機隨著氣流震動了一下。

五十幾歲的羅剛已是滿頭白髮，他將腦袋靠在圓形的窗口上，和他白髮相映的是外面一片白雲，白雲猶如鋪展而開的棉絮，無邊無際。他想：白雲是否可以從中國的天空一直連接到澳大利亞的天空？從理論上說應該可以的，因為在天空中沒有地面上各種地理障礙，更沒有人為設置的界限。

飛機如同一個巨大的鐵殼，真奇怪，人們喜歡自由自在地闖入無限的空間，然而又必須將自己裝進一個鐵殼，躲在鐵殼裡朝外看。鐵殼裡的空間太有限了，使人有一種置身樊籠的感覺。羅剛產生了一個奇怪的想法：那轟鳴不斷的鋼鐵製造的飛機，還不如孩子手上的紙摺飛機。一個孩子奔跑著，一揮手將紙飛機扔向藍天。這個孩子是誰呢，一種模糊的形像襲入腦海⋯⋯。這時候，他意識到自己老了，將來的希望都在孩子們身上。

羅剛又想起妻子臨終前的叮囑：讓他一定要去瞧一瞧兒子在南半球土地上是怎樣生活的。其實這個孩子並不是他的兒子，而是他妻子的兒子，而他的妻子齊燕，以前是他朋友的妻子，以後成了他的妻子，自然這個孩子也歸入了他的名下。如今這個名叫小龍的孩子已結婚成家，也有了他的下一代，從理論上講，羅剛可以做爺爺了。羅剛對於小龍別有一番情感……

二

哦，三十年前，羅剛深陷囹圄，那時候有一個專用名詞「隔離審查」。一張白紙黑字的封條蓋著刻有「造反派」字樣的印章，將羅剛和他擺滿書籍的裡屋隔開了，一扇門如同一道不可逾越的屏障。羅剛真正懂得了，什麼叫做畫地為牢。外屋只有一張臨時支起的帆布床、一條長凳和一張破桌，桌子上是一大疊讓他寫交代的白紙。

羅剛三歲的時候被父親從澳大利亞帶回中國，這就是他裡通外國的全部證據。他挖盡了腦袋裡的每一個角落，記憶中每一件屬於受批判的事情，不知寫完了多少張紙。此刻，他腦袋裡空白得如同眼前那疊白紙，從肉體到精神都感到極度厭倦。厭倦是一種收縮，收縮到極點會像發酵似地膨脹開來。羅剛的腦袋開始膨脹，如果能夠膨脹到發瘋的地步那該多好，像瘋子一樣衝出屋子，誰也管不住了。

門口，那老小子臉上都已爬滿了皺紋，卻趕時髦似地穿著舊軍服套著紅袖章，像狗一般忠實地守在門口。狗是防止外人進屋，他是防止屋內人出外。羅剛下意識地朝那張帆布床看了一眼，是否能夠抽出床前那根棍子，給那個傢伙狠狠地一下，然後逃出門去。不過那木棍太結實了，是否會將他敲死？

想到這兒，羅剛感到有點驚恐，自己怎麼能夠去謀害別人的生命？不管如何，那老小子也只有一條生命。那麼自己的生命呢？似乎人生已經走到了盡頭，活著沒有任何意義。他的眼光朝屋內四處打量著，想找一件能夠結束自己生命的玩意兒。那床單能擰成繩索，然後套上脖子，但找不到一處可以掛繩子的地方。他一籌莫展，狠狠敲著自己的腦袋，撕拉著自己的耳朵。就在此時，他精神恍惚地看到前面窗口好像飛進一樣東西，那東西轉了一圈，恰好落在桌邊，他撿起來一看，是一架紙飛機，用一片撕下的報紙摺成的。

羅剛像抓到了一束救命稻草，他撫平那張紙，報紙的一面是一篇殘缺不全的社論。羅剛這位素以新聞敏感度見長的記者，卻無法從這篇宏論裡嗅出外面的形勢，哪一派高舉紅旗上台執政，哪一派下台成了批判對象，呵，大好形勢一片混沌，沒有天也沒有地，大概是上帝創造天地以前那個模樣。不對，自己運用上帝的想法就該受到批判。不對，又是什麼地方不對，他丈二和尚摸不著頭腦，為自己這麼多「不對」笑出聲來。他終於想出一個辦法，背誦報紙。背誦能消磨時光，這是中國文字的又一種作用。

三

第二天，羅剛的眼睛老是頂著窗口，希望還會出現什麼奇蹟，飛進來什麼意外之物。他甚至幾次走到窗邊，看著窗外宿舍樓的大院子。大院裡出現了一個小孩，手上握著一架紙摺飛機，昨天大概是他誤扔進來的。紙摺飛機在院子裡上下飛翔……

哦，那兒有許多綠色的草地，自己也是一個喜歡玩紙摺飛機的孩子，父親能用紙摺出各種各樣的飛機，這是他對澳大利亞的幼兒時代留下的一點兒回憶。想到這兒羅剛鼻子有點發酸，他轉過頭去，就在此時，奇蹟真的發生了，紙摺飛機從他耳旁擦飛而過，幾乎在它掉下地的同一時刻，羅剛撲下去抓住了這個小精靈。

那是一張地圖冊上撕下的世界地圖。哦，世界，一個多麼美好的名詞。曾記得，羅剛稱自己是一個世界主義者，他這一輩子最大的願望是能夠周遊世界。而他的夥伴，又是他的頂頭上司馮天浩，偉大的理想是把全世界都建設成蘇聯模樣的社會主義。馮天浩是一個留蘇歸國的學生，他寫的報導穩重凝練，專業性強，而羅剛則以敏銳的新聞嗅覺，才華出眾的構思，筆端一瀉而成章。他倆是報社的兩大支柱，他倆既合作，又爭論。

「人類最終將跟隨蘇聯走向共產主義。」馮天浩義正詞嚴地擺出觀點。

「中國建造了萬里長城，埃及造起了金字塔，法國有凡爾賽宮殿，義大利創造了偉大的文藝復興。人類的文化是多姿多彩的，不是某一種主義的肚子能夠全部吞下去的……」羅剛如此說。

其實羅剛和馮天浩一樣，對人類的前景有著美好的憧憬。

第三只紙摺飛機展開了一首歌詞，一首美好的童年的歌謠：「讓我們蕩起雙槳——」

羅剛和齊燕在小船上划動雙槳，姑娘黑長辮上的粉紅色蝴蝶結像花朵一樣在小伙子心中跳動著……

然而，自從編輯部裡出現了馮天浩，那個留蘇歸來的高材生，一切都變了。羅剛始終想不通，齊燕為何會嫁給馮天浩，也許是她內心之中的羨慕蘇聯的情結吧，也許是馮天浩比自己更穩重和實際一些，反正這朵花落到別人手裡。而羅剛的手則變成了奧賽羅的那副手掌，慢慢地扼紮在齊燕那白稚迷人的脖子上，當然這只是他心裡的圖景。後來，他兩年內沒有和齊燕說過一句話。

現在想來，真有點可笑。不知怎的，羅剛心田裡產生起一股甜甜的感覺，呵，有熱戀又有失戀，只有當一個人身陷囹圄的時候，才會感到失戀和熱戀具有同樣美妙的磁力，因為那都是自由生活釀成的酒。

第四天，門口那老小子似乎發現了什麼，孩子的那架紙摺飛機撞在床框上，老小子走過來搶先抓起地上的紙飛機。孩子問他要，他不但不給，還對孩子大聲喝斥。羅剛走到窗口，只見那孩子倔著腦袋，「搶東西，強盜。」他叫喚一聲，拔腿就跑。

孩子走了，羅剛一陣失望。

一會兒，不知什麼原因，老小子自己將那架紙飛機扔進屋裡。

羅剛將紙鋪開，瞧見紙的正反面印著許多動物，一面是牛、羊、兔子之類的食草類動物，另一面則是豺狼、虎豹等食肉類動物。瞧著這些神態各異的動物，羅剛有了新的發現：人和動物有許多相似之處，人好像介乎於食草動物和食肉動物的中間，不僅僅是人既食肉又食素菜，還有人的心態和人的靈魂。

在人世間，人們還在幹著許多野蠻的事情。比如在自己心裡，失戀之時，會產生奧賽羅似的想法，禁錮之日，也曾想過用一根棍子來對付門口那位。對了，那老小子剛才凶煞神似地喝斥孩子，不一會，自己又把紙飛機扔進屋裡，看來這些都是人性之中難以捉摸的東西……

人啊人！

第五天，孩子扔進屋裡的那架飛機上面全是人，而且那架飛機摺得特別大，可能是孩子對昨天之事的反抗。一張大畫報是舞台的劇照，劇照裡表現的是亞非拉人民大團結等等。羅剛這位世界主義者頓時如同面臨著一個世界，世界恰恰又如同一個舞台。當他回首往事的時候，猶如一幕幕戲劇在腦海裡展開，將生活活龍活現地表演出來，他為自己有過的輕生念頭而感到慚愧。他相信如今的一幕幕也必將過去，生活會走上它應有的軌道，世界大著呢……

第六天，羅剛真的走上了舞台，那是批鬥他的舞台。他對震天動地的口號聲聽而不聞，對瘋狂的人群視而不見，那些人用一種噴氣式的方法壓低了他的腦袋，然而他卻看見了擠在人群中的那個孩子，孩子手上還握著一架紙摺飛機，雖然他看不清那紙上有什麼東西……

星期天，大院裡的人多了一些，有兩位跳橡皮筋的女孩，一位擦自行車的青年，幾個幹家務的婦女，走動的人也多了一些，他們對這個關在屋子裡的批鬥對象已經習以為常了。門口站崗的老小子接過別人遞來的煙，抽著煙和別人閒聊。

羅剛早已把昨天的批鬥會拋在腦後。他在想，上帝創造世界用了六天，第七天是安息日。那小孩又出現了，紙摺飛機玩得團團轉，當他看見羅剛出現在窗口，狠勁扔了幾次，終於那架紙摺飛機像一隻小鳥從窗口飛進來。

窗外的孩子還沒有走，他神祕地朝羅剛一笑，然後揮動小手，如同告別似地。

羅剛鋪開紙摺飛機，裡面竟然是一封信。一封孩子用他那童稚筆跡歪歪斜斜寫出的信：

「羅叔叔，今天是我最後一次送紙飛機，因為明天我們就要走了。媽媽說，別人不讓我們在這兒住了，要我們去鄉下，媽媽說去鄉下也好，能去看爸爸……」

讀到這兒，羅剛一陣心酸，看來齊燕還一直瞞著孩子。他知道馮天浩早就被押送回鄉，這位充滿革命理想的志士同樣被狂熱的革命掃進了角落，他在鄉下已被迫害致死。如今母親帶著孩子去鄉下，也許只能看到父親墳頭長出的青草。

羅剛又讀了下去：

「叔叔，他們說你是壞人，讓人看管著，可我媽媽說你是好人，讓我每天給你送一架紙飛機。媽媽說和你再見，我也和你再見了。

小龍」

羅剛這才感到熱淚從臉頰上掉下來，滴落紙上。「小龍」，那個馮天浩和齊燕結合的種子，「小龍」，那個為自己送來紙摺飛機，使自己擺脫絕望心態的小天使……。就在這時候，羅剛聽到門口有人在大聲和老小子說話，是一個造反派頭頭來了，羅剛急忙將這張被淚水潤濕的紙吞進肚裡。

走了，都走了，母親帶著孩子去看望他的父親。羅剛則被押送到一個大草原上去勞動改造。

天蒼蒼，野茫茫，大草原上羅剛看著天空上飛來飛去的鷹，還時常想起那個孩子和他的母親。

那場大浩劫以後，羅剛跋山涉水找到了那個窮鄉僻壤，將小龍和齊燕接了出來。

小龍已經長成一個皮膚黝黑的少年，齊燕則成了一位臉容憔悴的中年婦女。但是，不久以後，齊燕還是成了羅剛的妻子，小龍也成了他的孩子。

羅剛和齊燕齊心協力培養這個孩子。終於有一次機會，羅剛將小龍送上了飛往澳大利亞的飛機，他要讓孩子去看看自己的出生之地，不，是讓他去看看外面的世界。

不幸的是，不久以後，齊燕一病不起，過早地離開了這個艱難的人世。

四

飛機在雲海之上像一葉扁舟，慢慢地它又沉入雲海，當它在白雲下面發出轟鳴時，已經到達了悉尼的上空。羅剛一陣激動，他就將踏上自己出生的土地，也將看到多年未見的孩子。

飛機降落在悉尼的金斯吾德機場。

當羅剛拖著行李走出機場大廳時，出現在眼前的小龍幾乎使他認不出來。小龍英俊高大，穿著一件花花綠綠的襯衫，一股子灑脫的氣息。「這小子變成洋人了。」羅剛握著兒子的手。

羅剛坐進兒子的車裡，兒子先遞過來一塊口香糖，羅剛搖搖頭，兒子朝自己嘴裡扔進一塊，替羅剛扣緊保險帶。車子開動了，小龍戴上大墨鏡，方向盤上的手揮灑自如，車輛一個旋轉，駛入公路，他又打開收音機，讓腦袋後面響起「澎澎」的現代音樂的節奏。「這音響不錯吧，我剛換上的，挪威的品牌。」小龍一副得意洋洋的樣子，「爸爸，這幾年你過得怎麼樣？」

「老樣子嘛，怎麼能和你相比，開小車，換音響，嚼口香糖。」羅剛從口袋裡摸出煙捲，心想：「以前國內說什麼資產階級自由化，沒錯，這小子現在完全自由化了。」他點燃煙問道：「小龍，你在這裡還常想到你的祖國嗎？」

「當然。不過老爸，你這個大知識分子也回答我的一個問題，為什麼天藍藍的一望無際，雲白白的一片接著一片，可是人們喜歡把天底下的領土割成一塊一塊，分成你的和我的？」

羅剛心頭暗暗一怔，他沒有想到這小子提出的問題和他在飛機上想過的問題一模一樣。突然，車窗外出現了一片草地，一大片綠色的草地，羅剛的魂像被勾住似地，他急忙叫道：「停車，停車，小龍能不能在這兒停車？」

「我也正想在這兒停車呢。」小龍的車轉入大草地中間的停車坪，「他們在這兒等你呢。」

「他們，他們是誰？」羅剛有點摸不著頭腦。

「你的兒媳婦，我的老婆，還有你的孫子。」小龍停住車。

父子倆走上了那片草地，那片藍天白雲底下的草地。羅剛感到渾身上下被幾多回憶緊緊地纏住了。「小龍，你知道我現在在想什麼嗎？中國和澳大利亞，這兩個國家我都生活過……」

「我也是。」小龍摘下墨鏡，突然間他也意識到了什麼，用手親切地搭在羅剛的肩上，「爸爸，你記得你以前說過的一句話嗎？」

「什麼話？」

「是媽媽告訴我的，說你經常喜歡講法國作家雨果的一句話。」

羅剛搖搖頭。「我記不起來了。」

「人民只有一個祖國，世界共和國萬歲！」小龍一對純潔的黑眼睛。

就像火柴猛地擦亮起一朵火花，羅剛感到心頭發熱，他注視著眼前的小龍。「這孩子真的長大了，成熟得像一位真正的男子漢。」同時，他感到自己身上好像產生起一股返老還童的作用力。

前面，那位金頭髮的兒媳婦牽著黑、頭髮藍眼睛的孫子向他走來，小孫子一點也不怕陌生，掙脫了母親的手，用英語叫著：「爺爺，爺爺——」跌跌撞撞朝羅剛跑來。

羅剛蹲下身，從口袋裡摸出一架紙摺飛機遞到孫子的手上。那孩子興奮地將紙摺飛機朝空中一扔，恰好這時天上飛來一群白鴿，白鴿伴隨著紙摺飛機，在半空中盤旋了幾圈，同時落到了草地上。

（原載於澳洲《滿江紅》雜誌、《東華時報》、
《大洋時報》、《墨爾本時報》等）

9　戰勝Casino

一

那位黃老將軍在屋裡煞有其事地踱著方步。當年他在戰役開打之前踱方步，說明戰鬥號角就要吹響。一場戰役有如一場賭博，誰也不知道結果如何。更深刻地說，人生猶如一場賭博，這點黃老將軍深有體會。1949年那年，他的幾個部下目睹國軍局勢岌岌可危，勸他起義。他不肯將這一注壓在共軍身上，結果一場敗仗後，他隨軍退到海峽那邊。誰能知道那時候台灣寶島上已是將官多如牛毛，他這位沒有幾個兵的青年軍少將師長根本不值一錢，沒有多少時間就被排擠到街上，成為一個擺舊書攤的，和其他擺攤的相比，只是他的腰板挺得直些。幾位投誠到共軍方面的他的部下，聽說後來在大陸也混上了將軍軍銜，有一位還進了國防部。唉，黃將軍一注沒有壓中就成了擺舊書攤的。

以後黃將軍成了黃老將軍，死了老伴又糊裡糊塗地跟著兒子來到澳大利亞悉尼。兒子在唐人街附近買了一套老房子供養老人，黃老將軍自己住一間，將隔板一間光夢大房出租，增收幾個養老錢。

那間大房裡現在住著三位房客，一個是從大陸來的鄭老師，一個是從香港來的曾經擁有兩家餐館的王老闆，另一位則是馬來西亞華裔富商的兒子陳約翰。這三位如今還同擠在一個破屋子裡，最根本的一個原因是一個「窮」字。

大陸來的鄭老師在澳洲幹了五年苦活，沒有往家裡寄過一分錢。錢去了哪兒？這要怪他對國外的新鮮事物太迷戀，跑馬、賽狗、金露彩票、六合彩、刮刮片、老虎機，他都試過了，屢敗屢戰，現在他又迷上了情人港邊的Sydeny Harbour Casino。王老闆五十幾歲，當年投資移民來澳洲，大手筆一揮，兩家餐館在唐人街開張。不過，現在兩家餐館連同他的老婆和他揮手告別了，這要歸功於他賭錢時的大手筆，於是乎，他只能蜷縮在那張破床墊上，依靠政府的救濟金度日。那位陳約翰來澳兩年，父親供他讀書的銀兩，已經夠他在這兒買一幢房子，他也弄不清楚這些錢是如何送進賭場的。他父親早已經對他提出最後通牒，這會兒，中斷了他的一切經濟來源，讓他自己在這兒混下去，混不下去就滾回馬來西亞。這不是讓這位年輕小伙子太丟面子了，何況他還有一點私人財產，一輛五百元也賣不出去的破車。

「賭博害人，賭博是舊社會留下來的惡習，千萬不能賭博。」鄭老師以前在學校裡諄諄教導他的學生，自己以身作則，在中國大陸從沒有賭過一個小錢，別人玩玩小麻將、賭幾副撲克，他也從不參加，防微杜漸。沒有想到一踏上南半球澳大利亞這塊土地，他就一頭栽進賭博的黑洞，腦袋被套牢以後再也無法解脫。鄭老師身為人民教師，為什麼會在這兒陷入這個資本主義的泥坑而不能自拔？他輸光錢，靜下心來找原因，挖根源，終於想出了一個道理，中國古代有一個成語，「南橘北枳」，這是風水之原因也。此可謂，南半球澳洲土地雖然氣候溫暖，風光宜人，卻賭風盛行博彩，瀰漫，處處是陷阱，層層是機關，引君入甕，君不得不入也。於是乎，將這位文謅謅的戴著黑色秀郎架眼鏡的知識分子改變成一個徹頭徹尾的賭徒。

鄭老師從口袋裡摸出一個黃色的小紙袋，小心翼翼地撕開紙袋口，從紙袋裡摸出七張五十元票子和一張二十元票子，最後紙袋裡滾出一個二元一個五毛的硬幣，這是他在翻砂廠一週的收入，這裡可沒有人請他去做人民教師，他反覆數了兩遍，沒有了，不會多出一個硬幣。他只能靠在破沙發上長嘆了一口氣。

王老闆整天躺在床上，不知是敲著牆上那幾隻爬來爬去的黑蟑螂，還是在回憶著他以往賭場的戰績。聽見那邊破沙發的吱叫聲，他轉臉朝鄭老師那邊瞧去，其實他最瞧不起那些讀書人，前面那位眼鏡片子厚得像啤酒瓶底的四隻眼，好像一生一世沒有見過錢，幾張鈔票數來數去數不清楚。「喂，四眼，拿多少錢啊？去不去搏一記？」王老闆中氣十足地吼道。

「三百七十二元五角，老花樣，這星期沒有加班。」鄭老師將錢塞進口袋，「唉，這星期又要交房租了，時間過得真快。」

「付房錢。」王老闆皺了皺眉頭。這間房的房錢是一百元，三位每人三十三元三角三，兩週付一次。以前對王老闆來說這是唰唰水的小錢，如今一到付房錢的日子，他就會心驚肉跳，不過今天還好，他去銀行查過，政府剛將二週的救濟金三百元錢存進了他的帳戶。

第三位該付房錢的房客也從外面精神抖擻地踏進門來，陳約翰終於將那輛破車脫手了，人家給他三百三十元錢，外加三包「魂飛爾」牌香煙。他嘴上叼著煙捲，興致勃勃，精神煥發：「怎麼樣，去不去Casino？」

「去什麼鬼，今天要付房錢。」王老闆低聲道。

隔壁的黃老將軍止住方步，他感到孤單寂寞，這個澳大利亞真像個無聊透頂的世外桃源，在這塊土地上從來沒有打過仗，和他這個老頭子談論「孫子兵法」的人一個也找不到。兒子週末給他打一個電話，一個月在他的帳戶上放一些錢，聖誕節給他寄一張賀卡，祝他長命百歲，壽比南山。娘的，壽比南山有什麼好處。黃老將軍已上八十高齡，身體好得不能再好，但日子過得像棺材裡一樣單調。於是，他只能沉湎在《東周列國志》、《三國演義》之類的古書裡，再不然就是塗鴉幾張墨跡，孤芳自賞。剛才他將曹操的「神龜雖壽」之詩連詠三遍，又在屋裡踱步三圈；這會兒他抓起毛筆，飽蘸濃墨，在白色宣紙上一連寫下了三個字，「搏，博，搏」，以洩英雄暮年之豪氣。

恰好這個時候，三位房客踏進老將軍房間裡來交房錢。黃老將軍對這三位的命令是付房錢必須同時來付，不然他人老健忘，搞不清誰付過誰沒有付過。不過，他對當年那個事務長貪污兵餉的事還是記憶猶新，後來那傢伙給他一槍斃了。

這會兒三個人還沒有從口袋裡摸出錢來，先瞧見桌上的三個碩大的字。「好字也。」鄭老師畢竟是文化人，第一個發出感嘆，「人生能有幾回搏？」「搏，搏，搏，不搏做不成大老闆。」王老闆也是出口成章。「我老爸就是從雲頂高原上搏出來的，今天做成了大老闆。」少爺陳約翰一百個贊成。

「是啊是啊，商場如戰場，當年是戰場，如今是商場。」黃老將軍附和道，他搖晃著腦袋，心底頗有感觸。

陳約翰說：「那雲頂高原不是戰場，也不是商場，是我們馬來西亞大名鼎鼎的賭場，我老爸第一筆做生意的錢是贏來的。」

「你們馬來西亞也有賭場？」鄭老師又有了新發現。

「世界上哪個地方沒有賭場？」王老闆擺出一副老吃老做的樣子。

別看這三位難兄難弟平時誰也顧不上誰，一談到「賭」字，津津樂道，如同酒逢知己一般。王老闆將他十年前在香港馬場上，一天之中連贏十場，場場加碼，最後贏了二百萬港幣的奇聞又吹了一遍。鄭老師談起剛來澳洲半年時，就在文化社俱樂部摘了一個Jokpoot（老虎機的累積獎），發了一筆小財，以後走上轟轟烈烈的賭錢之路。這些賭博者輸十次八次都記不清楚，贏一二次大錢，卻一輩子也不會忘記。陳約翰從馬來西亞的雲頂高原扯到美國的拉斯維加，從歐洲的摩洛哥賭國扯到澳門的葡京賭場，海闊天空，神吹胡侃，好像他這般小小年紀已經神遊了全世界的賭場，吹到興頭上點起一支「魂飛爾」香煙。

三個傢伙吹起賭經一發而不可收，早將交房錢的事扔到腦後，也將黃老將軍晾在一邊。黃老將軍當然知道三位房客都是賭徒，但那黃老將軍是何等之輩，飽經滄桑，歷經世事，當年過的是槍炮口下舔血的日子，連命也賭上了，別說賭幾個錢，所以他對賭徒之輩寬宏大量，頗有理解。「別說了。」黃老將軍大喝一聲，狼毫筆朝桌上一扔，雙手撐在桌面上，一副威嚴狀，那三位一怔，才想起正事，以為老將軍沒有拿到房錢動了肝火，連忙從口袋裡摸出鈔票。

「這兩週房錢我不收了，再加上你們口袋裡的幾張票子一起拿出來，去好好賭一場，賭贏了，以後不許再踏進賭場一步，賭輸了，兩個星期內我管飯。」黃老將軍大義凜然地說道，將桌上的錢推還給他們。那三位沒有想到老頭子會提出這個建議，當場鼓掌喝彩。老將軍又從枕頭下面摸出一張一百圓的大鈔票，讓三位去購買食品，他說今晚要宴請各位，讓各位酒足飯飽後去搏擊一場，就像當年他送敢死隊去衝鋒陷陣一模一樣。

食品採購來了，王老闆一顯身手，掌勺做菜，鄭老師做副手，洗菜割肉，大少爺陳約翰先開一罐啤酒，一邊喝一邊在邊上談賭經。黃老將軍根據那本《中華氣功大全》，靜坐在凳子上發功。王老闆不愧是當年的餐館老闆，一桌酒席一小時不到就全搞上了桌。

黃老將軍發功完畢坐首席，對面是王老闆，兩邊是鄭老師和陳約翰。「好，味道好，手藝、功夫好。」黃老將軍一連三個好字出口，給王老闆敬上一杯。王老闆瞧著各位下筷，不由想起當年開兩家餐館的風光時期，於是兩杯酒下肚。「王老闆做菜色香味都好。」陳約翰也道出一個「好」字。這位大少爺是僅次於今朝有酒今朝醉的無憂之徒，一杯又一杯地朝喉嚨裡灌啤酒。而鄭老師才喝下一杯，臉色越發沉重起來。

黃老將軍舉杯在手，搖頭晃腦，說古道今起來：「想到年，燕太子丹送荊軻上路，此去咸陽凶險莫測，有去而無回，他為大英雄荊軻連敬三杯，還有那荊軻的好友高漸離撥琴擊鼓高唱道，唱，嘿唱什麼了，我老頭子腦袋不靈想不起來了。小鄭先生，你是讀書人，想一想，那高先生唱的是什麼？」

「風蕭蕭兮易水寒，壯士一去兮不復還。」鄭老師接上兩句，腦袋瓜朝桌上一撲，「嗚——」地哭泣起來。「我出國時，老婆送我上飛機，手裡抱著還沒有滿週歲的兒子，一晃五年，渾渾噩噩，我沒有攢下一個錢，整天混在賭錢坑裡，作孽啊作孽啊，嗚——」

「是啊，小老弟，不贏一筆大錢，怎麼能回家去見老婆孩子。」王老闆拍拍鄭老師的肩膀。

「對，要贏大錢，我不贏一筆大錢，也不回馬來西亞去見我老子。」陳約翰又點上一支「魂飛爾」。

「兒子，老子，娘子，唉，我連褲子也快輸掉了。」鄭老師長嘆一口氣，繼續抽泣。

「英雄氣短，英雄氣短啊。」黃老將軍將舉在半空中的啤酒杯放下來，「我們不喝這澳洲馬尿了，喝了馬尿就會氣短，我還有一瓶瀘州老窖，家鄉的好酒。」

當那瓶瀘州老窖見底的時候，三位賭客的臉色都已紅到脖子根上。

「我就不相信會老輸下去。」王老闆猛拍一下桌子。

「我就不相信不會贏？」陳約翰再抽一支「魂飛爾」煙，捏掉一個空煙盒。「我就不相信咱們中國人賭不過鬼佬的賭場。」鄭老師擦掉臉上的淚痕。

「拚了，拚了……」黃老將軍大叫一聲，一頭倒在桌上，打起呼嚕。

二

第二天一早，當第一縷陽光照射進光猛大房，三位賭徒從一場好夢中醒來，第一件事就是每人捧一炷香踏進黃老將軍屋裡。將軍屋子裡供奉著一座武聖將軍關雲長的香位，三位點燃香後，又磕了三個響頭。黃老將軍將昨晚吃剩的飯菜熱一熱，餵飽了三位。三位走下樓梯，打開門，走上馬路，瞧見窗口裡黃老將軍正在對他們揮手告別，那模樣神態，正如同把這三位失魂落魄的賭徒當作一去不復還的壯士。

為什麼三位去趕早場而不是在晚上去賭場搏擊呢？他們三個都是久經沙場的賭徒，不是去碰運氣的傻瓜。黃老將軍說，打仗要運籌帷幄，三位昨晚也討論出一個作戰方案。

三位英姿煥發地穿過唐人街，其表情、其模樣都像去撿錢一樣。到達展覽館邊上那個專門接送賭客的車站，十分鐘工夫，那輛黑色的像一口黑色大棺材似的大客車光臨，車門一開，吐出一群眼皮浮腫的男女，顯然是在賭場熬了一夜，通宵作戰，被刮淨了口袋。他們三位踏上車，這口大棺材裡，除駕駛員不算，僅僅只有他們三位賭客。

賭場裡也是冷冷清清的，這三位賭徒要的就是這種氣氛。三個人串通一氣和莊家玩二十一點，三道牌，二道牌押小錢，一道牌押大錢，這叫丟卒保帥之戰術。那押小錢的二道牌在叫牌的時候看牌面情況，有時候叫到二十點還要朝上叫，有時候還沒有超出十點就不叫牌了，為了保住那副押大錢的牌。此外，這張賭桌上除了他們三位，其他椅子都空著，如果一有人上座押牌，他們三位的牌就難以押準，立刻撤退，換到別的賭桌上。

一個上午過去，他們三個口袋裡的九百元錢變成九千九百元的籌碼。然後在賭場門口叫一輛的士，趕到唐人街餐館吞下一碗海鮮雲吞麵，又讓等候在門口的出租車立刻送他們回情人港賭場，從五元錢的桌子換到二十五元的台面上，在下午三點的時候，九千九百元籌碼已經上升到六萬九千元。陳約翰抽掉兩盒「魂飛爾」，平時很少抽煙的王老闆和平時從不抽煙的鄭老師，此刻嘴上都叼著煙捲。

賭場裡的人越來越多。鄭老師提出見好就收，另二位手上癢癢，還想再押幾把。鄭老師據理力爭，其理由是，現在已經找不到一張空桌，他們的戰略戰術已不可能再得心應手地玩下去。兩位聽鄭老師說得有理，只能戀戀不捨地拔腿起身。籌碼換成現錢後，賭興未盡的陳約翰提出每人再取二百元錢玩玩老虎機，以解手饞。王老闆是踏進賭場就不知道出門的傢伙，鄭老師認為，現在一人扔二百元錢進水裡也無傷大雅。

賭場兩旁是成千上百台老虎機。三位仁兄手氣都不錯，隨便玩玩，兩個小時後，鄭老師贏了兩百元，陳約翰贏了三百元，王老闆竟然贏了一千元錢。

天色不早，三人趕到唐人街鴻運酒家，叫了一瓶XO人頭馬白蘭地，和幾隻大螃蟹，張牙舞爪地大嚼起來。本想把黃老將軍也請來，但一想到黃老將軍有言在先，贏錢就不能再踏進賭場，不踏進賭場真比敲斷三位的腿還難受，看來眼前還是不請他老人家為妙。

王老闆用牙簽挑剔著牙縫，「今天真是菩薩手，手上旺氣直冒。」

陳約翰喝一口XO，吸兩口「魂飛爾」，得意地說：「今天肯定要交鴻運了，是我來澳大利亞感覺最好的一天。」

「看來，咱們中國人的關聖武帝一定能夠戰勝耶穌大人領導下的鬼佬卡西諾。」鄭老師比喻一出口就自鳴得意。

「關公老爺，關公老爺，」王老闆滿臉紅得像關公一樣，他想起了什麼，「這就對了，那次我在香港一天贏了兩百萬港幣，也是先去關帝廟燒了香，這次我們該大發了，說不定，我今晚就能贏回兩家餐館。」

「今夜我要把一幢房子的錢贏回來，讓我老爸開開眼，」陳約翰胸脯一拍，酒氣大吹，舉臂喊道，「關公老爺萬歲！關公老爺萬歲！」飯館裡的人嚇了一跳，以為他酒喝多了。

「明天，明天將會怎麼樣？也許，我的口袋裡就能放進一張十萬元或者二十萬元的支票，然後打道回府，也能回國給老婆孩子交帳，以前輸掉的錢就算是一筆投資，明天就連本帶利全撈回來了。」鄭老師想到這兒頓感熱血沸騰，蠢蠢欲動。

於是在一頓美餐之後，三個人返回賭場。這時候只見賭場裡已是人山人海，要想再按老方法賭下去已是不可能了。「不能再玩了。」酒精已經從鄭老師腦袋裡散發而出，「如果輸了怎麼辦，明天又會變成一文不名的窮光蛋。我看，我們還是回去睡大覺吧。」

「睡什麼睡，我睡不著。」陳約翰聽不進。

「好了，好了，我看再玩一會兒老虎機吧，一人玩五百元，輸了就走人。」王老闆走折衷之道。

這老虎機平時吃錢沒商量，今天遇到三位就像親人似的，過幾分鐘吐一次錢，兩個小時後，王老闆贏了兩百元錢，陳約翰贏了五百元，鄭老師鴻運高照，贏了一個不大不小的獎，兩千五百元。此時此刻，三位口袋裡的錢加在一起是七萬元大鈔。「我看今天一定是財神爺找到我們頭上，不能不賭。」王老闆發揮了他那一套理論，「人的一生，財神菩薩光臨不會超過三次，老婆逃掉沒有關係，可以再找，放過財神爺就沒有道理了，後悔一輩子也來不及。」

鄭老師對於財神爺光臨的理論，從將信將疑到半信半疑到全信而不疑，因為他們現在有七萬塊錢，「七」在澳大利亞是一個最吉利的數字，以前，他在俱樂部裡玩老虎機贏了一個大獎，就是五個七字排在一條線上。一想到此，使鄭老師不得不信財神菩薩找上門是不容推辭的。陳約翰又喊了一聲：「財神爺萬歲！」更堅定了三位取得這場戰役最後勝利的信心。

整整一夜，三位賭兄搏得昏天黑地，像遊戲又不是遊戲，如人生又不是人生，時而進入高潮，時而跌入低谷，大起大落，幾上幾下，最多的時候贏到十萬五千元，那時候分錢，每人能得三萬五千元；最低的時候，又跌到九千九百元，一人還能有三千三百元錢放進口袋，也算贏一筆小錢。三位當然不甘心，曾經滄海難為水。

第二天早晨，當太陽照耀著賭場屋頂的時候，屋頂下的三位賭徒手上只有六千塊錢籌碼了。鄭老師感到勝利無望，拿回他的份額二千元錢。王老闆和陳約翰決定再押兩把。第一次二千元押下去輸了，第二次二千元押下去，拿到兩張A，莊家是一張很差的六牌面，但兩張A必須分開，贏的機會是百分之八十，否則命運莫測，可是一分牌，必須再添二千元籌碼。王老闆守在桌旁，陳約翰在賭場裡團團轉，總算在一台老虎機旁揪住了還沒有出門的鄭老師，死活將他口袋裡的二千元錢扒出來，奔跑回來，押在分牌的A上面，第三張牌是一個十牌面，和第一個A放在一起，就是二十一點最高分。第四張牌又是A，放在第二張A上面，又必須分牌才能有機會贏，分開兩張A，需要再加上二千元，這會兒三位賭友真傻了眼。陳約翰和鄭老師急匆匆地在賭場內跑了幾圈，總算皇天不負賭鬼，在另一張賭桌上發現了另一位眼皮已經睜不開的賭友。恰好那傢伙口袋裡還有兩千元錢，一聽說此等大事，眼皮一捏，精神大振，講明利息是百分之十，因為第一道牌已是二十一點，兩千塊錢肯定能保住，那賭友也不用擔什麼風險。賭友的兩千元錢押在第三張分牌的A上面，果然不錯，又出了二張十牌面，三道牌都是二十一點，統吃莊家，一下子就贏了六千元，加上桌面上的六千元本錢，加起來有一萬兩千，還給那位賭友兩千元加上兩百元利息，三位賭徒總共還有九千八百元，號稱一萬。

到中午十二點的時候，三位賭徒的籌碼由將近一萬上升到三萬三千元。鄭老師說：「歷史的發展會有驚人的相似之處，今天肯定能贏回大錢。」王老闆說：「一定，一定。」陳約翰又給兩位賭友一人一包「魂飛爾」，他們三個在一天一夜再加一個上午的時間裡燒掉了五盒「魂飛爾」。那三萬塊錢很快地像火箭似地升到七萬八萬。他們三個認為這場大戰即將勝利，誰知道這是回光返照，下午三點的時候，賭場掏盡了他們口袋裡最後一塊籌碼。

當三個賭鬼戀戀不捨地跨出賭場大門的時候，心情如同跨出殯儀館差不多。大少爺陳約翰滿嘴發苦，嘴角上帶著白沫，天底下什麼味道他都嘗不出來了，卻還在念念有詞什麼七點八點。王老闆腿肚子抽筋，兩腿發抖，手臂趴在陳約翰的肩上，他的腦細胞裡全融化在一張張牌面上，其他什麼都不知道。鄭老師只感到那副啤酒瓶一般厚的眼鏡片又加深了幾百度，一片白茫茫，不知路在何方。

到底不知道看清楚還是沒有看清楚，反正在三位眼前，情人港賭場門口那一塊塊鳥語花香的草坪，就和墳場上的草地一模一樣，港灣裡的一條條遊艇似乎都變成了一具具浮屍，澳大利亞藍色的天空像一塊巨大的棺材板壓向他們的腦袋……。在他們的感覺裡，自己和死人沒有多少區別。那輛黑棺材一樣的大客車又將三位賭徒吸納進去，送到展覽館門口又吐出來。這時候三位才感到自己有點活人的氣息。

戰勝Casino，也許他們曾經戰勝過這個魔鬼，他們不是贏了七萬八萬嗎？但是，活人怎麼可能贏過棺材殯儀館和墳場呢？當黃老將軍打開光猛大房的時候，老頭子才發現這三位不死不活地躺在床上的賭徒不是什麼一去不復還的壯士，比當年給他斃了的事務長也強不了多少，不過，現在他沒有權力把他們槍斃，還得管吃管住兩個星期……（完）

（原載於澳洲《東華時報》1997年4月10日及《大洋時報》等，被收錄於「澳華叢書」）

10 開著破車兜著風

一

當喬的那輛破車轉入亞瑟湖畔的坎特伯雷路上時，是凌晨四點。這條路沿著湖岸線彎彎曲曲，限速五十公里。有一次，喬有點得意忘形，稍稍在油門上踩重了點，他掃了一眼路碼表，不過路碼表上的指針和車上的不少部件一樣，無法表達出準確的信息。而一輛警車像鬼一樣地從拐彎處鑽出來，「瞿瞿」地鬼叫了兩聲。警車上下來一男一女，男警察檢查駕駛執照，女警察很有禮貌地問喬的出生年月，然後告訴喬一個準確的信息，從測速鏡中看到他剛才的車速是六十八公里。男警察遞給他一張二百元的罰款單，女警察微笑著對他說：「祝你生日快樂。」那天恰好是喬的生日。

喬不時地踩著剎車，他能感覺到剎車皮的磨損，有時候，這輛破車就像他的肢體延伸一樣，他處處都能感覺到。昨夜，一個車前燈剛壞，不，應該說今晨。另一個獨眼龍的燈光在夜色朦朧之中照現出前面S形的路狀，中國人很喜歡用龍來做比喻，喬也不例外。

四周靜極了，只有這輛車在路面上沙沙地行駛。偶爾，湖邊的樹林裡傳出一聲尖銳的鳥叫。這隻鳥沒有入睡，牠有什麼心事？鳥叫聲使夜顯得更加寧靜。喬發現不遠處的湖中泛起一層白霧，湖的那邊是什麼？有一道山丘的影子。該不會是水泊梁山，聚集著一群打家劫舍的好漢？還有遠處隱隱約約的燈火，那應該是梁山下面圍著嚴嚴實實柵欄的祝家莊。在拂曉前也許會爆發一場戰爭，此刻卻融化在一片靜寂的夜色之中。從澳大利亞墨爾本郊外的亞瑟湖的今夜到中國山東的水泊梁山的幾百年前，也許只有喬這種詩人才會產生這種漫無邊際的聯想。據說在一百多年前的澳大利亞，也曾有過聚集山林呼嘯攔路的好漢，喬閱讀過那本描繪澳洲綠林好漢的書，他們在遠隔萬里的英格倫島上就是綠林好漢，而當他們被押到澳大利亞這個大島上，稟性難移。而喬在遠隔萬里的中國的時候則是一個無用的詩人，中國九十年代的那場風暴，使這位熱血詩人流亡奔走到了海外。

喬打開了收音機，音樂溢滿了小小的車箱，在行李鋪蓋和瓶瓶罐罐之間跳躍。破車上的音響還不錯，不過收音機不怎麼樣，播出的音樂從來不會持續十分鐘以上，一首歌唱著唱著，歌唱家就像突然被割斷了喉嚨，無聲無息。過了好長一會，歌唱家好像復活了，突然又唱了起來。有時候，需要用手掌在收音機上狠狠一敲，音樂憤怒而出……

喬將車窗搖降了一些，清冷的空氣襲入車裡，使他顫抖了幾下。夜空中的雲被吹散了一片，露出幾顆星星，也像露出幾枚偷窺大地的眼睛。湖那邊亮起一片燈光，還有一幢別墅似的小屋，那是一個划船俱樂部，幾盞造形別致的霓虹燈徹夜不熄，跳動閃爍。喬的這輛破車在湖畔公路不知經過多少次，其實，他對這一帶非常熟悉。他知道這一段是亞瑟湖最美麗的地方。

夜，鬱鬱蔥蔥的樹木在湖周圍構畫成一種黑色的形象，充滿神祕的情愫，霓虹燈的倒影就像五線譜的符號不斷地沉入湖底，在呼喚湖底深處的幽靈，哦，是仙湖還是魔水？

然而在白天，這兒卻呈現出一種甜美的意境。黑色的天鵝從湖那邊游來，後面拖著粼粼波光，牠們游到岸邊，踩著腳丫子踏上岸，當牠們穿過馬路時，一切車輛都必須停住，讓這些黑色的貴族大模大樣地走過。而在划船比賽的日子，湖光瀲灩，百舸爭流，用力量和速度去割破藍色的湖面。

喬知道，再過一會兒，只要天空露出晨光，穿著各種色彩運動衣的跑步者就會點綴在湖畔周圍，給亞瑟湖帶來白日的生機。

「往日的愛情已經消逝去，幸福的回憶就像夢一樣地留在我心裡……」那中斷了的廣播在黑暗時光裡又突然響了起來，播出的是舒伯特優美的小夜曲。

二

喬的歡樂時光是他和娜達莎在一起的日子。他和這位從俄羅斯來的姑娘相識是在英語學校的語言班上。而他對俄羅斯的認識則是在父親潛移默化的影響中產生的。喬的父親是一位俄語系教授，屬於以前蘇俄崇拜的那一代。喬在讀大學的時候，也翻開了父親書櫃中的普希金、托爾斯泰、屠格涅夫、萊蒙托夫、葉塞寧、高爾基和那位俏皮的詩人馬雅可夫斯基，這彷彿在他眼前打開了另外一個世界。當然，喬更多的時候是沉醉於中國古代屈原的香草美人和李太白的對酒當歌的詩行之中。對於當今新新人類的詩文，喬很少問津。所以當喬創作的詩一出現在詩壇上的時候，就被歸入新古典主義一類。娜達莎是俄羅斯的一個詩人的女兒，她愛詩，對詩人無限崇拜，她還知道中國有一個大詩人李白。她生活的地方不是莫斯科，也不是彼得堡，而是在東部海邊的符拉迪沃斯托克。喬說：「那地方叫海參灣，中國古代的大詩人李白就出生在那兒附近，後來他在中國大地上到處漫遊。」「照你的意思，我應該是中國女孩。」娜達莎噘起嘴唇。喬笑了起來。

他倆接吻了，吻得那樣投入，就在亞瑟湖畔的陽光照耀的綠草地上。是詩把兩顆心連到了一起。

娜達莎說：「我最喜歡的詩人是葉塞寧，他描繪遠去的風帆是那樣的美麗。」

「假如生活欺騙了你，不要憂鬱，也不要悲傷……，一切都是暫時，一切都會過去，而那過去了的，將會變成親切的依戀。」喬說他喜歡俄羅斯詩人普希金這首詩中的一種說不清道不明的情感。

他倆在亞瑟湖畔不遠處租下了一所屋子，使用的是英語、中文和俄語混雜在一起的語言，在新巢裡發出各種甜蜜的聲音。喬甚至得意地唱起那首中國古老的黃梅調〈夫妻雙雙把家回〉。娜達莎問他唱的是什麼，他回答：「唱的是一個男人和一個女人合起來的一首詩。」娜達莎說：「一個男人和一個女人合起來還會有一個孩子。」他倆希望在澳大利亞燦爛陽光下，自由自在地創造這一切。

在一個陰雨的日子裡，喬下班回來，發現娜達莎不見了。他想起這幾天她的眼神有點不對勁。

喬駕著破車四處尋找，差不多找遍了墨爾本，娜達莎在潮濕的空氣中消失了。喬以前聽說過，有些俄羅斯姑娘來到澳洲是為了騙取金錢和身分。她騙取了他什麼呢？什麼也沒有。也許是騙取了他的愛情，但真正的愛情是無法騙取的。娜達莎有著一對純潔無邪的眼睛。

「愛情是一堵布滿痕跡的老牆，
這堵老牆隱藏在小巷深處，
而我的心就是那條深深的小巷；
某一天，這堵牆會在風雨之中摧毀，
那些碎石磚塊仍然壓在熱血流淌的心中，
除非我在愛的懷抱中已經死亡。」

這是喬在悲傷和淪落的日子裡寫下的唯一的一首詩。

三

夜空中沒有一點晨曦來臨的跡象。喬放慢了車速，這兒已經接近城區，可以模糊地看見高樓大廈的幢幢黑影，有的高樓頂部點綴著一顆一顆的燈盞。而頂部閃爍出燦爛光輝的那幢大廈一定是雅拉河畔的皇冠賭場。亞瑟湖的湖水並不連接雅拉河系，就像這條路也不和賭場前面的那條國王大街相連。但喬知道在這條坎特伯雷路的盡頭有一個坎特伯雷教區墓場，以前只收上帝的信徒，如今墓場收納的對象擴大了，只要你想進天國，是否基督教徒並不重要。喬不是一名基督徒，卻成了一個賭徒。詩人和賭徒至少有一點是相像的，腦海裡充滿了幻覺。金錢經常能夠比詩發出更閃亮的光輝。

喬是在尋找她的時候踏進了金碧輝煌的皇冠賭場，旋轉的小輪盤和五彩繽紛的老虎機絞盡了他打工掙來的積蓄，但他仍不時地光臨這塊金碧輝煌之地，這片金色有一股魔幻般的吸引力，使他暫時忘卻自己那顆滴血的心。

由於喬一個月沒有繳付房租，房東發出了逐客令。喬把他的行李搬上了他那輛破車。這輛老福特房車放下後排車椅有一個較大的空間，可以躺下一個人，還能放下不少東西。破車的屁股後面噴出一股黑煙，他變成了一隻無家可歸的鳥。

以後的日日夜夜，喬的腦海一片模糊，每週打幾天短工聊以度日。更多的時候，是駕駛著破車在街上漫遊，就像一個夢遊者在尋找夢境。他無所謂在哪兒過夜，有時候在街角，有時候在公共停車場，有時候在俱樂部和酒吧的門口，因為酒吧總是這個城市關門最晚的地方。當他兩條腿搖搖晃晃跨出酒吧門口，鑽進破車後面散發著臭味的床鋪上，即刻，就進入昏天黑地的境界。有一次，另一個醉鬼握著酒瓶子，從沒有關住的車窗口伸進來，對準喬的腦袋就砸，可惜他也是醉眼朦朧，把喬腦袋邊的一口鐵鍋看成了頭顱。那殘剩的酒液從鍋邊沿流淌下來，又流進喬的嘴裡，他在夢中咂巴咂巴地舔著這種苦澀的液體。

他不知道這種浪蕩的日子什麼時候是盡頭。

四

不知是心理上的困惑，還是肉體上的需要，昨天傍晚，喬的破車停在一家名叫小天使的按摩院門口。

奇蹟發生了！在燈光幽暗的小屋裡，喬遇見了已經變成按摩女郎的娜達莎。在短短的半個小時間，他倆緊緊地抱在一起流淚。喬知道了娜達莎的一切。娜達莎為了來澳大利亞，欠下了俄羅斯黑手黨三萬美金的辦理費。他們找到了她和喬構築的巢窩，並威脅她，如果不把那筆錢很快還清，就要把她和她的中國情人一起沉埋進亞瑟湖的湖底。娜達莎出走了，把一切攬在自己的身上……

喬將娜達莎摟得更緊，似乎一放鬆，這個美麗的俄羅斯姑娘就會永遠地消失。同是天涯淪落人，兩顆在動盪時代漂流海外的心緊緊地貼在一起。喬拭乾了眼淚，他發誓要和娜達莎一起早日把那筆閻王債還清，他要認認真真做人，他要和自己的心上人再築新巢。

漫漫長夜怎麼沒有盡頭，彎彎曲曲的道路好像也沒有盡頭。喬想：「怎麼沒有見到那個去肉廠的岔道口，會不會走錯路了？」他要趕去那兒上早班。他知道肉類加工廠的活很重，但工資高，以前他也在那兒幹過。從今天起，他需要拚命地掙錢……

就在這時候，前面彎曲的路口出現了一個龐然大物，並發射出一片勾魂似的光亮，一股巨大的魔力將喬的破車抓了過去。喬只聽見「轟」的一聲……

清晨，四點三十分，警察在坎特伯雷路的盡頭留下這樣的紀錄：「一輛福特舊房車與一輛巨大的垃圾車相撞，房車駕駛者當場死亡……。」那位女警察驚奇地發現，在撞成一堆爛鐵的車頭內，收音機竟然還在工作，音響中播放出美麗動聽、莊嚴純潔的〈聖母頌〉。

不久以後，在坎特伯雷教區墓場內，一座新砌起的墓碑前面，那位俄羅斯姑娘捧著一束鮮花，棕色的大眼睛裡含著眼淚，輕輕地吟著普希金的那首詩：「假如生活欺騙了你，不要憂鬱，也不要悲傷……，而那過去了的，將會變成親切的依戀。」

（原載於澳《大洋時報》2004年11月）

11 夜行黃金坡

一

一切似乎都是從金子開始的。

黃金坡這個名字對我來說似熟非熟，只記得在一張中文報紙上看到過，那兒到處是礦區，還有金礦。一百多年以前就有不少中國人來挖金子，後來在一場種族騷亂中，不少中國人逃走了，還有不少沒逃走的中國人，得到的是一片墳地。

這封信來自黃金坡地區一家採礦公司，聘我去擔任技術員，年薪四萬。在寫完研究生論文後，我發出許多求職信。我看了公司的名稱，想起悉尼一家大金屬公司，也就是那家公司將我的求職信轉到黃金坡分公司。我找地圖一查，去黃金坡公司有一千五百多公里，那裡肯定不如大城市繁華熱鬧，但那份年薪很誘人。我來澳讀書幾年，幾乎沒有掙過什麼錢，何況我學的專業就是採礦物理。我不再猶豫，和黃金坡那家公司通了電話。

照理說，單身漢搬家是一件簡單的事，對我來說卻非同小可，收集的愛好使我那間房子變得擁擠不堪，特別是收集各種各樣大大小小的石頭，有的石頭色彩奪目，但其中所含的元素之豐富難以想像。如果說石頭有什麼價值，金子不就是一種石頭。但在我的收藏中還沒有金子和寶石那些昂貴的石頭。不過，我對我那些石頭珍愛如寶。

接下來是找一輛不大不小的車，運費不能太貴，在沒有得到那筆年薪之前，我是囊中羞澀的。

我聯繫了不少運輸公司，有的公司根本不走這條路線，有的公司什麼路線都走，但要價驚人。我撥響了手上最後一個電話號碼，從對方不流利的英語中，我聽出了他是一名中國人，還真有一輛不大不小的貨車。於是，我倆用母語討價還價。「幫幫忙，大家都是中國人。」我提醒道。

「好吧，看在黑頭髮的面子上，我跑一趟，價格討個吉利數，八百元。來回三千公里，油費三百元，兩天兩夜的路程，住宿吃飯，我掙的是一點人工費。」這倒是實話，全澳洲不可能有更低的價格。

二

那是一輛市面上少見的舊卡車，裝卸重量兩噸，裝完我那些東西體積、重量差不多，但這輛破車能否跑完幾千公里，我頗感懷疑。

車上路了，他那張嘴像車輪一樣，一啟動就沒有停過。「媽的，開快一點……。傻蛋，紅燈沒亮，還能過兩輛車。」他還對前面的車輛按過兩次喇叭，在按第三次的時候，前面車裡的傢伙火了，從車窗口伸出中指表示了一個猥褻的動作。他又回敬了一聲喇叭，一踩油門，超了過去。他似乎無車不超，儘管是一輛破車。

他還一個勁地給我嘮叨：「昨晚才睡了兩個小時，手氣真臭，一夜麻將輸掉了我五百元。」又像觸動了哪根神經說：「喂，我說你搬這麼多石頭幹什麼？搬得我手到現在還疼，該加收五十元搬運費。」

我心想，說好八百元，我一分錢也不能加。

車剛出城區，警車尖叫著追上來，將我們的車攔到路邊。「超速，罰款一百二十元。」

「滾吧！」警車一走，他怒吼一聲，把罰款單扔給我，「該你付，這是為你運東西。」

「我可沒有讓你超速。」我又把罰款單扔回去。

「接你的生意真倒楣。」他踩動油門闖出去。

中午在加油站，我咬三明治，他啃漢堡包，各管各，他一上車又猛吸了一支煙。

傍晚前，前面是一片豔麗的晚霞，而車窗的玻璃上可以瞧見一點一點的雨水。雨是從高空掉下來的，應該說是西邊日出東邊雨，是有情還是無情得問老天爺。晚霞很快被滾動的烏雲給遮住了。

入夜，公里上的車輛越來越少，卜起一陣陣雨，車燈在雨絲中搖晃。「是否找個地方住宿？」我問。

「你以為你那點運費還能讓我住賓館啊？回家我得去喝西北風，倒楣。」他又點上一支煙，猛踩油門。這傢伙還要開夜車，我越發擔心。

三

然而真正使人恐怖的是半夜的那場暴雨。

突然，一道閃電像拉開了天幕，一張猙獰的臉一閃而過，又是一道閃電，天幕又被撕開了一次，空中似乎有無數頭狼在亂竄，即刻大雨傾盆而下，無數頭狼跳下雲端……

密集的雨組成一道屏障，燈光只能穿透幾公尺，車窗上的刮雨器以最快的速度也跟不上大雨流淌。「咯噔」車輪不知碰到了什麼車身朝一邊滑去，他吐掉煙頭，狠勁踩住剎車。

我倆鑽出駕駛室，電筒在雨中晃了好一會才看清，車已滑到了山道邊，只差幾寸，那個後車輪爆了胎。

「換車胎，」他想了想又說，「現在是重車，萬一千斤頂吃不住勁，或者朝邊上一滑，這輛破車就會滾下山去，說不定把你我捎帶著一起去見上帝。

「那怎麼辦？」我問。

「當千斤頂頂不住車身的時候，要用吃得起重量的東西撐在車身下面。」他說。

「用什麼東西撐？」我在雨中大喊道。

「我也不知道。」他看上去像一隻落湯雞。

我大概也好不了多少，一陣雨澆醒了我。「有了，我那幾木箱石頭行不行？」

半個小時後，車身在千斤頂和木箱的共同支撐下，換上車輪。但有兩個木箱被壓裂了，車輪移動時，「嘩」一聲，那些石頭掉落出來，滾進山道邊的黑暗之中。

車仍然在雨中前進，他一聲不吭。

「剛才真險，要不是你一個急剎車。」我說道。

「對不起你的那些石頭了，掉了不少吧？」他說。

「那只不過是石頭，又不是什麼值錢的東西。」

「你不喜歡這些石頭，也不會搬去千里之外。」

「我是搞礦物的，以後有機會找到各種石頭。」

「哦，這些救我們命的石頭。」

雨仍然一陣緊一陣地敲打在車身上，雨似乎將兩個人的命運揪在一起：「你要不要抽煙，我替你點上。」我將點燃的煙捲塞進他的嘴裡。

四

當黎明來臨的時候，雨停了，老天爺玩水玩夠了，前面的山頭上浮現出初升的霞光。車輪滾滾，轉彎處出現了一片奇異的景色，黑暗的原野中好像豎立著一塊塊石碑。「我下車去看看。」我說。

下車後我走向那兒，哦，是一片墳場，在朦朧的晨曦中，我驚奇地發現墓碑上是熟悉的漢文字體。「喂，」我大喊道，「這兒埋的是中國人。」他下車和我一起朝墓場深處走去。

「李阿根，趙富貴，張三中……」一路上全是中國人的墓，有上百座。此時一道紅色的霞光躍入墓場，就像把墓碑點著了一般，他們——我們的祖先似乎復活了，從霞光中走向我們……。這只是我眼前一剎那的幻境，我問他：「你看見了什麼？」

他拆開了一包煙，神態嚴肅地點上一支，緊接著點上一支又一支，把一包煙全點上了。他和我將一支一支點燃的煙插在一座座墓前……

「黃金坡離華人墳場不會太遠，路大概沒有錯。」我說。

「當然不會錯，託祖宗保佑，昨夜這麼大的雨也沒有出事。」他發動了車輛，「唉，老祖宗為了挖金子，我們為了賺錢，漂洋過海，掙點錢不容易，你說呢？」

我心裡有點不安，我說：「我一拿到工資我補給你一百元，那筆罰款由我來承擔。」

「兄弟，你沒有明白我的意思。看看睡在墳墓裡的老祖宗們，再想想昨夜串在一起的兩條黑頭髮的命，錢再多有什麼用？金子、銀子又有什麼用？還是兩箱石頭管用。」他說話變得像一位哲學家了，「到了黃金坡你還得租房子、買東西，等你手頭寬裕一點，這筆運費寄給我也不遲⋯⋯」他又開始嘮叨起來，此刻，我感到他的嘮叨挺親切。

車又爬上一道山頭，黃金坡到了，就是前面沐浴在金色陽光下的那座山坡，山坡上是一座頗具規模的城鎮。一百多年前，這兒還是一片荒山。

「兄弟，混出個人樣來。」他對我吼著。

（本短篇小說獲1999年墨爾本大丹農市多元文化小說優秀獎）

（原載於澳洲《大洋報》1999年9月23日、
大陸《海外華文文學》雜誌、
台灣《中央日報》、《人間福報》等）

12　羅伯特舊宅的幽靈

一

他原名羅大光，到達澳洲後，他為自己換了一個外國名字羅伯斯比爾，租下那幢房子後，他又改名為羅伯特，後來他把那幢房子稱為羅伯特城堡。城堡自然讓人想起那種光線幽暗、空氣混濁、時光凝固等等氛圍。當然，城堡裡也會發生一些騎士和美女的愛情故事。除了最後一項讓人不敢奢望，以上三項條件都符合我的要求。

以前那些大陸來的所謂留學生，碰到一個偶然的機會，據說搖身一變都成了新移民。我是兩年前來商務考察的，就是考察時間長了一點。上帝的眼睛還沒有瞧見我們這批考察者，看來瞧見的機會也不太大。管他瞧見瞧不見，惹不起還躲不起嗎？省得那個被稱為移民局的衙門來找麻煩，躲起來當然是找個暗無天日的地方；時間凝固對我最有利了，能拖一天是一天，能打工多賺幾個錢，不然我為什麼來商務考察；空氣混濁就更好了，常言說「混水摸魚」，我現在還不知道將來能否摸到那張新移民的綠卡。其實吸引我搬去住的，還有一項不算條件的條件，羅大光，不，羅伯特是一名畫家，小時候我也喜歡拿著筆在紙上塗鴉，潛意識中對畫家崇拜得五體投地，今天能搬去和畫家同住，真是我三生有幸。

二

其實，那根本稱不上城堡，只是一幢破爛不堪的舊房子，木柵欄的木條歪斜，十根有九根鬆動，那道門得鼓搗十分鐘才能推開，花園裡面爬滿半人高的野草。那幢破房子的外觀我就不再描繪了，反正一走進屋裡，你就不想吸一口氣，可能城堡裡都該有這種霉味。現在走出城堡，瞧瞧城堡四周，左面是一個荒廢的養馬場，右面一百米之外才能看見另一處建築，後花園也是一片野草連接著一大片廢墟，前面街道對面是一幢模樣古怪的白房子。街道上白天也瞧不見一個人影，晚上是否有鬼影就不清楚了。

幾天後，當我打工歸來在道上走著，還是瞧見了一個人；是先瞧見了一條狗，那條大黑狗眼睛賊亮賊亮，擋在我面前汪汪亂叫。一位滿頭白髮的老太太喝住狗，她說她叫瑪麗亞。她和我交談起來，問我是不是住在前面那幢舊宅裡，我說是的。她說這幢房子以前是羅伯特住的，羅伯特死得真可憐。我聽了有點丈二和尚摸不著頭腦，問她：「哪一個羅伯特？」她說是從英格蘭來的羅伯特，也是開棺材店的羅伯特，後來不知什麼原因，羅伯特吊死在自己屋裡，反正棺材是現成的。這間房子被周圍的人認為是凶宅，所以很難賣出去，出租的租金也很便宜。

我不怕什麼鬼魂，租金便宜最合我的胃口，我那一間屋一週才40元錢，最後一間大屋裡住著中國畫家羅伯特，中間那間屋裡住著一位名叫蘭博的中國人。中國人哪有叫蘭博的，大概是從美國大片《第一滴血》裡信手拈來的。不過他倆都算是新移民，都能享受澳洲政府的福利，這使我感到有點羨慕。

三

羅伯特為什麼會租下這幢破房子，是他在喝酒時候告訴我的。他說這兒的環境太像北京圓明園廢墟了，那時候他還叫羅大光。羅大光不是學院派的畫家，和幾位從外地來的非主流畫家闖進圓明園，從種菜的農民那兒租了一間屋子，既是宿舍又是畫室。他又說今天的羅伯特城堡比當年的茅廬強多了。

我就問：「你畫什麼東西？小時候我也喜歡畫畫，就是崇拜畫家。」

「哦，你對畫也有興趣，我是畫鬼的。圓明園和這裡都有著鬼魂的氛圍。這也是我租下這套房子的原因。」他興致勃勃地從屋裡拿出幾張鬼畫。在中國古代的民間風俗裡，鬼的容貌應該是青面獠牙的，但羅伯特畫的鬼，東一塊色彩，西一根線條，就是見不到一點鬼影子。

「我畫的不是形象的鬼，而是抽象的鬼。你知道畢卡索嗎？抽像畫派大師，他的名作《格爾尼卡》，就是用抽象的筆調畫出了炸彈下的鬼魂；還有那個梵谷，割掉自己的耳朵，卻創作出《向日葵》，那是陽光下的鬼魂。中國古代有詩仙李白，還有鬼仙李賀，『黑雲壓城城欲摧，甲光向日金鱗開』（〈雁門太守行〉），那是人鬼共存的境界。當年，我住在圓明園漏雨的破屋裡，每當秋風蕭瑟，我都能瞧見鬼的影子。你知道嗎？百年以前，八國聯軍放的那場大火，在圓明園裡留下了多少鬼魂？我知道，於是啟發了我畫鬼的靈感。探索至今，我知道我對鬼的藝術化的描繪已突破了古今中外東西方大師們的境界，雖然今天我還沒有被那些芸芸眾生所認識和接受，但我相信我將是今天這個世界上第一流的藝術家，未來嗎？小兄弟喝酒，喝酒，喝。」羅伯特一瓶酒灌進喉嚨，又點一支「魂飛爾」牌香煙，繼續發揮道：「我的藝術是超於現實和高於現實的，我將站立在世界藝術的頂巔……」

四

「這傢伙腦子有病，他受過刺激。」蘭博悄悄告訴我，他說，「羅伯特以前有個金髮女朋友，來過幾次，也有點瘋瘋癲癲。據羅伯特透露，那金髮女郎名叫愛瑪，當年也曾留學中國，是在北京圓明園裡和羅伯特相識的。如今的羅伯特說，那個金髮女郎是澳大利亞財政部長的女兒，錢多得花不完。鬼知道，有一次那位金髮女郎來這兒和羅伯特大吵了一架，以後她再也沒有光臨過這個城堡。」沒有想到羅伯特城堡裡還真有一段浪漫史，不知城堡裡是否有鬼魂，那才夠刺激呢。

鬼魂真的出現了。一清早，羅伯特打著噴嚏，鼻音嗡嗡。

我說：「你感冒了？」

「No，No，」他搖晃著腦袋，神祕兮兮地對我說，「愛瑪半夜來過了，這次她使用的是噴霧劑。」

「愛瑪，什麼？」我迷惑不解。

羅伯特一本正經地解釋道：「愛瑪認為我是一個天才，但生活能力太差，她說和我結婚，必須讓我提高生活能力。昨夜，她把我那輛車的剎車片搞壞了，看我能不能把剎車修好。生怕我發現是她搞的，半夜她先溜進屋裡，給我鼻子裡噴了一點迷魂藥。

後花園裡確實有一輛老掉牙的破車，不過要卸掉一個大車輪，鑽進去弄壞剎車片，一個金髮女郎半夜裡來幹這個活計也太離譜了，我不大相信。但羅伯特講得有鼻子有眼，使我也疑神疑鬼起來。於是在每天晚上睡覺之前，我都要將前門、後門和每一扇窗戶都檢查一遍。

幾天後，羅伯特的鼻子又塞住了，他嚷道：「愛瑪半夜又來過了。」

「這不可能，昨晚我檢查過，門窗都鎖上了。」

「沒有用，沒有用，城堡底下有好幾條暗道，愛瑪是從暗道裡進來的，暗道通到天花板上面，她從天花板上面爬進我的房間。」他指著天花板上面一個通氣孔說。這簡直是天方夜譚，我搖搖頭。「你不相信，昨夜你聽見汽車聲音嗎？」羅伯特一副不置可否的態度。

想了想，昨夜在睡眼朦朧的時刻似乎聽到過汽車停靠在前院的聲音，這使我又不得不疑惑起來。我的房間在房子前端，也就是說，只要我稍微留意一下，就能發現屋前的情況，我的床靠在窗邊，一有風吹草動，拉開窗簾朝外瞧一眼就能明白。那天夜裡，我又聽見汽車停靠的聲音，拉開窗簾，青灰色的月光下，我瞧見蘭博垂著腦袋走進來，以後我經常發現蘭博半夜三更才回來

第二天，羅伯特又鼻音嗡嗡地說愛瑪來過了。我對他說，是半夜蘭博駕車回來。「什麼蘭博，他大白天打工，半夜回來幹什麼？蘭博是愛瑪派來的間諜。」

喔，城堡裡浮現了諜影，我故意問道：「蘭博幹嘛要替愛瑪做事？」

羅伯特振振有詞：「為了錢，中國那句古話『有錢能使鬼推

磨』，你知道嗎，蘭博經常去卡西諾（賭場）賭錢，錢不夠花，愛瑪給他錢，讓他監視我。愛瑪有得是錢，她父親是澳洲國民銀行總經理（愛瑪的父親由財政部長變成了銀行經理）。」

過了幾天，我在自己房間裡放錄音帶：《梁山伯與祝英台》。當我走進廳裡，羅伯特笑嘻嘻地對我說：「你聽見沒有，愛瑪在給我播放中國音樂《梁山伯與祝英台》，這是一個動人的愛情故事，愛瑪還是愛著我，只不過她想考驗我罷了。」我聽了不寒而慄，他不會懷疑我也是愛瑪用錢雇來的間諜吧？

又過了幾天，羅伯特將自己的一架破電視機搬進我的屋裡。

我問：「為什麼，你不喜歡看電視？」

他回答：「不是我不看，是不能看。這架電視機是愛瑪送給我的，她在電視機裡裝了監視器，放在我屋裡，等於時時刻刻都在監視我。難道能讓那個鬼女人每天監視著我？」

還有一天，我和羅伯特一起走出門，恰好街對面的白房子的門也打開了，我瞧見了那位見到過的白髮老太太和那條黑狗。「她就是愛瑪。」羅伯特悄聲對我說。

我說：「什麼呀，她是個老太婆，她叫瑪麗亞。」

「瑪麗亞早讓愛瑪打發走了，愛瑪花了一筆錢買下那幢房子和那條狗，這個老太婆是愛瑪自己化妝成的，我是畫家的眼睛，一眼就能看出來，她在考驗我。」

那天，羅伯特在攤位上花幾塊錢買了一個鍍金戒指，放在一個空白信封裡，鄭重其事地塞進對面白房子的信箱，他說：「愛瑪一看就明白，是我送她的生日禮物。」唉，這傢伙的腦子，真是病得可以。

五

儘管羅伯特腦子有病，並不是他說的每一句都是瘋話，他說蘭博是個賭徒千真萬確。我看完電視已是半夜，蘭博回來了，垂頭喪氣，臉上慘白，六神無主，在走廊裡對我嚅嚅道：「媽的，今天倒楣，見鬼了。」

我問：「碰到什麼不順心的事了？」

「卡西諾賭場那個紅頭髮管理員，平時遇見我總是客客氣氣的，今天碰見我，板著臉對我說，你以後少來為妙，你別來了。這是什麼意思？哪個賭場不歡迎客人，他為什麼要這樣說？你說，是否賭場要禁止我進門。」

「我也搞不懂。不讓你進門，你就別去了，還能省下幾個錢。」

「這怎麼行，這怎麼行！」蘭博那顆腦袋搖得像撥浪鼓一般。他的真名叫吳來寶，從來寶到蘭博，可能就是他和賭場結下緣分的原因，他將賭場看成銀行一樣，贏了錢就是從銀行取錢，輸了錢，他說這些錢暫時存放在那兒，以後一定要取回來。如今不讓他進賭場，不就等於斷了他的財源。

不久以後，蘭博提出了一個大膽的計畫，並要求我幫助他一起實施這個計畫。「你知道嗎，海港城新賭場下星期開張，對面那個臨時賭場同時關門。」這天蘭博神采奕奕。

「我也從報紙上看到新賭場已經竣工，難道你以為新賭場能給你帶來好運？」

「不是新賭場能給我帶來好運，而是我要給新賭場帶來晦氣。在海港城賭場新開張那天，我要吊死在賭場門口。」

「什麼，你準備去上吊？」我大吃一驚。

「不是真去死。如果你是賭場老闆，假如你知道了這件事，你會怎麼辦？」接著，蘭博有聲有色地描繪了一幅鬧劇：

那天賭場大門一開，老闆西裝革履，紅光滿面地走出來，一抬頭，發現頭頂上吊著一具死屍，屍體臉色鐵青，眼珠爆出，長長的舌頭上呈現出一片紫醬色。這時候7號台、9號台、10號台的記者全都趕到，電視台的錄影機紛紛對準這具可貴的屍體，各家大報小報的記者也已到場，話筒全都伸向老闆，老闆語無倫次，門口的保安人員手忙腳亂。這時候，各路嘉賓都已光臨，更有八方賭徒到來，大家踏上台階，瞧見這般光景，掉轉屁股就走人。

此時警笛聲大作，十幾輛警車趕到，用白布條將賭場路口封閉，所有人士不得出入。最後蘭博的屍體被解下來，裝上擔架抬進車裡，留待明天解剖。明天更加熱鬧，各家報紙和電台都收到蘭博事先寄出的信件和錄音帶，其內容是蘭博的親口敘說：辛辛苦苦地打工掙錢，為澳大利亞做貢獻，誤入歧途踏進賭場，將自己的積蓄和錢財統統送進賭場。聲聲是血，字字是淚，最後不得不走上這條絕路，吊死在賭場門口，以戒世人。於是乎，討伐賭場之聲轟轟烈烈，社會輿論沸沸揚揚……

「現在你是賭場老闆，你會怎麼想？」蘭博又問道。我沒有回答，只是看著蘭博那張興奮無比的臉，他究竟想幹什麼啊？蘭博自己做了回答：「如果你是老闆，你肯定想，完了，這下完了，投資幾個億建造這個大賭場，現在全損在這個上吊的中國小子身上。」

我點點頭：「賭場老闆應該會這麼想。」

「這就對了，問題的關鍵就在這兒，讓你幫忙的地方也在這兒。我知道你文筆好，英語也不錯，把我剛才講的整理整理，搞成一封信，寫得生動一些，講清利害關係，寫完後寄給賭場老闆。告訴他，我並不想損害他的幾個億，我也不想成為什麼百萬富翁、千萬富翁，我只想把我輸掉的錢拿回來，給我十萬二十萬也就成了。如果答應，就直接把錢劃進我的帳號，如果不答應，那就等著瞧見賭場門口那具屍體了。你說，我的計畫如何？」

「計畫不錯，也合乎事物發展的邏輯，不過，那是……」

「不過什麼呀？事成以後你我二八分成，拿到十萬，你二萬，我八萬，拿到二十萬，你四萬，我十六萬，幹不幹？」

「我得考慮考慮。」我鄭重其事地說，然後又朝他的臉看一下，這張臉是否真的像吊死鬼？

大概新賭場門口找不到掛繩子的地方，這項計畫沒付諸實現。蘭博再也沒有提起這件事。新賭場開張以後，他跑得更加勤快，半夜從賭場回來，臉色蒼白，還沒有做吊死鬼就成了這個模樣，應該用他自己的那句話：「這傢伙腦子有病。」

六

漸漸地，我又有了新發現，不但羅伯特腦子有病，蘭博的腦子有病，我的腦子也開始有毛病。

羅伯特不幹活，拿點救濟金，又是酒又是煙，口袋裡肯定沒有幾個錢。蘭博雖然有一份工作，工資也不低，但他是一條賭棍，再多的錢也送進賭場。他們都沒有錢，會不會打我的主意？

我感到我的私人財產好像有所減少，存放在冰箱裡的食品，一定會有被竊的可能。每天上班之前，我要核實一下麵包還剩幾片，用鉛筆在喝過的牛奶瓶上留下刻度，盒裡的雞蛋每天要數一下，冰凍的肉塊用有顏色的塑料袋套上，打上一個特別的結。最難辦的是口袋裡的大米，你不能一粒粒數清，我只能將米袋從廚房拖進自己的臥室，紮緊米袋塞入床底下。我像老鼠一樣關心著自己的食品，這是使命所決定的，有關生存方面的經濟問題，不得不屬於我商務考察的重點範圍……

七

那件不幸的事發生了，似乎早有預兆。對面白房子裡的孤老太瑪麗亞讓一輛救護車送走了，再也沒有送回來。那條賊眼溜溜的黑狗越加猖狂起來，四處亂竄，八方溜達，今天就在我們這個城堡周圍上躥下跳，吠聲不斷。和黑狗遙相呼應的是房間裡的羅伯特，這幾天他的瘋話越來越多，也越來越不著邊際。他把愛瑪描繪成能夠上天入地具有七十二變的孫悟空，能把年幼的變成年老的，也能把女的變成男的，能把活人變成死人，也能將死人變回活人。

剛才他接到一個電話，接著在房間裡大聲嚷嚷，好像是在和誰吵架，過了一會又嗚嗚大哭起來。我知道房間裡只有他一個，但不知道他又在玩什麼把戲，瘋子是無法勸阻的。「咚！」他房間裡悶響了一下，大概那傢伙在摔東西，管他呢，他又沒有什麼值錢的東西。

我繼續看我的電視，半小時，一小時，兩個多小時過去了，羅伯特房間裡怎麼一點動靜也沒有。我去敲敲門，沒有反應，門關得死緊。我用力敲了幾下，並大聲叫喚羅伯特，仍然沒有絲毫反應。「會出什麼事嗎，不會是那個愛瑪又鑽到他屋裡去了？」一股兒惴惴不安的感覺襲上心頭，我決心打開門弄個明白。用肩膀朝門上猛撞了一下，門被撞開了，呵，我看見了怎樣一幅可怕的圖景？

羅伯特一生都在畫畫，當然他是有才華的，但才華被埋在圓明園的廢墟中和羅伯特城堡的荒草裡，也許曾經有一位金髮女郎愛瑪賞識過他，然而她也拋棄了這個天才而遠去，卻又變成了他心靈中的幽靈。於是羅伯特畫下了一生中最後一幅畫，畫在對面白色的牆上……

羅伯特那一幅幅抽象派的鬼畫，我一幅也看不懂，不過對面牆上這一幅，扭扭曲曲，人不像人，鬼不像鬼，我似乎有些看懂了，那是羅伯特自己的寫照，不是人那一定是鬼，是用血紅色的顏料畫成的，如果血也能被稱為一種顏料。最後一筆血紅色連接著牆角邊羅伯特的腦袋，他撞破腦袋，用腦袋上的血液為自己留下最後一幅傑作。羅伯特像龍蝦似地蜷縮在牆角裡，腦袋擱在地毯上，腦袋上那一頭藝術家的長髮斜在一邊，頭髮上沾滿了血液和腦漿，像一支被扭曲了的油畫筆的筆頭……

羅伯特已經死了，羅伯特死了嗎？是那個在圓明園中作畫的羅大光死了，是法國大革命的領袖羅伯斯比爾死在斷頭台上，還是棺材店老闆羅伯特吊死在門框上，似乎都是。

八

警笛，警車，警察；攝影。搜查，取證，調查……

不過我心裡最怕的是，警察在調查過程中將我這個證人的護照上簽證過期的事情調查出來，然後送我去移民局。幸好他們沒有留意這件事。警察的結論是：這個頹廢畫家是自殺。他們已經找到了他的遺書，又說這個窮鬼沒有留下一文錢，不過遺書最後一點和我有點關係，他把那些鬼畫都送給了我，包括牆上的最後一幅。

我無法將磚牆拆走，只能將那些鬼畫一幅一幅地塞進背包，一步一回頭地離開羅伯特城堡。其實幾天前，我和蘭博都已經從這兒搬出去了，今天我是特意來拿畫的。那條沒人照料的黑狗跟著我走了好長一段路，一路上還是汪汪亂叫，不過那對溜溜的賊眼裡也流露出幾分迷惘。

我胡思亂想著，那個荒草圍繞的羅伯特城堡裡肯定有著幽靈，此刻我已經離開這個舊宅，但腦袋裡仍是一片混亂。幽靈似乎沒有離我而去，羅伯特、蘭博和我自己，一個個腦子都有毛病，為了名譽，為了女人，為了金錢，為了身分，為了……哦，那是不是幽靈呢？

（原載於澳洲《東華時報》1998年11年12日、
大陸《海外華文文學》雜誌等）

13　陽春麵與奶酪

一

「陽春麵」是一種麵食，以前在上海的小食攤上才八分錢一碗，這個價格在今天的人看來不可思議。我這裡說的當然不是八分錢的麵條，而是一位能人，「陽春麵」是他江湖上的大號。一般來說，普通人不可能在江湖上混跡，比如你我在小時候，最多被那些噁心的小夥伴起上一個不三不四的綽號，比如癩痢頭、小眼睛、長腳、短腿、翹屁股等等，我的綽號還算雅觀，叫「外國人」，瞧我現在不是混到國外了嗎？

「陽春麵」是以特種技能911簽證來到澳大利亞的，天曉得他能有什麼特種技能。不過這並不重要，重要的是那些移民公司給你設計的材料，就像當年大批居澳華人搞難民、玩人道，那些移民公司設計出一個「三套車」，爺爺是地主，父親當右派，本人「六四」期間在天安門廣場擋坦克等等。結果皆大歡喜，大夥都混到了袋鼠國的身分。後來有人想玩假結婚，移民公司也能給你設計出一個和「羅密歐與朱麗葉」差不多的愛得死去活來的戀愛故事。再後來小留學生經常缺課需要「出勤率」，公司也能給你整得完美無缺，讓你門門功課八十分以上。再後來……

我們還是回到陽春麵身上來。我認識他的時候是在唐人街的一家海鮮餐館裡。廢話，當然不是在飯桌上喝福士特啤酒嚼龍蝦腿，而是在後面又熱又狹窄的廚房裡。水池旁的飯碗菜碟堆得像山一樣高，一天十個小時，我洗得手發軟；這也就是說，每天晚上我們老闆數鈔票要數到手發軟。老闆給我的工資，據說是唐人街上洗碗工最高的規格，每小時六元。陽春麵才來澳不久，他母親和這個香港老闆還有點沾親帶故的關係。

「娘啊——兒死後，你要把兒埋葬在大路旁，將兒的墳墓向著東方……」陽春麵嘴巴一張，《洪湖赤衛隊》裡的小曲就從喉嚨裡滾出來，這是他洗碗時的悲情抒發。這種當年苦大仇深的紅色流行歌曲新生代們是聽不懂的。

我就開玩笑地對他說：「小蔣，你娘好像還活著（他姓蔣，當時我還不知道他的江湖大號）。」

「我又沒有唱我娘死了，在澳大利亞這個鬼地方混下去，我肯定比我娘死得早。唉，上海灘上我手上的鈔票也是『埋客埋客』地沒有斷過，赤那，想當年我陽春麵在黃埔區也是小有名氣的。」

「喲，你就是陽春麵？」以前我對上海那些三教九流也有所聞，比如什麼成都路阿挎、黃河路小頭、人民大道一隻鼎等等，這些人都以野蠻的打架行為而聞名，而「陽春麵」比較文明，是以他的第三隻手爆響於道上。他的經典之作是在一個小食攤上，右手用筷子夾起陽春麵，右臂膀起掩護作用，左手穿過右手的腋下，從右面的另一位吃牛肉麵的食客的胸前口袋裡，撿出一個皮夾子，而自己的嘴裡「譃」地一聲吸進一根長長的麵條。現在諸位明白了吧，「陽春麵」的江湖大號就是來源於他的這項高超技能。不過，澳大利亞政府大概不會給這類特種技能發簽證吧？

我和他混熟後，又耳聞了幾句行話：「彈扣子」就是先把別人衣服上的紐扣用手指彈開，然後再下手摸出口袋裡面的皮夾子；「軋輪子」就是在公交車上下手的意思。陽春麵說在公交車上，下車時是最好的機會，一般是先摸準後屁股口袋裡有皮夾子的對象，下車的時候，你已經把他的扣子彈開，擠在他身後，用手指放在那個後口袋的下方頂著，那位下車時，重力向下，皮夾子被下面的手指頂著，就自然而然地從口袋裡冒出來，落到你的手上。就是他發現了也沒有關係，你又沒有把手伸進他的口袋，最多說是他自己掉了皮夾子。我說：「赤那，你太聰明了。」

「那是，我很少失手，因為我用腦子。」他說話的態度很驕傲。我還發現他的眼珠兒有點綠色，中國人應該是黑眼珠子呀。

後來我搞清楚了，是他母親認為他已經老大不小了，「陽春麵」也不是什麼好聽的名聲，就花錢託人把他弄到南半球澳大利亞來了。其實陽春麵也有自己的思路，當時中國的有錢人已經進入小車階層，成為刷卡族，陽春麵撿到的皮夾子裡面錢越來越少（請注意，陽春麵從來不用那個「偷」字，他喜歡用「撿」，好像錢是從大街上撿來的）。他想出國去混混也好，聽說澳幣一塊錢能換人民幣六元，也就是說，去澳洲撿一個皮夾子能抵上中國撿六個皮夾子。可是一來到澳洲大街上他傻了眼，澳洲不管富人窮人都是有車階層，都是刷卡族，口袋裡現金很少，街上的行人更少，陽春麵的「彈扣子」、「軋輪子」的特種技能都用不上，這不等於把他的武功全廢了嗎？

二

陽春麵經過一段時間的考察，終於發現了現金流通很厲害的皇冠賭場，賭客進門時口袋裡的鈔票都是「埋客埋客」地。不過他沒敢下手，照他的話說，賭場裡的探照燈太多了，分分秒秒有可能被罩住，他的意思是賭場天花板上的監視器。後來他又發現了一個好去處——跑馬場，那裡的外圍莊家設了一個一個攤位，只收現金，因為賠率高，每場馬賽前，人們排起隊買賭馬券，有的賭客一擲千金，陽春麵在邊上看得眼睛發綠。因為在室外，監視器也沒處安裝。不久後，有的人排隊到攤位前，一摸口袋裡皮夾子沒有了，大罵：「發格，邪特。」以前場子裡從來沒有發生過這種情況，幾個外圍莊家急了，合資出錢雇了保安人員。墨爾本就那麼幾個跑馬場，那段時期，每個跑馬場裡都有穿便衣的保安人員在溜達。陽春麵一到那兒就感覺到了，他活躍了沒有幾天，錢又花光了。

陽春麵不得不像我一樣，依靠刷碗洗碟為生，工資也是每小時六元。我說：「老闆不是你家親戚嗎？」

「狗屁。」陽春麵很不高興，「是親戚也不照顧我一點，讓我坐在帳台上收收鈔票。」

「能讓你坐帳台嗎？」說完這句話，我就情不自禁地摸摸自己的口袋。他也笑了。

下午休息的時候，我倆坐在店後面的垃圾桶邊上，抽著「魂飛爾」香煙，我開導他說：「你也不能老是停留在陽春麵時代，太落後了。到了國外，應該是喝牛奶，嚼牛排，吃奶酪，就算是唐人街的麵檔裡，也是海鮮麵、雞絲麵、魚蛋麵，最次的也是雲吞麵，價格澳幣八元，哪裡有八分錢的陽春麵。」我又告訴他一個報紙上看來的新聞，一個白人大漢，深夜開著一輛鏟車，把商場裡的取款機連根拔起，我說：「這才是人家主流社會的玩法，你看過美國大片沒有？」

「與時俱進，與時俱進！」這是他剛學來的新詞，陽春麵態度像真的一樣。

人往高處走，我跳槽去了一家雞店拆雞肉，每小時現金八元。過了一段時間，去回訪唐人街海鮮餐館，沒有見到陽春麵。餐館裡的小姚說，那段時期，老闆發現冷庫裡經常缺少鮑魚、生蠔等高檔海鮮，偷偷地檢查別人的背包，但什麼也沒有發現。陽春麵成了老闆關注的重點對象，他和老闆吵了一場就走人了。我知道陽春麵上下班從來不背包，用他的話說：「赤條條來去無牽掛。」我又去了陽春麵的住處，那兒的幾位哥們說他早搬走了，還挺惋惜地說，他一走，大家嘴裡的海鮮味道也聞不到了。我在想，這到底是怎麼一回事？

一大早晨，我在不鏽鋼桌子上揮舞拆雞的小刀，聽到送雞的卡車來了，一會兒一個熟悉的瘦高個推著小車進雞店，這人不是陽春麵嗎？他也瞧見了我，我倆緊緊握手，手上都沾著一股兒雞腥味。我問他：「你怎麼會幹上這一行的？」

他說，離開那個狗屁餐館後，一下狠心，考出了駕駛執照，後來又考出了鏟車執照和這個卡車執照，於是就幹上了送貨司機這一行。

我開玩笑地說：「你不會是動取款機的腦筋吧？」他哈哈笑了。我又問他：「現在是多少錢一個小時？」他今天正好發工資，拿出工資單讓我過目。「哎喲，稅前十二元一小時，你現在拿的是主流社會的工資了。」我來澳洲在唐人街混了好幾年，連工資單也沒有摸過。他得意洋洋地說要請我西餐。

臨走時，他和雞店小老闆鬼鬼祟祟地說了些什麼，一會兒小老闆抱進來一紙箱雞胸脯肉，大概有十公斤左右。以後這樣的事經常發生，我也睜一隻眼閉一隻眼瞧著。小老闆對我說，以後他送來的貨，你都要秤一下，是否短斤缺兩。我問：「為什麼？」小老闆說出其中的祕密：陽春麵賤價賣給小老闆那一箱額外的雞胸脯肉，是從別的客戶的貨裡面，東抓一把西摸一塊，湊滿一箱。我明白了小老闆的意思。

陽春麵在「滾石飯店」請我吃牛排的時候，我就把小老闆的意思告訴了他。他用餐刀割下一小塊牛肉，笑著說：「我怎麼可能從你們那兒抽水呢？兔子還不吃窩邊草呢。」

「不一定吧。」我就問他，海鮮餐館裡的鮑魚、生蠔是怎麼一回事？

他用銀叉把牛肉塞進嘴裡。「這不算，老闆給的工資太低，吃的這些海鮮應該抵作我們的工錢，你說是不是？」

我說：「不算就不算，不過你得告訴我，你是通過什麼手法，把海鮮弄出店門的？」

陽春麵嚼著牛肉說，小事一樁，倒垃圾是洗碗工的份內事，幹活的時候，就把那些海鮮塞進塑料袋，扔進黑色的垃圾桶裡，白天把垃圾桶倒進外面的大垃圾箱裡，當然要看好倒下去的位置。半夜裡，再光臨此地，把那些海鮮從垃圾堆裡翻出來就完事了。以前他們一起住的幾位哥們，都是半夜起來煮海鮮吃的，說是圖個新鮮。說完他用白色的紙巾擦擦嘴巴。我發現他的姿態越來越優雅了。

我又問他：「如今你從客戶的雞肉箱裡七摸八摸，每週能增加不少收入吧？」

他喝了一小口紅葡萄酒。「我也沒有仔細計算過，每天摸一些，大概能算打兩份工吧。」

我搖搖頭說：「現在老闆給的工資不算低了吧，再偷雞摸狗就是你的不對了。」

「這怎麼能算偷呢？」他放下刀叉，伸出雙手說，「我給你算一算，我們希臘老闆現在已經買了十套房子，我一套也買不起。你知道他的十套房子是怎麼買起來的嗎？」

我說：「我怎麼會知道？」

陽春麵就在手指上數起來：「老闆每天工作的時間和我差不多，第一套房子就算是他的勞動所得吧，另外二套算是他的雞肉在市場上營銷轉換來的，還有兩套就算是他的資金投入的利息吧，還剩下五套，這五套就是從廠裡上百名工人頭上刮來的。赤那，我每天早晨四五點鐘就要上班，一箱箱雞肉搬上搬下，何等辛苦，拿的又不是什麼高工資，撈點外快，就算是被老闆少剝削一點嘛。你說是不是？」

「不得了了，陽春麵你不得了了。」我握住他十根手指。

陽春麵一著急就有點口吃：「你啥、啥意思，啥意思啦？」

我說：「你最近是不是在寫資本論？」

陽春麵笑了：「兄弟別開玩笑，我又不是馬克思。」

三

半年後，陽春麵不來送貨了，又不見他的蹤影了。

我跳槽進了一家洋人的清潔公司，總算拿到了正規的打稅號的工資。幾年後，公司派我去瑪格麗特美術館做清潔工。這個星期，館內正在展出荷蘭畫家的作品。這使我賞心悅目，年輕的時候我也學過幾天素描，翻過美術史之類的幾本書，還對別人吹噓自己有一對畫家的眼睛，能從皮膚外面看到骨頭裡面。

那天接近閉館的時候，來了一對夫婦，男的金頭髮、大鬍子，戴著一副金絲邊眼鏡，手上握著一個不冒煙的煙斗，有幾分大藝術家的味道。那個高鼻子的女人挽著男的胳膊，衣著華麗，也是一副貴婦人的做派。他倆站在一幅名叫《奶酪》的畫前，一位紮著頭巾的荷蘭婦女在桌上給孩子們分奶酪，畫面挺溫馨。我恰好在那對夫婦的背後，只聽那女的說：「傑克，我認為這幅畫太美了，你看呢？」那男捏捏煙斗說：「Yes，Yes，瑪格麗特。」這個女人也叫瑪格麗特，和美術館的名字一樣，洋人姓名相同的就是多。我正想著，那個男的轉過頭，衝我笑了一下。

回家後，我總感到那個笑容有點熟，但想來想去也想不起是哪一位，閉著眼睛把這些年來認識的洋人一一過目，還是想不起來。

幾天後，《太陽報》上的一條新聞讓我嚇了一跳，荷蘭畫家夏博爾的那幅《奶酪》，在博物館裡被盜竊了，盜賊手法高明。這幅名畫保險公司的保價是三百五十萬美金。我猛地想起來那個笑容，好像是那天陽春麵請我吃牛排時的笑容，可是陽春麵怎麼會變成傑克呢？陽春麵是黑頭髮的中國人，不是金頭髮的洋人。頓時那個「Yes，Yes」的聲音又在我耳邊響起，怪不得當時也感到那個人說英語有點拗口，陽春麵的聲音我太熟悉了，八成是他。陽春麵改頭換面變成了傑克是為了什麼？還有他身邊那個叫瑪格麗特的洋女人，是他的老婆還是他的同黨？不過，說來陽春麵單身一個，早該娶老婆了。

陽春麵又沒有什麼藝術細胞，畫展門票價格不菲，他來幹什麼？理由不是明擺在那兒嗎？雖然我還不能百分之一百地說，名畫就是他偷的。我又繼續深入地想下去，假如這幅畫是他盜竊的，他不可能掛在家裡觀賞，他必須出手給哪位大富翁，或者和哪個倒賣名畫的黑社會組織聯繫，這些渠道都是在洋人的圈子裡，這說明陽春麵已經混入了他們的圈子，陽春麵不是陽春麵，而是「奶酪」了，這一點是可以肯定的，陽春麵已經成功地融入了主流社會。

（原載於澳洲《大洋時報》等）

14　變色湖

一

我的故鄉在江南水鄉，家門口有一片湖，一片純綠色的小湖。

我的童年是伴隨著寧靜的湖水，伴隨著一把二胡成長起來的。

那把二胡整天被握在我叔叔的手心裡。我的叔叔就像拉二胡的老前輩阿炳一樣，也是一個瞎子，一生下來就是一個瞎子。我想，在他的眼睛裡無法構成世界的圖像，也肯定沒有瞧見過那片湖是綠色的。然而他拉出的二胡聲飄蕩在水面上，聲波恰好和顏色融成一體，農人、水牛、秧田散落其四周，農舍、炊煙、樹林橫布其遠處。這片氛圍對於那個蹲在木頭門檻上的孩子來說，似乎變成了一種物質，一種如同甘露般的物質。

那個孩子還沒有長大，他的叔叔就死了，被埋葬在小湖邊上，化成了一堆泥土。

那把二胡傳到了孩子手裡，我就是那個孩子。後來，我長大了，考進了城裡的一所音樂學校。

再後來，我用那把二胡在舞台上奪得了民樂優勝獎。我認為，我的成功並非在於嫻熟的技巧，而是在於我對音樂的理解。童年時代和青年時代，家門口的小湖和我的叔叔，二胡的樂調將我的心靈包圍了。音樂真是個奇異的東西。

當我出國的時候，我猶豫了。行李的重量規定是二十公斤，實在太少了。每一件東西都不能捨棄，因為每一件東西都關係到我未來的生存。

我面對著那個藍色的行李箱發愣，被子、衣服、餐具、書籍等已經填滿了每個角落，就在我的意識裡要合上箱蓋的時候，我的雙手卻不由自主地將兩雙鞋、一件毛衣和一套餐具撥拉出來，將冷落在邊上的那把二胡填進空隙。這時候，我毫不猶豫地拉上了箱蓋的拉鏈。

二

一架飛機將我載往赤道以南，那塊一無所知的土地上去。

從飛機上俯視太平洋，太平洋是個大湖，更像一塊藍色的地毯，偶爾見到幾艘船艦，如同積木般地散落在那塊地毯上一動不動。而雲層卻變成了流體，無時無刻地在飛機周圍流動。天上所見的天和地上，與地上所見的天和地是不同的，天上的流動體將地上的實體包容在自己中間。地球上的一切都顯得那樣奇妙。看來在這個地球上，有許多認識的，也會變得不認識的。

我的新生活是在南半球上開始的。澳洲大地曾經被人們認為是世界的盡頭。剛到這裡，一切都非常艱難，「無法找到工作」，差不多成了每一個赴澳留學生難以解決的命題。

我住在老楊家裡。這個臉型瘦瘦的漢子來澳十年了，風風雨雨，終算搞到了一張居澳的身分證。他買下了這套舊房子，但還沒結婚。每天從建築工地下班回來，就躲在自己的房間裡支起一個破畫架，自得其樂地玩油畫。他畫了不少風景、人物、肖像等，其中有一幅他的自畫像，畫得像個滑稽演員。

這套舊房子的另幾間屋裡，擠滿了像我一樣角色的人物。白天和夜晚，像我這樣的角色循環在讀書和找工的圈子裡，如同用粉筆在地上畫了一個圓圈，將一群螞蟻放進去，螞蟻在白圈中一圈一圈地爬著，似乎永遠也走不出去。

有的螞蟻幸運地在某一處朝外一彎，爬出圈外，他們找到了工作。然而我還留在圈內爬行著，找不到盡頭。我差不多用完了生活費，甚至已有兩週沒付房錢給老楊了。

「沒關係，沒關係，我也是這樣混過來的。」老楊給我指了一條路，「五年以前，我曾在那兒摘過葡萄。那個叫傑克的老頭子，人還不錯。江華，出國來就是闖天下的，去那兒闖蕩一下。一個摘葡萄的季節，也能掙不少錢。」

「闖蕩，掙錢。」這正是我需要的。

「咱們從中國黃土地闖蕩到澳洲大地，就當作紅軍爬雪山過草地。」老楊整了整臉上的眼鏡架子，越發來勁，「這是一種精神，一不怕死，二不怕苦。萬一兄弟你吃不了苦，歡迎你再回我這個破窩來，有我老楊住的就有你睡的，有我吃的就有你一口。」

幾天後，我握了握老楊那雙粗糙的手，又出發了。從悉尼這塊大地盤，走向另一個叫麥坎拉的小地方。

每天傍晚，完成葡萄藤下緊張萬分的收摘後，我都要攀登上一道小山崗，喘一口氣。看著天那邊，燦爛多姿如火如荼的晚霞，漸漸地泯滅在波瀾壯闊的雲端之中。景色的含義顯得如此單純，又如此深奧，也許遠遠超出了人們的想像。山川、湖泊和河流，千萬年來坐落和流淌在這片土地的周圍，它們肯定比我更加理解消失中的晚霞。

我還發現，當晚霞消失不久，大地被黑沉沉的夜色完全淹沒時，很遠的地方會亮起一團火。那大地上的火，時亮時暗，但並不蔓延開來，隱隱約約，那邊似乎還傳來了人喊馬嘶和鼓聲，「那不會是金戈鐵馬的古戰場吧？」起初，我以為是自己的錯覺，但接著好幾個夜晚，我都看到了那一團火。

一天晚上，農場主傑克也咬著雪茄爬上了這道小山崗，兩罐啤酒抓在他的手中。

由於我從小幹過不少農活，再加上想多多掙錢的心態，割葡萄的小刀揮來舞去，行得飛快。每天幹活結束，傑克都會將一罐啤酒塞到我手裡，翹起大拇指說：「Number One（第一名），你像一個真正的澳大利亞人。」

這會兒，傑克又將一罐啤酒塞到我的手裡。「小伙子，澳大利亞天廣地寬，是上帝在心情舒暢時創造出來的。」傑克灌下一大口啤酒。

「那是什麼？」我指著遠處又出現的那團火光和傳來的聲音。

「那是土著人的篝火晚會，你眼睛看到的火點，至少有幾十公里的路途。」

「他們每天晚上都有那樣的聚會，很熱鬧吧？」

「是的，他們經常舉辦，這是他們的生活方式。就像我們種葡萄的農人有自己生活方式，城裡的人也有城裡人的生活方式。生活方式，你知道嗎？」

「生活方式？」我咀嚼著。

星期天，傑克駕駛著小貨車帶我一起去鎮上購買生活用品。他是個熱情豪放的老頭，胖胖的臉被太陽曬得黑紅。一路上，那張嘴就像滾動的車輪，沒有停過。

在他的談話中我了解到，他有兩個兒子和一個女兒，都去了大城市。兩年前，傑克的老伴去世了，兒女們勸傑克放棄這兒的土地，去城裡生活。「不，我什麼地方也不去，我要死在這塊自己開拓出來的土地上。」這個倔老頭如此說道。

在購完東西後的歸途中，傑克順道帶我去觀看了一個土著人的營地。

他搬出一箱啤酒請客，那些土著人待他就像哥們兒一樣，無拘無束。喝完啤酒，他們將一根根彎弓似的短木扔向天空。但這些短木卻在半空中轉了三百六十度，就像小鳥似地飛了回來，非常有趣。傑克告訴我，以前這是土著人的武器，飛出去能敲碎敵人的腦袋。現在這玩意兒則成了他們玩耍和表演的器具，叫「飛去來器」。

兩個月以後，摘葡萄的季節過去了，我又回到了悉尼。第一件事就去續上中斷了兩月的英文學習。那位肥胖的教務主任傲慢地對我說：「你不用來學校了。」

「為什麼？」

「你沒有出勤率，你根本不是想來讀書的。我們已經把你的材料送去移民局了。」

「狗屎。」我罵了一聲，轉身走出學校辦公室。

燦爛的陽光似乎太耀眼了，綠色的草地此時也和我的心情顯得並不那麼和諧。看來，書是讀不成了。

當我回到那幢舊房子的時候，竟然忘記了一件事，沒有注意到那張印有袋鼠的彩色圖片已從玻璃窗上被揭去，這是一個十分重要的暗號。

我轉動鑰匙，門沒鎖？我推門進去，只見屋內站著一高一矮兩個人，穿著一式的灰西裝。高個子自我介紹道：「我們是移民局的，前來調查的。」他亮出自己的證件。

矮個子衝我說：「請出示你的護照。」

我手忙腳亂地翻出自己的護照。

「哦，你就是江華先生。請你到移民局去一趟。」

「為什麼？我的簽證還沒過期呢。」

「是的，先生。不過，你是學生簽證，你的學校說你長期缺席，不是來讀書的。你只有一個月的簽證期了，我們必須重新考慮，你可以去移民局做解釋。」

這時候，老楊從裡屋出來，他對我直眨眼。但我一時半會兒想不出什麼招數來，只得無可奈何地隨著兩名移民局官員走出屋子，穿過庭院來到馬路對面的汽車前。一路上，我越想越不對勁。跟隨他們去移民局，是否就意味著會被關進黑民拘留所？由此意味著我的留澳生涯結束？

「我要上廁所。」一著急，從我嘴裡蹦出了這句話。

他倆懷疑地瞧著我：「好吧，你可以回你的屋裡去上廁所，我們在這兒等你。」

一跑進屋，瞧見老楊，我急不擇詞：「能朝哪兒逃？能從哪兒逃？」

「逃是難逃的，快躲起來。」老楊帶我進了廚房，揭起塑料地皮，下面的兩塊地板可以活動。被揭開後，我沿著一架木梯朝下一步一階地走去。

上面的木板和塑料板迅速被蓋住了。這時，下面突然傳來了悄聲細語。「是誰？」我驚呼道。

旁邊亮起了一支手電，我瞧見了五六張臉，全是與我同住的難兄難弟！「呵，你們全都躲在這兒，這成了一個黑窩。」我嚷道。

「噓——」頓時，一片寂靜。只聽到上面有聲音傳來，那兩個傢伙又闖了進來，正在質問老楊。老楊顯得很不耐煩，大聲回答：「剛才你們不是已經把人帶走了？我沒見他回來過。不信，你們可以自己去查看。」那兩個傢伙的腳步來來去去，最後腳步聲消失了。

過了一會兒，我在黑暗中問道：「是否可以上去了？」

「不，不要說話。」眾人一致反對，只有那電筒光又亮了起來。周圍的我們，如同一群地底下的耗子。

不知過了有多久，終於「啪」的一聲，地板被揭開了，老楊用繩子吊下幾樣東西。

「兄弟們受苦了。那兩個混蛋還沒走，正守在對馬路，大概想多賺幾塊加班費，看來一時半會兒不會離開。這是兩袋麵包，湊合著吃了。還有兩瓶水，不要當可樂喝，少飲一點，免得下面憋不住。實在不行，就請在牆角處方便了。」

地板又給蓋住了。我想，在這澳大利亞的地洞裡熬過的日子，一定是今生今世不會忘記的。

又不知過了多少時間，那塊地板又被掀開。已是半夜，兩位移民局官員終於撤走了。但這幢房子肯定成了移民局的重點注意目標，是不可久留之地。大夥兒個個忙著整行李，打鋪蓋。

第二天一早，人人如驚弓之鳥，紛紛提著背包行李撤離了這個危險之地。我是最後一個與房東老楊告別的。他和我們這些剛來的窮學生們都是朋友，如果誰有點困難或遇上麻煩，他都會熱心幫助。這也是不少留學生願意住這兒的原因吧。

「這狗娘養的移民局，得賠償我的損失。房客們都走了，我這幢房的貸款不知要到猴年馬月才能還清，你說是不是？」老楊嚷著，發動了他那輛破車送我去找房子。

三

我終於在一家肉類加工廠找到了一份工作，將大塊的肉割成小肉。這是流水作業，速度很快。一天下來，十指麻木，人也十分疲勞。但我還不甘心，必須多多掙錢。

這時街頭藝人的表演啟發了我，看來躺在行李箱裡的那把二胡也可發揮作用了。舞台上的表演和街頭賣唱獻藝，我沒有選擇的權利。只要想拉下臉來，週末上街也能多掙幾個錢。

環形碼頭位於悉尼大橋的下面，又在著名的歌劇院邊上，是週末最熱鬧的地方。那裡還常有留學生給人按摩，畫肖像。老楊以前也常來這兒，給遊人畫素描，施展「中國功夫」掙些錢。

我看準一個方位，放下一個撿來的塑料牛奶箱，鋪上一塊紙板，從布套裡拿出那把二胡，屁股坐正，手上的弓一動，施展開我的技藝。一曲〈二泉映月〉引來了一大群聽眾，有人甚至伸出拇指讚道：「很好，妙極了。」

這時，一位漂亮的金髮女郎站在我的面前。

「請問，有什麼指教？」我客氣地問道。

「這兒是我的位置。」她說。

「你的位置？」我弄不明白。

「你看，」她指著靠在石柱邊的一個黑色大背包，「剛才我就在這演奏小提琴的。」

「又不是在小菜場排隊買菜，還搞個破包來搶位置。」我用中文嘀咕了一句。「好男不跟女鬥」，於是提著二胡準備走開。

「慢著。」

「又怎麼了？」

「我發現你剛才使用的那玩意兒很有表現力。我是拉小提琴的，我想我倆可以合作，我拉一曲，你拉一曲。結束後，掙的錢我倆平分。」

我遲疑了一下，也不知那姑娘提琴拉得如何？那些洋人們，三個有兩個會擺弄幾下的。當然多數人玩得像破壺裡吹出來的聲音，不敢恭維。不過眼前這位姑娘一股朝氣勃勃的樣子，那對黑亮的大眼直視著你，讓人無法抗拒。我無可奈何地點了點頭。

當曲調一股兒接一股兒從琴弦上流淌出來，準確地說是在第三股音流如同清泉般湧躍而出，流入我的耳朵，在我耳膜上輕輕顫動，引起了心靈的共鳴。看來眼前這位姑娘非同尋常，是一位真正的小提琴手，她絕對可以站到對面歌劇院的舞台上表演。然而，此時她卻在歌劇院門外，與我這位從東方來的二胡手混在一起獻藝掙錢，我不由得產生出一股激情。

她一曲，我一曲，我一曲，她一曲，迎來了一陣陣掌聲，圍聚的聽眾越來越多，地上的提琴盒裡硬幣越來越多，甚至還有些人給了紙幣。

傍晚時刻，我倆高興得手舞足蹈。那姑娘從提琴盒裡捧起了一大把硬幣，又讓其從手指縫中撒下去，其中有許多黃澄澄的一二元硬幣。「嘿，你瞧瞧！」

「如同金幣一樣，」我也高興地說，「我們是阿里巴巴闖進了寶庫。」

「啊，芝麻，開門！」那姑娘大聲嚷道，引起路人哄然大笑。

如果清點一下，最多也只有百餘元錢，數目是有限的。然而我倆在精神上產生了共鳴，興奮和快樂。一整天，在環形碼頭周圍各式各樣的表演者中間我倆獨領風騷，出盡了風頭。

「我認為，我們應該去慶祝一下。」她提議道。

那姑娘的胃口真好，吞下一塊牛排、一份煎雞蛋和兩個漢堡包，再加一盒土豆條。我的食量只有她的一半。為了幫助消化，她又拉我去俱樂部跳舞。

當我將二胡寄放進衣帽間時，那個服務員捧著它端詳了好一會兒。「這究竟是什麼玩意兒，不會是衝鋒槍吧？」

我又拿回二胡拉了兩下，那姑娘逗趣地答道：「這玩意兒名叫東方上帝的聲音。」

「東方上帝的聲音，」服務員不解地問，「難道上帝還分東方和西方的？」

我倆哈哈大笑著，走進舞場。

那姑娘跳得真狂，與其他跳迪斯科的舞者不同。她的狂勁中有一股韻律，臀部的擺動和手臂的抖動相助，如同一陣一陣的電流在她身上有節奏地掠過，似平地而起的一條蛇扭動舒展著肢體。〈金蛇狂舞〉，一曲民樂撞入我的腦中，看來東西方的舞蹈和音樂有很多相同之處。

她又一把將我拉進了舞池。我卻笨手笨腳的，難以和她的舞姿相配。我對她說，我只能跳一點慢三步、慢四步之類的西洋舞。

「哦，那是貴族們跳的，你還真有點英國紳士的模樣。」

她成了舞場上的中心人物。在她的舞姿中，我還模模糊糊感覺到一些異族情調。她是一個金髮姑娘，膚色卻不像白種人，棕色而富有光澤。不過她講的英文字正腔圓，那高聳的鷹鉤鼻，也具有明顯的歐羅巴人的遺傳特徵。

回家時，我倆分了一天所賺的硬幣，她問我：明天還來不來？

「明天我要去工廠幹活，只能在週末才來拉二胡。」

「二胡。」她拿過二胡瞧了瞧，「今天你的二胡和我的提琴共同為我們，也為許多人帶來了快樂，真高興。希望下週末，在這兒再見到你。」她揹起黑色的雙肩包，握著小提琴，修長的雙腿裹著條有破洞的牛仔褲，很快閃入夜間的人流之中。

幾天以後，我遇到了更大的麻煩。移民局來了好幾個人闖進工廠，查找非法打工者。廠裡沒身分的留學生都東躲西藏，想逃脫這場劫難。我呢，也躲進了「停屍房」。

剛宰殺掉的牛羊，被一排排地吊掛在鐵軌上，這裡溫度很低，緊挨著冰庫，所以我們把它稱為「停屍房」。但願移民局的人不來此地查看。

隨著時間的流逝，寒氣一陣陣地襲來，我被凍得簌簌發抖，牙齒打架。我想如果再這樣下去，今天就是不給移民局抓住，也非得凍成一具僵屍。不行，得趕快轉移。

我打開邊門，一條腿剛邁出，就發現外面場地上的移民局官員。於是我撒腿就跑，七轉八彎來到那粗大的管道旁，急忙溜進管道。不久，管道外傳來了急促的腳步聲和嘰哩咕嚕的說話聲。那管道是朝上走的，我儘量悄無聲息地爬著，越爬越高，已經爬上十幾米高的橫道之間。我知道車間的設備正在檢修，管道中的橡皮輪帶一時不會走動。

這時，我聽到下面傳來了說話聲。正巧管道上有一處鐵皮爛掉了，露出了一個缺口，我探頭朝下一看，大吃一驚。只見一高一矮兩背影，像極了上次去老楊抓我的移民局兩個官員。

「剛才，我們瞧見的那小子，肯定就是上次從我們手中溜走的那個。」其中一個說。

「那小子叫江華。」另一個生硬地說，「今天非抓住他不可。」

「看來，是來者不善啊。今天我是碰到掃帚星了。」我縮進腦袋，不敢發出一絲聲音。

「拉賓，我們還是到別處找找吧。」

「不，瓦爾特。我敢和你打賭，這小子就在附近。」

「拉賓，瓦爾特。」我記住了這兩個名字。

突然傳來了隆隆的機器聲，橡皮輪帶開始走動。我急忙叉開腿，用腳踮在兩邊，讓輪帶從胯下經過。但我知道，在輪帶滾動十分鐘後，輪帶上就會負載著一個個裝肉的箱子進來。那時，我就是有天大的本事也無法撐住在管道裡。如果隨著滾動的輪帶一起走，我也會被送進速凍倉庫，凍成一個冰人了。

讓人心焦的是底下那兩傢伙還在，似兩條凶狠的獵狗，非得擒住我這毫無抵抗能力的兔子。真是上窮碧落下黃泉。我一會兒躲進黑暗的房底下，一會兒藏到半空中的管道內，難道我還真逃不出他們的魔掌嗎？

五分鐘過去了，十分鐘過去了，遠處的箱子正滾滾駛來，離我越來越近。我又從那個缺口探出頭去，啊，上帝保佑！這兩條獵狗終於離開了。我奮力從那缺口爬出，褲腿被勾破也全然不顧，急急翻上管道的鐵皮頂，「哐哐哐」地沿著管道溜之大吉。

第二個週末，由於心情不佳，我拉動著二胡，音調裡充滿了躁動不安。和我合作的那位姑娘聽了出來：「你不高興，遇上什麼麻煩了？」

在傍晚結束的時候，雖然我倆仍掙了不少錢，我卻對她說：「今晚我不能陪你去跳舞了。」

「你一定有了什麼麻煩，需要幫助嗎？」她那對美麗的黑眼睛流露出一種真摯的關切。

晚霞燒紅了海灣，翻滾的海水中透出點點紅光。大橋上交叉而起的鋼欄又將霞光劃成一塊塊大小不一的幾何圖形。橋墩如同堡壘似地迎著色彩斑斕的波浪，紋絲不動，在一陣又一陣湧過的潮水中，它似乎有著那種根深柢固，以不變應萬變的貴族般的氣質。

夕陽之中，一艘古色古香的帶桅帆的遊船從大橋下駛過，駛向海岸，駛向碼頭，也駛近我們。

那個姑娘告訴我說，這艘遊船是仿照二百多年前庫克船長駕駛的那艘船，那艘船載著英國人第一次踏上這塊南太平洋的新大陸。

我攪動著杯中濃濃的黑咖啡，抬起頭來端詳著她的臉：「你是澳洲人嗎？」

她搖搖頭。

「但你也不是英國人。」

「我的膚色，」她笑了起來，「告訴你吧，我的父親是一位有錢的英國花花公子，而我的母親是一位漂亮的吉普賽女人，於是就創造出我這樣一個混和體。」

「絕妙的結合。我來猜一下，你的名字是不是叫卡門？」

她不由得哈哈大笑起來，笑得像男孩一樣爽朗。「真想不到我倆已合作了兩次，還不知道對方的名字。我叫維多利亞，皇家音樂學院的學生，還是一個信奉世界流浪主義的流浪者。這有點像我的母親，當然我從來不坐大篷車去流浪。你呢，中國來的紳士？」

「我叫江華。江，就是你們說的River（江河）；華，則是很久以前中國老祖宗的一個族稱，中國最古老的民族就叫華夏。我，當然不是一個什麼紳士。來到了澳大利亞，我差不多成了一個不幸的人。」

在海灣邊的露天咖啡館裡，在一張小圓桌旁，一個遠走天涯的中國青年將自己這幾天來遇到的不幸告訴了那位英國來的混血姑娘，就像兩位熟識很久的朋友一樣。

「江華，江河中流動的民族。你來到這塊陌生的土地上，變成一個不幸者。哦，不要悲傷，也不要煩惱。這個世界上有許多的不幸者，各人有各人的不幸。當我的母親失去美貌，父親另有新歡時，我也度過了一段不幸的日子。但是，我挺過來了，而且我認為自己今天的生活很快樂。」

火一般的晚霞，在天空一片片地燃盡了。

我和維多利亞告別，說明天我還能與她一起演奏，因為我不能去工廠上班了。

「對不起，在我的日程表上，悉尼的日子到今晚結束。我要去澳大利亞的許多地方，不能在一處耽擱太久。」

「那我請你吃頓中國式的晚餐。」

我倆從環形碼頭徒步到情人港，來到情人港邊上的唐人街，在一家「鳳凰餐廳」用了晚餐。最後，我送她到了中央車站。

「哦，你沒有工作了，可能會缺錢花。」她在惜別之際，將今天所賺的錢全倒進了我那放二胡的袋裡。

一輛閃著燈光的列車像遊龍似地鑽進了夜色，她遠去了。

四

那家肉類加工廠，我是斗膽也不敢再去了。一天又一天，我又跑了不少工廠，似乎風聲越來越緊，找工時必須出示身分證明。結果，我無法找到任何一份工作可幹。

老楊知道了我的情況，說：「我要換輛小貨車去給人家送貨。你呢，把我這輛破車拿去，這樣去遠處找工方便些。」

「這輛車，多少錢？」

「錢嘛，一千塊。」

「一千塊太少了吧？」我知道這輛車雖然外表破相些，但性能很好，年號也不舊，至少值三千塊錢。

「不用擔心什麼錢，你可先拿去開著。等以後你發達了，不要忘記老哥我就是了。」

也許，我這個人一生都不會發達。但以後不管是發達還是不發達，不管是窮還是富，我都會一輩子記住這位在異國他鄉碰到的老大哥。

不過，老楊的這輛車也沒給我帶來什麼好運氣。雖然四個輪子遠遠超過兩條腿走路的速度，我叩門求職之處成幾何級數地增長，但我仍被擋在了工廠的大門外。

我做了個夢。夢見自己撐在一條小船，從家門口的小湖裡進入了一條河道，河水越來越急，猛地將我和小船沖進大海。忽然間，悉尼大橋的橋墩像個巨人似地攔在小船前，眼看小船就要撞向那橋墩；波浪一轉，又將小船引向橋墩的另一側，小船如同劍一般地穿出去，前面仍是白茫茫的大海——

「別怕，船到橋頭自然直。」老楊拍著我的肩膀，「兄弟，我看你還得出去闖一闖。」

「我還能闖到哪兒去呢？」

「澳大利亞大著呢，我都闖蕩十年多了。出國嘛，不就是為了出來開開眼界？」看來，這位楊大哥遠比我來得樂觀。

幾天後，我考出了駕駛執照。車在高速公路上飛奔，人心也不由得蠢蠢欲動，不只是一陣衝動而已。「我可以駕車去澳大利亞的一切地方。對了，為什麼我不能像維多利亞那樣，一邊在街頭賣藝賺錢，維持生計，一邊在各地周遊，開開眼界呢？」

當晚，我給老楊掛了一個電話。

「好樣的，是在我的教唆下產生靈感的吧？要不是上班，我也會和你一起去，一路順風。」

五

上路了。第二天清晨，我駕車駛進了白茫茫的晨色之中，一切都無法阻擋我了。

沒有一個固定的目標，只有一個大致的方向。我聽說，在澳大利亞的中部有一塊著名的變色岩。那山岩的顏色，一年四季都會有變化。也許可以去看看。

旅途的第一個晚上，我是在一家礦區小酒店度過的。我那二胡聲使那群五大三粗的礦工們安靜下來，他們是第一次聽到這種異國的音樂，第一次感受到這種東方文化的魅力。一曲結束，礦工們一個個伸出拇指讚道：「Beautiful（好）。」音樂聲吸引了越來越多的聽眾，礦工的家屬也來了，小酒店被擠滿了，人們屏聲息氣地陶醉在我的演奏聲中。

「太好了，太好了，今天的生意太好了。」酒店的老闆拍著我的肩膀，讓我免費在酒店樓上的旅店住了一夜，還給了我一天的工資。

並不是每天晚上都能在旅店舒適的床上睡上一覺。為了省錢，我經常蜷縮在自己車裡過一夜。

這裡的景色，猶如天堂一般。藍天白雲之下，無數鮮花盛開在一片草地邊。這兒是一道斜坡，綠色的樹林密布；那兒是一條寧靜的小河，石橋邊有一座玩具似的城堡。房屋如同彩色積木般地點綴在各處。我想，老楊來了肯定會支起他的破畫架，手舞足稻地描繪一番。

我沿著小河駛到了盡頭，一座小教堂的邊上。

在那個小鎮的街道上，我的胡琴聲先是迎來了一群天真爛漫的兒童。接著，大人也絡繹不絕地圍了過來。後來許多人邀請我進了教堂，讓我在那座古老的小教堂裡給他們演奏。

陽光從彩色的花玻璃上透射進來，與那二胡聲，和那一排排長椅上坐著的人們，共同營造了一種和諧的氛圍。這座教堂並不華麗，內部也沒有高大寬敞的空間，和有些神聖的大教堂相比，似乎低矮簡陋了一些。然而，這教堂內並不缺少上帝給予的情調。我想，平日間，牧師莊嚴的布道聲傳入每一個人的心靈，優美的風琴聲滲透在每一塊磚縫間。今天，就讓一曲二胡聲像泉水般地流入，給人們增添另一番情調。也許，這是上帝的一種新觀念吧。

演奏完，人們捐了不少的紙幣，特別是那些小孩的手中放下的零錢，使我感到溫暖的童稚氣息。

「這是上帝給你的幫助。」牧師對我說。

在這個小鎮，我待了兩天。幾戶很有教養的人家舉行家庭Party（聚會），也邀請我去演奏。這是我在旅途中度過的最快樂的日子。

我和一輛列車並駕齊驅了幾個小時。這是一輛風格獨特的列車，據說是在澳洲大地上行駛得最早的列車。今天，它依舊風塵僕僕地奔跑在去中部的軌道上。

在一個岔道口，公路和鐵路分開了，我駛入了一條荒無人煙的道路。

夕陽消失，夜晚降臨。突然間，從一個山坡上跳下了一隻隻袋鼠，橫擋在道上，我急忙剎住車。牠們似乎並不驚奇，也不害怕，反而跳過來，圍著車子繞了幾圈，還輕輕錘了幾下，像是在打招呼。我卻被驚得手足無措，在牠們離去時，才揮手道別。

夜，繁星閃亮，我停車在路邊的一片樹林下。睡夢中，我被一陣從車頂傳來「叮叮咚咚」的聲響驚醒。我好奇地走出車外一看，竟然是隻小袋貂。銀色的月光下，牠那對小眼睛滴溜溜地轉著，友善地瞧著我，還伸出小爪子，就像在向我討東西，實在太可愛了，我給了牠一根香蕉。於是牠用前爪捧著，三跳兩下回到了樹上。

那天夜裡，我睡在車裡，又做了一個夢。在夢裡我見了我的叔叔，還有那一頭頭袋鼠跳越在我家門口的小湖邊，我家養的雞咯咯咯地飛奔出來，一隻隻可愛的小袋貂在樹上玩耍，從湖裡湧上一群群鴨子，從天上飛來一群群白鴿，從山裡走出一群群綿羊。啊，更神奇了！從遠方奔來了一隻梅花鹿，從地下鑽出一隻憨態可掬的大熊貓，而我的叔叔姿態優雅地拉著二胡，琴聲是如此地動聽，令人欲仙欲醉。那些動物在琴聲中歡快地舞蹈著，叔叔被可愛的動物圍在中間，他睜開了眼睛，啊，他睜開了從未睜開過的那對瞎眼——

不，是我睜開了眼睛，從夢中醒來。

我離開了那片樹林，繼續向前駛去。清山綠水漸漸消失，取而代之的是光禿禿的山坡，丘陵狀的地形呈現出一片片沙礫，也許我已進入了澳洲中部。

道上的車越來越少，我沿著公路慢慢行駛，還看到了一輛拋錨的車。在這人煙稀少的路上，最怕就是碰到車子故障。

天越來越寬，地越來越廣，曠野無際，滾動的車輪彷彿是在原地滾動。幾分鐘，幾十分鐘過去了，曠野和天際連在一起，景觀一模一樣，這條路和這片天地永遠相對襯著。

天色變了，在那遙遠的天際，浮出一條灰黑色的雲。黑雲猶如一條騰空飛舞的龍，在滾動中又繁衍出無數小龍；黑龍的隊伍越來越壯大，不一會兒就籠罩住半個天空。一道閃電，接著一道閃電，如同兩條銀蛇在黑雲陣中一閃而過。

要下暴雨了！我必須盡快地離開這塊風雲驟變的地方，我踏緊油門，加快車速。黑雲排山倒海似地追過了我的車，遮住了整個天空。天底下一片灰茫茫的，大風一陣緊追一陣，如同妖魔鬼怪在向天地宣戰，發出一聲聲嘯叫；一時間，飛沙走石布滿曠野。我的車在狂風中搖晃起來，雨點咚咚地打在車頂上，瞬間雨水從緊閉的車窗嘩嘩淌過，四周隨著雨點泛起一片白色的水氣。天和地模糊成一片，前方的路看不清了。

周圍的荒野變成一片白茫茫的海洋，而我這輛車卻成了在急風暴雨中的孤舟，不僅僅在搖晃，似乎很有可能隨時會被老天爺掀翻。一種恐懼襲入我的心頭，看不見路面，只能憑感覺控制方向盤；車輪在打滑，實在太危險了，我是在和自己的生命開玩笑。

在迷迷濛濛中，似乎是一道山巒進入我的視線。在小山邊，我拚命踩住了剎車。整個兒空間被氣勢磅礴的大雨溢滿了，沒有一絲縫隙，天和地在傾盆大雨中交接一起，大自然就像溶化在水中。

甚至連時間也淡化了，白天和黑夜也不知何時交融在一起，全都變成黑沉沉的；而天和地之間也不知何時被壓縮得狹窄了。我只能坐在甲殼蟲似的小車裡，面對著車窗外，默默祈禱老天爺保佑！如果真有老天爺的話，那麼那個呼風喚雨的老天爺應該和上帝是合為一體了。

老天爺住在什麼地方，上帝又住在哪兒？在那黑沉沉的雲層上，在那白茫茫的大雨頂端，在那億萬丈的高空，那兒一定是金光大道，一切都被金色的光芒照耀，那兒的金光不是來自一個方向，而是來自四面八方，因為那兒一切物體本來都來自金色的，沒有一點雜質，沒有一絲陰影，那兒應該就是老天爺和上帝的居所了吧？——我想到什麼地方了，想得又有多麼怪異，也許這是一種習慣的心理定勢，處於黑暗中的人總是嚮往著光明，處於地下的人總是嚮往著天上的神仙。

這樣想來，我的心情平靜了下來，恐懼消失了。車外的雨勢也趨向平穩，但這時候已經夜深了，我打開車燈，才看清這段山道呈現出一個S形，幸好剛才剎住了車。再向前不遠，約有幾百米，就能轉入平地。

我啟動馬達，放開剎車，車輪滾滾。只是沒有滾出幾丈，車身猛地跳躍了一下，不一會兒方向盤就控制不住了，直朝一個方向斜去，我拚命壓住方向盤，踩住剎車。

鑽出車外，在手電筒的光下，我看清了原來是後輪爆了胎。在淅淅瀝瀝的雨中，我打開後車門箱，翻找工具。啊呀，真是該死，沒有千斤頂！在這荒無人煙的車道上，在這風雨交加的半夜，在這急需換胎的要命關頭，我竟然找不到千斤頂。「混蛋！」我只有罵自己來出氣了。

冷風夾帶著一陣陣雨澆在我的背上，透入肺腑，涼透了心。沒有一點辦法，我只能狼狽地回到車裡，在這鬼地方過夜了。可是，要保持車燈亮到天明，電瓶裡的電是不夠維持的。我的車正停在路的中間，如果沒有車燈的顯示是非常危險的。於是我又花了九牛二虎之力，撥著方向盤將車弄到一塊寬闊之地。

昨夜在那群小動物中間，我的夢何等香甜。今夜，我卻像處在一個妖魔的掌心之中，歷經磨難。「月有陰晴圓缺，人有悲歡離合。」我一點沒意識到自己嘴裡唸叨的是蘇東坡〈水調歌頭〉的詞句，也許是潛意識。我所能意識到的是，必須等到天明。

在似睡非睡中，我的眼前出現了一道金光。

金色的朝陽映照出左邊的山坡，在右邊山坡下，燦爛的陽光如同無數條臂膀擁抱住整個大地。大地起伏不平，是一片無邊無際的沙地。啊，我來到了中部沙漠！

六

晨曦中，我迎來了道上的第一輛車。

滾滾車輪伴隨著強烈的搖滾樂節奏朝我這兒衝來，在我的車旁戛然而止。「喂，朋友，碰到什麼麻煩了？」

「車胎爆了。」我像見到救星似地急忙說道。

當他明白了我的境遇後，那位土著人從車上的修理箱裡取出了千斤頂，幫我一起把車子頂起，卸下車輪。

「夥計，你從什麼地方來？」他忙著手中的活，同時問道。

「我從悉尼來。不，我從更遠的地方來，是從地球的另一邊，從中國來的。」

「哦，從中國來的。你好，中國兄弟。」他從車輪那邊伸過手來，我扔下工具，緊緊地握住了那隻手。

他告訴我，他拉了一車啤酒。「想不想來一罐？」

「喝了酒，我不能開車。」

「沒關係，」他為自己打開一罐啤酒，「你去什麼地方？」

其實，我沒有明確的目的地，但我還是想起了那個名字。「我去變色岩。」

「哦，那是一塊會變顏色的巨石。」他又問道：「你知不知道，還有一個變色湖？我家就住在變色湖邊上，那是一個非常美麗的湖。」

於是，我也告訴他：「在中國，我家也在一個小湖邊，那兒也很美麗。」

他幫我修好車，爬上自己的卡車，馬達轟鳴。他從車窗裡扔出一句話：「歡迎你到變色湖來，我的名字叫鳥。」

「鳥？」

「鳥！」他指著天上，這時候正好有一群鳥從天上飛過，卡車輪子滾動了。

「謝謝！我的名字叫江——華。」我在卡車後追喊道。

變色岩地處中部沙漠中間，如同一頭巨大的雄獅蹲伏著，有君臨四方之威，氣吞八方之勢。在一年四季之中，變色岩會隨著氣候和季節的不同，呈現出不同的顏色。此刻出現在我面前的是一片鐵紅色的山岩，猶如一頭鬃毛舒卷的紅獅。

從大道轉入小路，我的車鑽進了附近的山裡。行駛了將近半個小時，車停在小路的盡頭，不能再前進了。我也不知道為什麼會把車開到這杳無人跡的山裡。但我跨出車門，似乎有一種無形的魔力將我引上一條小徑。天色還早，我在周圍走走看看，興致勃勃想爬上山去瞧瞧，在那兒拉上一曲二胡，應該也別有一番情趣。

山路寧靜，只有我一人，邊上稀稀疏疏地長著一些矮小的灌木。

「嗨，那兒有個山洞。」當我走近山頂時，獲得了一個發現。洞外陽光炎炎，洞內清涼爽快。洞口很大，此時恰好與陽光的照射構成直線，洞內頗亮。一群鳥從洞裡撲出，飛出洞口，驚得我抬起頭。

我又有了一個驚奇的發現，周圍的石壁上，一幅幅生動的壁畫，如同銀幕般在我眼前拉開。褐色的粉末，凹刻入石體，粗放的線條，構成原始人形形色色的生活場景。人物與大小不一的動物生活在一塊；人物與許許多多的野獸相鬥在一起；還有一些非人非獸的形像聚在天神和地神周圍；山神和水神則和人們相伴在一起——

人與自然界的一切融合一體，我覺得這就是壁畫的主題。也許那些遠古人創作壁畫時，根本就沒有想到「主題」，甚至連字都沒有產生。但我感覺到，在他們的血液中，生來就包含著天人合一、物我一體的哲理性。

我深深為老楊沒能看到這些壁畫感到遺憾。如果他站在這些古老的壁畫前，身處在這個具有神祕色彩的山洞內，說不定這位畫家會靈感頓發，畫筆起舞。然而我不是畫家，無法用畫筆來描繪這些栩栩如生的畫面。但我也猶感衝動，血液向腦海湧來，心靈飄飄然如夢如幻，不由得從肩上取下了二胡。

我坐在一塊石頭上，手起弦動，充滿激情的琴聲響起了。

伯牙鼓琴意在高山流水，而我此時的琴聲卻為他們——壁上那些遠古時代的人們、動物、天地之神、山水之神演奏的。他們能理解今天的我嗎？而且我的音樂是來源於遙遠的東方……。「不由自主，身不由己」，是來自體內的一種潛意識，還是體外的環境力量，或者說是體內、體外的相互關係，條件反射構成了意識。例如我無形中來為洞中的壁畫而演奏，這偶然嗎？也許。也許當我一踏上這條闖蕩之路，一切也就開始了，絕非偶然，其中還包括這條闖蕩之路的未來。

這時候，我又想起我的叔叔。他兩眼一抹黑，不知道為誰演奏；即使是在為人演奏，他也從來不識人面。可在他的琴聲中，分明能聽到江南水鄉的人情物事。

離開變色岩地區，我給老楊掛了個電話，告訴他，我幾天來的境遇。他是如何回答的呢？

「你小子知道嗎，住一夜五星級賓館得多少錢，豪華旅遊得多少錢？你像發了財似的，花掉了許多錢呢。」

「我沒花什麼錢呀。」

「你還不明白？你風餐露宿，睹風雨雷電之奇觀，觀山洞原始之圖景，飽食山川大地之精氣，不亦樂乎哉！實屬超前旅遊，應該比豪華旅遊更高一個檔次。如果我是旅行社的老闆，必須收頭等的價錢。你小子真是福氣。早知道，我該和你一起上路的。」

「嘿，我又要上路了。」我刻意地刺激他一下。

當我從荒漠中看到一塊綠洲，幾頭黑白相間的奶牛在草地上啃草。我知道又是一個集鎮到了。

在這個集鎮的街道上，我的二胡聲同樣受到不少人的歡迎。在圍聚著的人們身後，一個身材高大的白種女人撞進來，她衝到我前面大聲嚷道：「太噪音，太噪音，你必須離開這兒。快走，快走開！」她像吆喝牲口似的。

「為什麼？這是街上，不是你家裡。」我頂撞道。

「你這個東方來的乞丐，你這個邪教徒，你必須從這裡滾蛋。」

有些人對她的無理行為側目而視，我也不去理她，繼續拉著琴，她嘴裡不乾不淨地罵著退了出去。

不一會兒，又來了一警官。他問我：「你有什麼證件嗎？」我很不情願地取出駕駛執照。他拿去翻了翻，又在一個小本上記下了什麼，又問道：「你從什麼地方來？」

「悉尼。」我反問道，「我在這兒給誰添麻煩了？」

他沒有搭理我，自言自語說：「媽的，悉尼人真煩，今天還來了兩悉尼的官員。你是開車來的嗎？」

我點點頭。

「你的車呢？」

我指著街道對面的那輛車。

他走到車前，東瞧西摸，他這是在故意找茬。還好，他沒有從我那輛破車上挑出什麼毛病，走回來把駕駛執照扔給了我，嘴裡同時扔出一句話：「小子，不要打擾這裡的寧靜。」

斜對面有個小青年在吹號，聲音響得多了。但警察卻不聞不問地走過，肯定是剛才那胖女人叫來的警察。從這兩人身上，我感到一種明顯的種族歧視。他們的這種行為不符合上帝的精神。我內心很氣憤，有一種無形的壓力隱隱襲來。我收起行李，離開了。

七

下午，我來到另一個村鎮上。這個村鎮上住的差不多全是土著人，黝黑的皮膚裡透出棕紅，個子高大，頭上黑髮鬈曲。

我的二胡聲，首先迎來了一群土著孩子。他們聽到這奇妙的音樂，興奮得手舞足蹈。

不一會兒，又有許多土著人圍了過來，其中一人引起我的注意。「鳥」，「江華」，我倆幾乎同時叫出了對方的名字。鳥和我緊緊握手，只一會兒，我倆就談得非常投機了。鳥還告訴我，他的爺爺也是一個中國人，是一個早年來澳大利亞淘金的中國人。後來不堪忍受白人的迫害，逃到土著人這兒。以後就娶了一個土著姑娘，就是鳥的奶奶。

「以前聽說，淘金時走散的中國人，會被土著人吃掉？」我悄悄地對鳥說。

「也許吧。」鳥大笑起來，「我爺爺肯定是沒有被吃掉的那位。」

我仔細打量著鳥，這才發現他的臉型有點像中國人。

「今天晚上，我們慶賀天地之神。你想不想參加？」他熱情地邀請我。

「一定來，我一定來。」我問鳥：「你們這兒的變色湖，湖在哪兒呢？」

「在鎮外有一條小道，直通到那座山的邊上。你看到了嗎？」

我看到了那座山。

「繞到山的背後，有一個美麗的湖，那就是變色湖。」

「我現在就去看看。」我迫不及待地說。

「不要迷了路。」

「放心。晚上我一定趕回，參加你們的聚會。」

我開著那輛破車從一個小山口駛進去，豁然開朗。那簡直是一處仙境，我驚嘆不已，生怕自己這個外來者撞破這奇妙無比的美景。

山外是一片沙漠，山內綠樹成蔭。在滿山的綠蔭之中，圍繞著一個純白色的湖，如同一塊奶酪鑲嵌在山中間。

在湖的前方，一排瀑布從迎面的山頭掛下來。我駛車到了瀑布腳下，邁出車門。

哇，真令人驚奇，瀑布噴瀉而下的水就是乳白色的。瀑布邊上的水很淺，宛如奶茶在一片色彩斑斕的卵石上奔流而過，前面的湖灘稍高了一些，水流湍急，在卵石上沖擊著，激起了無數點白色的珍珠。太美了，不是桃花源，勝似桃花源。

我非常興奮，脫鞋踩入那片珍珠灘上，感覺腳下暖乎乎的，我將水潑在臉上。我讓水從手指縫間流淌下來。我呷了一口水，嘗一嘗是否真有牛奶的味道。當然沒有，只是略帶一點點石灰質味。唉，不能用來泡龍井茶了，但一定是含有礦物質的天然飲料。

從淺灘上沖過來的水，才算真正流入湖中。整片湖面積不大，就像一個巨大的牛奶缸。我坐在湖邊盡情領略這湖的神韻，將塵世間的一切煩惱都忘了。

晚霞升起，漂浮在山的上空。同時在乳白色的湖面上投下了一絲絲豔紅，白中摻紅，紅中透白，白白紅紅如此相配，融於一湖之中。啊，這湖有它的千姿百態。

晚風拂葉，瀑布喧鬧，卻使這兒顯得更加靜寂。突然我隱約感到有些不對勁。有一種聲音，好像是人。

我尋聲回頭，只見真有兩人朝我走來。一高一矮，越來越近，我認清了，是拉賓和瓦爾特！他們怎麼會追蹤到這兒？使我氣憤的是，這片幽美的境地，不應該讓這兩條追捕人的惡犬闖進來。

「哎，小子，你還能逃哪兒去？」高個子惡狠狠地叫道。

「嘿，江華。你就是逃到天涯海角，也逃不出我倆的手掌心。」小個子得意洋洋地嚷道。

「媽的，簡直是鬼叫。」我終於被這兩名凶神逮住了。只有到了這時，我才知道這兩人，高個子叫拉賓，矮個子叫瓦爾特。

我被他倆帶到鎮警察局，押入一間窗上安有鐵條的拘留室，隔壁就是警察局辦公室。

「今天太晚了，就在這兒關他一夜。明天我們把他帶走。」移民局官員告訴警察局官員。隔壁的說話聲很清楚地傳到我耳中。我瞧著四周，發現窗戶上的玻璃都已破碎了，然而更破碎的是我的心。優美的仙境如過眼煙雲，瞬間從我眼前消失，此刻的我跌入了黑暗的陷阱。

我來到澳大利亞還不到一年，學業上沒有什麼長進，也沒有賺到一大筆錢，更沒有其他收穫。我駕駛著一輛破車在南半球的這塊土地上，毫無目的地亂竄，像隻碰來撞去的無頭蒼蠅。甚至那輛破車，也是在老楊那兒掛著帳。還有我出國時，從親戚朋友那兒借的錢，至今也無法歸還。兩手空空，一無所有，只有沉重的包袱壓在肩上，更壓在心頭上。以前只是聽說，某某人被移民局抓去了，某某人又被關進拘留營，還有某某人已被押送出境，看來這回該輪到我了。

我像一隻毫無反抗能力的兔子被兩條獵狗給捕獲了。拉賓和瓦爾特，這兩人不得好死。那個以色列總理，不久前被人暗殺，也算是條好漢。眼前這個拉賓，活得好好的，喜歡抓人，偏要與人過不去。咳，還有什麼瓦爾特，以前曾在電影裡看到過的瓦爾特，是個身材高大的游擊隊長，反法西斯的英雄。如今這個其貌不揚的矮個子瓦爾特，就會對付我們這些老實巴交的黑民。今晚，我將在這間拘留室度過。明晚呢，明晚我將被關押在何處？

還有一件遺憾的事，今晚本來能去參加土著人慶賀天地之神的晚會，現在被關在拘留室聽天由命，哪兒也去不成。啊，天地之神為什麼不來幫幫我——

八

啊，顯靈了。

突然，從警察局大院裡傳來一片喧鬧聲。我從窗口望去，看見一大群土著人湧了進來，領頭的正是鳥。

「是不是你們這些傢伙，把我的中國朋友給抓了起來？」鳥的嗓門又大又粗。

「請安靜一下。」警察解釋道，「這不是我們抓的，是悉尼來的移民局官員抓的。」

「把他給放出來！媽的。」鳥的語言粗魯。

「不能放他。」拉賓叫道，「他是一個非法居留者，是一個黑民，我們要把他帶走。」

「閉嘴，你他媽的是誰？」鳥面對著移民局官員和警察局官員一字一頓地講道，「我們生活在這裡已經幾百年，幾千年，幾萬年，我們才是這片土地的主人。誰是非法居留者，應該由我們說了算。那個中國人是我的朋友，他想待多久就待多久，和你們沒關係。如果你們看不慣可以滾回悉尼或者其他什麼地方，也可以滾回你們的老家歐羅巴洲去。」

「噢——噢——」土著人一起哄鬧了起來。

警察局的人急忙將移民局的那兩位拉進了辦公室，問道：「夥計，你們看如何？放人算了。」

「不行，這違反規定。」瓦爾特否決道。

「你們看，這些窗玻璃都是前幾天被砸掉的。鎮上的商店沒有供應啤酒，那些土著人就鬧事。才抓了一個人，那些無法無天的傢伙就把石頭扔進了警察局。這不，事情還沒有擺平，玻璃也沒有換上。我們可不願意再惹麻煩了。你們想做英雄，可以這會兒就把他帶走吧。」

面對著這樣一個局勢，移民局官員就是有這心也沒這膽。一時無計可施，在辦公室裡僵持著。

這時候，只聽見另一個警察說：「其實，放那小子走，也沒關係。警察局就在路口，進出只有一條道。今夜我值班，誰出去都能見著。如果他明天離開這裡，你們可在路上將他抓走。」

「這倒是一個好主意。」我在隔壁聽見拉賓說。

九

夜幕低垂，篝火燃起。

星星在夜空中閃爍，人們在篝火邊圍聚。

這時山洞裡的壁畫在我眼前變成了現實，捶鼓擊木，在原始的音樂聲中，草原、山嶺、天空、海洋的場景彷彿來到了人們的面前，他們捕射著天上的飛禽，獵狩著地上的走獸，網捕著水中的游魚——

「哦嗚——哦嗚——」他們昂頭向著天空叫喚，如同向天神呼叫。隨著月下風起，篝火越來越旺。他們袒胸露背，頭插羽毛，腰圍獸皮，腳繫銅鈴，手舞足蹈。

「哦嗚——哦嗚——」吼叫聲引來了陣陣勁風，火堆熊熊燃燒。在跳躍中，他們天然赤足將千百年歷史，踏入在咫尺之間。他們的舞姿如車輪在熱流中滾過漫長的歲月。

在他們的停頓之間，我應邀拉起了二胡。

猶如奔騰的江河，流淌進千萬條溪澗，喧鬧復歸平靜。一曲〈二泉映月〉聲落，大人和孩子全都沒發出一絲聲音，全神貫注，靜心屏氣。

夜空中的月亮俯視著地上的篝火，篝火映紅了一張張樸實無邪的臉。這兒沒有一潭碧綠的二泉，但我仍然感到，瞎子阿炳和眼前這些異國他鄉的土著人，心靈是相通的。也許，這就是天下共嬋娟吧。

他們讓我再拉一曲。

〈江河水〉淒淒冽冽的曲調從琴弦中流淌而出，溪泉又匯入江河。江河水在黑夜中波動，在悲風淒雨裡呼喚，在苦苦地為著不幸的人們捕捉每一個生命的浪花。然而，江河水又同時聚起惡浪，無情地帶走生命，帶走了歲月，只有一輪殘月還漂流在江河之中。

我的演奏進入了出神入化的境地，四肢的動態和身心的感受全都與音樂融合為一體了。眼前那些高大粗壯的土著人，一個個流出了眼淚。突然間，一個胖婦人嚎啕大哭起來。

我的琴聲結束了，她也在抽泣中慢慢地心緒平息下來。四周一片肅靜，空氣猶如在夜空中凝結了。

「咯吱，咯吱！」一隻飛鳥清脆地叫了兩聲，穿過上空，打破了寂靜的狀態。

緊隨著，大家都聽到了一陣優美的聲音，每一張臉都轉向同一個方向，聲音越來越近，那是小提琴聲，那是一支我熟悉的曲調〈友誼地久天長〉。

哦，是她，維多利亞。她那婀娜多姿的身材飄然而至，她那姿態優美的步伐如同森林中走出的女皇。火光襯出她那年輕美麗的臉龐，照亮了她肩上的小提琴。

她那琴聲宛如山上傾瀉而下的瀑布，宛如湖灘上躍起的泉水，宛如那一片奶白色的湖面。

她那琴聲又讓篝火邊的人們回到了歡樂之中。所有的人都站起來，圍成一個大圓圈，跳起舞來。人們在歡笑雀躍，群舞的圓圈像漩渦似地轉動著。

維多利亞和我被圍在漩渦的中央，她是一個天生的舞蹈家。很快她的舞步就和眾人合拍在一起，而我卻毫無步法，亂跳亂蹦，像個醉漢一樣。不過我的心確實被這片原始和現實交錯的氛圍陶醉了。在旋轉中，我和他們一起忘記了整個世界。不，應該說整個世界在和我們一起旋轉。

夜深了。這個鎮上沒有旅館，就是那些土著人的住所也很簡陋。有的人喜歡睡在野外，天當被子地當床，他們痛飲啤酒，嘻嘻哈哈，然後就地呼呼大睡。

維多利亞帶著一個睡袋，因為有時她也睡在野外。她讓我別蜷縮在小車裡，拿條毯子就睡在她的身旁。

夜空晴朗。天空和大地中間雖然隔著萬丈，卻透明得沒有一絲塵埃相隔。維多利亞和我，如有一股磁力相吸，緊緊擁抱在一起，我倆彼此聽見對方的心跳，我倆的親吻火熱發燙，無休無止。我倆無須用言語來表達心中感受，「一二三四——」，只是一起數著夜空中的星星。

她在睡著前，迷迷糊糊對我吐出一句話：「明天，我倆一起去流浪。」我卻久久無法入睡，浮想聯翩。我想起了故鄉的小湖和這兒的小湖；我想起了我的盲叔叔，我想起了在澳洲土地上的同胞老楊，我還想起了葡萄園中的老傑克。在這兒，那些熱情好客的土著人，有著華裔血統的土著人——鳥。我身邊躺著的這位姑娘維多利亞，她才是一位給人帶來歡樂的女皇。還有，還有誰呢？還有就是給我帶來惡運的拉賓和瓦爾特——往事一幕幕掠過我腦海。我在想，生活究竟是為了什麼？在人們的生活中似乎有著許多的不同之處，但在生活的浪花下面，潛流著更多似曾相識的東西。無論是在我的故鄉，還是在這一塊新大陸上。順著這條思路，我感覺到許多事物明朗化了。雖然我在這兒生活了不到一年，其實已經領略了許多，為什麼我還要像一隻膽小的耗子，東躲西藏？像喪家之犬，到處逃竄？我不是一個壞人。我是一個人，應該堂堂正正地生活著。我相信一切都會過去，一切都會煙消雲散，到了什麼地方都能生活，哪怕回到我家鄉的小湖邊上——此刻的我，心境無比坦然。

清晨時分，我悄悄地告別了熟睡中的維多利亞，在她的金髮邊留下一盤二胡獨奏磁帶，還留下一張紙條。我想，她醒來一定會看清這紙條上寫著：

「維多利亞，再見了。今天我不能和你一起去流浪了。如果我倆同行，一定會給你帶去許多麻煩。因為正有一張網向我撲來。詳細的情況，你可以問那土著人『鳥』。」

「其實，我也是一隻鳥，一隻即將掉入大網的不幸的鳥。我的不幸，以前你已略知一二。但是，我相信，終有一天，我還會飛出那道網，成為一隻自由鳥。我不知道，那時候自己是在什麼地方，也許已不在澳洲，而是在我家鄉的小湖邊，在那塊東方的土地上，迎接你這位流浪的姑娘。」

我開車出了鎮口，只見那輛四輪驅動的越野車正停在路邊，一高一矮的兩傢伙已等著我了。

我打開車門，毫無懼色地向他們走去，等待著束手就擒。

高個子拉賓抽著煙，問道：「喂，昨晚你玩的是什麼玩意兒？」

「什麼玩意兒？」我不明白他的意思。

小個子瓦爾特用手勢比劃了一下。

「哦，那叫二胡。」

「二胡。」拉賓又說，「能不能拿出來，讓我們看看？」

難道他們還以為這東西會變成衝鋒槍，需要檢查檢查？我從車裡拿出那把二胡，遞了過去。

「為什麼叫二胡？」瓦爾特接過二胡。

我解釋道，這是一種中國獨有的樂器，琴上面只有兩根弦，所以叫二胡。

「噢，我明白了。」拉賓說，「這玩意與小提琴不同之處是，提琴上有很多弦，它只有兩根。不過這也太神奇了，僅有兩根弦卻能演奏出如此豐富的聲調。」

「是啊，兩根琴弦照例只能發出兩種聲調，也只能構成一個和聲。可是二胡發出的聲音千變萬化，真奇怪。」瓦爾特也不解地拉二胡的琴弦。

「瓦爾特，你知道我在聽那二胡演奏時想起了什麼？」拉賓一本正經地對他的夥伴說，「我想起摩西領著我們的祖先走出埃及，像潮水似地從一個地方走向另一個地方。我的父親是在二次世界大戰中從波蘭逃出來的，逃到英國。大戰以後，我的父親從英國來到澳大利亞。」

原來，拉賓是個從英國來的猶太人，我頗感興趣。

「你呢，瓦爾特，你想起什麼？你這傢伙怎麼一聲不吭？十年前，是我逮住了你這個從南斯拉夫逃來的黑民，你沒有回國。如今你和我一樣，口袋裡揣著澳洲派司。」

「我和你不一樣，那小子演奏時我什麼都沒想。我只是用心地諦聽著，我懂音樂，能分辨出各種音調。你知道的，我的兄弟不久前在南斯拉夫的戰火中喪生了。昨天夜裡，我夢見了他。還有我家鄉的一座橋，名叫兄弟團結橋，有許多人在橋上開戰。也許我什麼都不懂，但我知道不管是塞爾維亞人打了勝仗，還是克羅地亞人打了勝仗，全都一樣。他們在兄弟橋上互相殘殺，老百姓到處流浪，苦不堪言。

他倆的言語似乎是在對我暗示著什麼？他倆都是移民來澳洲的，拉賓的感受和瓦爾特的夢，分別有著什麼含義？似曾相識非相識，我想起昨晚那些在土著人臉上流淌的眼，我為之一怔。這不是暗示，而是一種啟示，不僅僅是對我的啟示，音樂在人們的心靈深處帶來一種神聖的感觸，介乎於形象思維和抽象思維之間的絕妙啟示。如靈光洞穿，深邃難測。看來，以前我對音樂的理解還是何等地膚淺。

「把二胡放回你車裡吧。」

我將二胡放回後，只見那兩位也朝他們的車走去。

「喂，」我對他們倆叫道，「你們不帶我走了？」

「哦，江華，也許我們根本沒見過你。」

我一愣，又情不自禁地問：「那我去哪兒啊？」

「去流浪吧，願你的足跡遍布澳大利亞的每一塊地方！」高個子拉賓說。

「帶上你的那把二胡。」矮個子瓦爾特補充道。

他倆的吉普車在滾滾的沙塵中遠去。我的車卻慢慢地駛回了去變色湖的小道。

十

真的改變了顏色！湖水變成了一片美麗的淺紅色，是天上的朝霞灑落在湖中，使得天空與湖水之分際難以分辨？山頭上的那排瀑布不見了，變成了涓涓細流，漫無聲息地在卵石縫間流過。

我佇立在淺紅色的湖邊思索著。一夜之間，水為什麼由乳白色變成淺紅色？我無法猜出其中的原因。但是人呢？一夜之間，我變得心胸坦然了，無畏無懼，準備踏入牢籠；而那兩位移民局官員也改變了主意。是什麼，讓這一切都改變了？是天地間的氣候、溫度？是山川水流中的礦物質元素？是人體之內的心理機制，還是頭腦裡的腦組織結構？我知道自己不是一位萬能博士，無法回答。

水還是同樣的水，但改變了顏色；人還是同樣的人，但改變了一些見解。在水底的深處，在人類的心靈深處，卻有許多東西是難以改變的。大自然深處有著精靈，人的心底下面有著靈魂。

（本中篇小說獲2000年中國大陸《海外華文文學》雜誌小說優秀獎）

（登載於澳洲《原鄉》雜誌等及大陸《海外華文文學》雜誌）

15 強盜士五十一號

一、破房子裡的玄機

這個故事發生在我剛來澳大利亞的時候。

十八年前我住進那套破舊的房子，房客最多的時候，三個屋子加上走道裡一共擠著十一個床鋪。那時候我們這些所謂的中國留學生，差不多每個人都給自己起了一個洋名字，例如馬克、傑克、湯姆、戴維、奧列弗等等，就像化妝舞會上每個人臉上都戴上了一副面具。我喜歡看偵探小說，直接給自己起了一個福爾摩斯的大名，不過他們還是喜歡叫我阿福。

後來這個破房子裡出現了幽靈，發生了一起又一起恐怖事件。我說的恐怖事件並不像阿茄莎．克利斯蒂筆下的《尼羅河上的慘案》，一艘豪華遊輪上的富翁們，一個個神祕地死去。我的意思是在「強盜士五十一號」的破房子裡，窮留學生一個一個地被移民局的探子抓走，送進了悉尼西面的維拉窩特拘留營。其實出國闖世界的華人，不怕死的大有人在，但最恐怖的卻是被移民局的那些傢伙給盯上，讓你享受那種不死不活的待遇。

我自命為福爾摩斯，對一系列留學生逮捕的案件進行分析和推理，比如：他們為什麼被抓走？在什麼場合被抓？有沒有人告密？等等。但都沒有得出一個滿意的結果。那些恐怖事件就像一個個巨大的問號，一直殘剩在我腦海裡。八年後，一件偶然的事情讓我揭開了謎底。如果我當時晚一步離開那個破房子，也將成為下一個犧牲品。這算不算我阿福的福氣？我倒抽了一口冷氣。

剛踏上澳洲的土地，我只有一個電話號碼，就是我朋友阿鐵的哥哥的老婆的一個表弟。在機場門口的電話亭裡，這個號碼我撥了兩個多小時。電話亭外面的洋人至少換了八九位，最後一個高頭大馬的傢伙眼珠子也要瞪出來了。我識相地擱上電話機，拿了掉下來的硬幣。離開電話亭的時候，他用鼻孔對我「哼」了一聲，我看見他手臂上畫著兩條青龍。

表弟不知道住在悉尼的哪個角落，這時候心急火燎的我，就像地下黨員和組織上失去了聯繫。我拉著行李登上機場巴士，巴士去悉尼市中心，我想，不管怎麼樣，先到市中心再說。

巴士穿入市區，我從車窗裡看到一道白色的影子一閃，那不是悉尼歌劇院嗎，再朝前看是藍色的大海。那時候，我對澳大利亞的全部印象，就是圖片中看到過的這個美麗的像貝殼似的建築。

澳大利亞真的是很漂亮，樹木、鮮花、綠色的草坪，頭頂上是藍天白雲。天色漸漸地暗下來，我在歌劇院前面的長椅子上，抱著一大一小兩件行李過了一夜。後來聽人說，一來就遇到這種「看風景」的中國留學生不止我一個。

第二天，我在澳洲溫暖的太陽下醒過來，有人在搖動我的肩膀，我的第一個反應是警察，而自己是流浪漢。我迷迷糊糊地睜開了眼睛，看到了一張和我差不多亞洲人的臉。他直接用中國話對我說：「喂，是不是沒有找到住宿？」頓時，我對他倍感親近而又有幾分疑惑。「朋友，你是誰？」

「我給你一個地址，那裡要招租一個人，你有沒有興趣？」他從口袋裡拿出一張紙。我徹底醒了。「有興趣，絕對有興趣。」他把那張紙給我，又對我解釋了一通，怎麼坐火車去那個叫Ashfield的地方，地址是「強盜士五十一號」。「強盜」的英語讀音是電視頻道。

頓時，我感到組織上派人來了，雖然還沒有搞清楚是什麼組織，我就問他：「請問你貴姓？」「我叫艾里克斯。對了，你去了以後就去找一個阿強的人，說是艾里克斯派來的。」他的語言有點聯絡暗號的味道。我急忙從口袋裡掏出國產煙敬給他一支，自己順便也抽一口。

火車轟轟隆隆地朝頭上開過，環形碼頭的上面，就有一個高架火車站。在火車裡，我打開英文字典，「Ashfield」的意思是「塵埃揚起的地方」。不過我還有一個疑點，中國人的名字哪有叫艾里克斯的？這傢伙不會是騙子吧，他給我的地址是真的還是假的？

到了艾斯菲特站，我下火車時傻了眼，瞧見左右有兩個地下出口，我連東南西北也搞不清楚了，當然不知道強盜士街在哪個方向。遇到兩位年輕的女同胞，我真像是碰見祖國親人。她倆的答案不一樣，一個說強盜士街是從這個出口走，另一位說從那個出口走。生活中經常會出現這種兩難的選擇。

一個多小時後，我汗流浹背地終於找到了那條強盜士街，並且拖著行李走到了五十一號門口。這幢房子在街道拐彎處，說好聽的有點特立獨行，說不好聽是整條街上最爛的一幢，式樣怪異，木板牆上的油漆斑斑剝落。門口有一棵大樹斷了半截，枝上樹葉凋零。花園裡一片荒蕪，屋前一排窗戶，被暗紅色的窗簾封住了，其中的一扇窗戶上貼著一張金髮女明星的畫片。

我在大樹下徘徊著，因為聽不到一點聲音，懷疑裡面是否住人。我想起以前看過的一部老電影《51號兵站》，是一部中國地下黨和日本鬼子戰鬥的驚險片，印象最深的是主角小老大。

「喂，你在這裡幹什麼？」一個中國人出現在我身後。我轉過頭，心想：「見鬼，這張臉還真有點像小老大。」我的嘴裡卻說：「這個房子裡有沒有住人啊？」我看見路邊有一輛舊車，大概他剛從那輛車上下來的，怎麼走路一點聲音也沒有？

「你找誰？」小老大壓低了聲音。

「我找阿強，是艾利克斯派我來的。」我在想這個暗號是否對得上。

「我就是阿強，你跟我走吧。」小老大領著我踏進院子，很小心地把鐵柵欄門關住，沿著房子邊上的一條狹長的過道，一直走到屋子後面的一扇門口。門口有一塊地毯，他神祕兮兮地朝四周看了一下，揭開地毯，拿起一把鑰匙。我在他背後說：「好像是在搞地下工作。」他嘿嘿一笑，打開門。

我踏進屋裡，先聞到一股兒暖烘烘的人臭味。從房間裡面走出一個人，一會兒又走出兩位，「嘩啦啦」只聽見抽水馬桶一響，廁所裡又走出一位大個子，嘴裡還在唱著：「大刀向鬼子們地頭上砍去。」我就問，「這屋子裡到底住了多少人？」阿強回答：「裡面住著八大金剛，座山雕就是我，現在再加上你，十位。」我想我應該是偵察員楊子榮。

阿強是這座房子裡的二房東，他從一個義大利老頭巴巴尼那兒租來這套破房子，然後把留學生一個個招租進來。一共有兩間正式住房，他和大個子戴偉民住小屋，大屋子裡住著四位，另外三位的床鋪架在走道裡，從後門走，能省下一條走道當房間。那個艾利克斯在這兒只住了一個月，就要搬出去。阿強認為這樣的情況不能退押金，除非他能找到別人頂替進來。而我，就是被他在街上找到的那位頂替者。

過道裡也已經住滿，大個子把一個舊床墊扔在客廳裡，是給我的。這套房子的租金是一百五十元一週，攤派到每個人身上才十五元，我對這個價位較滿意，擠是擠了一點。我又問阿強：「屋裡有人，進屋時為什麼不敲門？」他告訴我，從後門走比較隱蔽，無論屋裡有人沒人，誰也不准開門，這是防移民局探子的招數，探子來了敲不開門只能走人。屋子裡的人都知道藏鑰匙的地方，也不需要每人一把鑰匙。還有前邊窗戶上的那張美女像片，如果誰在屋子裡被移民局的官員逮住了，立即拿掉美女圖片，這是傳達給外面來人的信號。我靠，破房子裡還暗藏著這麼多玄機。他們還說，這個破房子裡半夜能聽到鬼叫，因為租金便宜，大家對鬼哭狼嚎都不在乎。瞧，進門幾個小時，我就把五十一號兵站裡的情況偵察清楚了。

二、西班牙蟑螂

這個房子裡不但人多，而且蟑螂特多。大個子經常做的一件事就是敲打牛奶框，飯廳裡，用幾個塑料的牛奶框架在一起，上面放一塊木板，就是我們的飯桌。大個子把牛奶框在地板上猛敲幾下，幾十隻像臭蟲一樣的小蟑螂就掉在地板上爬動起來，他手忙腳亂地捏死這些蟑螂。一本正經地告訴我，這些叫西班牙蟑螂，和中國的大蟑螂不是一個品種。大個子的另外一件事，就是晚上去街頭撿人家扔出來的舊床墊。這個房子裡的大部分床墊都是他撿來的。至今，他沒有找到工作，希望房客越多越好，可以少出幾個房錢。

過了兩個星期，大個子又在廳裡扔進來一個破床墊，新住進來的留學生叫費有德，一張討人喜歡的胖臉，戴著一副黑眼鏡，有點年輕學者的派頭，他的英語不錯，他說讀完英語課程，準備考悉尼大學。我的破床墊對著他的破床墊，夜裡睡不著，我倆就討論人生事業和為什麼出國等崇高話題。突然間，傳來「噓噓」的怪叫聲，也聽不出是房間裡還是窗外傳來的，這大概就是半夜鬼叫聲。於是，我倆又多出了一個話題：人世間到底有沒有鬼魂？

客廳的另一邊堆放著一排齊人高的木板，我又打聽清楚了，房東原來打算拆了這幢鬧鬼的舊房子，在這塊地皮上建新房子。現在有人租房，巴巴尼認為收取現金比較重要。過了一個月，大個子又拿來一塊海綿，扔在木板上面，新來的房客只能睡在木板上面。這個破房子好像一個無底洞，來一個人塞進一個，那木板上面的位置估計還能躺兩個人。阿強發話了，廳裡住滿後，他可以把後面的車庫清理一下，再塞進半打人。

新來的瘦個子是小費介紹進來的，名字叫樓望。不到一個星期，他說睡在木板上腰疼，還要爬上爬下，那個木板半夜會動，是不是鬼藏在下面，太恐怖了。他在外面找到房子，立刻搬了出去。小費說，「這傢伙以前在夫子廟販賣牛仔褲，有錢。」

住在大屋裡的馬衛國和蘇建中是一對上海寶貝，他倆一起搭伙做飯。週末早晨，他倆都在床上裝睡，最後馬衛國忍不住了起床，走進廚房把鍋蓋揭開來看一看，然後走出門去。半個多小時後，蘇建中以為馬衛國已經把早飯做好了，爬起來直奔廚房，又揭開鍋蓋看一遍，嘴裡罵一聲「擦奶」，又回來鑽進被子。一個小時後，馬衛國在外面溜達一圈回來，再揭開鍋蓋，還是空的。走進睡房罵道：「擦奶，幾點鐘了，你還在床上挺屍。」兩個人相互罵幾句，就一起去教堂，因為教堂裡供應免費午餐。費有德說他倆動機不純，上教堂應該是去聽上帝的教誨。他倆說神父講英語，上帝的話聽不明白，不過那裡有幾位中國女留學生經常光臨，一不小心就能擦出火花。小費聽了很新鮮，也跟著他倆去教堂。

果然不久後，蘇建中和馬衛國領來一個索菲婭，小費也領來一位海倫，兩位女同學在這個房子裡走了一圈，笑嘻嘻地說：「男生的屋子真髒。」大家也搞不清楚誰是誰的女朋友，反正個個雄性荷爾蒙勃發，都說週末要去教堂。

不久以後，小費買了一輛二手車，帶著海倫出去兜風，他說，找女朋友是需要投資的。看來小費還是比我們幾位有錢有眼光。另一個索菲婭還是夾在蘇建中和馬衛國中間。其他人去了幾次教堂都沒戲。

那時候，留學生中間的男女比例，被稱為狼多肉少。大房間裡的湯大明枕頭下面有幾本新買的《藏春閣》雜誌，那時候也沒有現在開放，大家從中國大陸出來，第一次看到這種讓人熱血沸騰的雜誌，一星期不到，雜誌裡的幾個光屁股的女郎都被翻爛了。湯大明提出買雜誌的錢也應該像房租一樣，大家攤派。滿屋子的男人都處在性飢餓的狀態，湯大明提出去按摩院看看，得到眾人的歡呼。晚上十個男人興致勃勃地擠進阿強和小費的兩輛舊車裡，出發去按摩院。大個子說沒錢，守在家裡看門。

小費開著破車說：「太不像話了，去按摩院怎麼像去飯館一樣？這麼多人。」

兩輛小車停在一家也叫「藏春閣」的亞洲老闆開的按摩院門口。女老闆出來開門，瞧見門外站著十條漢子，就說：「對不起，裡面只有三位小姐，你們去別處看看。」說著就拉上鐵門。湯大明也說：「逛窯子，哪有這麼多男人一起來的，小姐以為我們進去搶錢呢。」這方面，他比較有經驗。

大家連腥味也沒有聞到，嚷著要去國王十字街，那裡是悉尼最大的紅燈區。兩輛小車又闖到那兒，每人花十元錢，看了一場脫衣舞。回去的時候已是半夜，個個昂奮得像公雞，在車裡大喊大叫。

這夥人踏進屋裡瞧見戴衛民還沒睡，在飯廳裡扔牛奶框。阿強說；「你累不累，半夜還在鼓搗。」大個子說：「半夜裡蟑螂都爬出來了，好弄。」

我突然有一種感覺，我們這些躲在社會角落裡的人，和地面上爬動的西班牙蟑螂似曾相識。

三、接二連三的案情

破房子裡的第一起案件是出現在電話帳單上。平時大家打電話，都在紙板上劃道道，阿強收到帳單後根據紙板上的紀錄收錢。多出幾個沒有主的小電話，每人攤派幾毛錢也就應付過去了。可是這次帳單上出現了一個六十多元錢的國際長途電話，沒有人認領。

當時的國際長途電話特貴，每分鐘要二元澳幣。也就是說，有一個傢伙趁大家不在的時候，躲在屋裡打了三十幾分鐘的長途。帳單上的時間是在中午。在這個時間裡，有的人去上班，有的人去讀書，也有的人出去找工作，房子裡沒人。但話也可以這樣說，有人請假早回來，有人上課故意晚點，有人根本就沒有出門去找工作，躲在屋裡偷打長途。這下可鬧開鍋了，你懷疑我，我懷疑你。

我這個大偵探出場了，告訴他們不僅僅是時間還應該注意地點，長途電話號碼上還能顯示出中國的什麼地區。那麼，只要再排查一下，誰是從那個地區來的，就可以找出懷疑對象了。大家都說有道理。

通過了解，知道了這個電話號碼是打往中國南京地區的。而這幢房子裡，只有小費一個人是從南京來的，大家把懷疑的目光都射向他。他急了，臉紅脖子粗，賭咒發誓沒有打過這個電話。我瞧著他，突然想起一個人來，在這個屋子裡只住了一個星期的樓望。小費說，樓望是通過一個朋友介紹才認識的，也是南京人。於是，我有了一個想法，就是門口地毯下面的那把鑰匙，樓望當然知道這個祕密。

現在的問題是如何證明這個電話是他偷打的。大家七嘴八舌，說只有按這個電話號碼再打過去，問清情況。但是，如果對方不肯說呢，這傢伙完全有可能和那邊的人有了約定。我又問費有德，這個樓望有英文名字嗎？他說好像叫什麼勞佛爾。於是我又想出了一個歪主意，大家都說：「阿福真他媽的是福爾摩斯。」

我撥響了這個號碼，那邊一個女人接了電話，我說我是從澳洲打來的，她也不問我是誰，裝聾作啞，果然不出我所料。我又說，這裡有一個叫勞佛爾的留學生被汽車撞了，送進了醫院，大概活不了幾天了。因為這裡的人都用英文名字，我們也不知道他是誰，要尋找他的家人，所以只能按這個電話號碼打過來了。那邊的女人一聽就急了：「你們是說樓望出事了？」我叭地壓下電話機——「他別想漏網。」

下面的事情就簡單了，小費知道樓望的新住處。晚上，兩輛車載著十條漢子來到一所樓房的門外，小費把樓望叫了出來。他一看到這陣勢就明白了，兩條腿直哆嗦，馬上答應付這筆電話費。大個子很憤怒：「他媽的，是想放點血，還是卸下一條胳膊？」最後的結果是，樓望付了雙倍的電話費，我們高高興興去吃了夜宵。小費還一個勁地誇我，說我給他摘掉了嫌疑犯的帽子。我洋洋得意。

在這個破房子裡，別人早就不給那個些語言學校交學費了，只有小費還在天天上學，大家收到了看不懂的英文信件，就請他幫忙看一下。那天，走道裡的毛北京收到一封移民局的來信，信裡面說：「你的申請已經被拒絕，必須在二十八天內離開澳大利亞的國境。」毛北京是我們這幢破房子裡公認的美男子，有人問他：「你為什麼叫毛北京？」他說：「北京城裡住著毛主席。所以我就叫毛北京了。」這傢伙自我感覺太好了，一直在玩什麼技術移民過橋簽證之類，這下玩完了。

幾個星期後，移民局真的找上門來了。那天，小費一人在家，揹上書包打開門，瞧見三個穿黑西裝的洋人等在門口，他們出示了移民局的證件，問他是不是北京毛，還要檢查他的護照。費有德一直保持著出勤率，護照上是有效簽證。移民局官員把護照還給他，瞧著滿房間的床鋪，就問：「哪張床鋪是北京毛的？」

小費只能給他們一一介紹：「這張床是傑克，這張床是馬克，這張床是奧列弗，這張床是湯姆，……。」移民官員也被搞糊塗了，說：「這兒難道住的不是中國人嗎？」小費說：「我知道的就是這些人。」其實他也沒有說謊，每一個人腦袋上都掛著一個洋名字，真名字反而被忘了。「你們這兒住的人太多了。」移民官員聳聳肩膀走人。

毛北京的英文名字叫奧列弗。大家分析就是這個名字出了問題，《霧都孤兒》裡那個孩子也叫奧列弗。奧列弗命太苦，為什麼你在中國叫毛北京，到了澳洲就叫奧列弗呢？於是，奧列弗倉皇出逃，如果移民局再來這裡找他，就說他去英國倫敦了。那時候留學生的家當，一個小車全裝走了，小費熱心地幫他搬了家。

可是一個多月後，我們還是聽到毛北京出事的消息，他是在那個新住處，被移民局的探子抓住的。大家都說他是個倒楣蛋。不過，他被抓了，大夥認為移民局的探子不會再找上門來了。

馬衛國的英文名字叫馬克，有一次，索非亞女士光臨，他就吹噓自己錢掙得多，每週能掙五百多元。蘇建中的英文名字叫傑克，他的臉色不大好看，說：「擦奶，吹牛。」

「擦奶，我吹什麼牛皮。」馬克拿出自己的工資單讓大家過目。

「喲，TMT，澳洲的大公司，怪不得你掙的錢多，你是怎麼在這家公司找到工作的？」費有德瞧著工資單，露出羨慕的神色。

「保密。」馬克說，「如果我們單位招人，女士優先，我第一個把索非婭介紹進廠，然後再輪到你們這些哥們。」

索非婭聽了很高興，笑嘻嘻地離開我們這個破房子。但接下來的是，馬克和傑克大吵了一場，當然是為了那個女同學。男人們為了女人，有時候可以做出一些不可理喻的事情。兩個人晚上都不肯做晚飯，餓著肚子上床，在床上還在你一句我一句地數落對方。

另一張床上，捧著《藏春閣》雜誌的湯大民說話了：「他媽的，不就是女人嗎，瞧這上面有得是。」

但是，誰也沒有想到，兩個星期後，馬衛國出事了，移民局官員直接找到那個TMT的工廠裡，把他從崗位上帶走了。有人說，按照慣例，移民局探子不可能無憑無據，去廠裡隨便抓人。

更恐怖的事情發生了，移民局官員再次光臨我們這幢破房子，抓走了大個子戴偉民。那天大個子沒有出去找工作，房東巴巴尼瞧見後院裡的荒草長得太高了，搬來一台割草機，說好割完草給大個子五十元錢。兩個小時不到，大個子把前後院子裡的草都搞乾淨了，口袋裡裝著房東給他的五十元錢，高興地在屋裡扔牛奶框。這時候他猛地瞧見眼前出現三雙大尺碼的黑皮鞋，抬頭一看，是三個高頭大馬的洋人站在面前。原來戴偉民忘記了關房門，移民局探子直接闖進屋來了。

這讓我們不得不懷疑有告密者，我首先想到的又是那個樓望，那次大個子罵他最狠，說要給他放血卸胳膊。這傢伙會不會懷恨在心，打擊報復。如果是他，這次真該給他卸胳膊了。可是到了他的住處一打聽，讓我們大失所望，原來這傢伙在兩個星期前也給移民局的探子抓走了，說不定這會兒正在維拉沃特拘留營裡和大個子等人碰面呢。

小費說還有一個懷疑對象，蘇建中為了女人和馬衛國吵架，馬衛國進了局子，蘇菲婭就是他的了。粗一想，也有點道理，如今男人都像餓狼一般，為了女人什麼事情都可以做出來。

那天下午我回來，瞧見窗戶上的金髮女明星的照片不見了，馬上躲到對面的一棵大樹後等著，半個多小時後，瞧見那條走道裡蘇建中走出來，左右兩面是四條洋漢子。我明白了，手心裡捏著一把冷汗。

強盜士五十一號裡的人精神崩潰了，倉皇出逃。我打開自己的護照一瞧，簽證已過了兩個星期。當晚，我把東西塞進行李箱裡離開了這座鬼房子，溜之大吉。

搬進了另一個破房子裡，我苦思冥想，進行種種分析推理，到底誰是告密者？阿強是在那幢房子裡唯一持有四年臨時居留簽證的人，他不用怕移民局，可是房客被抓走了，他房錢也收不到了。湯大民好像只關心他的色情畫報，也不像告密者。小費一直保持著學生簽證，熱心助人，和誰也沒有結怨。還有另幾位，也看不出什麼眉目。其他人都被抓進去了，也不用懷疑了。我甚至想到了房東巴巴尼，想到了我第一次碰面的那個艾利克斯，但都找不出一個充分理由。毛主席說過：「世界上沒有無緣無故的愛，也沒有無緣無故的恨。」可是，如今的世界上愛你、恨你沒商量的怪事太多了，我抽掉半包「魂飛爾」香煙，也沒有從愛和恨裡面分析出一位奸細，我懷疑他老人家的理論在什麼地方搞錯了。

四、遲到的真相

八年後，各位都混到了身分，不用躲移民局的探子了，我在一家華人小報社裡工作，編寫一些成功人士的花邊新聞。在唐人街建德大廈樓上的一個寫字間裡，我偶然碰到了費有德，他的商科專業早已畢業，如今，商務投資、法律咨詢、移民代理、房產買賣，什麼生意都做，已經掙了大錢，人也發福了，像一個大老闆。老友相見，我倆緊緊握手，他說他要結婚了，讓我務必去參加他的婚禮。

他的婚禮在一個五星級的酒店裡舉辦，來了不少客人，新娘子就是那個漂亮的海倫，在婚禮上我才知道了她的真名字叫尤敏鳳。我說；「你怎麼不叫尤三姐？」因為在那個老房子裡見過她，也算是熟人，但我對她並不了解。在婚禮上我還碰到了一個能說幾句中國話的洋人史蒂文，他挺活躍。

兩個月後，我突然接到了尤敏鳳的電話，她約我在一家咖啡店碰面，我猜不透她找我有什麼事。在咖啡店裡坐下後，她的第一句話就是：「我要和費有德離婚了。」我聽了大吃一驚：「不要對我說你們性格不合、感情破裂之類，你倆的關係有七八年了吧？」她說：「他是個叛徒。」我搖晃著腦袋：「這話我聽不懂，小費在外面又有了女人？」

「比這個還嚴重。」尤敏鳳說了如下的事情：費有德有一個生活習慣，喜歡把自己的金錢出入記在小本上。她在一個舊日記本上看到，前幾年，費有德一共收到移民局寄來的十八張支票，每張支票都是一千元。我還是聽不明白。尤敏鳳解釋道：「他有一次酒喝多了，漏出過一句話，檢舉一個黑民，移民局會獎賞告發者一千元錢。」

我頓時感到血熱起來了，坐不住了。但是，也不能輕易相信尤敏鳳，小費現在是掙了大錢的成功人士，這個女人和小費剛結婚就鬧離婚，會不會是為了分一半財產？如今某些女人什麼腦筋動不出來！我就說：「不是我不相信你，能把這本日記讓我瞧一眼嗎？」她說，費有德已經把日記本收走了。

看我不相信她的樣子，尤敏鳳又說，那個時候，強盜士五十一號內散夥，小費也出走了，並拉上了她同居。但他倆還是和其他留學生合住，可是每到一處，這個地方都會出事情，總有一二個逾期居留的留學生被移民局抓進去。於是，他們又搬家，搬了四五個地方，都有這樣的事情發生。後來尤敏鳳不高興發脾氣，費有德這才自己租了一套房子，但租下後，又招租了兩個福建人，沒幾個月，福建人也莫名其妙被送進了移民局。最後，尤敏鳳給了我幾個電話號碼，這些人都是以前和他們一起合住過房子的留學生。

幾天內，我去一一拜訪了這些人。果真如此，他們以前住的房子裡都出過事；我把那些被抓人的名字都記錄下來。我有點相信尤敏鳳了，這次是我把她約到咖啡館裡。她又給我提供了一個情況：婚禮上，那個會講幾句中文的洋人史蒂文就是移民局的官員，他和費有德的關係特別好。我問尤敏鳳：「其實這些事和你鬧離婚也沒有什麼關係，你為什麼一定要離開小費？」

「怎麼沒關係？如果被他告發的人知道了事情的真相，說不定哪天找上門來，我也會受牽連。如今，我每天夜裡都在做惡夢，這個躺在身邊的男人，讓我時時刻刻感覺邊上有一個冰窟，誰知道哪一天，他會為了什麼利益，把我一腳踹進冰窟裡。」這個女人的話讓我也感到毛骨悚然。

我以小報記者的名義採訪了那個移民官員史蒂文，先和他胡扯了一通移民政策之類，裝模作樣在小本上做紀錄；最後，我把一張紙遞給他，紙上是英語字母拼寫的十幾個中國人名單。我問他：「史蒂文先生，這裡是一份名單，都是幾年前被移民局抓進拘留營的留學生。」史蒂文看著我：「你想問什麼？」

我看著他的眼睛問道：「我想問的是，這些人是不是被同一個人告發的，他的名字叫費有德。」史蒂文盯著我足足看了一分鐘，開口道：「無可奉告。」同樣，我也從他的眼神中讀出了什麼。然後，他聳聳肩說：「唉，你們這些小報記者啊，真是無孔不入。但我可以告訴你，每一個澳洲公民都有義務舉報非法移民，現在對舉報者的獎賞是一千二百元，如果那位非法居留者被及時抓獲。」

哦，這個價格又上漲了。我突然想起費有德曾經說過，讀商科的學費是每年六千元，他讀了三年一共是一萬八千元。也就是說，十八位被抓的黑民，替他付了全部的學費。這個傢伙太無恥了，難道小費真是那種人嗎？

舊地重遊，我又再次光臨「強盜士五十一號」，那棵不死不活的老樹還在。舊房子已經被拆了，蓋了一幢兩層樓的紅磚新房，不知道新房裡還有沒有半夜鬼叫？「哈囉！」前面走過來一個人和我打招呼，我認出是義大利房東巴巴尼，他也老了許多。此時此刻，那幢老房子裡的一張張臉彷彿在我眼前晃動著，突然間有一盞燈在我心裡點亮了：是他把毛北京送走的，毛北京在新住處被抓走了；只有他一個人知道樓望的住處，樓望也被抓走了；他看了馬衛國的工資單，問得很仔細，沒幾天，馬衛國在工廠被抓；還有戴偉民和蘇建中，大家都把看不懂的英文信件請他看，他差不多了解每個人的情況，在那個破房子裡，只有他的英語能力，能夠和移民局溝通。尤敏鳳說過，他每搬一處，都要在郵局裡租了一個信箱。我想，他肯定是在信箱裡收到移民局寄來的支票，看來這傢伙早有預謀。我腦海裡就像撲克牌通關一樣，一通百通……

我再次踏入費有德的辦公室裡，他一見我笑臉相迎，最近他玩起一個華人商會，自封為商會主席，讓我在小報上為他這位成功人士吹噓吹噓。我沒有接他的茬，在他辦公桌對面坐下後，我發言了，像大偵探波洛一樣分析案情，足足講了一個多小時，他的臉色由白到紅，由紅變青，由青發紫。

「你拿不出證據。」他冷笑了一聲，然後猶豫了一下又說：「我現在是澳洲公民，我認為我以前所做的一切都符合澳大利亞國家利益。」

我站起來一字一句地回答道：「不管你是澳大利亞公民還是中國國籍，無論你的行為符合哪一個國家的利益，哪怕你的事業再成功，你都是這個世界上最卑鄙的人。」

（本短篇小說2009年獲第二屆傅紅文學獎三等獎）

（原載於澳洲《聯合時報》、《大洋時報》）

16 談雞論狗說鴨吹牛在澳洲

一、「咯咯」的由來

老姐搬來一隻雞，老姐的雞是從侯太那兒搬來的。

侯太就是侯總的太太。侯老闆屬下有四家企業，一家牛奶吧，一家「Two dollor shop兩元錢商店」，一家炒麵館，還有一家華人雜貨鋪兼賣素菜和出租DVD，所以侯老闆的名片上印著侯氏集團總經理的頭銜，他的屬下已有七八名員工。

在這四間店中，侯氏家族從牛奶吧裡挖到第一桶金。所以直到今天，侯太一個人還頑強地留守在牛奶吧櫃台的收銀機前。老姐說，侯太是分分秒秒在賺鈔票。侯太說，閒著也是閒著，我們這些人命中注定，總要找點事情做。因此，侯太又在牛奶吧後面的院子裡養了十幾隻雞。於是就出現了前面數錢，後面養雞的生動燦爛的大好局面。

後花園的綠色草地上，金黃色的、棕色的、黑色的雞們悠然自得，走來走去，勝似閒庭信步，名曰「走地雞」。如果追根尋源，幾萬年前，或許是幾十萬年、幾百萬年前，雞的老祖宗大概是天上飛的，可以叫做「飛天雞」。但如今商店裡出售的雞肉，大部分都是窩在流水線一般的雞宅裡啄食，既不能走動，更沒有拍翅飛天的念頭，大概可以稱為「宅雞」。和現在網上流行的

「宅男，宅女」能有一拚。

去年的中國春節，老姐去墨爾本南郊的牛奶吧看望侯太，侯太按慣例應該送老姐幾塊過期巧克力，或者拿幾瓶時間放得較長的飲料。但這次侯太讓老姐自由挑選。老姐穿過店堂裡，走到後面的花園裡抱了一隻活雞。對於侯太來說，十幾隻雞吃的多是牛奶吧裡賣剩的過期薯條之類，多一隻少一隻也無所謂，每天聽到的雞叫聲也差不多。顧客有時候會在店堂裡聽到後面傳來的雞叫聲，侯太就說是雞在打架，有一隻雞特別凶，店前店後她也管不過來。

老姐抱走的就是那隻特別凶的雞，這可以讓其他雞過得安寧一些。老姐抱活雞是因為好玩，但抱回家裡就感到不好玩了。因為她也是一個大忙人，東走西忙，無法照顧好這隻活蹦亂跳的雞。於是方向找到我們家裡，說過年了，讓我們家煮一鍋母雞湯。老姐還說，這雞和現在的市場上買來的雞不一樣，雞湯的味道是天上地下。我就說，煮好雞湯請您一起來喝。

雞湯還沒有喝上，我腦海裡就開始憶苦思甜，那個年代吃雞是一件很奢侈的大事，不是逢年過節是嘗不到雞味的，那時候雞肉比豬肉貴了很多，比牛肉、羊肉貴，甚至比鴨子都貴，比海鮮也貴，但話說回來，那時候的雞肉確實好吃，燉出的雞湯，那個美味讓人思念到如今。在電影裡，游擊隊員被日本鬼子射中兩顆子彈，在老大娘家中養傷，喝兩碗雞湯，傷口就痊癒了，可見那雞湯的功效。

雞湯終於沒有喝上，因為澳洲過年季節太熱，妻子說雞太小太瘦，等到冬天養大養壯以後，可以煮一大鍋雞湯，每人就能多喝一碗進補，這話很有道理。於是我就把饞嘴的念頭壓抑在在心底下的胃裡。我真心希望能把這隻雞養成像恐龍那樣巨大，一鍋雞湯煮得像墨爾本水庫裡的水一樣多，能讓全澳洲的華人都來我家裡喝「走地雞」雞湯。

老姐又來了，不是來喝雞湯的。因為我們家的後院子不小，除了一片綠草地，還劃出幾塊菜地，種了黃瓜、西紅柿等幾樣蔬菜。老姐說，這些菜太普通，帶我去周老闆家見識見識。

周老闆其實比侯老闆更有錢，而且更想得開，掙到大錢後他就提早退休，在墨爾本高尚地區買了一幢帶有游泳池的豪宅，那條街上居民，不是銀行家，就是律師和牙醫。我們去的時候，周老闆和周太正躺在太陽傘下享受日光浴。

走到游泳池邊上我們才算是大開眼界。游泳池的一邊有十幾個白色的保麗龍箱用尼龍繩綁著吊在水中，箱裡有水有泥土，種著空心菜和有中國特色的水芹菜。周太說，她特喜歡吃水芹菜。還說種了太多，吃不了，我們可以隨時去拿。除了這邊的保麗龍箱，游泳池那邊的大片水域中，養著許多魚，各種各樣的魚在水中優游，水面上還有七八隻鴨子「嘎嘎」地歡叫著。

周老闆請我抽了一支中華煙，我就問周老闆：「那你們還能不能在水裡游泳？」周老闆說，現在澳大利亞缺水，換一池水得花上千元，游泳的成本太貴。養魚只要在水裡裝一個打氧氣的小玩意，花不了多少電費，再買點飼料撒在水裡就行了。魚吃不完，也可以賣給華人的海鮮店裡。現在退休了，不能掙大錢，掙點吃飯的小錢絕對沒有問題。我對周老闆真的很佩服。誰說中國人沒有想像力？聽說現在華人家裡養雞養鴨不在少數，如果後院再大一點，養豬養羊再養頭小牛也不是不可能。周老闆還說，假如能把游泳池挖到海平面以下的深度，灌進幾十噸海水，水底養龍蝦，養鮑魚，水中養魚，水面上游鴨子。

我們家後花園裡沒有游泳池，只有一個小水塘，無法展開宏圖大業。這個時候，「咯咯——咯咯——」牠嘹亮的聲音傳來了，牠一邊叫喚著一邊抬頭挺胸地走來，這個叫聲有點像是呼喚滿清皇朝的公主，但牠不是還珠格格，也不是趙薇，牠是老姐搬來的一隻母雞，於是我們就稱呼牠為「咯咯」。

二、「雞狗論」之比較研究

上次說到我決定把「咯咯」養成恐龍，讓全澳洲華人來我家喝雞湯。

如今做什麼事都要進行考證研究，養雞也應該有養雞的理論。據說在中國河姆渡古文化遺址裡就發現了不少家禽的骨頭，老祖宗養雞幾萬年也沒有什麼理論，雞照養，蛋照生。到了我們養雞的年頭，怎麼就會蹦出一個「狗屁理論」？瞧，雞跳到狗身上。

「比較文學」是一個時髦的課題，只有玩文學的人知道。澳大利亞狗多，人民群眾都知道。現在，咱就整出一個雞狗比較的理論，叫「雞狗論」。「澳崽」嘴裡經常有「雞狗雞狗」這個詞兒。不要瞎想，這裡說的「雞狗論」和色情無關。

以前有朋友回中國過年，把一條名叫米蒂的小狗寄養在我們家裡。小狗很討人喜歡，聽見人敲門進屋，牠就會兩腿站立，給人作揖，汪汪直叫。如果瞧見你拿出項套，牠立馬歡蹦亂跳，笑逐顏開，牠每天等待的就是出門溜達的幸福時光。但米蒂也有一個毛病，沒有人在，牠就很生氣，鬧情緒。有一次，我們全家出門幾個小時，回家後，瞧見牠憤怒地把前後兩扇門都啃壞了，一地木屑，狗爪子在門上拉出上百條痕跡。於是，一個悲傷的想法馬上進入我們華人的腦袋裡，「修門需要花不少錢吧？」澳洲的人工特貴，花錢的事兒肯定讓我們感到肉痛。米蒂在門上每啃一口就等於從我們身上咬一口肉，爪子在門板上撕出的痕跡如同撕破我們的皮夾子，讓澳幣從裡面掉出來。算來算去，對養狗就有點恐懼。

養雞就不同，雞嘴肯定不能啄壞我們家裡的任何東西。其實還有一個更深的潛意識的理論問題。咱們的祖輩都是農民出身，骨子裡流淌著農民的血液。何況當年我們不得不響應老人家的號召，有過幾年上山下鄉的經歷，對於養雞的認識和對於養狗的認識是不一樣的。我們對於雞有一種天然的實用主義親近感。

後來，咱們這些農民的後代牛皮哄哄地混跡到國外，對腦子好的人來說，那是留學鍍金。我們腦子有點糊塗的人也有一種說法「進城趕考」。這就是說，我們不能忘本，就如同住進了中南海也不養名貴的花卉、不養金絲鳥，寧可種果樹、開菜園子、養雞養鴨養豬的精神，就是來到了洋蔥飄香的國外也經常想到自己是一個黃皮膚的中國人，這個道理大家能聽懂吧？這也就是說：「務必使同志們繼續地保持艱苦奮鬥的作風，務必使同志們繼續地保持……。」再扯下去，咱不養雞遛狗了，咱直接奔赴西阪坡參加黨的七屆二中全會了。什麼？有點聽不懂。

聽不懂，說明你們和我們不是一代人，不是「八〇後」就是「九〇後」，我們這一代人當年經過了強大的政治思想教育，對這種語言非常熟悉。從養雞養鴨養魚的態度中不難猜出，侯總和侯太、周老闆和周太、老姐和我這個當不上老闆的笨人，都屬於一代人，八〇後、九〇後們應該叫我們「爺叔和嬸嬸」，我們和你們之間是有「代溝」的。代溝有深有淺，深的地方黑咕隆咚，淺的地方也能蹚一腳水，雖然講的是同一種語言，可有時候就如同雞同鴨講話一樣。不像我們和我們的父輩，說話大家都能「拎得清」，毛主席的話一聽就記在腦子裡。這不怪我們，也不怪你們，只能怪時代發展太快，搞得叔侄兩代經常「聽不懂」，幾十年發生的事情快要寫成「斷代史」了。這有點糟糕，可見社會發展得太快也不一定是好事。又扯遠了。總而言之，養雞能讓我們不忘艱苦奮鬥的本色，這算研究成果之一。

那麼養雞和養狗究竟有什麼區別？猜猜看。

告訴你們這些笨人吧，根據「雞狗論」之比較研究，得出一個定義：「養雞叫做家禽，養狗叫做寵物。」

我們這些人，在靈魂深處，用洋大夫弗洛伊德的理論叫做潛意識，都可以歸入養家禽的一代。那條喬治街的斜對面，有房出租，搬來了幾位新生代的中國留學生，BMW車門一打開，男的遷出一條大狼狗，女的懷裡抱著哈巴狗。由於社會飛速發展，小留學生身上的小農意識越來越淡薄，他們已經提前進入了養寵物的一代。據說現在國內的闊太，養寵物的也不在少數，這叫和世界接軌。

養家禽，把我們口裡吃剩下的殘食餘渣扔給雞們就行了，然後讓牠們給我們下蛋，下完蛋還可以等著喝雞湯；養寵物，需要花錢給狗們買狗食，給狗洗澡，每天擠出時間遛狗，把狗當子女一般寵著。這就是說：養家禽，是牠為你服務，提供給你美味佳肴；而養寵物，你給牠花錢、花時間，為牠提供需要。這是研究成果之二。

如今，還有人異想天開，把獅子、金錢豹和蟒蛇等當作寵物來養，且不說這些傢伙的食量驚人，雞鴨、兔子、羊，甚至是小牛，牠都能一口吞下肚子，你肯定是一個百萬富翁才能養得起。哪一天，牠一不高興，或者是一不小心，就把百萬富翁當作食物也吞下去。誰把誰當作寵物，誰把誰當作家禽，就有點說不清楚了。可見，寵物和家禽的情況也可以發生變化的，地位也是可以顛覆的，由此上升到黑格爾辯證法高度。這算是研究成果之三吧。

還有例外的情況，我們以前在電影裡看到，德國鬼子或者是日本鬼子牽著大狼狗到處橫行霸道，這既不是家禽也不是寵物，那叫軍犬。還有我最近在網上看到一張搞笑的照片，海口市公安局某派出所門口豎著一塊招牌，上面寫著「內有惡犬，請勿入內」，這個惡犬，肯定也不能歸入寵物一類。

當然，在飼養場的養雞流水線上的雞不屬於家禽，在外面折騰撲食的野雞也不屬於家禽。以上是「雞狗論」比較研究的一系列光輝成果。

三、雞鴨成群

有了「雞狗論」的理論指導，養雞就比較有信心了。

不久後，老姐又搬來一隻雞和四隻鴨。這些雞鴨不是從哪位老闆家搬來的，而是拍賣來的。以前只聽說古董、油畫、房子可以拍賣，原來在澳大利亞，雞鴨兔子牛羊豬都可以拍賣。老姐是一個熱心人，聽說丹寧儂山下有一個專門拍賣雞鴨的地方，就找到那裡，拍賣下一雞四鴨。上次說過，老姐自己沒有閒工夫養雞，但還是經常惦記著我們家裡的「咯咯」，她認為一隻雞太孤獨，應該有幾個夥伴，就像侯總和周老闆家，都是雞鴨成群。如今我們家有了二雞四鴨，也算是雞鴨成群了。

「咯咯」不管孤獨不孤獨，牠對新來的雞很不友好。新來的雞是一隻有點歲月的老雞，最大的毛病是挺不起脖子，一點也沒有「咯咯」趾高氣揚的態勢，走路啄食都是縮頭縮腦的。「咯咯」走路的時候昂首闊步，旁若無人，牠一瞧見老雞，就沒有好臉色，只要一靠近，就用尖嘴啄牠，一盆雞食放在那裡，「咯咯」不許老雞靠近，那架勢完全是一位雞霸。這讓我想起，「咯咯」以前在侯太後院裡的十幾隻雞中間搶食，也算是一方霸主。何況在這些日子裡，「咯咯」在這塊地盤上獨往獨來已經成習慣了，豈容來了一位分享雞食的。這讓人不得不聯想到黑社會搶地盤，「咯咯」肯定已經成了這一畝三分地上的老大。雞亦如此，何況人呢。

出現了這種情況，我們當然要採取措施。把雞食分為兩份，讓牠們各吃各的，互不侵擾。但是，事物的發展往往不是以人們意志為轉移的。兩個食碗一東一西，「咯咯」在吃白己碗裡的時候，斜眼瞧著那邊，發現老雞在吃那碗食物，牠立馬衝上前去把老雞趕開，搶吃那碗。老雞躲開後，走過來吃這碗，「咯咯」又凶狠地衝過來吃這碗。假如有十個八個碗放在那兒，「咯咯」絕不容許老雞靠近任何一個碗，從此我們可以看出「咯咯」的霸道行為，比吃在嘴裡看著碗裡想著鍋裡的男人，更有過之而無不及。可憐那老雞只能在「咯咯」不注意的時候，躲東躲西，偷吃一口兩口，瞧見「咯咯」過來，唯恐躲之不及，比要飯的也強不了多少。強者欺凌弱者好像是天經地義的事，這個世道真無奈。

對於「咯咯」的霸道行徑，不下一點手段是不行了。於是，我們就在雞腿上紮一條細長的繩子，讓兩隻雞只能在自己的繩子長短範圍內，吃到自己碗裡的食物。「咯咯」對此有點氣憤，每當牠走到老雞較近範圍的時候，雞腿被繩子拉著，嘴裡卻發出「咕咕」的威脅的聲音。

這個院子裡，如今是有雞有鴨。鴨子們和雞們有些不同，那四隻鴨子來自同一個家庭，拍賣的時候也是關在同一個籠子裡的，一起買價格便宜，所以老姐就一起拍買來了。牠們相處在一起很親熱，其樂融融。走路的時候前後跟隨，搖搖擺擺，好像永遠是一夥的。

那天，大樹下面的小水塘四周，有高低起伏的石頭，四隻鴨子臥伏在石塊上一動不動，上下錯落，兩隻雪白色，一隻灰色，最大一隻是棕黑相交，就如同一幅靜止的畫面，美極了。樹葉間的鳥送出清脆的叫聲，還有那兩隻雞在草地和鮮花間走動。這有點像印象派畫家莫內的作品，不，這簡直和伊甸園差不多了，如果這個時候上帝大駕光臨，毫無疑問，那就是到達天堂的境界了，就差躲在樹後身披樹葉的夏娃和亞當了。

天堂的圖景沒有保持多久。四隻鴨子行動起來，一隻接著一隻站起來，「嘎嘎——」地叫著，列隊出發。牠們也有一個毛病，自己盆裡的食物就是不吃，老是喜歡吃雞碗裡的東西，四隻鴨子把雞食一掃而光。鴨比雞強大，不但身體大，叫聲也洪亮，而且牠們不是一隻一隻地叫，而是大合唱，「嘎嘎嘎——」來來去去一陣風，就像日本鬼子大掃蕩。「咯咯」面對這群侵略者，躲之不及，一點抵抗的念頭也沒有。可見欺軟怕硬是所有動物的天性。

還有，那四隻鴨子好像晚上也不睡覺，在後花園裡到處夜巡，不時發出「嘎嘎」的叫聲，一夜之間在綠草地上蓋上了一層鴨毛。我想，牠們沒日沒夜地折騰，大概是缺少一片水，看來養鴨子沒有水不行。

我家後院裡有一個小水塘，裡面只能養幾尾金魚，放不下這四隻鴨子，於是我就想到了周老闆家寬敞的游泳池。吃了周太不少水芹菜和空心菜，周老闆的中華煙我也沒有少抽，我們中國人都講回報。於是在某一天，我就把四隻鴨子領去周老闆家的游泳池。

一路上，四隻鴨子坐在車裡的紙箱內，「嘎嘎嘎」地傻叫，好像是去春遊。隔壁道上一輛車內，有狗腦袋從車窗裡伸出來，聽見這邊車裡的鴨叫，興奮至極，汪汪亂吠。這邊車裡的鴨子也從紙箱裡伸出脖子，隔著車玻璃瞧見了狗，「嘎──嘎──」地叫得更歡，遙相呼應。握著方向盤的我，只聽見一片鴨叫狗吠，忘乎所以。後面的車輛按響喇叭，原來前面已經紅燈轉綠燈……

四、和周老闆、侯總談雞說鴨吹牛兮（一）

上次說到，我把我家的鴨子帶到周老闆的游泳池裡。

游泳池裡的鴨子瞧見來了新夥伴，新夥伴瞧見了一片水，雙方一起歡呼，「嘎嘎嘎──」，周家豪宅的後花園裡更加熱鬧。

周老闆要帶我去參觀他們家的車庫，他說自己動手把車庫改造了一下，我還沒有搞明白，周老闆沒事找事，在車庫裡玩什麼名堂？這個雙車位的大車庫，現在已經被周老闆改造成二間，一間裡停著周老闆賊亮的賓士車，另一間裡搭了一層一層的木架子，架子上種植著蘑菇等菌類植物。正是碰巧了，侯總也在這個蘑菇屋裡轉悠。原來剛才他正在和周老闆談生意。

我說：「周老闆不是已經退休了嗎？」周老闆說：「退休管退休，有錢還是要掙的。」他告訴我，出產的蘑菇批發給華人的蔬菜店，侯總的雜貨店就是下家之一。周老闆說，就這半個車庫，一年掙個四五萬塊錢是絕對的，百分之百的。侯總補充道，他和周老闆之間全是現金交易，連稅錢也省了。我靠，人家退休在家，掙得錢比我打兩份工還多，這還不算周老闆名下三幢房子的不動產。「我終於明白大老闆是怎樣煉成的。」

周老闆今天興致很高，請侯總和我坐在游泳池邊享受日光浴抽中華煙。我說：「養雞，養鴨，養魚，種蔬菜，種蘑菇，我們華人就是聰明，掙錢有想法，洋人們只知道養狗種花，玩得太虛。」

「錯！」周老闆吐著煙圈說，「人家鬼佬不喜歡小打小鬧，要玩就玩大的。他們在屋子裡種大麻，人造小太陽，溫度、濕度電腦調控，每平方米能掙多少錢事先全能實現設計出來。照以前毛主席的說法，這叫科學種田，一年掙個十萬八萬像玩一樣。」

「你別瞎說，毛主席在南泥灣種的是大豆、高粱，啥時候種過大麻？」我把矛盾轉移到周老闆身上：「那你為什麼不種那個來錢快的玩意？」

侯總在邊上說：「華人怎麼可以幹這個。這都是人家主流社會的人幹的。」

我說：「周老闆不是已經融入主流社會了嗎？瞧他家左鄰右舍全是高鼻子、金頭髮的洋人，不是醫生就是律師，聽說還有兩位州議員。」

「錯！我算什麼融入主流社會？如果一定要說，只能說是打入主流社會，明白嗎？」

我聽不明白。「打入，這個詞兒好像有點共軍特工打入國軍情報機關的意思，周老闆不會是來澳洲幹臥底的吧？」

周老闆手指一彈，煙蒂在空中劃了半圈，飛入游泳池裡，「哪裡哪裡！給你打個比方吧，如今中國崛起，有錢了，有些華人一廂情願，就想中國也可以融入西方國家的行列，這是做夢。西人吃的是麵包、奶酪，中國人是吃米飯、小白菜，永遠吃不到一口鍋裡，西人的觀念、想法華人是捉摸不透的。中國人要和西方人平起平坐，那叫什麼，叫打入不叫融入，帶點強制性的，懂了嗎？」

「這就是說，你周老闆花了一百萬澳幣在這個高尚住宅區買了一套豪宅，就好像是代表中國人打入了西方發達國家的區域，周圍的洋人還是洋人，是不是這個道理？」

「你的回答有點意思了。」周老闆嘿嘿一笑，「現在這套房子已經增值到二百五十萬了。」周老闆得意之際說要請我抽一支好煙。

我說：「中華煙還不夠好嗎？」周老闆起身去屋裡拿煙。

「周老闆應該屬於大腕級的人物，有本事，有能耐，有想法，有手段，是我們學習的好榜樣。」侯總說話誠懇，就像是在稱讚焦裕祿同志是幹部的好榜樣。生意場上一個老闆能讚揚另一個老闆，真的很有雅量。

不一會，周老闆拿來一盒金色的香煙。我一瞧：「哇，『九五至尊』。」我抽上一口，味道細軟柔和，煙味純正。侯總吐著煙圈說：「這不就是網上那個天津房地產局長周久耕抽的天價煙？」

周總繼續發揮道：「天價是什麼價，幾百元還是幾千元一盒？那個房地產局長因為嘴裡抽著天價煙，手上戴塊瑞士名牌錶，給那幫吃飽飯閒著的網友們人肉搜索，折進去了，吃了十一年官司。」

「瞧，我們海外華人同胞最關心的還是祖國的大好形勢，不大關心國外腐朽沒落的狀況。」我好像又發現了什麼真理。

周老闆說，這種煙他經常抽。我盯著他的臉打量了好一會兒，問道：「你也姓周，也來自天津，你不會是周局長的弟弟吧，還是哥哥？」周老闆說：「我最恨腐敗了，怎麼會和這種貪官沾親帶故？侯總也知道，是吧，我們海外華人的錢都是辛辛苦苦掙來的，二十年前我一天打三份工，十年前做三份生意，一天六十四小時也不夠用，如今掙夠了三套房子就退休了。」

我說：「雖然你倆都姓周，都抽天價煙，你退休了，他坐在大牢裡，這就是辛苦和腐敗的區別。」

「太對了，大牢裡坐久了，最大的損失，就是聞不到女人身上的香味。」侯總的想法總是別出心裁。

周老闆又點上一支天價煙。「能不能玩女人也不是什麼大事，有失也有得嘛，聽說久耕兄在看守所待了八個月，不喝酒，不應酬，生活很有規律，現在身體也好了，血壓也下去了。最大的痛苦的是沒有天價煙抽，抽煙是他的愛好。周局長告訴律師，他正在寫一部小說，內容是反映官場腐敗的，親歷親為，已經完成了三萬多字，馬上就要成為著名作家了，還要申請加入中國作家協會。」

我說：「這年頭，作家最掉價，進了大牢全能煉成作家。」

侯總故意刺激我：「聽說你也是華人作家吧，有沒有在大牢裡混過？」

「瞧你這話說的，不坐班房就不能煉成作家，我在澳洲可是個本份人。澳洲作家也叫自由撰稿人，其實也就是個人業餘愛好，玩玩文字而已，又不能當飯吃。」

周老闆說：「我退休閒得慌，你看我申請加入作家協會行不行？」

「你說的是哪個作家協會？澳洲的華人作家協會有二三十個，玩作家也別指望掙稿費，不如養雞養鴨，種菜種蘑菇。」

「我又不差錢，捐幾個錢給你們作家協會也就是少抽幾盒『九五至尊』。我要加入就加入水準最高的那一個，打造品牌。」周老闆已經抽第三支『九五至尊』了。

「就你周老闆的水準，隨便哪個任你挑。還申請什麼，你上午參加作家協會，下午就是會長了。」侯總又從周老闆的金色煙盒裡拿了一支。

「那你也太小瞧我了，還讓我等到下午？中午我就是會長了。」

「那是那是，不用中午、下午，你還沒進門就是會長了，要不就是全澳華人作家協會主席，主席比會長強大。」我也從金色的煙盒裡拿了一支。

諸位不難看出，話說到這份上，周老闆和我和侯總都已經相當投機了。就在這個時刻，一隻鴨子不知什麼原因，突然從游泳池裡飛上來，在游泳池的平台上搖搖晃晃走到周老闆的腳邊。

活該這隻鴨子倒楣。這隻鴨子如何倒楣，且聽下回分解。

五、和周老闆、侯總談雞說鴨吹牛兮（二）

上次說到游泳池裡飛上來一隻鴨子，搖搖擺擺地走過周老闆的藤椅邊。說時遲那時快，周老闆一彎腰，伸手抓住了鴨脖子，其出手之敏捷，不下於年輕人。鴨子在周老闆手裡撲騰著，水濺了他一身，他毫不在乎，說今天要請我們喝酒。

周老闆去了半個小時才回來，他說太太搞不定，只能他親自動手，一刀砍斷了鴨脖子。此刻，我的鼻子裡聞到了他手上的血腥氣，眼睛立刻在水面上搜索，是不是我剛領來的鴨子？還好，那四隻鴨子還在水裡游動，其他鴨子也在游泳池裡優哉游哉地戲水，一點也不知道牠們的一位夥伴已經被扔進沸水之中的悲劇。人真他媽地殘酷，我心懷不滿地說：「你真能下得了手，心夠狠的。人家西人從來不在家裡殺生。」侯總也添油加醋地說，「白人抓到蒼蠅，都要手裡捧著，走到屋外放生。」

「錯！」周老闆這一聲夠嚴厲，「洋人的觀念裡什麼都需要專業技術加執照，有了屠夫執照，洋人殺起雞鴨豬牛羊一片一片，殺勁上來時，殺個把人也不是不可能。他們殺蒼蠅是用藥水噴的，華人用蒼蠅拍一個一個地打，老外嫌麻煩。」

周老闆的說法也不是一點沒有道理，考慮到等會兒還要喝鴨湯，我也不便於和他爭論，嘴裡低聲嘟噥道：「自己家養的活物，要殺總有點兒手抖吧？」

「手抖？想當年下鄉去農村，偷雞摸狗的事你就有沒有做過？」周老闆瞧著我們兩個。侯總比我和周老闆小幾歲，上山下鄉的歲月沒有輪到他，所以就眯著小眼睛盯著我，看來這個問題只能由我回答了。

我是在農村裡混了六七年，但比較老實，這種偷雞摸狗的事主要是板寸頭和黃老闆幹的。

板寸頭就不用說明了。黃老闆不是真正的老闆，他家上幾代家境好，所以得了這個外號。知識青年偷宰貧下中農的雞的過程一般是這樣進行的：板寸頭發現貧下中農的某隻雞在附近走動，他就走過去，距離不能太近，不能讓雞起疑心，以為你居心不良。雞慢慢地朝我們的宿舍這邊走來，宿舍裡黃老闆瞧見雞來了，就把碗裡幾顆米粒扔到地下，輕輕地敲碗，雞聞聲走近門，朝屋裡左看右瞧。就在這個時刻，跟蹤在後面的板寸頭衝上前一腳把雞踢進屋裡，裡面的黃老闆抱住雞掐住雞脖子，不讓雞發出聲音，那邊板寸頭已經把門關嚴實，前後過程不到十秒鐘。不然造成雞飛狗跳的局面，不遠處的貧下中農就會聞聲趕來。

大家把熱水瓶的熱水都貢獻出來，殺雞拔毛，煮雞用的是黃老闆的煤油爐。雞煮熟後，雞肉的主要部分歸板寸頭和黃老闆，我和另幾位農兄嘗一兩塊雞頭頸、雞爪子，喝幾口雞湯，味道超過山珍海味，其實那年頭誰也沒有嘗到過山珍海味。到了傍晚，某位貧下中農婦女到處尋找這隻雞，雞已經消化在我們肚子裡。那個年頭我們的消化功能都特別好，就是剖開我們的肚子，也找不到任何雞的痕跡。雞毛埋在外面的泥土下面。

我喝了雞湯後就發現了一個真理，工人階級不一定和天然同盟軍貧下中農站在一起，板寸頭的家庭出生是三代扛大包的碼頭工人，黃老闆的祖上，文革大字報上寫的是「三代不法資本家」。在肚子裡沒有油水，嘴巴裡老想吃的年代，工人階級的兒子就和資本家的兒子結成同盟軍，共同對付貧下中農的雞。

那時候，我還問過黃老闆，這不法資本家和合法資本家的區別究竟在哪兒？黃老闆說他也搞不清楚，他老爸開了三個工廠，娶了四房姨太太，黃老闆是第四房太太的小兒子，在家裡很受寵，但他老爸開著大廠子，從來不偷雞摸狗，太太也是明媒正娶的，怎麼就不法了？黃老闆又告訴我，他有一個美好的理想：一個星期吃一隻雞，一個月殺一頭豬，三個月宰一頭小牛。理想只是想想而已，貧下中農是絕不容許的。

有一天，黃老闆去其他隊裡訪友，板寸頭走在道上又發現了一隻雞。板寸頭認為黃老闆胃口太好，上次多啃了一個雞翅膀。黃老闆則認為自己不但抓雞，還要貢獻煤油爐，多吃一點是應該的。這次機會來了，板寸頭要獨吞這隻雞。他真的一個人勇敢地把這隻雞撲進了屋裡。燙雞拔毛後要煮雞，才發現黃老闆的煤油爐裡一點煤油也沒有。我們是知識青年，又不是茹毛飲血的野人，能吃生雞肉；去貧下中農家大鐵鍋裡煮雞，無疑是自投羅網，也是不可能的。板寸頭只能發動大家尋找那個煤油瓶，就這麼一間屋子，上天入地都翻遍了，就是找不到黃老闆藏的煤油瓶。最後，祕密給板寸頭發現了。房門後掛著黃老闆骯髒的工作服，煤油瓶頸上用繩子繞著，掛在髒衣服的中間。大家都說，黃老闆藏東西真是太絕了，怪不得他祖上能擔任大資本家。板寸頭搜索的眼光也不輸給偽軍和日本鬼子。我喝雞湯的時候又認識到一條真理，工人階級的兒子和資本家的兒子為了各自的利益，既可能合作也可能分裂。就像國共合作和分裂差不多。

我們隊裡雞經常失蹤，貧下中農提高了革命警惕性。板寸頭的機會越來越少，嘴巴裡很久沒有葷腥味道，他就去其他隊裡偷雞，有一天清早回來，被打的一臉慘相，兩腿直哆嗦。板寸頭在知青中間打架頗有名氣，他揚言，要對那位紅刀子進白刀子出。那位就是半夜抓住板寸頭偷雞的貧下中農，也是那個生產隊的隊長，他在板寸頭的身上猛抽了十幾下扁擔。貧下中農隊長也對全隊的職工和知青發出號召，以後只要板寸頭在哪個隊裡出現，不管他是不是來偷雞，出現一次抽一次。板寸頭當然無法戰勝隊長，因為真理在貧下中農那兒。於是我感悟到，當年一個「半夜雞叫」的故事為什麼會永遠留在我們這代人的記憶中。

後來聽說有一個名人把這個故事搬到美國去，一個美國兒童找出破綻，分析出「半夜雞叫」缺乏科學依據。當年我們知識青年寧可偷雞，也不敢和真理「較真」。

六、和周老闆、侯總談雞說鴨吹牛兮（三）

上次寫到下鄉偷雞摸狗之事，吹牛兮吹得真起勁，周太把熱乎乎的鴨湯整鍋端上來，醬油、佐料也拿上來，周老闆開了一瓶精裝五糧液。

侯總咬著鴨翅膀說：「游泳池裡養出來的鴨子味道就是不一樣，來澳洲二十年就沒有喝過味道這麼鮮美的鴨湯。」我的舌頭現在也轉彎了：「周老闆，我膽小，以後我家殺雞，也來請你下刀，雞湯讓你喝飽。我的故事已經講完。我能看出，你是老手了，是否說說你在插隊的時候偷雞抓鴨的勾當？」

「不瞞你們，在那個時候，雞鴨豬羊我都對付過，不然今天我也不會成為家禽方面的經驗人士。」周老闆嘿嘿一笑，他那「對付」兩字太有意思。他接著說：「這方面，我有許多的生動有趣的故事，等我印好作家協會主席的名片後，雞鴨豬羊都會寫在文章裡，讓各位見識本尊的文采。」

侯總說：「哇，你還真當有這麼一回事。」而我的感覺是周老闆在打太極拳，那些偷雞摸狗的歪事他不願講。沒有想到周老闆越發較真起來：「你們知道寫文章最重要的是什麼嗎？」

我寫文章的年頭也不算少，還真沒有考慮過這個問題。「是什麼？」

「寫文章就像做菜一樣，要想做菜鮮美就要加點雞精，要想文章好看，也要加點雞精，明白嗎？」周老闆真是高人，不少人寫了一輩子文章，也未必想到過加雞精和寫文章的關係。周老闆接著發揮道：「一篇好文章，就叫做心靈的雞湯，讀了一篇美文就如同心靈喝了一碗雞湯。為什麼，就是文章裡加了雞精。」

「是啊，是啊！心靈能喝雞湯。」侯總也插上話來，「瞧見袒胸露背的女人就叫做眼睛吃冰淇淋，瞧見穿三點式的女人叫做『引死人』，把活著的男人朝死裡引。」侯總的語言喜歡帶點兒色彩。

周老闆說：「我發現侯氏集團應該再增加一個生意。」侯總問：「什麼生意？」周老闆說：「雞店生意，不是烤雞店，也不是新鮮的雞肉店，而是在晚上開的夜雞店。」

我還沒有聽明白，侯總已經接上話：「是啊是啊，我的四個店一天的營業額加起來，比不上夜雞店一夜的營業額，夜雞店掙錢就和印鈔機差不多。不過開夜雞店有個條件，黑道、白道你都要玩得轉，警察來了玩雞不花錢，就等於交保護費。」

我已經聽懂了，就說：「不會吧，這是在澳洲，又不是中國警察？」

周老闆說：「侯總這話我同意，全世界的警察都一樣，相比之下，洋人比華人更騷，他們吃牛油奶酪，全是發騷的食品，華人的主食是米飯、小白菜，像我們這種上了年紀的華人，也不是想騷就能騷起來的。不過，侯總身體好，精神充沛，見到袒胸露背的女人，時時刻刻都能發騷，是不？」

「這話被我老婆聽到了，就不容許我出門了，你們不要亂講。」侯總有點醉。

「不說了，不說了，這個話題有點低俗，我們應該換個話題。」我故作高雅地談古論今，說起一千多年前曹孟德青梅煮酒論英雄。如今英雄時代消逝了，英雄都成了化石。我們是喝著五糧液，抽著天價煙，談雞論狗說鴨吹牛。我又從鴨湯說到我家的母雞「咯咯」，我說要把「咯咯」養成恐龍，做一大鍋雞湯，讓全澳洲華人來我家喝雞湯。

「高尚，高尚。」周老闆連聲誇獎我這個想法，頗有杜工部「大庇天下寒士俱歡顏」的境界，看來他也懂點古詩。

為了表現自己，我又背誦了一首：「故人具雞黍，邀我至田家。綠樹村邊合，青山郭外斜。開軒面場圃，把酒話桑麻。待到重陽日，還來就菊花。」周老闆和侯總都有點聽不懂。我告訴他們，這是唐朝田園派詩人孟浩然的詩，那首詩的意境就是打開窗戶，看著外面的院子，瞧著雞走來走去，老朋友聚在一起，舉著酒杯談農家的好收成。等到明年的重陽日，再來喝酒相聚。

「好詩，好詩。農家樂，大唐盛世啊。」周老闆咬著鴨頭。

「我們華人來到萬里之外的澳大利亞，是面對游泳池，看著水裡的鴨子游來游去，車庫裡培育蘑菇，後花園裡養雞種菜，不亦樂乎。」我的牙齒撕開鴨腿。

「大澳盛世，大澳盛世。」侯總滿臉通紅，舉著酒杯的手搖搖晃晃地和我們碰杯。周老闆說他的酒量一般，但湯量大，喝了三大碗，三個小時沒有去過一次廁所，肚子裡的鴨湯已經把五糧液稀釋了。我的酒量小，湯量也小，看著游泳池裡的鴨子都有疊影，怎麼一個全變成兩個了……

有句話，叫做「下筆千言，離題萬里」，就是指我的這篇文章，明明是說我家的母雞「咯咯」，怎麼會寫著寫著，寫到周老闆家的游泳池邊，東拉西扯，沒完沒了，肯定是喝多了。不能再瞎扯下去了，應該言歸正傳。正傳是什麼，請看下回分解。

七、老雞之死

陽光從頭頂上照下來，樹木、草坪鮮花和菜地，五顏六色頗有幾分景致。四隻鴨子去了周老闆家的游泳池，後花園裡的「嘎嘎」的鴨叫聲頓時沉默了，清靜了許多。現在還留下兩隻雞，「咯咯」和那隻老雞。

以前說過，「咯咯」年輕力壯，盛氣凌人，經常欺負那隻老雞。但是，雞和人差不多，時間處久了，情況就會發生變化。「咯咯」雖然還是用嘴啄老雞，但不再發出威脅的叫喚，也不是追在老雞屁股後面亂啄，從此態度中可以看出，牠只是做做樣子，為了保持這個園裡的老大的地位。

那隻老雞啄食的時候，看上去也好像是吃個沒完，啄了半天，那盆雞食也沒有減去多少，粗大一點的粒子，牠就嚥不下去。我分析道，大概是牠的食管比較細，還是牠的腸胃有問題。看見牠啄食很吃力，有點像老太太吃飯的樣子。「咯咯」啄食的時候就大不一樣，那個歡暢淋漓的勁頭，不一會兒，食盆就見底了，牠又過來吃這盆，好像永遠有吃不完的勁頭。

不過，那隻老雞也有牠的特點，也許是牠在這個世界裡已經活了有些年頭，所以對「雞情世故」比較較懂。

有一天，我發現「咕咕」不再追逐老雞，反過來，是那隻老雞用雞嘴朝「咕咕」身上碰，但「咕咕」一點兒也不惱火，相反，好像還挺樂意。我觀察了一會，明白過來，老雞不是在侵犯「咕咕」，而是在拍「咕咕」馬屁，是在用自己的雞嘴巴替「咕咕」梳理羽毛，替「咕咕」抓癢癢。就像宮女在替皇后打扇子一樣。怪不得「咕咕」很樂意，很受用，完全放棄了攻擊老雞的念頭，誰也不會和一個拍自己馬屁的傢伙過不去，這個道理人和動物都懂，生物界的遺傳過程中，肯定有著喜歡拍馬逢迎的因子存在，在享受「馬屁」的過程中，讓敵意消失，讓社會和諧。

後來，我又發現，老雞還有一個特點，只要瞧見人出門，牠會馬上奔跑過來。後院是一個陽台，我們走出門，老雞一顛一顛地跑上陽台，跟在我們的腳邊，有時候還用雞嘴輕輕地啄動我們的褲腳，這個動作和牠替咕咕梳理羽毛的動作差不多，牠的動作行為是在向人示好，拍人的馬屁，這已經發展到「人情世故」了。那個特立獨行的咕咕，本來只知道在後花園裡瞎逛，不懂得和人交往，現在跟著老雞的屁股後面，屁顛屁顛地跳上陽台，也學會了和人打交道。於是，事情就發生了變化，老雞的地位無形中提高了，因為牠懂得搞外交，「阿諛逢迎」也是一種本事。但是，老雞那縮頭縮腦的樣子還是沒有改變，我一直感覺到牠身體有病，但不知道牠病在那裡。

後花園裡有幾棵大樹，樹葉裡面藏著許多鳥，陽台上經常會飛來一群麻雀，幾隻胖鼓鼓的鴿子也很眼熟，還有三四隻黑頭黃嘴巴的「惡霸」鳥，這種鳥一飛來，就要把其他鳥趕走，自己搶吃的，其行為有點像咕咕。不過牠不敢侵犯鴿子，因為鴿子的個頭比牠們大，但鴿子之間，有時候也要吵架。藏在樹葉中間的鳥叫聲也很有趣，有一隻鳥的叫聲很長：「出去走走，出去走走——！」另一隻的鳥叫聲是：「不搭界，不搭界——！」還有一隻鳥的叫聲是：「OK，OK——！」

如今，後花園裡暖洋洋的，一片溫情，一片太平盛世景象。然而，沒有想到，悲劇也會發生。

那天晚上來了一場寒流，氣溫一下子降到攝氏四度，我們的被子上添上一條毛毯。兩隻雞住在後花園的工具棚裡，工具棚裡四處漏風，但想到雞身上的那層羽毛，應該比任何棉被都管用，是不是？

第二天早上，只聽見咕咕在大喊大叫「咯咯咯——蛋，咯咯咯——蛋」，這種叫聲應該是母雞生蛋的預兆。我妻子說：「咕咕要生蛋了。」因為咕咕來我家後，沒有生過一個蛋，我們是日盼夜盼盼著她生蛋的日子早來到。我說：「會不會還有其他情況？」

我們跑進工具棚一看，咕咕飛在一個架子上，高高在上，繼續叫著「咯咯咯——蛋」，但頭朝下露出一種恐怖的神態。地上，那隻老雞一動不動，已經有點僵硬了。顯然，是晚上的那場寒流奪去了牠那孱弱病態的生命，而咕咕因為身體強壯，頂住了寒流。於是我們知道了兩個道理：雞的羽毛再厚，也可能會被凍死的；還有母雞叫嚷「咯咯咯——蛋」，不一定是生蛋，牠們因為恐怖和緊張也會這樣叫嚷。

這時候，樹叢中的那些鳥又叫起來：「出去走走，出去走走——！」「不搭界，不搭界——！」「OK，OK——！」

「瞎叫什麼？」我在樹下有點傷心地把這隻會和人親熱的老雞埋入泥土之中。

八、雞以食為天

以前有一個傳說，說是一個吃了上頓沒有下頓的窮人，有一個美好的理想，等到將來有錢的時候，就是吃了再吃，每天不停地吃。咕咕就是達到了這樣的境界，一天到晚，不停地吃，不是在盆裡啄食，就是在草地裡找蟲子，還要在泥土裡角落裡翻挖，永遠也見不到牠的嘴巴停下來的時候，吃得多，勁也大，經常會在泥土裡刨出一個臉盆大的坑。只聽說過狗會挖坑，沒有想到雞也能挖坑。咕咕的胃口太好了，吃相可不大好看（這在以前交代過了）。

妻子每天都要給牠搞點吃的，除了把我們把飯桌上的殘渣餘食倒給牠，不到十分鐘咕咕就吃完，又跑來要吃的。雞喜歡吃米，澳洲的大米太貴，麵粉便宜，但無法撒在地上讓雞吃，麥片不算太貴，就讓咕咕吃麥片。我們華人都喜歡成本核算，一算下來，咕咕每週每月都要吃掉不少錢。我們養咕咕是作為投資，是想獲得回報，而不是想花錢。大家說是不是啊？

有了，我在食品廠工作，門口的大垃圾桶裡，每天都有許多垃圾食品。我就把垃圾食品帶回家來。那種麵粉和黃油烤成的派，咕咕很愛吃，第一次拿來的時候，剁碎後扔在盆裡，咕咕嘗到味道，就抬起雞頭喉嚨裡發出一聲「咕咕」，那是牠表示喜歡的聲音，緊接著，就是牠的雞嘴巴和盆底不斷的碰撞聲。我們形容人搶吃的時候是，「眼睛像閃電，筷子像雨點」，咕咕這時候的吃相，把這兩種狀態都表達了。

咕咕越吃臉越紅，好像喝了酒似的，走起路來也有點搖晃，還是我們的眼睛有點花？總之，咕咕和過去有點不同，吃勁越來越大，越吃越瘋狂。有幾天，聽到咕咕在叫喊「咯咯——蛋」，我們去檢查了一下，也沒有瞧見雞蛋，以為咕咕又是看到什麼觸目驚心的情景，她也會瞎叫嚷。幾天後，我在無形中發現了咕咕的一個祕密，在工具房的一個架子上放著一個紙箱，在紙箱上面有四個雞蛋，其中的一個還溫熱的。怪不得她剛才還喊過「咯咯——蛋」，這傢伙成精了，她生蛋不想讓我們發現，飛到高處生蛋，她以為她是鳥啊。

我們比哥倫布發現了新大陸還高興，咕咕養了幾個月，終於見到了成效。我說：「西洋人吃黃油，就是來勁，咕咕一吃那玩意就下蛋了。」妻子說：「咕咕不想讓人們發現牠的祕密，取走了雞蛋，牠會很生氣。」我說：「那怎麼辦？蛋會越生越多，不能老留在這兒吧，再說養雞不就是為了取蛋嗎？」最後商量下來，是拿走三個，留下一個，讓咕咕下次生蛋的時候，瞧見上次的蛋還在，不會失去信心。再說雞的腦袋也不大，大概不會做數學題，對於留下幾個蛋，牠不會分得那麼清楚。

咕咕下蛋讓我們看到了光輝，看到了燦爛前程，那一個個雞蛋就變成了太陽。聽說養雞場裡為了讓雞多生蛋，在雞棚裡開燈關燈，把燈泡變成太陽，讓一天變成兩天，其險惡用心是想讓雞一天生兩個蛋。這種辦法太殘忍、太缺德、太不雞道了，我們不能這樣做。再說，養雞場裡那些呆頭呆腦的雞能和我們後花園裡活蹦亂跳的咕咕相比嗎？牠們下的蛋能和咕咕下的雞蛋相提評論嗎？當然，我們也想讓咕咕多下蛋，下大蛋，而我們的唯一的辦法就是給牠加添營養。

於是，妻子就變著法兒給牠做吃的，今天是米飯裡拌蝦殼，明天是把煮肉的第一次湯水倒出來，和麵粉一起做成疙瘩，後天是把西洋芹的菜根和花菜根削成小片，拌著肉上面撕下的碎末煮成一鍋，這叫有葷有素。妻子讓咕咕吃中餐，我就讓咕咕吃西餐，今天黃油派，明天蘋果派，後天是黃油麵包裡面夾著巧克力，再後天是披薩餅。咕咕特別喜歡吃匹薩餅上面紅色的肉條，白色的奶酪也可以。妻子為了和我一見高低，又發明了新花樣。她發現咕咕對紅色的東西很感興趣，就給咕咕吃紅辣椒，咕咕一點也不怕辣，吃得不亦樂乎。咕咕還對我們後院裡種的小西紅柿特感興趣，如果紅了還不摘下來，肯定落進咕咕的饞嘴巴裡。

除了吃的還有喝的，我把我喝的盒裝葡萄酒倒一點出來，讓牠嘗嘗，牠喝了臉更紅了，追在我身後，那意思是還沒有喝夠。我妻子說：「你再讓牠喝酒，我就給牠吃牛奶。」我說：「那我就給牠抽煙。」有一次，我抽煙的時候，蹲在牠的前面，牠看見煙頭上紅色的一點，真的用尖嘴啄煙頭，牠太喜歡吃紅色的東西了。燙了嘴巴，才知道紅色的東西，不全是好吃的。

咕咕吃東西吃到了這個份上，也算是吃出了境界。

九、咯咯咯——蛋

「咕咕」下蛋以後，感覺到自己成了功臣，所以更加盛氣凌人。

「咕咕」不但吃得更多，而且要求吃得好。牠不但自己吃，而且帶來了一大批吃客。以前牠在吃食的時候，如果見到別的鳥類侵犯牠的食盆的時候，牠會奔跑過去，把牠們驅走。如今，牠對其他鳥類越來越寬容。因為咕咕的食量驚人，我們在牠的碗裡放的食品多，而且放食品的次數也越加頻繁。可是一會兒，食盆就空了，牠的胃口也太大了，其食量比人吃得還多。我們就有點奇怪。

後來我們發現，牠吃飽後剛走開，一批一批的鳥兒就飛來了。先是鴿子，鴿子體格大，是第二批食客。鴿子面貌和善，歷來有「和平鴿」之稱，其實牠們之間，為了食品也會爭來鬥去。一群鴿子從天而降時一陣風，其他鳥兒不敢和這些胖乎乎的大個子爭食。第三批是黑頭黃嘴巴鳥，這種鳥很凶，見誰鬥誰，一來就要把其他鳥都趕走。最後一批才是麻雀，大麻雀帶著小麻雀一大群。小麻雀更有趣，吃食的時候，索性跳進碗裡啄食，像是在碗裡進行表演。

這些鳥都比「咕咕」身材小，根據自然界強大者欺負弱小者的原理，那個食盆應該是「咕咕」的私產。過去那隻老雞如果靠近這個食盆，「咕咕」立馬把老雞趕走。現在「咕咕」吃飽後就去溜達，對一批又一批的飛鳥，在食盆裡爭相啄食，熟視無睹，愛理不理，讓牠們把盆裡的食品吃得精光也沒有一點表示。不過，「咕咕」對鄰居家的那隻黑貓卻不買帳，在後花園裡一瞧見黑貓，就追上去，黑貓見狀，拔腿開溜。貓應該比雞凶，可是「咕咕」卻比黑貓凶。

當「咕咕」溜了一圈，回來瞧見盆裡沒有食品，就在陽台上「咕咕咕」地咕嚕，那意思就是：「快點，還不把吃的拿來。」靠近陽台是一排玻璃窗，窗下有一道半尺來寬的磚石窗沿，「咕咕」見沒有反應，就跳上窗沿，歪著腦袋，用眼睛斜視屋裡有沒有人，如果瞧見有人，她就「咯咯咯」地大叫：為什麼還沒有把吃的送來？那分明不是在討吃，而是在抗議、討債，因為我們拿了她的雞蛋。有時候，我們高聲責備牠，牠仰起脖子叫得更凶，你說一聲，牠叫三聲，絕對是在和人吵架，不買帳。

「咕咕」越來越闊氣，越來越不像話。後來我們發現，「咕咕」大搖大擺地從那邊走來的時候，四周跟著一群鳥，牠走到哪裡，牠們跟到那裡，「咕咕」的嘴裡還嘀咕著什麼，那意思大概是：「哥們，姐們，跟著我就有吃的，不吃白不吃。」太不像話了，牠成了「大姐大」了，那批鳥兒好像都成了牠養活的跟班。有一天早晨，我們遲了一點，還沒有把「咕咕」放出雞籠，但發現了一大奇觀，後花園的草地上的各種各樣的鳥兒有上百隻，牠們都在等待「咕咕」的出現。確切地說，是因為「咕咕」出來後，才會出現那個食盆，「咕咕」先吃，牠們後吃。「咕咕」越來越不負責任，放任那些鳥兒大吃特吃。我們無法養活這麼多鳥兒，只能等「咕咕」一走開，就蓋上食盆，於是，我們為了這隻「咕咕」，只能進來出去地忙碌。

作為回報，「咕咕」每星期要下四五個雞蛋，因為吃得好、吃得多，她下的蛋也大，每個雞蛋都在六十克至七十克，沉甸甸的，拿在手裡有點溫暖，手感很舒服。她每下一個蛋，妻子就在日曆上畫一個圈，記錄著「咕咕」的功勞。「咕咕」生了蛋，就需要補鈣，最好的鈣質，就是雞蛋殼。雞吃了蛋殼，又生成了蛋殼。中國人吃什麼補什麼的道理，也不是一點沒有道理，古人很可能就是從雞吃蛋殼的現象中領悟到的。

這種雞蛋當然和市場上賣的雞蛋有天壤之別。第一次炒出雞蛋的時候，我女兒瞧著黃澄澄的雞蛋不敢下筷，懷疑道：「雞蛋怎麼這麼黃啊，是雞蛋嗎，能不能吃？」如今大家吃的雞蛋，和以前農家養雞下的蛋，區別就在於，現在的雞蛋的色彩越來越淡，雞蛋的味道越來越薄。黃色的炒雞蛋才是正統的雞蛋，才是復古，才是經典，才是游擊隊員受傷，吃了房東老大娘兩個雞蛋，傷口就能痊癒的正宗雞蛋。房東老大娘的雞蛋全是天然的實心實意的走地雞下的蛋，哪像如今那種永遠被關在雞欄裡，走路也不會走的「宅雞」們所下的淺薄虛偽淡而無味的雞蛋。

「咕咕」吃得多，但工作還是比較負責的，這裡是指牠「下蛋」。可是「咕咕」也會和人玩小心眼，比如，牠下蛋的時候，很不喜歡給人瞧見。

在下了八十幾個雞蛋後，「咕咕」的雞蛋突然不見了。我的一位朋友在家裡也養著幾隻雞，瞧見雞不生蛋了，就把雞全宰了。後來發現一隻老鷹在草叢中叼出一隻雞蛋，到了那兒，才尋找出一窩雞蛋，造成了一起殺雞的冤案。「咕咕」不生蛋了，我們當然還沒有殺生的念頭。但是，牠的吃勁一點也沒有減少，有時候也聽見牠「咯咯咯——蛋」地叫幾聲，找遍後花園的各個角落，也沒有發現雞蛋，我們以為牠是虛張聲勢，還有，牠看見天上飛來的黑色的烏鴉，就有點害怕，就會「咯咯咯——蛋」亂叫。

有一次，我發現「咕咕」從我家車庫和鄰居家的籬笆間的夾逢中間走出來，牠鑽到那裡面去幹什麼？我到了夾縫的那一頭，探頭仔細觀察，好傢伙，六七個雞蛋躺在亂葉下面，讓我們全家又是一陣高興。

為了不讓「咕咕」躲在裡面下蛋，我們就把那個夾縫的進口堵住。牠又找了另一個隱蔽之處。牠在下蛋的時候，我假裝不經意地去看一眼，第二天，牠又換了地方。牠下蛋的地點都有點出乎人的意料之外，當然我們搜尋的時候，比日本鬼子找地雷還仔細，哪有不發現雞蛋之理。對於「咕咕」這種耍心眼的做法，我們很有意見，我們對牠說：「你要吃的時候，拚命叫喚，吃不到東西就和我們吵架。你生蛋的時候，為什麼要躲著我們？」牠就「咕咕咕」地叫幾聲，那意思是：「我已經下了一百七十七個雞蛋。」

十、「咯咯」玩失蹤

「出去走走，出去走走——」樹上那隻鳥又在叫喚。「咯咯」肯定是聽了這種蠱惑人心的叫喚，才會產生那種出門走走的野心，難道幾百平方米的花園草地還不夠一隻雞玩賞。

「咯咯」第一次失蹤是在中午。

我們吃午飯的時候，只要叫喚一聲「咯咯」，牠就會從後院的不知哪個角落裡奔跑出來，搖搖晃晃，其速度之快可以和人的奔跑相提並論。對於「咯咯」來說，吃的叫喚就是最神聖的聲音。我們在吃飯的時候，會把嘴裡嚼剩的東西扔給牠，我們吃什麼，牠也能吃什麼，這是牠嘗鮮的好時光。我們的飯桌就靠在玻璃窗邊上，牠跳上一尺多高的磚石窗基，雞腦袋差不多就能到達我們的桌面，雞眼斜瞧著窗內，瞧著桌上的飯碗，瞧著吃喝的人們，牠很著急，很興奮，也很無奈。曾經發生過兩次，牠拍動翅膀想飛上桌子，碰到玻璃又掉下去，這讓牠長記性了。以後只是在半尺多寬的窗基上走來走去、「咯咯——」地叫聲不停，催促我們快把吃的送出門去。

可是那一天，我們對著後院叫了好幾聲，也沒有見到「咯咯」搖搖晃晃的影子。

我們吃完飯，滿院子也找不到「咯咯」的身影，牠能跑去哪兒？

我走到欄柵邊，抬頭朝隔壁鄰居家的院落裡望了一眼，瞧見「咯咯」正在那兒的草地上昂首信步。我對牠叫道：「咯咯，咯咯！」牠聽到了叫喚，也回答一聲，「咯咯」，算是還認識我，但沒有一點回家的意思。

隔壁的希臘老太太瑪麗聞聲走出門，她瞧見雞也笑起來。她一個人抓不住雞，又把老公叫出來，兩位老人把「咯咯」趕到角落裡，才抓住牠。

瑪麗懷裡抱著「咯咯」，眉開眼笑，她說這隻雞長得很漂亮，是個美人兒。從欄柵上把「咯咯」遞過來時，希臘老太太很有點捨不得的樣子。

找到了「咯咯」，還有一個問題沒有解決。四周有欄柵圍牆和院門，「咯咯」是如何走出去的？我說：「會不會是飛過去的？」雞有時候會飛，飛得還不低，但都是在逼急的時候才飛起來的，或者在特殊情況下，比如牠過去飛到架子上面生蛋。一般的情況下，「咯咯」不肯飛，飛起來太累，有時候「咯咯」還是很懶的，能省力就省力。

我們在工具房裡放了一個大紙箱，裡面墊了一些舊報紙，這就是「咯咯」的窩，工具房比較簡陋，裡面有一個長的木頭架子，上下都放著一些雜物。我們經過仔細搜尋，地道的祕密終於找到了。工具房緊挨著隔壁的院落，代替了一段欄柵，架子下面的泥土裡被挖出一個坑，顯然是「咯咯」的傑作，這個坑道已經挖到了工具房的下面，洞內露出隔壁院落的光亮，牠就是從這個洞裡鑽到隔壁去的。「咯咯」太了不起了，怪不得這些日子，牠的雞爪子上起了一層老皮。平時瞧見牠在地裡刨坑，「謔謔謔」地泥土揚起一片，一會兒就是一個小坑，效率挺高，也沒有在意。現在才知道了牠的聰明和力量，牠學會打地道戰了。我們沒有懲罰牠，而是把蝦殼、魚腦等好吃的犒賞牠。

「咯咯」腦袋雖小，也是有記憶的。有一次牠走進車庫的後門，發現了我們摘下的向日葵。牠特別喜歡吃向日葵籽，連殼帶籽一起吃。過了三個月，牠瞧見車庫的後門開著，立刻衝進去尋找葵花籽，地點位置一步也不差。

「咯咯」的第二次失蹤也是隔壁的希臘老太太發現的。

那天，「咯咯」又不見了，我們找了半天也不見「咯咯」的蹤影，那個地道口已經被我堵住了，也沒有發現新的地道。「咯咯」總不會和鳥兒一樣飛到樹上去吧？樹上我也找了，除非牠飛上天，飛到外面去了。

我聽見前面的敲門聲，打開門，希臘老太太瑪麗懷裡又捧著「咯咯」，她告訴我們，「咯咯」跑到馬路上去了，又被再隔壁幾家的一個黑皮膚的女人抱回家去。瑪麗就去那家要雞。黑皮膚女人說「咯咯」是她家的。瑪麗說，「咯咯」是我們家的，是她認識的「美人兒」。黑女人這才把雞還給她。

瑪麗叮囑我們千萬要把這隻漂亮的雞看好。我們對她連聲道謝。

「咯咯」回家後，大概是餓了，拚命地在食盆裡啄食。我就對牠說：「我對你已經很生氣了。」這句話在武打片裡的意思，就是要大打出手，或者是殺機頓起的前提。我當然沒有打殺「咯咯」的意思，這裡只是威脅威脅牠，讓牠老老實實地待在後花園裡，不要異想天開，不許產生異常的念頭，不能成為異見雞士。

第二次出逃，我始終沒有找到「咯咯」外逃的路徑。只能對牠嚴加看管防範。

外面的世界太精彩，太有誘惑力。給牠吃得再好也沒有留住牠，防得再嚴也不管用，雞是這樣，人也差不多。「咯咯」又第三次出走，走到我們找不到的地方去了。

「出去走走，出去走走——」樹上那隻鳥還在叫。

「不搭界，不搭界——」另外一隻如此叫喚。

我們很痛心，也很無奈。雞出門幾次心也變野了，牠是想成為一隻野雞，還是想成為一隻追求自由的雞？

（原連載於澳洲《大洋時報》等）

17 澳洲奶吧
（四篇：打劫、富翁之道、
騷人邁克爾、老兵與奶吧）

一、打劫

老謝的朋友也想買一個牛奶吧，昨天來向老謝討教經驗，兩個人在店堂裡高談闊論了好一陣，順便在老謝這兒喝了一瓶過期飲料，吃了一包過期薯片，還捎帶上一袋過期麵包。沒有想到的是，他出門時，瞧見停在泊車位上剛買的馬自達新車的車蓋上，被人狠狠地踩出一個大腳印。這會兒，他打電話來向老謝訴苦。

老謝聽到奶吧門鈴的響聲，邊說道：「現在有客人來，等會兒我給你回電。」

走進來的人滿臉絡腮鬍子，腦袋後紮著一個金色的大髮結，那副嘴臉活脫脫像中國古代的張飛，但個子比張飛高大多了，足有一米九零。他走到櫃台前，老謝和他熱情打招呼，他粗言粗語地問老謝要了一張手巾紙，然後從口袋裡摸出一把彈簧刀，「叭」的一聲折開，用白紙在刀面上擦了擦，把刀尖伸到老謝胸前：「錢，快點！」

老謝哪敢半點猶豫，把收銀機裡的二百多塊錢奉獻給凶神惡煞。

那位洋張飛大搖大擺地走出門去。臉色慘白的老謝才想起撥○○○報警。半個小時後，警察來了，一男一女，問了一大通問題，老謝能夠聽懂的全都做了回答，還撿起地下的手巾紙說，這上面有那個人的手印，門口的地毯上有他踩過的腳印。男警察把紙一扔說：「你偵探片看多了。」女警察讓老謝在紀錄上簽字。老謝問：「這就完了嗎，什麼時候能抓到盜賊？」女警察回答：「完了。」男警察聳聳肩。

警察走後，老謝經過一番分析推理，有了一個新的發現：……大人大腳，昨天在朋友車上踩一大腳的傢伙，肯定就是今天來搶錢的這位大漢，昨天因為店堂裡有兩個人，他沒法下手，才把怒火發洩在門口的車上。老謝把自己的發現打電話告訴了朋友。朋友連聲說：「有道理，有道理，你真是神探亨特。」接著又問老謝，哪兒修車便宜？就在他倆熱烈討論時，店門鈴又響起來了。老謝說：「生意來了，以後再談。」

這次進來的是一位棕色頭髮，一臉和善的小個子，身高約一米六五，走到櫃台前比老謝還要矮一截。他買了一包煙，和老謝交談起來：「剛才瞧見你門口的警車，是不是出事了？」

「唉，被一個傢伙搶了錢。」老謝沉痛地回答。

「牛奶吧被搶是經常的事，我以前開的牛奶吧被搶了五次。」小個子也顯得很痛苦。

「是嗎？」老謝像遇到了知音，學著洋人的派頭說：「我的名字叫謝，見到你很高興。」

「我叫傑克，見到你很高興。」小個子熱情地和老謝握手，然後提出忠告：「最重要的是，你在收銀機裡不能放大錢。」

「我知道，我一收進大票面的錢，就藏進櫃台下面的小保險箱裡。所以剛才才被搶去二百多元。」老謝吐了一口氣，感到那是不幸之中的大幸。他又熱情地給小個子泡了一杯咖啡，小個子要付錢，老謝不收。老謝心想：今天得好好地向這位開奶吧的老前輩咨詢咨詢，有什麼防賊禦盜之類的招數。他又問：「傑克，你說，那些警察什麼時候能夠把盜賊抓住？」

「澳大利亞的尿警察從來抓不住盜賊，至少我的牛奶吧被搶了五次，就沒有破過案。就算抓住了賊，三百元以下的損失也不賠償。」小個子忿忿不滿。

「那你的意思，對付盜賊就沒有辦法了。」老謝感到一片心寒。

「辦法嘛，還是有的，比如說買保險，安裝保安警鈴錄影探頭等等。」小個子喝著咖啡朝四處牆上打量了一下。

老謝說：「這些我都去打聽過，安裝一套保安設備得花好幾千，每年還得付上千元的保安費，算計下來，這和被盜賊上門搶幾次也差不多了。」

「還有一個辦法很管用。」小個子喝盡最後一口咖啡。

「還有什麼辦法，你快說說。」老謝頗感興趣。

小個子「唰」地從懷裡摸出一把漆黑鋥亮的手槍，朝桌子上一放。「瞧見了嗎，就是這玩意。」

老謝兩眼發直：「手槍。」

「想不想買這把手槍，八百元很便宜。」小個子給老謝眨眨眼。

「這、這兒使用手槍要有持槍證。」老謝的聲音有點顫抖，「不、不然就是非、非法的。」

「什麼他媽的合法、非法，你只要把槍朝盜賊頭上一頂，他比兔子逃得還快。」小個子熱情地介紹經驗，說著他走到門口，朝外觀望一下。

老謝想：「這傢伙以前開奶吧，現在販賣黑槍，這種違法的事，我們中國人可不能做。」待小個子走回來時，老謝堅定地說：「不，我不要手槍。」

「做生意的人，膽子怎麼能這麼小？你瞧我的。」小個子拿起手槍，打開保險，「咔」地子彈上膛，他說：「這支槍威力大著呢，一槍就能把腦袋轟掉。」說著，他突然把槍口頂在老謝的腦袋上，「快，他媽的，快把保險箱打開。」

老謝趴下，手腳哆嗦地打開保險箱……

（原載於《大洋時報》2004年9月9日及《墨爾本日報》、北美《世界日報》等）

二、富翁之道

大家都想發財，我也不例外。白天不能發財，就在半夜夢裡發財，比如：買「抬死駱駝」彩票，被死駱駝一腳踩中；打老虎機，五個老虎掛在一條線上，機器歡叫起來，頭獎掉下來。我還在報紙上看到，一位土著大漢，想錢想瘋了，膽大包天，開著一輛鏟車，去銀行門口，把一台取款機連根一起拔起來，又不敢把取款機搬回家，就開著鏟車來到一條河邊，卸下取款機，卻沒法從取款機裡面拿鈔票，火氣發作，拿出一把大榔頭，「乒乒乒乒」想把機器敲破，從裡面取錢。

這時候，警察正在滿世界找他，夜深人靜，聽到河邊的敲打聲……。我不明白，那個開鏟車的傢伙怎麼會變成了我，我正拿著榔頭猛敲提款機，警車「雞鴨——雞鴨——」叫喚著衝過來。我嚇了一大跳，猛地睜開眼睛，是鬧鐘在叫喚……

牛奶吧早晨六點就開門營業，清晨的顧客都是一些腳穿厚皮靴的藍領工人，他們睡眼未醒，買一份報紙，有的還會拿一瓶飲料，急匆匆地趕去上班。雖然這些人粗胳膊粗腿，也僅僅是粗壯而已，和我一樣是一個起早摸黑的打工者。

到了八九點鐘，踏進牛奶吧的人士，都是去辦公樓上班的，那些人西裝革履，神采奕奕，我當然羨慕這些既拿高工資幹活又輕鬆的雅皮士。

在六七點鐘到八九點鐘之間，有一個短暫的空間，我瞧見一個約六十幾歲模樣的人走進來，這老頭也經常光顧這裡，他從不多花一分錢，買一份報紙，僅此而已，幾個硬幣還要在手裡翻看好幾遍。再瞧瞧他腿上那條褪了色的牛仔褲，腳下那雙破舊的翻毛皮靴，用我們中國人的一個詞：「老工人」。此時此刻他正站在那排報架前，翻著一本剛出版的《富翁》雜誌。看來這個老傢伙，一輩子也在做發財的夢。

我走到他身後，瞧見他津津有味地翻閱著雜誌內澳洲百名富翁排行榜，打算和他開一個玩笑。「喂，夥計，你認為你能排在第幾名？」

那老頭轉過臉瞧了我一眼，一本正經地回答道：「年輕人，你沒有看見我正在瞧這本雜誌嗎？」我以為他生氣了，沒有做聲，肚子裡卻說：「你能瞧出什麼名堂，瞧了一輩子，也只能瞧著別人發財。」

「他們說，今年我可能進入前十名。」那老頭突然有聲有色地說起來，「去年我排名在第十五位。喔，這不就是，今年排名是第八名。」他把雜誌送到我眼前。

我瞧著雜誌上的照片，再瞧瞧眼前這張臉，兩張臉一模一樣，「真是一位億萬富翁。」我心裡咯噔了一下。

那位富翁將《富翁》雜誌又塞回了報架，他對我解釋道：「這本雜誌價值五元錢，如果花了五元錢，僅僅是為了看一眼我自己提供給他們的照片，那也太昂貴了。」

他買了報紙走出門去，我替他拉開了門，想看看他坐的是什麼名牌車，又問道：「先生，你的車停在哪兒？」他回答道：「我的車停在家裡，我的家在第三條街後面。如果三條街的路程，我就使用一次汽車，年輕人，你不認為太浪費汽油了嗎？」說著，老頭腳下的翻毛工作皮鞋一步一步地朝前走去，路旁是濃密的林蔭，我在他後面彷彿瞧見了一個富翁走出的腳印。

看來，像我這種等待中六合彩聽老虎機歡叫聲或者是想砸銀行提款機的人，是很難走上那條「富翁」之道的。（完）

（原載於澳洲《大洋時報》，台灣《中央日報》、《人間福報》，和大陸數家報刊雜誌等）

三、騷人邁克爾

牛奶吧從清早六點開門到晚上九點關門，有形形色色的顧客上門，邁克爾就是很有味道的一位。

「叮噹」一聲，身材粗壯的邁克爾推開奶吧的玻璃門，風風火火闖進來，他身穿T恤和短褲，同時帶進門的是一股兒騷味。

那味道就和我們說的羊騷臭差不多，但他身上散發出的騷味太濃烈了，十頭羊加在一起的味道也抵不上他一個。

頓時，幾十平方米的奶吧內，空氣中全洋溢著這股兒騷味。我從他一進門就憋住了呼吸，大氣不出一口。只能瞪著眼瞧著他在貨架上挑東西。

邁克爾經常來買那種罐裝的人體噴霧劑，而且還挑好牌子的買，有古龍香味的、檸檬香味的、玫瑰香味的，這種噴霧劑價格不菲，十元錢一小瓶。然後他拉起身上的T恤，當場就對著胳膊底下噴灑起來。他的胸前是一片像野草似的黑毛，下面一個肥大的肚子像一座小山。他的胳膊和大腿上的毛是金色的，毛孔非常粗，我想狗熊的毛孔大概也就是這樣了。其實，他的騷臭味不僅僅是從胳肢窩裡散發出來的，他的渾身上下都能滲發出那種強大的含有騷味的分子。邁克爾這次買了兩罐噴霧劑，他說另一罐是給他女朋友買的，也是那種味道很濃的鬱金香味。我終於憋不住了，用嘴吸了一口長氣，一股兒騷臭夾雜著香味直衝我的鼻子，我一連打了兩個噴嚏。謝天謝地，在我打第二次噴嚏的時候，他終於走出門去。

他前腳出門，我立刻找了一罐空氣清潔劑滿屋子的噴灑，然後又打開頭頂上的吊扇，擰到最快的一檔，讓風扇激烈地轉動。我生怕邁克爾身上的騷臭味侵襲進各種各樣的商品裡面，商品賣不出去，倒楣的是我。

一個亞裔老太太走進店來，她說，剛才一個洋人走過她的身邊，身上的一股兒騷臭味，差一點把她熏倒在馬路上。我就說，邁克爾在人多的地方可能引發交通事故。不過，老太太買東西沒有邁克爾爽快，挑東揀西，挑了十分鐘，才一個一元多錢的麵包，還放在鼻子前面嗅了好長一會，我真怕她從麵包上嗅出邁克爾身上的騷味。

第二天是星期五，是邁克爾發工資的日子，他喜氣洋洋地踏進牛奶吧。我收緊鼻子和他笑臉相迎。儘管他身上的氣味能衝破屋頂，但我也不想得罪他，他出手豪放，是我們這個小店裡的大客戶，再說我也懂得「客戶就是上帝的道理」。雖然我還沒有弄懂人和上帝之間的關係，但上帝身上肯定不應該有這麼強烈的氣味。

按老規矩，邁克爾拿了工資的第一件事，就是在我們奶吧的報刊雜誌架子上挑選一本成人雜誌。這種雜誌成本只有十元錢，售價是二十元，賣掉一本就能掙十元錢，店主都喜歡做這種生意，恨不得全世界的男人都像公狗一樣發騷。其實這種雜誌也挑不出什麼名堂，公司送來的時候，雜誌都用黑色的塑料袋封閉住了，只有上面露出一小部分，連一張美女的臉也看不全，就別說看美女的下面部分了。只有付了錢，撕開塑料袋拿出雜誌，才能看清楚裡面的內容。不過，不讓邁克爾挑選是沒有道理的，他家裡的成人雜誌肯定比我們店裡多出好幾倍，他有權利挑選一本新鮮、不重複的。經常看色情雜誌的人都知道，新鮮和不重複也就是美女的那張臉，以下的許多內容肯定會重複，因為人的肢體和器官上帝都已經造好了。

根據政府規定，這種雜誌是不能售給十八歲以下的少年。邁克爾當然不止十八歲，他的年齡應該是兩個十八歲。前後一共有過幾個女朋友，他自己也搞不清楚。邁克爾選好雜誌付了錢，就開始和我談女人。男人和男人之間談論女人是不分國籍、不分民族的，有些話詞不達意，甚至語言不通也沒有關係，可以通過表情和動作，讓雙方心領神會，當然有些動作不是很雅觀。女人和女人如何談論男人，我就不清楚了。反正這都是男人和女人之間永恆的話題。

我不是不願意和邁克爾談論女人，實在是他身上的味道太厲害了，堵著我的鼻子，使我喘不過氣來。但我又不得不裝模作樣地在聽他說話，還不時地要哼哈一下，好像我和他說得很投機的樣子。我不可能一口氣憋到底，只能利用「哼哈」之際，讓呼吸道裡的氣體進行吐故納新，也不得不嗅進邁克爾身上散發出的騷味。邁克爾告訴我，他的第一個女朋友是和他同種同族的金髮女郎，他說：「金髮女郎不行，她交的男朋友比我交的女朋友還多，她還同時交幾個男朋友，這種做法不道德⋯⋯。」這種做法不僅不道德，最主要的是讓邁克爾感到自己就像坐在醋缸裡一般。

我換了幾次呼吸，有時也插上一兩句話，不讓邁克爾感到光是他一個人在表演。邁克爾以後換過義大利女朋友、菲律賓女朋友、黎巴嫩女朋友等等，現在是一位南非來的黑人女朋友。他說現在這個女朋友是他最喜歡的一位，床上功夫了不得，也從來不在外面尋歡作樂。說到這兒，邁克爾的眼光瞟向牛奶吧的玻璃櫥窗外，玻璃櫥窗外走過一個年輕的女性，邁克爾的眼光一直跟著她的身影消失，然後轉過頭來，對我擠眉弄眼地說：「Nice-Girl（漂亮的女孩）。」

我信口開河地說了一句：「你找了這麼多女朋友，也沒有一位是中國女朋友。」

他煞有其事地說：「我不能找中國女朋友，中國人身上有味道。」

我差點被他這句話惹火了，他還嫌別人有味道，我不服氣地問：「中國人身上有什麼味道？」

「飯味。」他一本正經地說。

「什麼飯味？」我聽不懂。

「就是你們每天吃的米飯的味道。」說著，他的身體朝後退了退，好像已經從我身上嗅到了「飯味」。他說：「你們中國人天天吃米飯，身上就會散發出一種米飯的氣味，這種飯味偶爾聞一次還不算太壞，如果找了一個中國女朋友，每天都讓我聞著這股兒飯味，會使我感到噁心，讓我無法忍受的。」邁克爾也會有無法忍受的氣味，這世界真是奇了。

邁克爾終於握著成人雜誌走出門去。我剛要去找空氣清潔劑，我老婆舉著一罐空氣清潔劑，從奶吧後面的屋子裡一路噴灑出來，她擰著自己的鼻子一邊噴一邊發出了怪怪的聲音，她說：「這個噁心的傢伙怎麼可以在牛奶吧裡待這麼長時間，他那股騷味我在後花園裡晾衣服都聞到了，不知道這股味道是否可以熏蚊子。如果哪個中國女人做他的女朋友，不用一天，肯定會被活活地被熏死。（完）

（原載於澳洲《聯合月報》2005年5月及《大洋時報》等）

四、老兵與奶吧

「一二一，一二一……」老馬在奶吧的店堂裡踏著正步，早晨六點半，櫥窗外面還是一片黑色。幸好老馬當年在中國人民解放軍部隊裡養成了出早操的習慣，如今在澳大利亞的牛奶吧裡，清早起來開店門的任務就落到了他的身上。不像他老婆，這會兒還窩在暖和的被子裡。其實他老婆鄧麗麗也是個軍人，文藝兵，舞台上銀鈴般的歌聲迷倒了整個一二八師的官兵，有人說她的歌聲像鄧麗君。誰也沒想到這位美人胚子被他搶到了手，當年他還是英俊聰慧的青年軍官小馬。

老馬是在營教導員的職務上轉業的，到了地方上被任命為一個糧食倉庫的主任，手下的職工有二十幾人，還不滿一個排，大米有幾萬口袋，比一個師還多。如今，在這個外國的小店裡，只有他和他老婆兩個人，和貨架上的這些食品雜貨了。用老馬的話說，現在的鄧麗麗是又懶又饞又胖，她把店裡的零食糖果、各種各樣的飲料、花花綠綠的冰淇淋，全都吃遍了，一天到晚嘴不停。其實，老馬也不輸給她，「魂飛爾、皮特傑克遜、本遜哈傑斯、浪比區……」各種品牌的澳大利亞香煙，老馬也全抽了一遍。

「一二一，立定！」老馬走進店堂後面的小屋，打開電腦，這是他清早起來的又一門功課，與時俱進，打開了雅虎信箱，然後點上一支「魂飛爾」香煙。蔣立傳來一封郵件，戰友蔣立當年是老馬手下的副營長，後來去了軍事學院深造。郵箱裡的彩色照片映現出來，哇，肩章上兩條紅槓中間是一顆金星，老蔣獲得了少將軍銜。他在郵件中還說明，他現在被正式任命為一二八師的少將師長，剛在國防雜誌上發表了第十篇論文〈當前中國軍隊的改革與未來世界的軍事格局〉。

以前說「一將功成萬骨枯」，如今是和平年代，當將軍沒有什麼危險，也不用誰去死，寫幾篇論文就能升官了。不過老馬肚子裡有點酸溜溜的味道，想當初，無論才華能力、氣魄膽識，他都在蔣立之上，不然鄧麗麗怎麼會被他搶到手。也許正因為自己太有膽識氣魄了，什麼事都要搶先一步，先轉業再出國，一步走錯，步步走錯，人家當了將軍，自己淪落成了澳洲奶吧的小業主。

老馬嘴裡自言自語道：「蔣將軍，唸起來太別扭。」這時候他聽見前面店堂門上鐵片的聲音，知道有人進店了，急忙跑進店堂。原來是送牛奶的強尼，一個瘦小的傢伙推著手推車進門，手推車上是疊起的塑料箱，箱裡裝滿各種各樣的牛奶。老馬和他打招呼道：「早晨好，強尼。」

強尼把牛奶箱推進邊上的放飲料的小冷庫，又對老馬說：「今天，另外我多給你兩瓶，不收你錢。」老馬聽了笑嘻嘻，「謝謝，謝謝！」連忙從貨架上拿出兩個小條巧克力，說：「你還沒有吃早飯吧，這兩條巧克力你拿上。要不要我替你泡一杯咖啡？」

「不用了，我還得趕時間。咖啡我去凱瑟琳牛奶吧裡喝，她泡咖啡的手藝很好。」說著強尼推車出門。

「凱瑟琳，哦。」老馬想這個女人的名字好像是拿破崙的老婆，現在怎麼成了這個送牛奶的小個子強尼的情人？不過拿破崙也是小個子。想當年，老馬和蔣立把那本《拿破崙傳》都翻爛了，他倆爭論的問題是：「高個子聰明，還是矮個子聰明？」老馬堅持高個子聰明，因為他比蔣立高出半個腦袋，蔣立爭辯說矮個子是天才，還說列寧、拿破崙都是矮個子，特別是拿破崙，精力過剩，一邊打仗一邊不斷地娶老婆，那個凱瑟琳就是他的老婆之一。老馬說毛澤東、蔣介石都是中國人中間的高個子。蔣立說，鄧小平就是矮個子。這個話題永遠也爭論不出一個結論……

眼前的兩瓶牛奶讓老馬的思緒又回到現實中來。他想，兩小條巧克力換兩大瓶牛奶，合算。他回到屋裡繼續看電腦，再一次在將軍照片前坐下，又聽見了鐵片的敲打聲，他跑出去一看，是送麵包的老亨理。老亨理也多給了老馬兩個大麵包，老馬換給他一瓶牛奶。

亨理走出門，老馬嘴裡又咕嚕了起來：「這亨理以前應該是皇帝的名字，亨理四世，亨理五世。如今這亨理每天一大清早來送麵包，風塵僕僕，真是和我墮落到一樣的地步了，這話應該怎麼說，同是天涯淪落人……」

這時候送報的弗萊克闖進門來，他只和老馬哼了一聲，飛快地把兩疊報紙朝門邊的架子上一扔，就反身出去。老馬彎下腰數報紙，數了兩遍，還是缺少兩份，他嘴裡罵道：「媽的，弗萊克這賊，又偷了我兩塊錢。」

老馬替自己泡了一杯牛奶咖啡。然後，他在店堂的走道上做起了廣播體操，踢腿彎腰嘴裡還打著節拍：「一二三四，五六七八……」心想下次回中國，不能忘記帶一塊廣播體操音樂的CD片來。年紀大了，也許還該帶一套太極拳的碟片。

就在這時候，一位穿工裝褲，腳蹬大頭皮鞋的老顧客佛萊克走進來，他瞧見了老馬做廣播體操，就說：「哈嚕，馬，你是在練中國功夫嗎？你真努力。我兒子也想練中國功夫，你能不能教他？」

老馬說：「我是在鍛鍊身體，不是在練中國功夫。要不要我教你兒子打槍拚刺刀，我以前可是個軍人。」

佛萊克說，「現在軍隊裡玩的是巡航導彈。我兒子想成為超人。歌星、影星也行，就像麥克・傑克遜那樣。」佛萊克從冷庫裡拿出一瓶可樂，握著可樂瓶做唱歌的樣子。「要不就去做美國總統，那份職業也不錯。」佛萊克笑著又拿了一份報紙，打開瓶蓋，朝嘴裡灌了幾大口冰鎮可樂，嘴裡卻說，「今天天氣真冷。」出門時，佛萊克最後一句話是：「兄弟，我年輕時也在部隊裡待過，上等兵佛萊克。」他給老馬行了一個澳大利亞式軍禮。老馬很激動，也「啪」地立正回了一個中國式的軍禮。

又來了一個顧客，他穿著短褲短衣，全身上下毛茸茸的，一走進屋裡，還誇張地顫抖著，對老馬說：「太冷了，太冷了，外面的天氣就像是一個冷庫。」說著他買了一包煙，又從冰櫃裡拿了一根雪糕，咬了雪糕走出門。

老馬在背後對他直搖頭，嘴裡嘀咕道：「大冷天，穿短衣，吃雪糕，喝冰鎮飲料，這到底是冷還是熱？

窗外天濛濛發亮，幾位顧客絡繹踏進店裡，有的買報紙，有的買牛奶，一位顧客還打著哈吸，他讓老馬泡一杯咖啡，拿出一把分幣，數也不數，扔在桌上。他們走出門後，老馬把分幣數清楚了，多兩毛錢。他的嘴裡不時地發出評論：「這澳大利亞人真是鄉下人，這一大早天還沒亮，就趕著去上班，就像中國的菜市場一樣……」

「你在說誰呢？」鄧麗麗從裡屋探出頭來，她也已經起床了，拿著一把梳子在梳著失去光澤的長髮。

老馬說：「沒說誰，說澳大利亞的傻瓜呢。」

鄧麗麗說：「你才傻瓜呢，我剛才在裡面聽你說什麼將軍，又在做什麼白日夢吧？」

「怎麼能說做夢呢？」老馬把蔣立升官當將軍的事情說了一遍，「如果我留在部隊，肯定是在蔣立之上，說不定升中將了，你說把蔣將軍換成馬將軍如何？」

「不怎麼樣，聽起來好像是打麻將的意思。現在的將軍不值錢，唱歌跳舞的也能做將軍，我留在文工團裡，說不定也可以升將軍了。你今天沒有做什麼傻事吧？」鄧麗麗一臉現實主義。

老馬說：「我怎麼會做傻事呢。瞧我今天略施小計，用兩小條巧克力換了兩大瓶牛奶，又用一瓶牛奶換了兩個大麵包。你說我傻不傻？」

鄧麗麗在腦子裡算了算，說：「小條巧克力進價一元錢，大瓶牛奶進價應該是二元二毛，麵包進價也是二元二毛，這回你不算傻，多掙六元六毛錢」

「不過，又少了兩份報紙。」老馬嘴上說道，心裡卻冒上一個冰冷的念頭，如今將軍怎麼會和俗人一般見識？庸俗，掉價。

鄧麗麗說：「你為什麼不叫住送報的弗萊克？」

老馬說：「怎麼叫得住他？這孫子比賊溜得還快。」

鄧麗麗用髮夾夾住頭髮，說：「哎，你說這些送貨的人，小偷小摸的，不知道他們老闆知道不知道？」

老馬說：「在澳洲你聽說過這句話沒有？『十個送貨司機九個偷。』其實也不算什麼偷，這公司賺的錢，又不是老闆一個人掙的，其他人也該分點，是不是？」

鄧麗麗說：「不對，老闆已經給工人發工資了。」

老馬說：「這你就不懂了。這些司機幹得也不是什麼好活，半夜三更，就得起來一家家送貨，司機和裝卸工全是他一個人，工資又不高，搞點外快補貼補貼也情有可原。你瞧那個老亨理，都五十幾歲了，五個孩子，最大的一個才十歲，兩公升一瓶牛奶還不夠他家喝一天呢。他每天被資本家剝削去的肯定不止幾公升牛奶。」

鄧麗麗說：「你倒是很有同情心。人家老闆可不是這樣想。我看你可以去做馬克思了，都什麼年代了，還講什麼剝削、被剝削呢。」

「那是，馬克思可比將軍的職務高了許多。本人沒有什麼優點，就是心腸好一點，反剝削，反壓迫。」老馬給老婆也做上一杯牛奶咖啡，又說：「其實人家老闆也不是不知道，司機換來換去，全都是這些偷雞摸狗的傢伙，找個做半夜班的司機可不像找一個坐寫字間的人這麼容易，只要偷得不大離譜就行了。」

鄧麗麗喝了一口咖啡說：「那他們該去偷他們老闆的，不該來偷我們的，我們是小本生意啊。」

「這個政策界限比較難劃清楚。」老馬心裡在想，我這塊當將軍的料，在澳大利亞這塊土地上，就只能這樣渾渾噩噩地過日子了，瞧人家老蔣，現在思考的是「未來世界的軍事格局」，而自己的腦子裡每天都是營業額增添了幾元幾毛，這兩個題目能夠相提並論嗎？無可奈何花落去，老蔣嘴裡哼起了軍隊裡當年的流行歌曲：「三大紀律我們要做到，八項注意切莫忘記了……，第二買賣價錢要公平，公賣公買不許稱霸道。」這巧克力換牛奶、牛奶換麵包的事，和公賣公買肯定沒有什麼關係。

（原載於澳洲《大洋時報》等）

18　天皇蓋地虎

「天皇蓋地虎，寶塔鎮河妖。」兩句台詞從我嘴裡咯嘣而出，沒有別的意思，就是覺得好聽。

被兒子打造成四句：「天皇蓋地虎，老師太糟糕；寶塔鎮河妖，打響六零炮。」六零炮的意思是考試剛及格，這小子念書不靠譜。

當年的文藝小分隊又不是什麼正規劇團，我今天演楊子榮，明天演座山雕，後天可能扮胡司令或郭建光，就看劇情和角色需要。反正我認為，觀眾喜聞樂見的是威虎山上楊子榮和土匪飆黑話這場戲，還有沙家浜智鬥那場戲。誰紅誰白無所謂，大家就圖個好看。

文革結束後我考進戲劇學院深造，接觸到真正的古今中外戲劇，可謂浩瀚如海，聽得我雲裡霧裡，例如傳統京劇的表演知識就可以講上幾天幾夜。

畢業後在文化機關混了幾年，後來我出國到了澳洲，打兩份工掙洋錢，忙得昏天黑地。把那些戲劇知識還給了老教授。但親身演過的戲，五官四肢一起入戲，難以忘懷，打工之餘也哼上幾句。

奶奶的，大概繼承了我的遺傳基因，兒子考大學時偏偏不填寫牙醫、律師等專業，讀了個歐美藝術系。畢業後更不靠譜，鼓吹他有自由飛翔的權利，還真考上了英國皇家戲劇學院的研究生。雖說有獎學金，但從墨爾本飛倫敦光機票錢就好幾千澳幣，莎士比亞害得我心疼了好幾天。我對他說：華人應該研究關漢卿、湯顯祖、梅蘭芳、周信芳、馬連良，你可以考老爸讀過的上海戲劇學院，再說東方航空公司去上海老有特價機票。兒子表示在英國讀研結束，還可以去上戲考博，立志三十歲成為研究東西方戲劇的學者。這番豪言壯語讓我哭笑不得，我太太盤算著銀行帳戶上還存多少錢。在上飛機前，兒子翹起大拇指對我高喊一聲：「老爸，天皇蓋地虎！」

終於熬到退休，養花種菜，後花園裡成了我的新天地，無拘無束地唱一段〈打虎上山〉，再吼兩嗓子。

圍欄上探出鄰居老彼特白髮蒼蒼的腦袋，他問我在唱什麼摩登歌曲，我驕傲地回答，流行歌曲檔次太低，咱唱的是京劇，中國國粹。想當年我還登過舞台。

沒想到這一說引出了老彼特和她老婆的典故。倫敦冬天太冷，他和太太是從英國移民過來的，這我知道。不知道的是，當年在倫敦舞台上他倆演過羅密歐與朱麗葉，正宗的表演藝術家。頓時，我甘拜下風。

說著彼特中氣十足地唸了幾句台詞，我沒有全聽懂，但感覺嗓音渾厚頗有節奏感。接著他評論起我剛才的唱段，說最後喊的那兩句，比前面唱的那一段有滋味。其實他也聽不懂中文，瞎琢磨什麼？他讓我把那兩句譯成英文，還要求在中文字下面標上讀音。不知啥用意？

晚上，我用半吊子英語把「天皇蓋地虎，寶塔鎮河妖」翻譯成「God cover the tiger of land, Temple press the monster of river.」

第二天陽光燦爛，我去他家喝早茶，呈上那段譯文。沒想到他一看就懂。「天上的上帝管住了地下的老虎，地上的廟宇又壓著河裡的魔鬼。兩句台詞真幽默。」他還說，他家那隻黑貓就是小魔鬼，上躥下跳，不僅偷吃家裡東西，還在街上欺負小動物，上帝經注意到牠了。正說著，那隻黑貓悄無聲息地走過來，翻起白眼瞧著彼特。

以後我和彼特經常邊喝咖啡邊交流哈姆雷特和楊子榮，由於語言隔閡，雙方都一知半解。

今年風調雨順，後園裡蔬菜長勢喜人，我正全神貫注地摘西紅柿，只聽見那邊高喊一聲「天皇蓋地虎」，字正腔圓，彼特的腦袋又出現在柵欄上，老傢伙的嗓子真神了，蓋過八大金剛。他一抬手，遞過來一籃剛摘下的柿子。

「寶塔鎮河妖！」我也送上一袋西紅柿，威虎廳裡哪來這樣友好氣氛？

「咪兒——」黑貓跳上柵欄喜洋洋走來，小魔鬼也能聽懂我倆的台詞，上帝知否？

靈光洞穿，我突然感悟到什麼：戲劇表演不僅僅是語言內容的表達，語言中的物理聲波所呈現出的音質高低和韻味美感，似乎穿越了不同語言的界限，大概還能感染動物的耳朵。我不由得聯想到洋人為啥能欣賞中國京劇表演等等，頓感自己上了幾個台階，哇——啥時候我也成了戲劇專家？

老子敢和兒子一比高低：「天皇蓋地虎！」

（本篇微型小說2019年獲澳大利亞世界華文戲劇主題微型小說徵文獎一等獎）

19 鐵箱之謎——賊谷鎮的故事

一

那還是在很久以前，據說是英國人踏上這塊新大陸殖民的初期，一隊士兵從海灣下船，沿著一條寬闊的續接海灣的河流步行了幾天，河流越來越細，形成了多股岔道，但人們始終沿著主流，終於走到了盡頭。

這條河流的盡頭隱藏在一片山谷之中，河流穿過山谷，拼成了幾片小小的綠色的湖泊。天氣晴朗之時，陽光瀉滿山谷，林木蔥蘢，幾塊碧水點綴其中，煞是好看，恰如一幅英國畫家柯爾的風景畫。然而日頭一過，遇上鬼天氣，此處卻會呈現出一片肅殺的氣氛。風驟起，進入山谷之時，呼呼直叫，旋天轉地，磕山碰水，不一會，更如大盜來臨一般，天昏地暗，日月無光，似乎要把把這兒的一切席捲而走。而那隊士兵踏入山谷之時，恰逢這個鬼天氣，「賊谷」，於是乎，這兒就獲得了這樣一個名號。

雖然賊谷之內的那張臉是有變化，賊谷上空的月亮也有陰晴圓缺，但這兒有山有水，有草有木，畢竟是一塊人類可以生存的地方。

以後，斷斷續續有人住進了這兒，依山傍水，造起了一幢幢房子，砍樹牧羊過起了日子，還開墾出一片片田園，這兒漸漸繁榮起來。聽說倫敦來的一位大鬍子地質學家在這兒發現了一片銅礦，大片人馬蜂擁而至。

但是，用那種原始的方法，發掘不到十年，礦源告盡，底下的銅土，已經沒有什麼開採的價值了。開礦的人走的走，散的散，但畢竟有不少人在這兒築起了屋，建起了家。

「賊谷鎮」已經形成，鎮政府（Town Hall）就設在全鎮中央的大街上，鎮政府的後門就是只有三個警察的警署。前面雖然還隔著幾條街，但可以一眼望到那幢全鎮最高的建築物「格雷旅館」，三層樓的格雷旅館是賊谷鎮最興旺的時候建造的，比鎮邊上那個小教堂的尖頂還高出一截。聽說那個老闆格雷在英格蘭做羊毛生意發了財，又聽了他的朋友，那個大鬍子地質學家的言語，到這兒來造起來這幢氣派的房子。

二

鎮上的人們雖然都是外面光臨的，且有一些被流放的犯人，及他們的後裔，但隨著時光流逝，小教堂的牧師每週布道說教，上帝的鐘聲呼喚著人們走向和平安寧，人們也希望生活寧靜，於是民風趨向淳樸，賊谷鎮裡已有了幾分世外桃源的氛圍。

不過，賊谷鎮裡還是出現了一個小賊。說他小，因為比爾只有十六七歲，況且都是一些小偷小摸的行為，也沒有什麼大盜的行徑。比爾的父親死在十幾年前的一起礦難事故中，母親拉著不到兩歲的小比爾又嫁了人，就在不久前，比爾的母親病死了。有一天，喝醉酒的繼父將倔頭倔腦的小比爾一腳踢出來家門。比爾也不願意再踏進那個沒有親人溫暖的家庭，於是他掉轉腦袋，回到他父親原先住過的那個破木屋裡，無以為生，幹起了偷雞摸狗的勾當。小比爾的行為鎮上的人略有所知，但在上帝寬恕的氛圍中，小鎮上的大部分人也就是睜一隻眼閉一隻眼，將門關關緊而已。鎮上的官員和幾位紳士都討論過小比爾的問題，也討論不出什麼結果。警察把小比爾抓進去又放出來，小比爾還是小比爾，什麼都沒有改變，何況名為「賊谷鎮」，有這樣一名小賊點綴一下也無傷大雅。

小比爾沒有改變，老格雷卻死了，死後將那幢體面的樓房傳到了兒子手裡。小格雷不是一個墨守成規的人，他認為守在這個小鎮上不會有什麼出息，準備遠涉重洋，回自己的故土英格蘭去看看，再說澳洲土地上白羊如雲，是否可以重操舊業。結果這幢樓房被分層分間地賣出去。因為鎮上沒有一個人能出得起這個大價錢買下整幢樓房。但買賣樓房這件事本身，確是本鎮爭相傳聞的大事。下面的兩層被鎮上的一個富婆露茜傾其銀兩買了下來，仍然操辦旅館。而最上面的一層卻被一位不知姓名的外來人買去了。

格雷旅館變成了露茜旅館，然而露茜旅館不是格雷旅館的全部，樓房被割裂了，儘管這種割裂在磚縫之間找不出痕跡，但這種割裂已經大大地刺傷了小鎮居民的自尊心。那個可惡的外來人終於傳出了他的名字——瑪格麗特，他媽的，也是一個女人，三十幾歲，高高瘦瘦的模樣，和樓下肥胖的露茜太太形成了鮮明的對照。兩個女人統治著賊谷鎮上最氣派的樓房，但鎮上的人們寧可叫這幢樓房是露茜旅館，也絕不道一聲瑪格麗特寓所。瑪格麗特，她是個什麼東西！

瑪格麗特是什麼東西呢？人們夜猜日傳，傳出這個神祕的女人和大洋那邊的大不列顛王國的皇族有血統關係。

對於大英帝國，對於女皇陛下，這兒的人對她既尊敬又懷著幾分仇恨，因為真是那個權傾四海的女人將他們放逐到這片遠離故土，荒無人煙的土地上來，但她仍然是他們至高無上的統治者。

既然瑪格麗特和皇族扯上一些什麼瓜葛，小鎮上的人們某些情緒，例如不滿的、懷疑的，以及有損於他們面子的買屋之事，等等因素，都在一個個人的肚子裡形成了一道軌跡，無時無刻地在靈魂的軌道裡上惴惴不安地駛來馳去。

過了不久，瑪格麗特這個女人又來了一手傑作，租下中央街道上的一個店面，經營起家具及各種裝飾品的生意，貨源裝載在一輛輛大馬車上，從外面的港口運來。

卸下車後，圍聚的人們看到了貨真價實的家具，大部分家具都是飄洋過海從英國本土運來的，是當時流行的式樣，還有幾件鏤雕花紋的櫃子和茶几，據說是舊王朝時代的精品，這可使鎮上的人們大開了眼界。以往小鎮上人們所用的家具都是和周圍的山林分不開的，在山上放倒一棵樹，然後用大鋸橫砍直拉地搞出一個粗胚，就算是放在屋裡的玩意了。今天那些玩意和瑪格麗特遠道而來的真正家具相比，使他們感到無地自容，恨不得在地上撥開一條縫鑽下去。

瑪格麗特的貨中，最引人注目的是一個大鐵箱。鐵箱有一人多高，四周鑲刻著許多小天使安琪爾，那帶翅膀的胖孩子拉著弓箭活潑可愛，栩栩如生。鐵箱的門鎖得嚴嚴實實，外面還捆著幾道粗繩索。所有的家具都被裝運到瑪格麗特的店裡，唯有這個大鐵箱，有幾條大漢搬抬著，一直抬到了露西旅館的樓上，搬進瑪格麗特的三層樓的住所裡，而且是放在最裡面的一間屋子。

瑪格麗特這女人還真有點商業經營的眼光。小鎮上的人們經營這些年的畜牧、開礦等，都積蓄起不少錢財，這會兒瞧見瑪格麗特運來的那些家具，一個個心裡都癢癢的，滋生起以往沒有產生過的念頭，於是他們再也不願意和屋裡那些原始家具相伴為伍了。瑪格麗特店裡的家具，一件件地被賣出去，貨物又源源運來，生意興隆。

在這同時，人們並沒有忘記瑪格麗特的大鐵箱。有人說，鐵箱裡存放著以往貴族所用的金銀器杯，也有人說是東方的珍珠玉器寶貝，因為在瑪格麗特的店裡曾擺現過幾件中國瓷器等高貴裝飾品，被當地的有錢人購買去了。傳說得更離奇動人的是，鐵箱內還存放著一頂皇冠，曾經有一個皇帝被毒酒毒死了，連皇帝頭上那頂皇冠也失蹤了。

三

傳聞對於一般人來說也僅僅是傳聞而已，傳進剛滿十八歲的比爾的耳朵裡，就成了一件揪心抓肺的頭等大事，他決心要辦這件大事，來結束偷雞摸狗的勾當。

整整三個月，比爾跟著人家去做苦工，他咬咬牙一天一天地苦幹，以前他從來沒有幹過這麼多活，也沒有吃過這麼多苦。

這會兒，比爾回來了，踏入以前的那個破木屋，坐在一張搖搖晃晃的椅子上。他的皮膚已經被野外的太陽照得黝黑，但臉上的雀斑仍然是粒粒發青，拉長著刀削臉，一對眼睛正注視著桌上的錢，這是三個月來他幹苦工所賺的錢，因為完成一件大事是需要投資的。以前他一文不名，現在他有了一些小錢，他相信，也許再過幾天，他就會變成一個有大錢的人。下午他睡了一覺，傍晚他大踏步跨出門去。

「露西太太，露西太太。」比爾一邊叫喚一邊踏進露西旅館，他今天還換了一件有幾分成色的衣服。

「比爾，你來幹什麼？」露西太太打量著眼前這個傢伙，這個全鎮有名的小無賴。

「我要住旅館。」

「你，比爾——」露西太太差點沒有把喉嚨裡那個「賊」字吐出來。

「是的，這是三天的房錢。」比爾掏出一把票子遞過去。

露西太太那隻肥胖的手不知是伸過去還是收回來，面對著這個小賊她腦子轉不過彎來。前不久，她似乎聽說過比爾跟著別人去幹活了，也許這個傢伙有點兒改邪歸正。反正今天他是送錢來的，不是來偷錢的，再說她的旅館生意清淡，誰住都一樣。「不過，」露西太太又轉眼一想問道，「比爾，你有房子，為什麼要來住旅館？」

「這個嘛，很簡單，我那房子太破了，我掙了錢想享幾天福，這不應該嗎？露西太太。」

「好吧。」露西太太伸手去接錢。

「露西太太，我希望能住上二樓朝東面的房間。」

「哦，那個套房現在有人居住，兩天以後客人才離開。」

「沒關係，兩天以後我再來。」

兩天以後，那幾張又皺又破的鈔票才到了露西太太的胖手掌裡，她畢竟上了年齡，對某些事情缺乏應有的想像力。

比爾住進二樓的套房，這間屋子恰好在瑪格麗特放鐵箱屋子底下的一層，由於設計原因，這幢樓的每一層房間形式結構都是基本相同的。

使露西太太氣憤的是，那個人模鬼樣的傢伙住進房間後，竟然對她約法三章，說什麼他住的房間不許任何人打擾，包括露西太太本人。

「但房屋必須每天打掃。」露西太太爭辯道。

「不，在三天內不許任何人踏進我的房間。我想我付了錢，我有這樣的權利。」

「這個傢伙付了錢……」露西太太忿忿不滿地嘮叨著。第二天下午，露西太太瞧見比爾出了門，但發現那個傢伙在門上新掛了一把鎖，氣得露西太太直跺腳，但又無可奈何。當晚比爾回來，還像模像樣地拎著一個舊皮箱。

這兩天比爾沒有出過門。露西太太不知道那個混蛋躲在屋裡幹什麼，房門緊閉，百葉窗也關得嚴嚴實實，難道這傢伙整天躲在屋裡睡大覺？偶爾聽到有幾下乒乓的敲擊聲，「那傢伙不會在屋裡砸家具吧？」露西太太這樣想到，反正她已下決心，三天以後必須把這個小混蛋攆出去，給再多的錢也不讓他住下去，這個低賤而又傲慢的小混蛋，已經刺傷了這位女老闆的自尊心。

第四天早晨，露西太太懷著三天的積怨，一步一步地狠狠地走到那間套房的門口，敲門並大聲叫喚道：「比爾，比爾先生。」屋內鴉雀無聲，「這個臭小子。」露西太太憤怒地推開門。

屋內沒人，但擺設亂七八糟地移動過，少了兩張椅子。露西太太又推開裡間的屋門，頃刻之間，她被驚呆了，屋內滿目瘡痍，地下盡是碎木泥屑，骯髒不堪。桌子被推移到中間，桌子上放著椅子，椅子上又擱著凳子，而且椅子和凳子已被鐵釘和繩索固定在桌上，人站在上面的高度已近天花板，天花板上，很大一塊泥灰和木板都被挖空了，奇怪的是上面居然沒有被挖出一個大洞來，好像上面還鋪蓋著什麼東西。

警察趕來了，在屋角裡找出了一些挖牆撬壁的工具，他們還發現天花板上面鋪蓋著一塊大鐵板。事情已經很明白，那個賊挖去了天花板和上面的地板，卻無法對付那塊鐵板，三天時間已到，他只能放棄了這項罪惡的行動。

樓上那位瑪格麗特女士為什麼會想到鋪設這一塊大鐵板呢？是生怕鐵箱太重，擱在鐵板上，使地板受力平均，還是這個女人早有什麼先見之明呢？人們的猜測更多了。倒楣的是露茜太太的房間和家具。

還有人看見比爾是在事發前的晚上，夾著一個破皮箱，坐最後一班馬車離開賊谷鎮的。

四

日新月異，機器時代也為賊谷鎮帶來了汽車、電燈、電報和電話機等等。反正鎮上人知道，除了政府部門之外，在老百姓中間，第一個裝上電話機的就是那個被稱為瑪格麗特的女人，電話線一直拉到了當地的警察局。

緊接著經濟蕭條時期來臨，流民四竄，賊谷鎮也湧來了不少外來人，就像當年開礦時期一樣，但如今這些不三不四的人沒有正當的職業，魚龍混雜，鬧得社會治安每況愈下，鎮上的幾個警察忙得不可開交。

那天深夜，一夥人衝進露茜旅館，把大喊大叫的露茜太太捆綁結實塞住嘴扔進帳台後面，然後直衝三樓，「砰砰砰」地敲響了瑪格麗特的家門。

瑪格麗特在屋裡像熱鍋上的螞蟻，團團直轉，急得直搖電話，電話毫無反應，顯然電話線已被那夥歹徒割斷，看來他們早有預謀。瑪格麗特只能將桌椅、櫃子等頂在門上，然後躲進第二道門。第一道門被撞開，第二道厚實的橡木門是被斧頭砍開的，這時候瑪格麗特已經退守第三道門裡，這是她的最後一道防線，這間屋子也就是存放鐵箱的那間屋子。

當暴徒撞開第三道門的時候，迎面站著一位又瘦又高的披著長裙的女人，臉上鐵青，手上握一桿長長的老古董式的火槍，如同一尊女魔。

還沒有待那夥人衝上前，「轟」的一聲巨響，火光從槍口噴出來，一片鐵沙散彈打得那夥人叫的叫，跳的跳，抱頭逃竄。

這一聲巨響，為瑪格麗特身上平添了一層光彩。這些年來，瑪格麗特已經融入了賊谷鎮人的生活圈子，她早已不是外來人了，如今，她又成為鎮上的「英雄」。

但是，經過這一陣折騰，瑪格麗特卻顯得日益消瘦，額上的皺紋更深了，臉上顯出蒼老的神態。鎮上的人們還有一個很大的疑問：她為什麼老是孤身一人，為什麼不成家？有人說，在倫敦有幾個紳士是她以前的情夫，還有人傳她在老愛丁堡地區確實有一個家，那裡有她的牧場和一幢大房子。因為那兒經常有她的來信，然後人們憑著豐富的想像力創造出更多的新聞……

不久後，有一個比她小十幾歲的男人撒開了一道情網，想網住這個富婆。他和瑪格麗特廝混了幾週，踏進了瑪格麗特的家裡，但他始終沒有能邁進那間安放鐵箱的屋子。當他以為時機成熟，提出要瞧一瞧大鐵箱時，被瑪格麗特客氣地請了出去，那道情網自然也被撕散了。

五

春去秋來，小偷比爾又在賊谷鎮的街道上出現了，當然街道比以前多出了好幾條，不過他現在也不能稱為小偷，他已是三十幾歲的中年人，滿臉的雀斑已經隱現在焦黃的臉皮裡，一副飽經風霜的樣子。他已在外面的墨爾本、悉尼等大都市裡闖蕩過了。十幾年來，他究竟成了一位什麼樣的人物呢？

警察仍然不忘舊事，把比爾請了進去。比爾辯解道，說自己現在是一個正派人，說這句話時，他灰色的眼珠子轉了一圈。十幾年過去了，往事如雲煙，總不能今天再請比爾去坐大牢。警察教訓了比爾幾句，讓他以後要信奉上帝，做一個本份的人。比爾保證以後做一個本份的人，只是他在邁出警察局的時候問自己：「什麼是我的本份？」

比爾似乎老實了許多，幾個星期過去了，他只是逛逛街，喝喝啤酒，和別人談天聊地，一點沒有違法的跡象。但在談話之中，比爾了解到瑪格麗特的大鐵箱依然存在。暴徒襲擊、小情人勾搭貴婦人等等傳聞，足見那個鐵箱魅力還在。

比爾進入無聲無息的觀察階段，他瞧見現在露茜旅館門口，是由露茜的那位壯實如牛的兒子看管著，而那個已經變為老婦人的瑪格麗特睡覺特別晚，清晨卻起得很早，這些似乎都給比爾的行動增添了幾分麻煩。但比爾很快就發現，如今老瑪格麗特清晨起來，已養成了一個癖好，總要到旅館後面的馬棚裡牽出一匹馬來，騎著馬去湖畔周圍溜達一個小時才回來。一個小時，對於今天的比爾來說，時間綽綽有餘。

那天清晨，老婦人照例騎馬出門，旅館後面的小街上一片靜寂，空無一人，黯淡的天色中還瀰漫著一片沒有散去的白霧。「真是天助人也。」躲在樹後的比爾自言了一句。

如今的比爾不是當年的比爾，他輕快地翻進後院，臉上帶著面罩，一揚手，一個飛爪拋到了三樓的屋頂，拉著繩子一骨碌地躥到三樓的窗口——這一手絕招，他是在外面的一夥盜匪中間練出來的。幾分鐘後，他已經輕巧地用工具撥開窗戶，登堂入室。

不過也就是在同一時刻，騎在馬上的瑪格麗特感到肚子抽搐了一下，有點疼痛，她認為今天上帝不讓她去湖邊溜達了，於是撥轉馬頭慢慢地走回來。還沒有走近馬棚，驀地，那根從屋頂上垂下的繩子映入了她的眼簾，瑪格麗特沒有走向馬棚，策馬直接朝警察局那兒跑去。

正在比爾花了九牛二虎之力將鐵箱撬開之時，警察也已趕到了現場……

盜賊比爾在關押了一段時間後，又給放出來。人家並不關心他在大牢裡的狀況，只是一個勁地問他：打開那個神祕的鐵箱後到底看見了什麼東西？比爾聳聳肩，攤開雙手，從沒有對一個人做出正面回答，他只是說：「從今以後，我不會再偷一個銅子兒。」

更使全鎮驚奇的是，那個大鐵箱出現在瑪格麗特的店堂裡，標價二百鎊，一個又沉又重的鐵箱，價格是貴了一點，不過，這是一個神祕的大鐵箱啊。這會兒，人們可以走近那個鐵箱，摸一摸邊上鑲刻著的小天使，也可以打開鐵箱，仔仔細細地瞧個夠，當然此時的鐵箱裡空空如也。

鐵箱之謎好像不復存在，鐵箱之謎好像仍然存在。

賊谷鎮愛管閒事的人，最後還是打聽到一個消息，說什麼瑪格麗特和大英帝國的皇室沒有一點關係，又說瑪格麗特只是當年探測銅礦的大湖子地質學家的一個女兒，等等，等等。

（原載於澳洲《滿江紅》雜誌1993年6月及《東華時報》）

20 老比爾酒店和未來派議員 ——賊谷鎮故事之二

一

老比爾金色的頭髮已經發白，臉上的皺紋也已疊起，但手腳仍然麻利，也許這和他過去參加各種體力活動——撬鎖砸箱、登堂入室等活計分不開。從小偷比爾至大盜比爾，然後撬開那個神祕的鐵箱，以後他洗手不幹，改邪歸正了。

比爾正正經經地做人，受到小鎮上人們的原諒，甚至那個鐵箱的主人瑪格麗特在臨終前也寬恕了比爾。

「願上帝保佑那些罪人，願罪人清洗自己的罪惡，升入天堂。」老瑪格麗特躺在床上，聽著牧師富有哲理的言語，想起了自己的一生，想到了那個大鐵箱，不由得聯想到那個和鐵箱多次打交道的比爾，於是這位老太太從淌著口水的嘴裡斷斷續續地吐出幾句，大意是從遺產中擠出一份贈給這個可憐的孩子。

比爾踏入不惑之年，就拿出這筆錢在鎮口開了一家小酒店。

世事猶如飄來飄去的絢麗雲彩，新花樣越來越多，就是大家喜歡喝幾口的醉人液體，也在日日翻新。比爾雖然已經成為老比爾，但他是一個跑過碼頭開過眼界的人，這不，這次他來悉尼就是準備為自己的小酒店引進新的酒類，為小鎮增添新的醉人的酒香。

他住在舊岩石區的一家小酒店樓上的旅館。岩石區雖然道路狹小，拐彎抹角，仍然是那樣地繁榮熱鬧，各種皮件、煙草店、刀具行及專賣古董禮品的商店一家接著一家，同時還新添了不少時髦的服裝店、樂器店和咖啡館之類，新舊交加，猶如一名老人念念有詞地敘述著老故事一邊津津有味地喝著新飲料。

這和比爾的心態多少有點相似。但他知道人老了就是老了，喜歡緬懷過去，幾十年前，比爾在這個岩石區裡有過幾次身手不凡的紀錄，在賊夥中爆響名聲。雖然對今天的比爾來說，這並不光彩，甚至有幾分後悔，但青春就是青春，過去的年華已經和自己的血肉滲透在一起，過去做官也好，做賊也罷，光榮也罷，不光彩也罷，「過去了的——」一旦在夜夢中出現，還會讓人產生不可抑制的激動，甚至一陣兒顫抖。老比爾既是以往的「尋夢客」，也是如今的「生意人」。

當比爾和那位酒商洽談生意時，酒商吹噓道：喝了這種新科技釀造的酒，能起到瞧見金銀和鈔票就會眼明目亮的作用等等。但比爾堅持不管變了什麼花樣，酒還是酒，酒還是進嘴通過喉嚨下肚的。最後談定價格，酒商又提出了「回扣」的新概念，酒商說他不是酒廠老闆，必須在買賣過程中從老朋友比爾這兒也賺一點。比爾心情愉快，自然也答應了這個小小的要求。最有趣味的是，酒商要讓比爾長長見識，將比爾拉到市政大廳，說今天政府裡的一位議員要對普羅大眾做一次有意義的演講。

議員名叫威廉，當然不是什麼威廉大帝。不過，這名威廉也不同凡響，剛三十出頭，就當上了前排議員，在大廳的議席上站起，雖然不屬於那種高大英俊的威猛男子，然而身材挺拔，西裝革履，皮膚白裡透紅，臉蛋瘦削，臉上的雀斑和發亮的眼神相互映襯，一開口聲音洪亮，立刻將大廳裡亂哄哄的氣氛壓住了。

這名議員代表著國內的未來派，也就是將來和希望。他闡述的主要問題是關於稅收，他認為未來一個文明的國家必須有一套明確嚴厲的稅收制度，從活人的每喝一杯酒、每抽一支煙，到死人的每一筆遺產，都必須抽稅；哪怕是妓女賣淫、小偷偷東西，甚至強盜搶銀行，從理論上講，作為一種收入，也應該繳稅。

「為什麼？」觀眾席上一位人士大聲叫道。

「因為有了小偷，就必須有警察。」議員答道。

「噓——」有人喝倒彩，「太過分了，太過分了。」

然而威廉議員絲毫不為這些俗人的膚淺認識所左右，他像一根堅定的柱子釘立在議席桌前面，繼續發表宏論，他表示並且相信，在不遠的將來，新的稅收制度就會像新的酒和新的煙一樣讓在座的每一位心甘情願地接受。

激動的人們開始爭論、吵嘴、罵娘，人聲鼎沸，伴隨著汗臭味、煙草味和酒氣等等。老比爾也從口袋裡掏出一個紙包，用煙葉捲起一支煙，他不喜歡現在時新起來的像小白棍似的煙捲，他猛吸了幾口濃味的自捲煙。對於威廉議員的話，比爾認為很有道理，確實這個國家造公路、建橋樑都需要錢，這些錢應該從納稅人的口袋裡掏出來。根據議員的理論，買賣雙方都必須納稅，這就和身邊的這位酒商要從兩者之間抽頭有點相似，不同的是國家要從所有人身上抽頭，稅收就像一間無形的牢籠把長腦袋的人都關了進去，連比爾當年偷東西也得給政府繳稅，瑪格麗特給他的贈款肯定要交稅，還有他現在的這家小酒店……，老比爾想著想著，心裡發慌，不敢再朝下想。

煙霧瀰漫的大廳裡又響起威廉議員的聲音：「先生們，先生們，你們的煙抽得太凶了，這是一件壞事，也是一件好事。抽煙損害你們的健康，糟蹋純潔的空氣，然而你們抽得越多，將來就能給政府提供更多的資金。」

又是那個傢伙叫嚷道：「我抽的煙葉是自家後院種的，政府別想從我身上偷走一分錢。」

議員雄辯地回答：「你不繳稅，那就是從國家口袋裡偷錢。」

老比爾對兩種說法都有疑問：「究竟是誰在偷誰的錢？」當年雖然他也幹過那種活計，但誰是賊還是非常清楚的，如今很多新事情新問題讓人搞不懂。

最後議員宣布了一個消息，他將選擇國內的一個小鎮，實施那套稅收方式，做一個試驗，以後推廣到全國。

二

回到旅館，比爾忙碌起他的生意，那位酒商送來一箱新酒樣品。再過幾天，大批新酒運到，比爾將和運酒的汽車一起奔赴賊谷鎮。

第二天早上，比爾打開收音機，一邊聽著喜劇節目一邊戴上老花眼鏡整理帳單，不一會電台裡喜劇演員的聲音換成了威廉議員的聲音，議員說，他已經選定了一個目標——賊谷鎮，而且馬上出發。

「為什麼，這傢伙為什麼不選在別處？」比爾差點喊叫出聲，頓時腦袋裡就像砸碎了鍋，紛亂無序。最主要的是，這幾天酒店交給了他老婆的弟弟馬丁照應。比爾的老婆雖然比比爾小十幾歲，但一名舊式的天主教徒，恪守婦道，所以比爾擔憂的不是老婆，而是那位小舅子。馬丁這傢伙幹活時也經常喝得醉醺醺的，如果威廉議員在鎮口發現了酒店，又和醉鬼馬丁撞上了，這事情八成會發生，那麼是否會鬧出一些麻煩？現在的老比爾最怕遇上麻煩，年輕時代的膽量都已經埋葬了。比爾越想越不是味，一個電話告訴酒商，說他無論如何要先趕回賊谷鎮，那一車酒讓酒商過幾天送來。

當比爾扛著那箱樣品酒爬上長途汽車，已經是當天晚上的最後一班車。

三

酒店坐落在鎮口的一側，酒店之門呈拱圓形，有點像教堂的門，一塊木板釘在磚牆上，木牌上用花體字描寫著「比爾酒館」，還畫著一個漂亮的大酒桶，桶上頂著一個小酒杯。除了這塊木牌之外，整片牆上爬滿了綠色的常春藤，生機盎然，使酒店形象帶點兒鄉土味，又煥發出自然的氣息。走進拱門，出現一級一級朝下走的石頭階梯，原來酒店一半在地面以下，一半處在地面之上。這一手傑作也是比爾想出來的，大概是潛意識中他保持著一些掘撬挖的概念，酒店竟然也朝下面挖。不過，地下冬暖夏涼，有利於酒的儲藏。地面上的那一半，沿牆開著一排窗戶，作為酒店，當然也需要保持清鮮的空氣。酒店的樓上就是比爾的家，整幢屋子的設計構思可見比爾也不亞於一個天才。

說起天才，就是那位聰明過人、智商極高的未來派議員威廉。在第二天下午，他已經駕著那輛黑色的奧斯丁小車來到賊谷鎮外，驀然間，那個大酒桶和小酒杯在他眼前一閃，他放慢車速，看清楚是一家酒店。威廉議員的反應極快：對了，酒店必然是人群聚集之處，也正是他發揮三寸不爛之舌的地方，他的新稅法就應該從這兒開始。這時候小車已經駛過酒店數十丈，威廉議員「吱」的一聲急轉彎，又將車開回到酒店門口，戛然止住。

當他跨入拱門的時候，對這家酒店的設計也頗感新奇，沿著石梯朝下走時，下面鬧哄哄的聲音傳來，使他不禁喜從心頭起，「真是找對了地方。」

酒店裡，每一張木桌旁都坐滿了人，還有不少人手握酒杯靠在賣酒的櫃台旁，喝著，笑著，勸酒聲、乾杯聲此起彼落。

威廉議員拉開了兩位搖搖晃晃的人，走到酒店中央，放開喉嚨大聲道：「先生們，先生們，請靜一靜。」

頓時大家都轉過腦袋，看著這個新來的陌生人。「你是誰？」靠酒櫃邊的一個其貌不揚的瘦個子問道，他的眼神裡包含著一種懷疑的色彩。

「我是政府派來的官員，如果你們收聽過廣播，肯定能知道我的尊姓大名。」威廉理直氣壯地站在這群鄉巴佬的中間。

「You are welcome, sir.（歡迎你，先生。）」一位挺著大肚子，又肥又壯實的傢伙端著一個大酒杯，笑嘻嘻地衝著威廉叫了一聲。

威廉將一個小個子從凳子上拉開，然後自己那雙黑亮的牛皮靴踩上凳子，又踏上桌子，他就像一棵樹升起在桌面上：「我的姓名叫威廉·托馬斯，我是政府中的未來派議員。」

「You are welcome.」那個胖子又舉杯叫了一聲，笑容更加和藹可親。四周的人臉上也浮起笑容，高的、矮的、胖的、瘦的、老的、少的，全把注意力集中到議員身上，議員大人在他們心目中是一個大人物，是一尊受尊敬的權威。同時，威廉瞧見那一張張臉，雖然已經被酒精灌紅了，卻仍然是那樣樸素單純，是的，小鎮上的人就是比城市裡的人老實安分，議員感到實施自己的計畫更有把握了。

「今天我來到這裡，將要實現一個偉大的計畫，一個有利於大家的計畫，所以各位都是幫助我實施計畫的公民。我想先問一聲，政府為了建一條從悉尼通到賊谷鎮的公路，一共花去多少錢？」

下面的鄉巴佬你看我，我看你，誰也回答不出這個問題。威廉議員說出一個令人咋舌的數字，並大加發揮了一通，談到了這一條公路對於賊谷鎮帶來的好處，當然這些好處是有目共睹的。接著他進一步深入展開道：「那麼請問，花在公路上的錢由誰來支付呢？有人會說：『當然是政府支付。』但政府不是一座金礦。事情已經很清楚了，每一位公民都必須向政府納稅……」於是乎，威廉又重複了那番關於收稅的宏論。

漸漸地，周圍發出來不滿的議論聲，聲音越來越響。議員知道這是到了關鍵時刻，一定要壓住這些鄉巴佬，壓住他們各種古怪的念頭，就能打響第一炮，他從桌面上一步跨到那個胖子身前，問道：「先生，你貴姓？」

「湯姆。」胖子呷了一口酒。

「湯姆。」威廉一把握住湯姆手中的酒杯說，「我想，你這一大杯酒應該是五毛錢，當你喝下這杯酒後應該再付五分錢給政府，同時，把酒賣給你的老闆也必須再付五分錢給政府，這樣這一杯錢就是六毛錢，那額外的一毛錢是為了造公路用的。湯姆你說，你和老闆兩個人是不是應該多付這一毛錢？請說吧，不要不好意思。」

胖子湯姆搖晃著酒杯，結結巴巴地說不出話來，最後終於吐出了一句：「這，這酒沒花錢。」

「為什麼？」威廉瞪大眼睛，似乎要一眼看穿這個胖子在玩什麼把戲。

「馬丁，馬，馬丁──」胖子語無倫次地叫喚道。

那個馬丁就是比爾的小舅子，這幾天他神氣活現，在酒店裡上躥下跳，比當了老闆還高興。這會兒他腰上繞著一個白圍脖，手上提著兩杯酒趾高氣揚地走過來。「議員先生，你聽著，湯姆沒有說錯，是我請他喝的。我是老闆，今天是我生日，難道我請老朋友湯姆喝一杯不可以嗎？現在我再請他喝一杯，來湯姆乾上，乾！」馬丁挑釁般地將酒杯朝威廉面前一揚，問道：「先生，不，威廉議員，你說我倆這樣喝酒，誰應該交稅？」

「這、這……」威廉碰到了難題，他好像從來沒有碰到過答不上的難題，一時手足無措，頭頸裡青筋也爆出來，他絕不能在第一個回合裡就成為一條被打敗的狗，猛然間，他大喝一聲：「那麼其他各位呢？你們手上的酒杯，你們喉嚨裡流下去的液體，都是這位馬丁先生請客的嗎，難道這是一場家庭聚會？請你們誠實地回答，你們應不應該繳稅？」

威廉議員真可謂是唇槍舌劍，一下子又把眾人唬住了，幾位膽小的把手伸進口袋，好像當場就要掏出五分錢的稅金。然而更多的人則是木然不動，另幾位滿臉橫肉的傢伙則虎視眈眈地望著議員大人。

頓時酒館裡靜寂下來，誰也不說話，然而可以看一看每個人從眼睛裡表現出來的神采，此時無聲勝有聲，形勢進入了僵持狀態。

「我的牙，我的假牙。」一個乾癟的小老頭打破了僵局，「議員先生，你剛才說什麼每一次買賣，雙方都應該付稅，是這樣嗎？」

「是的，我是這樣說的，先生。」威廉議員已經恢復了鎮定自若。

「那麼，我裝上這一顆假牙，是不是應該交稅呢？」他將最後一口酒從假牙邊上灌進去。

「那當然，你和你的醫生，為了這顆假牙交了稅沒有？」

「這、這，還沒有。」

「你的那位牙科醫生，他的姓名？」

「這、這是一位受尊敬的老威廉醫生。」

「什麼，也叫威廉？」威廉議員皺了一下眉頭，緊急著又發問道：「你的老威廉醫生現在住在哪一條街，我可以去拜訪他，和他說清楚納稅人的義務。」

「他現在已經住在上帝那兒了。」

「什麼，死了？開什麼玩笑，你的那顆牙……。不，你是個騙子。」

「議員先生，我不是騙子，我絕對是一個誠實的人。大夥都知道，我嘴裡這顆牙齒，是五年以前，老威廉醫生替我安上的，還包了一層高貴的金屬，您說，這要不要交稅？」

此時引起一陣哄堂大笑，威廉議員的臉上紅一陣白一陣，他從沒有想到過，在賊谷鎮小酒店裡的這群鄉巴佬竟然比悉尼政府大廳裡的那些傢伙還要難對付。這時候，議員就像一條被咬傷的狗，在桌子上就要站立不住了。

「議員大人，」另一位一本正經地擠到桌前，顯然他和前面幾位酒鬼不同，容貌清秀，神態莊嚴，他的問題是：「議員大人，我想問一下，我經常捐錢給教堂，這錢是給上帝用的，那麼應該從我身上抽稅，還是政府向上帝抽稅？是政府管上帝，還是上帝管政府？」這個問題更加棘手。威廉議員博學多才，滿腹經綸，他知道在大西洋彼岸的歷史中，那些教會曾經以上帝的名義抽取「什一稅」，讓芸芸眾生從自己的收入中抽取十分之一交給教堂，購買一種「贖罪券」，說是買了贖罪券就可以洗清自己的罪惡，升入天堂。誰知道後來搞得天怒人怨，引發了起義暴動等等，最後來了一場宗教改革運動，把許多政府都顛覆了。威廉議員絲毫沒有讓天下大亂的企圖，他也很清楚上帝和政府之間的關係。上帝是至高無上的，政府則是和它的那部分人民打交道而已。如果以上帝的名義抽稅都會遇到麻煩，那麼以政府的名義，從每一件雞毛蒜皮的事情上都要收取一筆稅，談何容易……。議員終於從桌子上爬下來，不啻像於一隻鬥敗的公雞。

「You are welcome.」胖子湯姆對議員仍然是那樣熱情，而且禮遇有加，將手上的那一杯酒朝前送了三次，終於準確地塞進了議員的手裡，「議員先生，解、解渴。」

威廉議員此時的心情如同打翻了五味瓶，甜酸苦辣摻在一起。為了壓住心頭之火，他接過酒杯，仰起脖子，一飲而盡。

「好，非常好。」櫃台邊的瘦個子陰險地叫道，「我看議員先生喝了一杯酒，也應該繳稅。」

「對，對，」馬丁附和道，「湯姆，我看你應該請議員先生在那張椅子上坐下。對，就是那張。什麼，他不肯坐，你必須讓他坐下。」

湯姆醉醺醺、笑呵呵地硬將威廉壓在那張椅子上，椅腿在雙份重量的壓迫下吱吱作響。這時候馬丁興高采烈地提著一個特大號的酒瓶跳了過來，嘴裡嚷著：「繳稅，繳稅，讓他再交這瓶酒稅。」

「幹什麼，你們要幹什麼，想謀殺一位議員嗎？」威廉議員手腳亂揮，但也掙脫不了湯姆的包圍圈。「沒關係，喝一點，就喝一點，尊敬的大人。」湯姆按住議員的手腳，滿嘴的酒氣直朝他臉上噴發。緊接著，馬丁那個大酒瓶的瓶口塞進了議員叫喊著的嘴裡，咕咚咕咚地灌酒聲，引起了大夥的一片掌聲……

四

傍晚時分，老比爾從長途汽車上邁步下車，踏上小鎮的土地，肩上還扛著那箱洋酒。一路上，汽車上下顛簸，他把那箱酒抱在腿上，生怕裡面的酒瓶敲碎，更讓他揪心的是小酒店和馬丁，此刻他最大的願望就是踏入酒店，看見裡面平安無事。他朝家，也就是酒店走去。

一陣不安的預兆在比爾頭皮上升起，因為他瞧見酒店的拱門裡吐出一個人來，那個傢伙就是議員威廉，要想躲開已經來不及了，議員搖搖晃晃地直衝他而來，嘴裡還在不停地嚷道：「繳稅，繳稅。」

比爾知道肩上那箱新酒也無處隱藏，索性朝地上一放，現在他是一個本份的商人，絕不會幹半點違法的事，他只能停下腳步，等候議員的發落。

「先生，晚上好，我、我是威廉議員，你、你貴姓？」議員的嘴裡散發著酒氣。

「比爾，我是比爾，你好，議員大人。」比爾想這傢伙看來是已經多喝了幾杯，他在酒館裡到底發生了什麼事？

「比、比爾，你、你才是真正的比爾，您是比爾酒店的老闆。」這傢伙伸出手和比爾握了一下，「我剛才喝的是你的酒，我沒有交稅，我應該交稅，你也應該……」這傢伙的思路還保持著一點邏輯性，舌頭卻控制不住了。

「這、這是什麼？」突然，他搖頭晃腦地指著地上那箱酒，「哦，我知道了，酒，這是新出產的袋鼠牌好酒。」他拉住比爾，一屁股坐地下，撕開紙箱，「哦，比爾老哥，咱倆喝酒，反正你我都得交稅，喝它個痛快。」他從紙箱裡拉出兩瓶酒，一瓶交給比爾，另一瓶從脖子下面一路移到了嘴邊，第一口咬空了，第二口咬到酒瓶，用牙齒咬掉酒蓋，喝了一大口，咂咂嘴，又搖搖晃晃地站起來，「好酒，謝謝你的款待。這、這個世界上，只、只有酒不會騙人，那、那個稅和我有什麼關係？我、我又沒有去偷沒去搶，你、你偷了沒有？如果做了賊，就該去交、交那個該死的稅。現在我得走了，明、明天見。」議員大人手上提著酒杯走到車邊，兩條腿像踩棉花似地踩進車裡，馬達聲一響，黑色的奧斯丁小車像喝醉的大蟑螂一樣，七歪八扭地朝鎮中央駛去。

老比爾瞧著這個傢伙遠去，又發呆地望著地下已被撕破的紙箱，他手上雖然也提著一瓶酒，但滴酒未沾，可是腦子裡卻渾渾噩噩，有點兒清醒，又有點兒糊塗，似乎和那位喝醉酒的議員大人沒有什麼兩樣，他想起議員說「明天見！」他不知道明天將發生什麼事情。

老比爾被明天糾纏著，也被昨天糾纏著。也許被過去和將來糾纏著的人，不僅僅是老比爾一個。

（原載於澳洲《東華時報》1997年4月17日
及《滿江紅》雜誌1993年）

21 獵人谷

這天，我收到一封署名羅伯特的來信，信中邀請我參加獵人谷話劇團的一齣戲，擔任主角。可是，我不知道獵人谷在世界的哪一個角落。

羅伯特說，他是在墨爾本的一次多元文化活動中，看了我表演的一個有關東西方文化的小品。我有二十餘年的舞台生涯，那個傢伙一眼相中了我，挺有專業眼光。他還特地指出：獵人谷地處塔斯馬尼亞島的中部。

從地圖上看塔島的位置，有點像中國的海南島。我從墨爾本坐船，伴隨著海鳥的吱吱叫聲，進入夢鄉。第二天夢醒就踏上了美麗的塔島。

羅伯特是一位年輕的藝術家，披著一頭蓬亂的金髮，耳朵和鼻子上都掛著銀環。他是獵人谷劇團團長、導演兼演員。得知我第一次光臨塔島，自告奮勇地帶我瀏覽島上的古蹟。其實，羅伯特那輛破舊的軍用吉普車有點古蹟的味道，而島上的古蹟和中國的古老廟宇相比，實在太年輕了。

嘎吱一聲，吉普車停在亞瑟港老監獄門口。頓時，一座灰泥岩磚砌成的建築映入我的眼簾，它如同巨大的堡壘蹲伏在海峽邊，斑斑駁駁的牆壁似乎正在訴說歷史的隱情。每扇窗戶上嵌著橫豎結實的鐵杆，枯黃色的鏽跡中也許還保存著囚犯們無奈的嘆息。踏入一間間陰暗的囚室，使人毛骨悚然，腦神經卻異常興奮，描繪出一幕幕恐怖的圖像：有些犯人終身囚禁在此，不少人就死在這石牆下，沒有一個人活著逃出去。從1850年到1877年之間，這裡關押過兩萬名重刑犯人。塔島四面環海，幾十年內接納了大批英國來的囚犯，成為名副其實的「帝國的監獄」。

那是一個製造罪犯的年代，如果將歷史多翻動幾頁，又能發現什麼呢？我正在車上搖搖晃晃地隨想，舊吉普車又突然剎住，羅伯特招呼我下車。車前躺著一隻死袋鼠，旁邊龜縮著一個黑色的動物，那張臉既不像貓也不像狗，醜陋不堪。羅伯特和我一起將死袋鼠搬到路邊，黑動物也跟到路邊。羅伯特告訴我，牠叫歹伏，喜歡吃動物的屍體，屬於珍稀動物。」

「珍稀動物？那張臉太可怕了。」

「是啊，有人稱牠為魔鬼。全世界只有塔島上有，獵人谷裡能經常看見。」

橫跨峽谷的是一座現代化的鋼筋水泥橋，橋下是波浪翻滾的芬尼河。羅伯特說，在獵人谷那邊還有一座富有詩意的小橋——情人橋，以前人們從小橋上走入獵人谷。

原來獵人谷是山谷中間的一個居民區。獵人谷劇團只是鎮上的一個小劇團，像中國農村的草台班子。羅伯特給我講述了他們編排的那齣戲《光明》（*Light*），它展現的是近百年前獵人谷通電的故事，羅伯特飾演的角色也叫羅伯特。一百年前的羅伯特是個商人，他要將電引進深山。為了籌措資金，他找到了靠挖金子發了財的華人張做合作夥伴（我擔任的角色）。華人張又和羅伯特的妹妹瑪麗亞產生了熱戀，但由於種族關係，有情人沒有成為眷屬，而燈光卻在獵人谷中亮起了。

當我們的車進入獵人谷時，鎮上早已亮起燈光，如繁星閃爍。

第二天清晨，一陣陣霧氣從河水中裊裊升起。我有晨跑的習慣，在林蔭道上跑過一棵棵參天大樹，跑過一座座起伏的山丘，讓淡淡的霧氣從臉頰邊掠過，有點踏入天堂的感覺。

「早晨好。」我以為是上帝的聲音。哦，是一位跑步者。

「早晨好。」我答道，「你能告訴我，情人橋在哪兒嗎？」

「你不知道情人橋？」他戴著眼鏡，蓄著大鬍子，像學者般地打量著我。

「我昨晚剛來這兒。」

「你是中國人。」他的話既不是疑問句也不是肯定句，然後說：「瞧見那幢紅房子嗎？拐彎就是美麗的情人橋。」他準備起跑，卻踉蹌了一下。我要扶他。

「不，我還年輕呢。兄弟，再見。」他繼續朝前跑去。

情人橋下的河水只是芬尼河的一條支流，河水緩緩流動，清澈見底，如同嵌入山谷間的碧玉彩帶。這座橋是用粗木搭成的，結實穩固，橋面的寬度僅容兩人行走。

「噔噔噔」，我向橋上跑去，對面也有一個人「噔噔噔」地奔過來，近在咫尺，雙方打了個照面，頓時都停住腳步，看清對方那張黃皮膚的臉。「你是中國人。」這是清晨我第二次聽到這句話，而這次是用國語說的。我用同樣的語言回答道：「中國人。」

「哇，大哥，我以為獵人谷就住著我一個Chinese呢，以前沒見過你呀？」她的國語中帶著中國南方沿海的口音。

「我是來參加演出的，昨天剛到。」

「是不是《Light》，什麼時候開演？」

「嗯，還得排練幾天。您在這兒開餐館吧？」在我的印象中，澳洲小鎮上，幾乎都有一塊中餐館的招牌。

「我跟老公一起來的，他來教書。這裡好枯燥，根本看不見中國人。大哥，你一定要來我家做客哇。」

「一定一定，您貴姓？」

「我叫陳彩虹，我家就在鎮上，我給你地址。」她那張胖胖紅紅的臉上一對細小的眼睛，笑逐顏開，身上洋溢出單純樸實的氣息。這時候，晨曦射入了山谷，透過樹葉，灑下無數塊金色的圖案。

「這裡比我家鄉海南島還漂亮，你要多玩玩。」臨走時她說。

獵人谷的景色真是美極了，背靠著一座高聳入雲的雪山，雪水融化流入山谷。流水有急緩之分：急流在山崖處編織成層層疊疊的瀑布，如天河決口，奔騰飛瀉，跌落而下的水流接連成波濤滾滾的芬尼河，恰似一個敞開胸懷的男子漢奔向前方；而緩水則在山間構畫出一幅幅秀美的景致，在濃黛蒼翠的山谷間流動，宛如一位大家閨秀在山中小徑悠悠行走。大小急緩的水流環繞在山谷周圍，獵人谷猶如桃花源一般。

我決定去拜訪彩虹家。她家是鎮上五顏六色積木般的房子中間的一幢。彩虹見到我，高興得像個孩子，大聲喊道：「彼德，彼德，快出來，來客人了。」

彼德從裡屋跑出來。「哈囉，兄弟。」

我也認出了他，就是那天清晨的跑步者，前額光禿，金色的絡腮鬍子，高鼻樑上架著眼鏡。彩虹端來咖啡，又給我遞上一盒煙。我問：「在屋裡抽煙方便嗎？」

「沒關係，彼德也是一桿老煙槍。」

彼德已經點燃了一個煙斗：「張，你的戲排練得怎麼樣？」

「你對戲劇也有興趣？彼德。」我有點奇怪。

「當然，這部戲是我編寫的。」彼德得意地吐出一口白煙。

「哦，原來是你的大作呀！聽彩虹說，你的職業是教書，想不到你還能寫戲，寫一百多年前的事情。」

「我的專業是研究歷史。」

「研究歷史？我去參觀過島上那座老監獄。」我提起此事。

「塔斯馬尼亞島還有比老監獄更早的歷史。」彼德說。

「更早的歷史，你能給我講講嗎？」

「你知道塔斯馬尼亞人嗎？」

「你們住這兒，不就是塔斯馬尼亞人嘛。」

「不不，塔斯馬尼亞人是人類家族中的一員，距今一百五十年前，他們從塔島上澈底消失了，那不是自然災害，而是一場人為製造的悲劇。」在他的陳述中我了解到這樣一段歷史：塔島的土著人，大洋洲尼羅人種，膚色黝黑。在歐洲殖民者來臨之前，他們過著採集游獵的生活，有自己古老的生活方式和原始文化。整個島上，有二十多個土著部落，他們和睦相處，不懂得陰謀和仇殺。兩百年前，歐洲殖民者踏上島嶼，一批一批流放來的罪犯無法無天，他們把土著人當成動物，包圍獵殺，認為文明人對野蠻人進行圍獵，是一項有益於身體健康的娛樂活動……

彼德一口喝盡了咖啡，苦澀的咖啡中似乎孕育著深奧的內涵。他嗓音沉重地說：「最後一場圍獵就發生在獵人谷。獨眼大盜羅賓遜帶領人馬，將最後一批土著人包圍在山谷中，用毛瑟槍射殺他們，鮮血染紅草地，滲透了溪流。美麗聰穎的加琳娜是土著人的聖女，土著人一直保衛著她，她最後倒在羅賓遜的槍口下。從此以後，塔斯馬尼亞人澈底滅絕了。」彼德狠狠地吸著煙，煙霧嗆人。我彷彿看見了毛瑟槍口下的一縷輕煙。

「我為我們祖先的罪惡行為和殘暴遊戲感到羞恥。所以我選擇了研究歷史，讓人們記住歷史進步的代價，讓人們真正懂得文明社會的價值。」彼得如此說。

彼德和彩虹帶我參觀了他們家的後院，後院裡種了許多蔬菜，大白菜、菠菜、蘿蔔等。「我的妻子太能幹了，能種出全世界所有的蔬菜。」彼德得意地將彩虹摟在懷裡。

「沒辦法哇，吃不到中國菜，只好自己種。」彩虹親熱地在彼德肩頭咬了一口。

「虹，你可別把我吃了。」

「就吃你，就吃你。」

「你行啊，從哪兒學來的這手本事？」我說。

「這還用學？我本來就是農民的女兒。」

晚上，彩虹燒飯做菜。她文化不高，英語也不好，不管油鹽醬醋，她只喊一聲「Sauce（調味汁）」，彼德卻分毫不差地遞上她需要的調料，動作麻利。對於他倆如此地默契，我頗感驚奇。每做完一道菜，彼德都要說上一句「鮮美」，然後在彩虹的臉上吻一下，欣賞著妻子的一舉一動。

一個農家女從中國的海島來到澳大利亞的海島，嫁給一位歷史學教授，這中間一定有著一段頗具韻味的故事。後來我向羅伯特打聽過，他聳聳肩說：「這是一個美麗的謎，非常遺憾，彼德那傢伙沒把這段情節寫在戲中。不過，我建議你去瞧瞧芬尼河對面的淘金博物館。」

我去了那兒。河灘上有一個廢棄的淘金遺址和一個小院落，被稱為「淘金博物館」，存有照片和實物，各種簡陋的淘金器具陳列在四周，架子上有不少中國人的用品，扁擔、水桶、斗笠等，還供奉著一尊觀世音菩薩。從文字上我了解到，早年開採金子的就有一位姓張的華人。

《Light》正式上演了。

那天下午，獵人谷就像舉行盛大的節日，鎮上的男女老少全都出動了。一排男子漢身穿花哨的蘇格蘭衣裙，吹奏著美妙的蘇格蘭風笛，走在隊伍最前面。後面是一群身穿白紗裙的姑娘，她們頭帶鮮花編成的桂冠，手提花籃，笑聲朗朗，帶領觀眾走向演出場地。這齣戲最大的一個特點就是舞台設置在野外——天然場景，一場戲換一處場景，這是導演別出心裁的創意，因為劇中的故事本來就發生在獵人谷。以下是劇中的幾段劇情：

劇情之一：在引進電力的年代，獵人谷也出現了自行車。這天，羅伯特的妹妹瑪麗亞正在學騎自行車，頭上的太陽帽被風吹落，她七搖八晃摔倒在地，兩個嘻皮笑臉的小流氓趁機上來污辱她。此時，華人張出現了，他聞聲上前，施展了幾下中國功夫，趕走兩個小流氓，將那頂白帽子交到瑪麗亞手上。

劇情之二：在綠樹成蔭的山坡上，瑪麗亞手拿著那頂白帽子；華人張在周圍草地上摘下一朵朵鮮花，別在瑪麗亞頭上，他倆坐在草地上娓娓細語。

劇情之三：在瑪麗亞家的涼台上，瑪麗亞在布置午茶，她歡快地唱著當地民歌。不一會，華人張頭帶禮帽，身穿燕尾服，打扮得像個紳士，走上涼台。瑪麗亞興奮地和他接吻。瑪麗亞的母親和姐姐從屋裡走出來，對張的舉動大為不滿。她母親不冷不熱地說：「張先生，我們盎格魯撒克遜人沒有和亞細亞人通婚的習慣。」她姐姐說：「我不想看見一個黃皮膚的傢伙成為我的妹夫，不管他是有錢人還是窮鬼。」瑪麗亞偷偷流淚。張無可奈何地走下涼台，羅伯特送他出門時說：「張，請不要生氣。我們還是合作夥伴，生意就是生意，我倆不可能成為親戚。」

劇情之四：華人張跪在菩薩前：「大慈大悲觀世音，我要回家去看我的母親，我答應過她，可是，我愛上了一個白人女孩，我該怎麼辦？」

劇情之五：兩個小流氓拿著棍棒暗中襲擊了華人張，他倆一邊打一邊叫囂：「打死中國人，趕走亞洲佬。」華人張被打得頭破血流。

劇情之六：尾聲。演員和觀眾，成百上千人湧到情人橋邊。木橋兩旁的扶欄上掛滿了燈泡，再現了一百年前通電那個夜晚的情景。瞬時間，所有的燈泡發出亮光，照亮橋上橋下，光明進入獵人谷，全場爆發出雷鳴般的歡呼聲。華人張頭上包著紗布，臂上掛著綳帶，走上情人橋。瑪麗亞從橋那邊走過來，兩人在橋中間相遇。瑪麗亞撫摸著張臂上的綳帶說：「親愛的，還疼嗎？」張沉默不語。瑪麗亞說：「獵人谷的電燈亮了，你還要走嗎？」張回答：「是的，我想回中國，看看我的母親。我的家鄉還沒有電燈，我想把電帶回我的家鄉。」瑪麗亞說：「但願有一天，我能去看望你。」張說：「我等你，等到我的家鄉燈光明亮的那一天。」瑪麗亞扶著華人張默默無聲地走下情人橋。

此時無聲勝有聲，肅靜之後，掌聲驟起，響徹夜空。夜空中星光燦爛，情人橋下燈火通明。

我瞧著橋下無數張臉，突然間，我發現，人們的臉龐、眼睛、頭髮和膚色，正在對我敘說這樣一個事實：獵人谷也在進入一個多元化的時代！

身邊的羅伯特摸出一瓶香檳酒，倒滿一杯遞給我：「喝一杯吧，可憐的人。」

我扯掉繃帶和紗布問道：「假如是你，你會如何對付那兩個小子？」

「我不知道，」羅伯特說，「但我知道，在獵人谷的歷史記載中，有過一起白人殺死華人淘金者的事件。」

「我真該宰了那兩個壞小子。」我舉杯痛飲。

羅伯特呷了一口道：「彼德準備編寫《Light》的續集。幾十年後，華人張從中國回來，又來到獵人谷，遇到了瑪麗亞。那時候，他已是一個白髮蒼蒼的老人了。你想不想演那位中國老人？」

我瞧著身邊年輕漂亮的瑪麗亞，問道：「你呢，瑪麗亞？」

瑪麗亞調皮地說：「我們還是情人嘛。不過，我那時候是個老太太，要你扶我走過這座橋。」

「誰扶誰還不一定呢，」我哈哈大笑，「我們都將成為老人。」

「瞧，那位歷史學家和他的中國妻子過來了。」羅伯特繼續倒酒。

彩虹伸出大拇指用國語說：「大哥，你演得真棒。」

「真棒。」彼德也學著她的腔調，他舉起酒杯和我們碰杯道：「祝賀你們演出成功。」

我說：「彼德，也祝賀你寫了一部成功的戲，我們正在討論《Light》的續集呢。」

「你以為如何？」彼德問。

「我和瑪麗亞商量好了，一定要讓那位中國老頭和澳洲老太太在情人橋上再次相遇。不然就太遺憾了。」

「好啊。哦，我還忘記告訴你另一個結尾。」彼德頗有意味地說。

「什麼結尾？」

「你知道歹伏嗎？」

「我見過，吃屍體的小動物，惡魔。」

「你還記得那個獨眼大盜羅賓遜嗎？」彼德又點起他的煙斗。

「就是那個圍獵土著人的惡棍，我記得。」

「據我考證，那個晚上獨眼大盜和他的馬隊沒有離開獵人谷。」

「他們還能幹些什麼？」我好奇地問。

「他們點起篝火，烤著鹿肉，舉杯慶賀圍獵成功。就在這時候，在不遠處土著人的屍體堆中，加麗娜艱難地爬出來，朝著篝火一步一顫地走來，那對美麗的眼睛射出仇恨的目光。醉鬼們驚呆了，一動不動。獨眼大盜衝上前，將加麗娜撲倒在地，把她捆綁在一根粗棍上，架在了篝火上。她那對美麗的眼睛從眼眶裡爆裂出來，黑色的皮膚被烤出滋滋的叫聲，篝火中濺出點點的火星。那些醉鬼們蜂擁而上，用刀子一片一片割下她身上的熟肉，把她當成最後的晚餐。他們狂呼亂叫，猛吃猛喝，要吞下土著人的靈魂。最後，醉鬼們躺到在篝火周圍，獨眼大盜睡在一棵柚咖哩樹下。篝火上面，是一具燒焦的骨架。

半夜時分，那棵柚咖哩樹突然無聲無息地倒下了，將獨眼大盜壓成一片肉醬，並壓熄了那堆殘火。幾百隻，也許是上千隻歹伏，從草叢裡，從樹洞中，從山坡上，像野貓一樣爬出來，眼珠賊亮，喉嚨深處發出了比狼嚎更尖、更恐怖的咆哮，牠們在黑夜中瘋狂地襲擊了那些醉鬼，每一具醉鬼身上都撲著十幾隻呲牙裂觜的歹伏，牠們咀嚼著帶酒味的血肉。周圍還有許多歹伏伸著舌頭等待著，尖叫著，急不可耐，前一批剛剛吃完，後一批又猛撲上去……

第二天早上，有人發現在篝火的周圍，是一具具骨頭上還留著肉渣的殘軀。不遠處，土著人的屍體卻安然無恙地躺在那兒……」

我感到毛骨悚然，感到腳下的土地在微微顫抖，我不知道這些黑色的精靈是魔鬼還是天使。我緊緊地握住彼德的手，不願鬆開，感謝這位悲天憫人的跑步者。

獵人谷上空已是滿天星斗，和獵人谷內的萬家燈火遙相暉映。從我踏上塔斯馬尼亞島，到亞瑟港陰暗的老監獄，再到獵人谷的風風雨雨，哦，還有最後這明亮的燈火，一晃，我彷彿走過了百年時光。

（原載於澳洲《大洋時報》2004年3月25日

及《墨爾本日報》等）

22 黑洞

一個西方的老人給我講了一個故事。這個故事發生在很久很久以前，一個遙遠的國度裡。

在那裡有一個彎月形的海灣，海灣內懷抱著一片陡峭的山崖。深夜，黯淡的月光籠罩著大海，又將叢叢山崖勾勒成魑魅鬼怪似的黑影。風從大海上徐徐刮來，碰至懸崖峭壁，鑽進崖石的縫隙，發出淒慘的呼叫，似乎在和魔鬼搏殺著。

一會兒，風又從七隙八孔的岩石之中匯攏起來，呼呼地鑽入一個天然造化的石洞之中。石洞內，亂石縱橫，形態怪異。風被濃縮了，在這亂石之中衝撞，發出了更加怪誕奇異的聲音，又和下面尖利的潮聲夾雜在一起，猶如鬼哭狼嚎一般，恐懼可怕。

其實，在這個洞內，轉過四五道彎，縱深之處，有一座人工築造的古老的監獄。把監獄構造在臨海的峭壁之上，真是天險被天才所利用，絕妙的想法。

一條由石塊鋪成的路穿過了整座監獄，兩旁全是用粗大的木柵欄住的一間間石頭牢房。海風穿進洞內，經過幾道彎，早就失去了銳氣，恰好變成了調節牢房的空氣。再朝前走，經過十幾級台階，上面就到了石洞的出口處，一扇粗糙沉重的鐵門牢牢地緊閉著這座監獄，真可謂比堡壘還堅固。

拂曉降臨，典獄長打著呵欠去查看牢房。今夜，他還沒有睡過，為了寫一封家信。那支鵝毛筆對於他這樣一個老粗來說，真比那把開牢門的鑰匙還沉重。他握著這支筆，塗塗畫畫弄了半夜，才算把信寫成。寫信難，可是思家更苦。一年他只能回家一次，上次家裡來信說，他的兒媳婦給他添了孫子，使他一陣激動，他要做爺爺了。新生命的到來，為這顆寂寞禁錮的心增添了活力。一個老獄頭能有一個家真不容易啊，記得，剛來當差的時候，自己還是個年輕力壯活蹦亂跳的小伙子。媽的，他差不多把自己一輩子全貢獻給了這座堅固的牢房。今夜，他頗有幾分怨言。

不過，這份差事俸祿不薄，足能養家糊口。幾十年來，他一心一意地幹，從沒有出過一點差錯，從一個牢卒慢慢地爬上了典獄長的位置。他的上司已經換過好幾任，但每一任上司都對他很賞識，認為他任勞任怨，忠心耿耿。以至於將他這個小人物的名字提高到更高一層，那些達官貴人聞悉此情，破例賞給他一枚銀質勳章。要知道，這類勳章以前只賞給騎士和貴族。他對此感激不盡，將勳章用紅綢帶穿起，掛在胸前。那年他回家，村莊的人見到他的這枚勳章，讚嘆之至，把他當作貴族一般。他更由此產生了　種自豪感和榮耀感。從此，他更是盡忠盡職，不管外面的世界天翻還是地覆，他始終牢牢地把守住這道牢門。

但是，今天因為思家心切，信也寫得太慢，耽擱了查看牢房，拖遲了整整半個黑夜。真是有點失職，這種事以前從來沒有發生過。胸口那枚勳章似乎在提醒他：不，以後絕不能為了一點私事，誤了自己的職責。

走到鐵門前，典獄長手中那把沉甸甸的銅鑰匙扭開將軍鎖，當他拉開沉重的鐵門時，發現那位當班的獄卒抱著酒瓶子，酩酊大醉地斜躺在下面的石頭台階上。典獄長走下台階，照平時，他早就一腳朝那個獄卒的屁股上踢去，然後大發一通脾氣。不過眼下，自己也已經來遲了，那個躺著的獄卒也是跟隨他多年的人。獄卒的生活單調乏味，借酒澆愁在所難免。典獄長朝這個醉鬼臉上瞧了一陣，發出一聲同情的嘆息。

牆沿邊架著幾盞汽油燈，燈火正卟卟地跳動著。典獄長拿下一盞，他腳下鑲著鐵掌的舊馬靴沿著條石拼成的通道，嘎吱嘎吱地響了進去。每走到一間牢房邊，他都藉著油燈光，朝裡面仔細察看一會，發現犯人都已經沉睡在夢鄉之中，至於他們做什麼夢，典獄長從來就不關心。有一次，他聽到石牢裡的一個犯人，還是一個讀書人，在夢裡大叫出聲：「我要出去，我要見太陽。」唉，這些犯人，該種田的種田，該做工的做工，該讀書的讀書，為什麼要鬧事，反對皇上，和達官貴人作對呢？他真不理解，也不想去理解和深究。這所監獄固若金湯，關押的都是一些犯上作亂的重罪犯人。典獄長認為自己的職責就是把他們牢牢地關在裡面，猶如把鳥關在堅實的籠子裡，絕不容許牠們飛出去。

典獄長拐了一道彎，走到縱深之處，驀然發現，最裡面的幾間牢房牢門大開著，他踏進去一看，大吃一驚，有四間牢房裡空空如也。他對每間牢房裡的情況瞭如指掌，知道整整十個犯人跑掉了。此時，他的腦袋上就像被人擊了一棒，手上的油燈搖晃，眼前冒出金星。

當他進來時，大鐵門肯定是鎖著的，顯然那些犯人沒有本事撬開那道厚重的鐵門。那麼，他們逃到哪兒去了？不會化在空氣中吧。典獄長有點醒悟過來，他繼續朝前走去，想去尋找犯人逃跑的蹤跡。

前面已經沒有牢房了，石塊鋪成的路也到盡頭。洞中彎彎曲曲，石頭犬牙交錯，雜亂無章。當典獄長又拐過一道彎，洞內越發陰森森，怪石橫立，道路也更加難走，這段地域差不多已經沒有路了，他一腳高一腳低地拖著兩條腿朝前邁動，他的身影隨著搖搖晃晃的燈光，在四周的石壁上閃動，猶如鬼影幢幢，更平添了一層恐怖氣氛。

此刻，典獄長的心裡浮起幾分懼怕。以前他什麼都不怕，不怕鬼神，不怕死人，也不怕活人。只怕沒有把自己的事幹好，玩忽職守。現在這樣的事終於發生了，犯人逃走了。可是他們逃去哪兒呢？他們無法逃出牢門，如果他們一直朝裡走，走到洞口，會發現那是面臨大海的絕壁。他們無路可逃，只能躲在前面黑暗的拐角處。這些犯人發現走入絕途，會不會發瘋一樣地行凶？

典獄長平時對自己手下的獄卒管得很嚴，但對犯人，他在他們面前，保持著一副威嚴狀態，很少和他們說話，他認為沒有必要和這些犯上作亂的人多嘴。他雖然已上了年紀，但身材高大堅實，有一大把使不完的力氣，一個人能頂幾個人。那些犯人雖然有十人之眾，但長期關在石牢裡，身體虛弱，有幾個骨瘦如柴，這些傢伙不堪一擊，再說他們身上也不會有什麼武器。而典獄長的腰裡還有一桿彎把式火槍。這把槍，他並不喜歡用它，以前也從來沒有使用過。如果現在身邊有幾個獄卒，典獄長會感到更踏實一些。不過現在也沒有關係，必須先找到這群鬼魂，說不定他一個人就能把這些傢伙全制服了。如果那些犯人膽大妄為，真的和他幹起來，他手上的火槍一響，獄卒們轉眼就能趕過來。典獄長的那雙硬皮靴朝石塊上跺了一腳。。

亂石七高八低，典獄長只能連走帶爬地前進著，煞是累人。前面又是一個拐彎處，他彷彿已經瞧見了那些犯人們正蜷縮在石頭後面，哆哆嗦嗦地等候著他來捉拿。典獄長為了預防不測，以前曾經幾次來過洞口探察，山洞的環境他是清楚的。他知道拐過那道彎就能直達洞口，那是山洞臨海的最後一道彎。冷風颼颼，風的嘯叫刺入他的耳朵，典獄長感覺到自己的心跳。他一步比一步地接近那個拐角，手裡握著火槍，隨時準備有意外的事情發生。

當他拐過這道彎後，什麼事情也沒有發生，只有海潮的喧囂如雷貫耳，刺臉的冷風刮在鼻子上，鼻子裡嗅到了一股鹹濕的海潮味。汽油燈雖然圍在玻璃罩裡，大概是有風鑽進燈罩裡，火光搖晃得更加厲害。典獄長已經看清楚了，四周空無一人。「犯人能逃到哪兒去呢？」典獄長對著黑色的天空提出了疑問。

他走到洞口邊，峭壁下面，海浪拍壁，濤聲不絕。難道他們會從這兒逃出去？插上翅膀也不可能。就在這時候，前方露出一點光亮，哦，是天際剛映出一絲昏紅色的霞光，霞光越來越亮，不一會，太陽像一顆紅色的圓球朝上一跳，從霞光裡噴薄而出，血紅血紅的。

典獄長呆愣愣地望著天空，難道犯人真的化進空氣裡去了？他對這個問題疑惑不解。片刻間，太陽越來越燦爛，由遠至近，天空，大海，山崖，彷彿照亮了整個世界。典獄長的眼光朝下看去，看清楚了，他的心頭一抽，只見十幾丈高的峭壁下面七橫八豎地躺著一具具屍體，連屍體邊上的血漿也依稀可見，還有兩具屍體半身浸泡在水裡。可見他們都是從洞口跳下去的，沒能跳進海裡，摔死在下面的岩石上。典獄長感到不寒而慄，但又感到一陣欣慰，他沒有失職，這些犯人終於沒有逃出他管轄下的這座石頭監獄，上帝幫助了他。他突然想起，逃跑的犯人一共有十個，他數了數：一二三四五六七——，怎麼只有七具屍體，難道還有活著的？

風在海面上呼叫，在波浪上跳躍。波瀾壯闊的海面上，三個黑點映入典獄長的視線，那三個人正在朝那道彎月形的海灣游去。他注視了一會，發現那三個人中間似乎有一個女的，確實有一間牢房裡單獨關押著一個女犯人，對，就是那個頭髮長長的，真他媽的有膽量。典獄長知道，如果讓他們游出海灣，懸崖峭壁就會消失，那兒是一片平坦的海灘。

就在這時候，許多獄卒知道出事了，從彎彎曲曲的山洞裡面趕出來了。他們圍在典獄長身邊，七嘴八舌地議論感嘆。

「先生們，請問你們中間哪一位能從這兒跳下去，去追捕逃犯？」典獄長問道。

獄卒們頓時鴉雀無聲，面面相覷。剛才喝醉酒的那位張開嘴吐出幾個字：「先生，我⋯⋯」後半句又嚥進了喉嚨。典獄長朝一張張臉掃視過去，一張張臉上的眼睛都躲開他的眼光。典獄長失望了，他恨面前的這批膽小鬼。可是他自己呢，能身先士卒地跳下去追捕逃犯嗎？儘管他胸前有勳章，腰間有火槍。他也不能。

典獄長悔不該今夜查看牢房遲了半個黑夜。都怪那封信，可是，那封信他早就想寫了，難道能怪他的家人嗎？他胡思亂想，想不下去，轉過臉，繼續望著天空。天空之中，厚實的雲被太陽染紅，稀薄的雲被太陽刺破，沒有一朵雲能夠徹頭徹尾地把陽光遮住。太陽還在向上升著，一覽無遺，陽光無窮無際，這猶如上蒼啟示著萬物，在向大地展現著它雄渾壯觀的內心、博大深邃的靈魂，和不可壓抑的氣魄。

典獄長從來沒有發現過太陽有這樣偉大，他渾身上下被太陽沐浴著，陽光照亮了周圍，彷彿火熱的陽光正在融化著他的軀體，使他產生了一種朝上昇華的感覺。但當他轉過身來，卻發現背後的那個山洞仍然一片漆黑，陽光並未照進這個山洞。前面的陽光和背後的黑洞將他交織在明亮與黑暗之間。「我要出去，我要見太陽！」他彷彿又聽到了那些犯人的呼喊，頓時心底一震。那些犯人是從黑暗的牢洞裡逃出去的，逃到陽光底下，儘管有的人已經在陽光到來之前死去，有的人還活著，在陽光下的大海裡拚命向前游著……

是的，那些追求自由的人是囚禁不住的，對於他們來說，自由的價值甚至超過了生命的價值。而那些囚禁自由的人，只能用鐵門去封鎖別人的自由，和用鐵門來保全自己的安危，如果讓他們用生命去抵擋那些不顧生命而追求自由的人，他們是如此地膽怯而缺乏勇氣。呵，對自由的想望和追求，猶如那旭日衝破黑暗、朝霞映紅天際，是無法阻擋的，無法抗拒的。

典獄長此時此刻感到有點內疚，作為一個一輩子囚禁自由的人。一輩子啊，他又思念起那個遙遠的家，妻兒老小和那個剛出生的孫子。他感到胸前那枚勳章似乎沉重起來，越來越重，就像變成了一把沉重的鐵鎖，那根紅綢帶似乎變成了一條鏽跡斑斑的鐵鐐，要把他脖子拉斷似的。一陣不寒而慄的感覺從他心底掠過，轉眼間，他的內心卻又像被陽光照透了一般，發熱發燙，冷熱交替，他兩隻粗糙的手情不自禁地顫抖起來，「啪」的一聲，汽油燈從手掌上脫落下來，摔破在腳邊，緊接著，那把開啟鐵門的鑰匙不由自主地從他另一隻手上滑落下來，在堅硬的石塊上蹦跳了一下，跌進了懸崖下的大海。

（原連載於《雪梨快報》1991年9月及《自立快報》、《大洋時報》等。）

輯二

散文

23　澳洲牧羊記

一

在老傑克的葡萄園裡，摘盡最後一顆葡萄，他說他弟弟托尼需要一個牧羊工人，幾位摘葡萄者紛紛嚷道：「放羊去，放羊去。」到了最後，只有一個人敢於奔赴大草原，我單獨啟程了，那兒也只需要一個人……

「咩咩」的羊叫聲把我從夢中催醒，我發現沉睡夢中的最大好處就是能碰到人，不管他是誰，是黑頭髮的中國人還是金頭髮的白人——大夢初醒，只有我一個人孤零零地躺在帳篷下面。

驀地，那個油布和毛竹搭成的大帳篷撞入我的腦海，在帳篷下面的稻草堆裡，幾個農兄農弟擠在一起談笑吵罵，放屁拉屎連著那個大糞桶都帶著人味，那是我在知青時參加大圍墾的年月。

而現在，一個人撐開兩塊眼皮，狹小的空間裡什麼也沒有。古語說「聞雞起舞」，我這是「羊叫起床」；也沒有床，一個簡單的地鋪，還有一支上了子彈的獵槍。鑽出帳篷的前奏是用槍桿挑開帳門，其實只這是懼怕他人的習慣心理在作怪，如果偌大的草原上真有幾個人出現，哪怕是敵人，也會使我的生活增添幾分色彩。

迎面襲來一片白霧，走出白霧，發現四周的白霧猶如天上的雲彩，這兒一朵，那兒一朵，不遠處那個星月形的湖上面，就像開鍋放出的蒸氣，霧狀又濃又厚，形成一個原子彈爆炸似的蘑菇雲團，我第一次看見這奇景。昨天的景致則別有一番風采，遠處波光粼粼，水中有五顏六色的影子，一會兒色彩化成形像，似人如物，我既驚喜又害怕，提著獵槍走近一看，連一滴水都不存在，這也許就是人們說的海市蜃樓吧。大草原上真是氣象萬千。

羊是世界上最老實的動物，溫和馴服，一心一意地啃牠們的青草。澳洲的綿羊又大又壯，羊毛細軟厚實，毛感舒適，澳毛堪稱世界上毛織品的上等原料，羊為人類貢獻出的真是太多了。據說去年世界經濟不景氣，澳毛出口業大受影響。結果，牧場主把幾十萬頭老羊趕到山溝裡，用子彈奪取了牠們的生命。一想到那些善良的羊，成堆成堆地鮮血直流地躺在山壑之中，我就感到不堪忍受。

除了羊之外，和我一起的還有幾條牧羊犬。這些狗真是精力旺盛，好像一輩子不知道休息，在羊群周圍跳來跳去，惹得羊兒們發出「咩咩」的抗議，羊的抗議聲也顯得這樣溫和。不過這些狗真幫我了大忙，牠們的速度，牠們的叫聲，牠們的負責精神，真不愧是人的忠實朋友，我就處在這些溫和與忠實的動物中間。

隨著太陽升空，霧氣消散，奇景也隨之消失，一切都恢復得和昨天一模一樣。看著羊吃草，百無聊賴，拉開舊吉普的車門，拿出一本英語書和一個收錄機，想閱讀英語，卻一個字也看不進。事與願違，本來想得好好的，一年之中，不說中文，只聽英語，跨過那道聽力關還不易如反掌？誰想到一人獨處，孤獨感像一根繩子橫七豎八地緊繞在心頭。真奇怪，一個人太自由了，反而有被禁錮的感覺。

那輛吉普和那支槍一樣，都是老闆托尼給我配備的裝備。我只學了幾小時，就把吉普車使喚得團團轉，何況，我以前在農場時，駕駛過拖拉機。草原上不要駕駛執照，也無須什麼高超的駕駛技巧，只要能把車朝東南西北開就行了，這塊草地被羊啃遍了，你就駕車把牠們驅趕到另一塊草地，其實牠們也知道，上帝賜予的青草是吃不完的。

而我的生活用品，一週一次從天而降。老闆駕著一架嗡嗡叫的直升飛機，草地上出現一塊影子，頭頂上一大包東西扔下來，有吃的、喝的和汽油等等，碰到大鬍子托尼高興，他會降落著地，下來和我聊一陣，給我帶來一週的英文報紙，讓我翻著字典，逐字逐句去了解一些外面的世界，然後這傢伙又匆匆忙忙飛走去其他牧場。老闆和我所訂的合同上寫明，牧羊一年，交了稅後我還能得兩萬澳幣，吃喝全由老闆供應，物質待遇算是不錯，然而精神呢？在這時，你才意識到放著這麼一筆錢，為什麼沒有人來掙，你才會真正懂得什麼叫精神生活。

當我寂寞無聊時，就會驅動吉普車，發瘋似地在空曠的草原上轉幾圈，惹得那些羊抬起頭叫喚，一對對羊眼裡流露出對我同情的眼光。而那些狗卻樂不可支，又跳又叫，牠們還有興趣和我開玩笑。我遙望藍天，手臂上的日曆表告訴我，那架蒼蠅似的直升飛機還需要耐心等待兩天，四十八小時，兩千八百八十分鐘，才能出現，簡直是度日如年。

此時此刻，如果從天空突然轉下一個圓形的天體飛行物，走出兩位天外來客，和我這個孤獨的牧羊人交談一番，聽聽他們描繪地球以外的世界，一定非常有趣。有一種說法：人類本來就是天外來客，在地球上繁殖延伸，在漫長的歲月中，中斷了歷史的記載，於是，忘記了自己是誰。據此論點，人類和天外來客是同宗同源。我喜歡探究人類的起源和人類的未來。

二

太陽已將草原照得暖烘烘的，這片安詳的土地幾乎和上帝創造時一模一樣，除了羊群的蹄印和羊齒啃過的青草，沒有被刀耕火種過，也沒有被機器開墾過，發現不了絲毫人類污染的痕跡，真可謂自然。記得在國內時我去過大西北沙漠邊陲的一個小鎮，那裡曾經是西夏王管轄下的一座古城，城邊是黃河古道，當年草木蔥蘢，牛羊成群，人丁興旺，遊牧民族在這兒聚集貿易，喜慶的日子裡，還有載歌載舞的盛大場面。是戰爭的殘酷破壞，還是自然的摧毀，使古城衰落破敗了。古河道邊殘剩著幾棵紅柳無力在風沙中搖曳，古城牆變成一小段丘陵似的土堆。唯有粗獷的風聲一陣接著一陣，吼吼灌耳，如同從遙遠的天邊而來，又彷彿成了恢宏壯麗的天音，我聽了很久，似乎聽出了在天音深處隱藏著悠久的生命和歷史。

在澳大利亞這片肥茂的草原上，我無法找出過去歷史和生命的象徵，雖然這片草原也可能同樣古老，但它的古老似乎和人類隔絕了，它保存著寧靜純潔和完美，然而太完美了，又似乎缺少一些東西，沒有受到任何破壞，也沒有得到任何的點綴。缺少人文的痕跡，人就很難從心底產生震撼。「天人合一」必須有天與人的同在。我甚至無法將「風吹草低見牛羊」與之對應，因為這一句古代民謠裡包含著人的眼光和人的情感。

陽光變得炎熱起來，涼快的氣息全部消失了。我經常感到，澳大利亞的氣候，夜間特涼，日間特熱，沒有太陽的時候，冷嗖嗖的，太陽一出，即使在冬天，鼻子也會滲出一層汗。也許是地廣人稀和日照強烈吧。陽光烘烤著萬物，羊群處在懶洋洋的狀態之中，牠們也已感受到過度的炎熱。我又看見了那頭羊，在成群集隊的綿羊中本來很難分辨出一頭頭羊，牠們今天在這邊吃草，明天就可能去那邊覓食，然而這頭羊特有靈性，牠經常會出現在我的眼前。這頭養不大合群，不像其他的羊看見肥嫩的青草，一哄而上，牠寧可舔著一些散落的草葉，不去做劇烈的搶食。幾隻鳥飛來，有一隻鳥飛到牠背上，昂立著吱吱直叫。「咩！」牠輕輕回應一聲。這頭羊老了，還有點病，也許到了知天命的歲月。當我幾次把藥片和著一把青草塞進牠嘴裡，牠咂巴咂巴地吞下去，感激地望著我。牠的眼光溫和，然而卻含著幾分憂鬱和傷感。每當我看見這頭羊，就會想起那些被牧場主槍殺的千萬頭老羊，並為此發出幾分感嘆。這頭羊又離開我的身邊，牠一步一步地朝羊群走去，但牠沒有走進那個群體，在羊群邊上孤獨蹣跚地走著，似乎在尋找什麼。牠在尋找什麼呢？

近處仍然是陽光高照。在遠處的丘陵背後，慢慢浮起一道灰色，橫布在天空裡。在天體下面的大地上存在著那麼多的孤獨。當你置身於人類群體之外，你會被無人的惆悵和無窮的寂寞，折磨得扭曲心靈。有時候，我甚至想脫光衣服，像野人似地拿著樹條揮舞在羊群之中，進入動物的群體，這也許是徹底地返歸自然。看來，非理性和回歸自然可以進入同一哲學範疇。

然而在茫茫人海之中呢，不也產生了一位又一位的孤獨者？當汨羅江畔的古道上，詩人屈原一步一步朝前走去時，發出「舉世皆濁我獨清，眾人皆醉我獨醒」（〈漁父〉）的感嘆。當老托爾斯泰在俄羅斯平原上尋找一條復活之路時，不也是那麼孤獨？法國思想家盧梭在對人類思想做出理性啟蒙時，卻同時詛咒著現代科學和藝術，他是一個孤獨的散步者。從東方到西方，從古代到現代，從哲人到平民，孤獨感始終籠罩在人類的頭頂上，它是愁雲也是靈光。還有那位天上來的使者耶穌，當他被釘上十字架時也同樣感到孤獨，他甚至認為天父要拋棄他了。

三

遠處天空中，那片灰暗色迅速擴張開來，而晴朗的天色卻越縮越小，最後被灰暗全部吞噬了。大風抖起，一陣急似一陣，將整片整片的草壓下去。羊兒抬起頭，仰望黯淡無光的天空，「咩咩」亂叫，牧羊犬東跳西奔將羊群聚集起來，風聲越來越緊，一場大雨即將來臨。我拚命按著車喇叭，引導羊群朝一個方向走去，雨點像數豆子似地一顆一顆從天空中打落下地，那一大群羊猶如一塊巨大的白雲在灰暗的大地上飄移，離前面那片樹林越來越近。

然而雨越來越大，「叭叭叭」，如同天上朝下面放著密集的槍彈。我發現羊群有點亂了，有些羊禁不住雨點的打擊，開始騷動起來。但最前面的百十來頭羊已經邁進森林，如果羊群全部走進去，牠們就會安定下來。天色微微轉亮，如同掀開天頂，雨卻越來越大，傾盆而下，被打濕的大地升起一股水氣，很快白茫茫的水氣瀰漫草原。為了看清外面的情況，車窗不能關住，冷風帶著雨點刮在我臉上，衣服也已淋濕，我感到肚子裡有一陣抽搐掠過，隨後腦袋裡產生起一陣昏眩，手上的方向盤也搖晃了幾下，我定了定神，抹了一下眼睛，看見羊群的大部分都已踏進樹林，樹林裡有密密的樹葉作為屏障，雖有雨水透落，但和外面的恐怖景象不可比擬。

突然，我發現大隊後面的上百頭羊，可能是被雨淋得不耐煩了，就像白雲被撕下一塊，朝另一邊走去。我猛按喇叭，喇叭聲頂不破響徹天地的風雨聲，那些該死的狗呢，也不知跑哪兒去了。我轉動方向盤朝那群羊駛去。那群羊走得很快，已經爬上一個山坡，我的車也已到了山坡下。猛踩油門，車頭朝上爬了幾公尺不動了。換檔、踩油門、扳動方向盤都無濟於事，車輪打滑了，無法爬上這道山坡。前面那群羊馬上要從我視線中消失，我推開被風雨頂住的車門，衝進雨陣。在摔了二三跤後，我爬上山坡，並追上羊群，牠們還是漫無方向地走著。我衝到羊群前面，扳住頭羊的羊角，把牠轉過身，其他的羊似乎也看見了大雨中的我。隨著羊群掉轉方向，我鬆了一口氣。

但當我領著牠們走下山坡時，我卻感到一陣昏厥，眼冒金星。就在這緊張的時刻，我以前在農場犯過的頭疼病又發足了，兩條腿像抽筋直哆嗦，只能慢慢朝前挪動，全身上下早已濕透，腦袋就像皮球被雨條抽打著在轉動，越轉越重，越轉越暈，我咬住牙關告誡自己：「不能倒下，不能倒下！」腦海裡頓時浮起一種感覺，這是一種什麼感覺呢？這是海明威筆下那位老人死命拉住那條魚的感覺，還是傑克·倫敦筆下那位飢餓的淘金者和臨死的老狼在等待著誰先倒下去的感覺？還有是一部電影裡，一輛燒毀的吉普車孤零零地躺在一望無際的大草原上。

哦，吉普車、草原，和我的景況如此相似，難道我就是這片草原上的第一個殉道者嗎？不，不，我已經看見那片樹林，身邊的羊和樹林裡的羊「咩咩」地遙相呼應，一頭頭白色的羊爭先恐後地向樹林奔去，也好像是一顆顆流星被前面一片黑洞吸納進去，頓時，我失去了知覺，最後好像問了自己一句：「我會死嗎？」

四

當我醒來時，發現自己已經置身於暖烘烘的陽光之下，天又轉晴了，雲散雨止，草原好像復甦過來，一片片草全抬起頭，如同什麼也沒有發生過一般。我就躺在樹林邊上，前面不遠處的一棵老樹，樹底下斜躺著一樣什麼東西，我撐起身子一步步走過去，看清楚了，一頭羊死在老樹底下，就是那頭不大合群的老羊。像觸電似地，我的心頭被猛刺了一下，雙眼發愣地瞧了一陣子，淚水奪眶而出……

人沒死，羊死了，在這個陽光普照的大草上。

（本篇散文2003年獲北美《世界日報》徵文佳作獎）

（原載於北美《世界日報》，澳洲《東華時報》、《滿江紅》雜誌、《大洋時報》等）

24　燃燒的帳篷

一

這是一個黑色的帳篷。

沒有想到我來到澳大利亞買的第一件物品竟然是一個帳篷。野營用品商店的老闆將我領到一個無人問津的角落，指著那個處理價一百元錢的帳篷。說句實話，這個帳篷太簡陋了，又小又窄，剛夠一個人躺下容身，比一口棺材也大不了多少。老闆搖搖頭說：「你去度假，這個帳篷不大合適。」我也搖搖頭說：「我不是去度假。」

那時候經濟蕭條，到處找不到工作，唯一的去處，就是去農場摘葡萄。工作介紹中心的人說，去那兒沒有地方住宿，必須自己攜帶帳篷。我囊中羞澀，僅有一百多塊錢，幸好去農場的車票是工作介紹中心提供的。

那兒的天很大，湛藍湛藍，地也很大，搭起的葡萄藤架一眼望不到盡頭。我們幹活的時候，把天地都扔到一邊，鑽在葡萄架下，用鋒利的小刀割下一串串葡萄，裝入硬紙箱，每一箱可以得到一塊金黃色的澳幣。有時候，掀起一串葡萄時，「哄」地飛出一片小蟲，朝你臉上襲來。最倒楣的是碰到爛葡萄，臭氣衝鼻，最幸福的是挑最大的葡萄塞進嘴裡。

葡萄是甜的，流出的汗水是鹹的。當我們汗流浹背，腰也直不起來的時候，就該下班了。

晚上，彎腰鑽進帳篷，裡面又悶又熱，必須關住帳門，外面有嗡嗡叫的蚊子。躺在地鋪上，身子骨就像散了架似的，腳後跟，一個旅行包是我的全部家當。為了明天獲得更多的金燦燦的澳幣，我需要恢復體力，進入夢鄉。可是十幾年前的一幕昏暗的景象老是在眼前晃動……

那一年的寒冬臘月，我在中國東海之濱參加圍海造田。海岸線上挑擔挖泥的人就像密集的螞蟻。一輛拖拉機像一隻烏龜似地從地平線那邊爬來，在海灘邊卸下稻草、毛竹和黑色的大油布。用毛竹搭成三角架，拉上黑油布，地上鋪上稻草，中間的一根粗毛竹下面是一個大糞桶，這就是二十幾個小伙子的穴居之處。

深夜，海風貼著油布呼嘯著，帳篷內的人鼾聲夢話此起彼落。一股濃烈的煙味把人嗆醒了，某一位抽著煙進入夢鄉，煙蒂燃起了稻草。火光之中一片亂哄哄的人影，有人急中生智，把大半糞桶的人尿倒在燃燒的稻草上，發出嘶嘶的叫聲，然後二十幾個人，一人一泡尿撒在星星點點的火光上面，火熄滅了。那股兒騷臭味幾天幾夜沒有散盡……

此刻，在這個狹小的黑帳篷中只有一個孤零零的我，而我的腦子裡卻還在胡思亂想著什麼東方的集體主義和西方的個人主義等等，哦，同樣在黑色的帳篷之中。「轟隆隆」，帳篷外響起驚雷，我看不見閃電，卻能聽到豆大的雨粒打在帳篷上面，越來越激烈，我擔心那雨粒是否會變成子彈射穿我的帳篷。在轟鳴的雨聲中，人感到越來越渺小，人體彷彿在收縮，想要縮進一個溫暖的保護層裡，哦，能不能縮進母體的子宮？這時候的我，大概進入了夢鄉。

睡夢中的我，感到屁股底下濕乎乎的，我該不會真的變成幼童尿床了吧？我摸了一摸屁股底下，甚至能抓出一把水來。我鑽出帳篷，「啪」地一腳踩在水塘裡，在手電筒光中，我發現雨水淌成一條小水流，在帳篷下面，我屁股占據的那個位置穿越而過。另一邊，水流匯在一起簡直成了一條小河，扔在帳篷邊上的那雙球鞋就像兩隻小船一樣漂在水面上，流向那邊。

那邊是另一個狹小的黑帳篷，躺在裡面的是阿華，一個馬來西亞的華裔青年，他在這兒讀大學，家境並不寬裕，利用暑假來這裡摘葡萄掙錢。那傢伙睡得肯定像死豬一般。我撿起球鞋敲打著他的帳篷，他哼了一聲，翻個身又睡著了，他不會在睡夢中游泳吧？我掀開帳篷，對著他大喊大叫，終於使他鑽出帳篷。「哇，這麼大的水。」他從夢中澈底醒來，褲衩、背心都像在水裡浸過一般。我們兩人急忙去收拾自己的帳篷等物，形勢一片混亂。

雨停了，兩個光著膀子濕漉漉的人坐在一起抽著煙，黑暗中有兩點微小的紅光。我談起十幾年前黑帳篷裡的火光，和如今黑帳篷底下的流水，呵，簡直是水深火熱。阿華說：「媽的，這日子真難熬。」突然，他來了靈感，「你瞧，這天是不是像一個巨大無比的黑帳篷？」

我似乎也感悟到了什麼。那是什麼呢？是幾個世紀，還是成千上萬年，人們都如同生活在一片黑色之中，人們孤獨的心就像被一層黑色包圍著。然而只要夜空中還有星星，人們就會想：明天是一個晴朗的天。

夜空中的烏雲被吹散了，露出一顆顆的星，就像點在天頂上的燈。

二

農場主老傑克是一個挺有趣的人，他見我們幹活不要命的樣子，說我們是真正的澳大利亞人。什麼人才是真正的澳大利亞人呢？

當我們收工的時候，老傑克提著啤酒帶著我們上了一道山崗，在晚霞之中，遠處的平原上也燃起一片火光，還傳來了人嘶馬叫的聲音。我問：「該不會在那兒打仗吧？」

「澳大利亞從來沒有戰爭。」老傑克喝完了第五罐啤酒，那張臉紅彤彤的，是一輩子的日曬雨淋還是被酒精的浸淫，已經分不清楚了。他告訴我們：那是土著人的篝火晚會。就像我們在後院進行燒烤，在家裡開派對，只不過他們喜歡在大自然的曠野之中，千百年來他們就是這樣進行生活的。他大聲叫喚道：「這叫生活方式不同，你們懂不懂啊？」

「這老傢伙沒有喝醉吧？」阿華說。

週末，老傑克駕著吉普車帶著我們去購物，一路上他嘮嘮叨叨地傾訴著苦衷。他是英格蘭人的後裔，從祖父到他，經營葡萄園已經好幾代了，如今，他的老婆去世了，兩個兒子去了大城市。「現在的城裡人，不肯來鄉下幹活，我們那個時候可不是這個樣子的。」他發怒地說，「操，兩個狗屎兒子要我把農場賣掉。我不喜歡城市人的生活方式，我寧可死在這兒……」這老頭倔著呢。

回來的時候，路過土著人的營地。那兒的房舍很簡單，場地上架著一個個帳篷，幾乎談不上現代化的生活設施。老傑克說，天氣暖和的時候，他們喜歡睡在露天。

老傑克帶著一箱啤酒，和土著朋友一起喝得爛醉。隨後，我們和他們一起玩飛鏢，這種飛鏢扔到空中，沒有碰到任何東西就會飛回來，叫「飛來去器」。

熱情的土著人又帶著我們爬上一座山，鑽進一個山洞。陽光從洞頂的空隙間瀉入，原來山洞壁上有許多原始岩壁畫，反映土著人打獵捕魚祭神等生活場面……。很久很久以前，幾百年，幾千年，也許是幾萬年，他們就生活在這個山洞裡，這個山洞就是他們的天然的帳篷。

三

中國有句古詩：「似曾相識燕歸來。」其實許多事物我們以前並沒有見過，比如那個「飛來去器」，十幾年裡，經常在我的夢中飛旋……

十幾年後，我們已經在澳大利亞生根，拿了袋鼠護照，建家立業。可誰是真正的澳大利亞人仍然像一個迷，是生活在這兒成千上萬年的土著人？是開發出這塊新大陸的歐洲人？還有，我們華人不也在一百多年前來這兒淘金子嗎？也許，讓它成為一個永遠的謎，更令人神往。

我又去了那家野營用品商店，現在這位年輕的老闆是以前那位義大利老闆的兒子。我選購了一個一千多元的天藍色的大帳篷，裡面左右兩側有兩個架起來的床鋪。我的老朋友阿華新買了一輛四輪驅動的越野吉普，八個汽缸，可以在大沙漠中滾動。當我倆決定在澳洲大地上好好轉一圈的時候，他興奮得睡不著覺，我呢，又夢見了那個飛來去器……

我們又來到麥朵拉地區的葡萄園。葡萄園的規模比以前老傑克的時候風光了許多，葡萄長勢喜人，紅是紅，綠是綠，又大又圓，晶瑩透明。阿華說：「今年摘葡萄肯定能掙不少錢。」

老傑克已經死了，接替他的是一位希臘人，是老傑克的兒子將農場賣給他的。希臘人很會管理葡萄園，據說在古希臘半島上就到處是葡萄園。那個希臘人告訴我們，老傑克最後幾年把葡萄園搞得一塌糊塗，他是在酒醉中死去的，死的時候躺在葡萄園裡曬太陽，身邊到處是酒瓶子，蒼蠅圍在邊上嗡嗡叫著，那些蒼蠅也醉了。直到夕陽西下，有人發現他躺在那兒一動不動，頭上蓋著一頂牛仔們戴的帆布帽子……

離開葡萄園後，我們又去觀看了那個土著人的山洞，山洞裡的岩壁畫依舊，空氣也和十幾年前聞到的一模一樣，時間似乎凝固住了，停留在當年。這個當年，我想應該是千百年前他們居住的那個年代。

那個晚上，我們是挨著一片桉樹林安營紮寨。帳篷裡，我和阿華躺在左右兩個鋪上。阿華興致勃勃地說：「真是一分價錢一分貨，這個帳篷太完美了。如果今夜下一場大雨，水從床底下流過，也碰不到我的屁股……」

我說：「今夜的雨水匯成一條大河，把我們的帳篷整個地浮起來，我們隨著流水遊澳洲。」

「那你這輛車放在這兒擺譜了，明天穿過大沙漠，沙漠裡沒有河……」

「哎，你說老傑克這個人，他一輩子喝下去的酒真能流成一條河，在喝酒中死去，一定舒服。」阿華扔過來一罐啤酒，這次出門，他車裡也裝著一箱啤酒。

「不一定吧，借酒澆愁愁更愁。老傑克為著他的葡萄園發愁。他總是認為，只有像他那樣的人，才是真正的澳大利亞人。」我也豪情滿懷地將一罐啤酒灌進喉嚨。

我倆一邊迷迷糊糊地談論著一邊進入夢鄉。

夜裡沒有下雨。半夜帳篷頂上「嘭」的一聲巨響，我倆同時驚醒，一先一後跨出帳篷，在電筒光中，我們看清楚了，是一個樹杈掉在帳篷頂上，樹杈中間有一隻小樹熊。小樹熊是澳洲國寶，不是吃桉樹葉就是睡覺，一天要睡十六個小時，就像人類的嬰兒一樣。大概是樹杈突然斷了掉下來，幸好這個帳篷結實，不然小樹熊就該穿洞入室，和我們睡一個窩了。我們把這個睡眼惺忪的小傢伙抱到一棵桉樹下，月光照著白色的樹皮，那可愛的身影慢慢地爬上樹去……

四

第二天，我們的目標是坐落在澳洲大陸中部的「變色岩」。

此刻，路途中只有我們一輛車，四周是浩瀚的大沙漠，風聲呼呼嘯叫著掀起沙塵，沙塵落定，太陽底下又是無邊無際的金色沙丘。遙遠之處有一輛車開來，就像一隻小甲蟲變得越來越大，不一會，從我們邊上飛馳而過，就像飛過一隻鳥。在沙漠的上空，我們看見幾隻飛翔的鷹。

在沙漠中，我倆輪流開車，不停地鬥嘴饒舌，把車上的音響開得嘭嘭響，也無法驅破沙漠中的寂寞，前面的路好像沒有盡頭。

傍晚時刻，在大沙漠中間突然聳立出一個龐然大物，讓你眼前一亮。

它的全名叫艾雅斯岩石，高三百四十公尺，周長約九公里，是世界上最大的獨體岩石，地質學家稱它為島山。它是天上掉下來的神石，是附近的土著人的崇拜物。根據季節和時間的不同，它能變化出七種顏色，又名「變色岩」。

我們眺望著艾雅斯岩石。阿華說，那塊大石頭像一頭獅子蹲伏在沙漠中間。我說澳洲沒有獅子，最凶猛的陸地動物是丁狗，顧名思義，和狗大小差不多，若干年以前就出沒在中部，以後銷聲匿跡了。我看過一則報導，在變色岩附近，一名小孩突然失蹤，警察懷疑是她母親把她殺害了，但是，不久人們發現那兒又有了丁狗的蹤跡，說是丁狗把那孩子叼走了……。丁狗似乎又從絕種中復活，於是這件事成了一個超級謎語。在這個神祕的沙漠中究竟蘊藏著多少個謎呢？那塊巨大的石頭本身就是一個天大的謎。

「你說這塊大石頭像什麼？」阿華問我。

我凝視著那塊大石頭，脫口而出道：「它像一個大帳篷。」

「哪有石頭的帳篷？這是一塊整石。」阿華也喜歡和我頂牛。

「你怎麼知道那塊石頭中間沒有空間呢？」我寧可想像在那塊石頭中有一個巨大的空間，一個土著人的部落世世代代生活在裡面，他們是天外來客還是千萬年前的遺民，都無關緊要……。這時候，我看見晚霞照射在巨大的岩石上，從下端慢慢地向上移動，似乎正在點燃著那塊天底下最大的石頭。我仍然在想著：是的，人類至始至終需要一個巢窩，哪怕是從母胎開始，人類住山洞，構木為巢，築泥為屋，製磚造瓦建房，直至今天的高樓大廈，其功能和作用是一脈相承的。人需要一個巢窩，然而人又喜歡走出巢窩，走出家門，走出國門，去發現，去尋找。他們需要在這個世界上尋找什麼呢？是在尋找一個靈魂的巢窩，還是一個精神的家園呢？

哦，當晚霞在跌入天際的一剎那間，將整塊巨石都點燃了，廣闊的沙漠中間那一片紅豔豔的光輝就是一座燃燒的帳篷，在那個燃燒的帳篷中間隱藏著一個神祕的世界……（完）

（本篇散文2004年又獲《世界日報》徵文三等獎）

（原載於北美《世界日報》、澳洲《大洋時報》等）

25 故鄉・異鄉・夢鄉

從天音迴蕩、大地混沌的遠古，到高樓林立、公路密布的現代，人們無法闡釋清楚自己的夢。夢，至始至終，在沉寂的夜空中，盤繞在人們的心頭⋯⋯

一

在南半球的土地上，這兒的原著民十萬年來孕育著自己的夢，在他們的夢中有巨蜥、火、風、草地、豬、蛇、袋鼠和原始舞蹈等，他們在釋夢時缺乏弗洛伊德那麼多理性知識，然而一代一代的土著卻能從夢中出發去尋找出這塊大地上無數個神蹟和遺址，夢化成了歌謠，每一個部落都能用用原始歌謠去追尋前輩和企盼後代。雖然那時候沒有公路的概念，然而他們在夢中有無數條縱橫交叉的路徑，他們的族群沿著路徑漫遊。因為內陸到處是荊棘和沙漠，某一塊土地上雨水來臨，草木繁盛，這兒就是生存之地。緊接著可能是五六個荒年，必須遷移。沿著泉水，沿著還未乾枯的河流，他們在這塊未被開墾的大陸上漫遊。漫遊是為了生存又如同一場龐大的遊戲。在漫遊過程中，他們傳遞信息和其他部族進行交換，也許其他部族也在進行漫遊，他們以物交換，不是為了追求利潤，而是講究平等。

若干年以後，這個部族以前居住過的土地，老天爺又降下一片雨水，但主人卻更換了，也許是一個其他的從遙遠地方的路徑漫遊過來的部族，而曾在這兒居住的部族已經遷移到他們夢中其他地方。他們的國家概念就是路徑，沒有界限，更沒有國境線。如果大陸四周沒有海洋，原始部族的路徑可以延伸得更加遙遠，漫無止境。奇異的文化和奇異的夢相伴，那是人類童年時期幼稚而美好的夢，當別人已經進入壯年時代，他們由於大洋的隔離，仍然還沒有走出漫長的童年期，所以在他們的夢中沒有出現國家形式的「澳大利亞」。

二

「澳大利亞」這一名稱並非大不列顛人的發明，當年歐洲諸國突破陸地的界限，以艦船劃開藍色的海洋，在拉丁語中首先出現了這一個澳大利亞的名詞「Terra Australis Incognita」（未知的南部陸地）。在澳大利亞門口有一道托雷斯海峽。托雷斯是西班牙的一位傑出的航海家，然而，他功虧一簣，十七世紀，他到達了未知南部陸地的門口，卻沒有踏上這塊新大陸。後來讓英國的庫克幸運地撞破了這道門口，在這扇門上掛上了米字旗。

西方人的夢做得很踏實，如果夢裡瞧見街上有一塊金子，哪怕這條街遠在天國，第二天他們也會去尋找，他們將生死置之度外，不顧一切地去追求自己的夢鄉，於是整部西方探險史都是和黃金、白銀、寶石、香料聯繫在一起。

然而當大不列顛的子孫踏上這塊未知南部的土地時，對於許多人則是一場惡夢，英吉利海峽邊的破船上，囚犯已經人滿為患，他們不遠萬里被押解到這塊荒涼的土地上。直到發現了黃金，這兒才開始繁榮昌盛，惡夢開始轉化為美夢。有時候你不得不承認西方人獨特的做夢方式，他們將實證主義的思維帶入夢中，將夢條分縷析搞清楚，於是就有了弗洛伊德的析夢說。他們在夢中發現了蝴蝶，就一定要搞清楚蝴蝶的身體、翅膀、顏色和蝴蝶的使用價值；他們不會說，黑夜中我夢見了蝴蝶，白天我是蝴蝶的夢中之人。他們不容許含糊其詞。於是夢中的「未知的南方大陸」，真正地成為了澳大利亞國家，大陸及周圍的海域，根據他們的原則劃成了「國土」，劃地為牢和劃地為國有些方面是相似的。當然他們不會像原住民那樣，將路徑和領土混為一談。這是人類成年期的夢，成年的夢是偉大的，然而在偉大的夢中也含有骯髒的色彩。在這個世界上，西方人最大的成就也許就是把「異鄉」變成「家鄉」。

三

我有一位拉二胡的朋友，他那把二胡是從叔叔手上傳下來的。他叔叔生來就是個瞎子，沒有見到過天地日月，但他叔叔拉出的琴聲卻像融化在周圍的鄉土之中，叔叔對他描繪過村莊周圍綠樹的小湖、金色的莊家和黑色的牛。他問叔叔：「你看不見這一切？」叔叔告訴他：「這是我在夢中看見的。」後來他叔叔又夢見了一片黃土，叔叔死了，在村後多了一個土墳。

我那朋友出國前做了一個夢，從綠色的水鄉飛翔而起，飛過田野山川，也飛過大街小巷，不知飛行了幾千幾萬里，在一片晶瑩透明的藍光下有一座美的無法形容的小城，五顏六色的小房子沉浸在一片童話世界中。當他飛過小城之後，穹宇間變得一片淒愴，背後有一個惡魔向他追來，他飛得越快，惡魔追得也越快，一座漆黑的大山擋在前面，他一頭撞去，突然旋轉進入了一個無底無淵的黑洞……

我不可能鑽入每一個海外華人的夢中，但我知道那句古詩「身在異鄉為異客」，也許這是中國人不可改變的習性，即使我們已經成了所居國的公民。

據《山海經》的傳說，華夏的祖先曾踏上過未知的南部大陸，據較為含糊的記載，鄭和下西洋光臨過這片土地。東方的文明也許比西方更悠久，但中國一代又一代的皇帝和騎士們熱衷於長城內外的馳騁，在他們的夢中，從未有過開拓海外的構想。一百多年前，中國的百姓踏上這片土地來挖掘黃金，但不少人挖到金子後就打道回府，也有人受到了白人的迫害而被驅趕出境。

「今天我們站在澳大利亞的原野上，腳印比以前任何時候更加踏實，但我們仍然是黃皮膚黑頭髮。」我的那位朋友如此說，儘管他現在一年只拉一次二胡，是在農歷八月十五的晚上。

四

當地上的人抬頭仰望天空，天空中純潔的白雲可以從這邊飄向那邊，在藍天之中漫遊，無須國籍和護照，這使人想起千白年前原住民在這塊土地上漫遊的情景。現代人唱起〈瀟灑走一回〉，也許走過的不是一回、二回、三回。這是一場遊戲，還是一場無法分解的夢，但在感覺中，現代人的心靈和古代人的心靈在碰撞中，也會迸發出相似的火花。

當外太空的宇航員俯視著藍色的地球時，說道：「這是我的故鄉——地球。」現在有人將地球稱呼為地球村，即使在傳統中，村莊的概念似乎和故鄉的概念靠得很近很近。

「人民只有一個祖國，世界共和國萬歲！」

當年西方列強正在給地球上劃分一道一道界限的時候，一位有良知的西方作家卻喊出了這樣一句話。不管是白種人黃種人、黑種人、紅種人，也許這是人類歷史發展至今所做的一個最偉大而壯麗的夢，在這個夢中，故鄉和異鄉都將隨之消失。人類能夠進入這個甜美的夢鄉嗎？（完）

（本篇散文1998年獲澳洲新海潮報散文徵文一等獎）

（原載於澳洲《新海潮報》、台灣《人間福報》等）

26　重回溫莎鎮

一

我的1988年型馬自達破車從喬治路轉上維多利亞路。1988年，已是上個世紀的末期。一想到在路上能看到藍天下閃光的海，人就有點激動。今天的海和以前的海是否同一種顏色呢？

古希臘的哲人說過：「一個人不能兩次走進同一條河裡。」

其實，喬治路和維多利亞路都只是一條路名，澳大利亞有成千上百個這樣的路名和地區名，就像我要去的溫莎鎮，和遠隔萬里的英吉利海峽邊的溫莎堡沒有任何一點關係。不過，我想到了半個世紀前，大不列顛國出了一位要美人不要江山的溫莎公爵……

在《太陽晨報》上，我讀到一條新聞，溫莎地區的一家有上百年歷史的大型肉類加工廠倒閉。我早有重遊溫莎鎮的念頭，就像知青回來後，想去看看當年插隊的地方。八年前，我在那個肉類加工廠做搬運工。那時候，許多像我這樣的中國人為了一份工作，找遍了澳大利亞的每一個角落，無孔不入。而我找到了這個離悉尼一百公里之外的方——溫莎鎮。

二

維多利亞路就像一條巨大的蟒蛇爬在海邊高低起伏的山丘上。

「彩虹蛇王」圍繞著澳洲沿海爬了一圈，在爬動中掘出山丘和河流，使沿海地帶成了人們的生存之地，這是澳洲最著名的一個民間故事。溫莎鎮的那塊山嶺和土地，應該是彩虹蛇王扭動身體的某一刻，創造出的成果。

呵，我看到了太陽下的大海，金光閃閃。

腦海裡同時閃現出兩個名字：阿丹和詹姆斯。阿丹和我一樣也是搬運工，還是工會小組長，一瞧見他黑黝黝的皮膚，就知道他身上有著土著血統。金頭髮的詹姆斯是鏟車司機，他的絕活是把鏟車開得團團轉。

「如果你能把賽車開得這樣轉，準能參加一級方程式大賽，成為百萬富翁。」阿丹如此說。

「可惜了，他媽的。」詹姆斯說話的時候像個大孩子，其實他已經有了孩子，他們家幾代人都住在溫莎鎮上，他的祖先是這個鎮上最早的歐洲移民。

我去過詹姆斯家，他家裡布置得很整潔，還有幾分藝術情調，牆上的小鏡框裡有幾幅我看不懂的畫。詹姆斯說是他製作的現代派藝術品，以前他在工藝美術學校學過畫畫。

「那你為什麼來這個畜牲加工廠開鏟車呢？」我同時想到了自己。

他又說：「可惜了，他媽的。」

「詹姆斯什麼都會玩，能和007詹姆斯・邦相比。」阿丹說道。

詹姆斯很認真地說：「澳大利亞人不喜歡間諜，喜歡釣魚。」

阿丹的家我也去過，是鎮上租的房子。那天，他在後園裡BBQ燒烤，請來了不少土著朋友。屋子裡幾乎可以用家徒四壁來形容。後來，詹姆斯開著拖車，幫阿丹買來幾件舊家具。

一星期後，詹姆斯對我說，他要揍阿丹一頓。因為上次買家具，阿丹借了他二十元錢，工資發了，還不還給他。

「就為了二十元錢。你們不是好朋友嗎？」我弄不懂。

阿丹整天笑哈哈的，他和我爭論過一個問題：是金子昂貴，還是木頭珍貴？

三

車輪從公路上滑下山谷，看不見海了，只能遙望藍藍的天。

溫莎鎮的山谷外是一望無際的牧場，牛羊成千上萬。

那時候，我也在溫莎鎮上租了一間屋子，週末，坐車幾十公里去附近一個大城鎮，那兒有一家華人雜貨店，購買一堆中國食品。回來後我就躺在床上，看一本名叫《結構主義》的書。

結構主義的發端是語言學，現代語言學的鼻祖是阿爾卑斯山下的語言學大師索緒爾。語言學一路發展下來，有社會語言學、工程語言學等等，都和結構主義有關。到了美國一代語言學家喬姆斯基那兒，又出現了一種「轉換生成語言學」，字詞間的搭配，可以轉換生成出新的意義……。以後結構主義又被運用到歷史學和社會學的研究之中，使這些領域的研究閃現出了奇異的光芒，其中以列維－斯特勞斯的「結構人類學」最為著名。後來，我還讀到過比利時科學家普里高津的《從混沌到有序》一書，他的「耗散結構」理論，研究一個開放系統在遠離平衡的非線性區從混沌向有序轉化的規律。他不但用「耗散結構」解釋化學變化，還用來說明，一個城鎮是如何形成的。

那麼，溫莎鎮是如何形成的呢？

四

中途穿過一個叫滑鐵盧的小鎮，鎮邊那條路叫滑鐵盧路。當年拿破崙和英軍打仗，兵敗滑鐵盧。滑鐵盧在比利時，和英國人開發出的澳洲又有什麼關係呢？

我記得那個肉類加工廠經常罷工。有人說，罷工是廠方和工會合作的結果。老闆因為訂單不足，就讓工會隨便提出一個理由舉行罷工。於是，老闆能省下幾天開銷，總不能讓大家在廠裡混著吧。

罷工的日子是工人們歡欣鼓舞的日子，可以名正言順地到俱樂部或者酒吧裡去混著。平時去酒吧，得看老婆的臉色。鎮上的人還比較傳統。

阿丹、詹姆斯和我在俱樂部的台階上碰頭。「RSL」（退伍軍人俱樂部）遍布澳大利亞的每一個角落。不知道溫莎鎮上是否能找出退伍軍人，但每一間酒吧裡肯定都能找到肉廠的退休工人。這個大型的肉類加工廠每天要屠宰幾百頭牛羊，一百年來殺死多少牛羊？這個數目令人傷感……

阿丹和詹姆斯喜氣洋洋地舉著大杯福士特啤酒。我端著啤酒有點憂鬱，憂鬱的原因是少幹一天活就少掙一天錢。我小心翼翼地說：「如果我不參加罷工，可不可以？」

「殺了你。」詹姆斯喝了一大口啤酒。

「如果今天你還在幹活，明天廠裡復工，工會就會對廠方提出要求，第一個被開除的就是你。以前廠裡也有一個中國人，就是這樣被除名的。」阿丹說得有鼻子有眼。

我當然不想成為第二個被抄魷魚的中國人。於是，我就和他們一起在俱樂部裡玩角子老虎機。三人都輸了錢。我輸了兩百元錢，氣憤地嚷道：「該把這個俱樂部炸了。」

「為什麼？又沒有人逼你進來玩。」阿丹還在朝機器裡塞金色的硬幣，他輸得比我還多。

「老虎機都是騙人的。」詹姆斯喝了第三杯。

五

從反光鏡裡看到滑鐵盧鎮的最後一個鏡頭，是教堂的尖頂。

又走上一條亞歷山大路。我知道亞歷山大路的盡頭是埃特曼海港。其實，從溫莎鎮駕車二十分鐘，就能到達海港。卡車把冰凍裝箱的肉類從加工廠拉到碼頭，裝上遠洋貨輪，出口到世界各國。

週末，阿丹和我坐著詹姆斯的小車去海邊，還有詹姆斯八歲的兒子。在海邊，我們能釣到不少魚，抬頭還能隱隱約約地能看見海裡的一座燈塔。詹姆斯說：那是海豹礁燈塔，離海岸有幾十公里，在那兒的海面上，一百多年前，有一條輪船在暴風雨中沉沒。船上裝著不少金子，聽說這條船是駛往中國去的。

「詹姆斯，你沒有吹牛吧。」阿丹有點懷疑。

不久以後，我在一份翻譯資料裡看到：

1895年8月7日下午，開往香港的卡特山號蒸汽輪船載著貨物駛離悉尼的米爾森碼頭。碼頭上，一個小女孩朝著船上的瑪瑟亞夫人喊道：「姑媽，你不能走呀！你會淹死的，我再也見不到你。」沒想到，小女孩的話在十個小時後成為事實。午夜02點25分，卡特山號在距離悉尼以北二百公里處，遇暴風雨觸礁沉沒，瑪瑟亞夫人連同船上約四千英鎊金幣和其他貨物一起沉入海底。

船上的金幣和大部分貨物屬於當地華人開辦公司的。那份清單上有：

Guong Tart—價值200英鎊一箱金幣

On Yick-Lee—價值1400英鎊一箱金幣

……

一年後，清單上的金幣大部分被打撈上來。據行家分析，那些上船的華裔商人，隨身行李中也攜帶了不少金子，這些行李還沉睡在海洋底下。那時候，華人把澳大利亞稱為新金山……

六

我駕車來到亞歷山大路的盡頭，埃特曼港口沒有幾條輪船，卻有許多海鳥，隨著海鳥嘰嘰喳喳地飛上天空，那座燈塔又隱隱約約地進入我的眼簾。今天燈塔已經失去了作用，輪船上有先進的導航設備。

其實，我還有一個想法，是否能在海邊垂釣處碰巧遇見阿丹和詹姆斯。垂釣處沒有人，海浪拍在黑色的礁石上，濺起白色的浪花。八年過去了，我是否能在溫莎鎮上找到他倆呢？

我從埃特曼港再轉頭駛往溫莎鎮，路上瞧見了大片牧場和大群的牛羊，牛羊在田野裡叫喚著，其樂融融。肉類加工廠倒閉了，牠們可以無憂無慮地活下去。我的車駛上了一道山坡，山坡上充滿陽光，金色的陽光在空中閃爍，把周圍的樹林都照射成一片金黃色。

在樹林後面的山腰間有一個山洞，是阿丹告訴我的。阿丹還把溫莎鎮叫做「傷心之地」。

「為什麼？」我問道。

我不知道性格開朗的阿丹會說出一個如此沉重的故事。

這是他的先輩流傳下來的故事：很早的時候，這裡居住著一個土著人的部落。二百年前，遠方的白人坐船登陸，在搶占這塊土地時，對當地的土著人進行了一場屠殺，殺死了幾十個人。其他土著人把這些屍體偷偷地藏進了那個山洞，同時藏進山洞還有一塊圓圓的大木頭，木頭上畫著一張土著人悲傷的臉，臉上流著眼淚。這就是「傷心之地」的由來。

直到若干年前，人們才發現了掩藏在一塊大石頭後面的山洞。山洞裡有幾十具白骨，還有那塊圓桌一般大小的畫著圖案的木頭。在火把的照耀下，那塊木頭潔白如玉，散發出一股奇異的香氣。阿丹說：那塊木頭千年不腐，萬年不爛。在一座大森林裡，一千年才能長出一棵這樣的樹木，樹木的根鬚會延伸幾十公里，從整個森林裡汲取養料……

我不知道該不該相信他的話。後來，我跟著他去爬了那座山，山洞口的那塊大石頭還在，山洞裡黑乎乎的什麼都沒有。阿丹也沒有看見過這塊神奇的木頭，是聽老人們說的。這就是他為什麼要和我爭論：「是金子昂貴還是木頭珍貴？」

當我走出山洞時，突然感到一陣風是從百年以前吹來的。

七

從半個世紀前風流成性的溫莎公爵到今天同樣風流的查爾斯王子，歷史會出現某種翻版。如此的翻版是否會出現在將來呢？

因為有了土地，人們才可以生存。因為有了牧場，才有了牛羊成群；因為有了埃特曼港口，才有了便利的交通，於是有了肉類加工廠。因為有了肉類加工廠，才會有這個廠的罷工，才會有我和阿丹與詹姆斯的相識，才會有我們在退伍軍人俱樂部喝啤酒玩老虎機輸錢……才會有今天肉類加工廠的倒閉。因為有了金子，才會有來澳洲淘金的中國人，才會有深夜海豹礁邊上的沉船……。當然，那時候，人們並沒有想到這些存在，更難以想像出和未來事物之間的聯繫。無意識的存在是隱藏在人們自認為支配本身的生存的那種存在的後面的。

溫莎鎮把這一切存在串聯起來，還串上了「傷心之地」的山洞和那塊神祕珍貴的木頭。這一切好像處在無序和有序之間，呈現出一種歷史的結構，一種社會的自組織形式……。我想，這肯定不僅僅是一個小小的溫莎鎮的結構。

我的1988年的馬自達破車從一所教堂邊擦過，這是溫莎鎮上的教堂。教堂上響起鐘聲，是中午十二點正……（完）

（本篇散文2005年獲澳洲「傅紅」文學獎，二等獎）

27 澳領館門口

上海的澳大利亞領事館地處淮海西路那一帶的領事館區，一幢幢圍著高牆的花園洋房頗具氣派，各國的領事館鱗次櫛比。在出國潮的那陣子，美領館、日領館、澳領館門口人聲鼎沸，把那片靜悄悄的領事館區折騰得好不熱鬧。

八九年至九〇年是赴澳留學的高潮期，付了幾千元澳幣的等待者個個都像懷了一隻兔子，心裡惴惴不安。飲食無味，睡覺難眠，上班也沒有心思，於是一個個跑到澳領館門口來解悶，互相打聽消息。

那位特別能言善道者是一個販魚的個體戶，名號大發。大發頭頸裡的金項鍊粗得像小指頭，金項鍊一晃一晃和刮魚鱗時候的節奏一模一樣，他翹著大拇指說：「不是吹的，興隆農貿市場裡，誰不知道我大發是三張半鐵嘴中的一張。」於是，每天從大發嘴裡傳出各種稀奇古怪的消息。

而那位戴著眼鏡的小李則經常要駁斥大發來路不明的消息。他說話一板一眼，有根有據。對於他的話，大家比較相信，他是華師大畢業的高才生，口才好，又會分析問題。各位說將來在澳洲語言學校碰頭的時候，一定選他做班長。於是每天的碰頭會上，小李就成了「班長」。

另一位高頭大馬的姓楊名舉千，楊舉千說話結結巴巴：「阿拉出……出娘肚子的時候，就有十一斤，去……澳大利亞扒……

扒洋分，人……人家賺一百元，我掙……掙二百元，人家掙……掙五百元，阿拉弄……弄一千元。」

還有一位女士，名叫朱麗葉，人還沒有出國，先引進外來名字，朱麗葉相貌平平，但感覺好得不得了，她的男朋友羅密歐在澳洲，所以說簽證一定沒有問題。

那天，大發頭頭是道地說：「本人剛打聽到一個可靠消息，澳洲北京大使館留學生簽證處的簽證官員回國去度假，換一個澳洲籍的馬來西亞人，那傢伙簽證完全靠感覺。」

「你怎麼知道的？」班長問。

「那還有假，我的一個北京朋友每天去澳使館，就像我們上海人在澳領館門口會合一樣。早晨一上班，澳使館有一位金髮小姐捧著一大疊護照從走廊裡走過，邁進那個簽證辦公室，要來回走兩次，半個小時以後，那個馬來西亞澳人西裝筆挺地踏進辦公室，好像他是什麼大官兒。下午下班以前，金髮小姐又把『敲定』的護照捧出來，也是走兩次，第一次捧出來的護照屬於那批被拒簽的倒楣鬼，第二次捧出來的，才是得到簽證的幸運證。根據那位小姐捧出來的護照的厚度，就可以知道那天多少人得到簽證，多少人被拒簽。」大發講得如同親眼目睹。

「真……真的？」楊舉千瞪大了眼睛。

「你的那位朋友是如何看到澳洲大使館裡面那條走廊的，他在裡面裝了監視器？」班長問。

「這，這個嘛……」大發那張鐵嘴也講不清楚了。

「老阿姐來了。」朱麗葉歡欣鼓舞地叫道。

消息來源要數老阿姐最多，也最可靠。老阿姐在四川路上海郵電總局工作，每星期六下午，老阿姐光臨澳領館門口，如大使級人物來到，眾星拱月，她立刻成了熱點。這天老阿姐發布的新聞是：昨天上午九點飛機從北京機場起飛，昨天下午一點飛機在上海虹橋機場著陸，搬出六個特快專遞郵包，昨天晚上七點，郵電局領導召開緊急會議，決定下星期前三天送簽證護照，後三天送拒簽消息。

在發通知單的兩天，大發人不見了。大發因為沒有高等學歷心裡發慌，去杭州靈隱寺燒頭香。果然頭香燒中，第三天趕回來，他從郵遞員手裡接過小信封的簽證護照，立刻將一條萬寶路香煙遞過去，為了感謝菩薩，他又去玉佛寺捐了二百塊香油錢。高材生小李也拿到了簽證，立刻打點行李，準備去澳洲做「班長」，大個子楊舉千接到了大信封的拒簽材料，據說這和他的姓名「舉千」有關。那個感覺良好的朱麗葉也被拒簽，哭了三天三夜，成了淚人兒。

不過兩年以後，大發在悉尼街頭又碰到朱麗葉，朱麗葉被拒簽後，赴澳之心不死，提著個手提箱去領事館，領事館官員接見了她，對她解釋說，你還沒有結婚，不能去澳洲給男朋友陪讀。她說：「羅密歐和朱麗葉也沒有結過婚，如果羅密歐在澳洲，朱麗葉在上海，你們給不給簽證？」那官員說有什麼東西能證明你和你的那個男朋友是什麼羅密歐和朱麗葉。朱麗葉不慌不忙打開手提箱，手提箱裡當然不是什麼定時炸彈之類，而是滿滿一箱「羅密歐」的來信，足足有八百多封情書，那官員當場就傻了眼，結果半個小時不到，朱麗葉的護照就貼上了簽證。

不過，朱麗葉赴澳後不久，為了將身分搞完善，將中國籍的羅密歐一腳給蹬掉了，再過不久，朱麗葉搞到一個真正的金髮碧眼的羅密歐。

如今，大發已經加入澳洲國籍，袋鼠護照到手，打道回府去上海做生意。「生意難做」大發搖搖頭，如今在上海做生意還不如當年販魚掙的錢多，不過感覺不一樣了。大發在上海又碰到了「班長」小李，聽班長說，上海澳領館裡面有一個俱樂部，大發花了二百塊澳幣弄了一張俱樂部會員證。週末晚上，俱樂部開張，大發西裝革履，再灑上幾滴香水，大搖大擺地跨進俱樂部，如同洋人般地叫上兩大杯啤酒。哦，忘了，大發還帶著一位新交上的女朋友。他呷上一口啤酒，興致勃勃地和女朋友談起以前在澳領館門口的往事。不過，打死他也絕不談自己刮魚鱗的生涯，反正現在身上也嗅不出什麼魚腥味了。

大發深有感觸地說：「我終於從澳領館門口，踏進澳領館裡面。」

（原載於澳洲《新海潮報》1999年4月1日
及《澳華時報》、《大洋時報》等）

28　拖泥帶水

本來想寫的是托尼和他老婆戴茜的事情，寫著寫著就成了〈拖泥帶水〉。

二十年前，我在尾巴上畫著袋鼠的康塔斯班機上認識了托尼。那一天我記得很清楚，是1990年的五四青年節。當然，那時候他還不叫托尼，真姓實名叫左林。左姓在百家姓裡面絕對是一個小姓，不過小姓裡面出的大人物可不少，近代史上大名鼎鼎的左宗棠、抗日名將左權將軍。也許左林在將來也可能成為一個人物。那時候的左林可謂是風華正茂，他的座位在我前排，轉著腦袋和我交談，我倆算是投緣，相識在萬米高空，他說他的老婆肚子裡懷著八個月的孩子，他是開路先鋒，來澳大利亞打前站。

左林踏上澳洲的土地，轉眼就變成了托尼。

托尼做什麼事都比別人先行一步。打個比方吧，那個年頭申請816人道居留，大家紛紛花錢請移民代理胡編「爺爺是什麼，父親是什麼，自己如何受迫害」之類的材料時，托尼遞交申請表已經幾個月了。因為交表早，移民部的拒簽信也來得早，請他二十八天離境。這個托尼萬萬沒有想到。他溜之大吉，溜到離悉尼幾十公里之外的一個叫石頭河的地方，在一個豆腐廠裡打黑工。石頭河還有一個屠宰牛的大工廠，每天要殺七八百頭牛。後來，我找工找到那個屠宰工廠裡，也搬去那兒住。

托尼就住在附近，我倆經常碰面。除了做豆腐和宰牛之外，我倆有一個話題，就是大侃中國文化和西洋文化，托尼的父親和專門翻譯莎士比亞作品的大翻譯家方平是同事，怪不得托尼肚子裡也浸淫著不少墨水。有時候我倆爭論得面紅耳赤，在嘴巴上，經常是我占上風，我說：「你瞧，我在西人的大廠裡，拿的是打稅的主流社會工資，你在那個香港人的小廠裡，每個小時才六七塊錢，這就是東西方文化的差別，懂不懂？」

五六年時光流逝，澳洲政府開恩，讓我們這批人有條件地申請永久居留。托尼英語好，一下子全過關了。他拿到身分，立刻辦理老婆孩子來澳洲的事情，幾個月後，他老婆戴帶著孩子光臨新大陸，托尼在機場上就對老婆說，來到這裡必須有個洋名字，立馬給老婆頭上套了一個「戴茜」。當我們還在辦理老婆孩子赴澳事項時，托尼已經在辦理父母親的事務了。托尼的父親來到澳洲，給自己安了一個查理的洋名，老人家說，在莎士比亞的作品裡，查理都是皇帝的名字，他給托尼母親起的英文名字是曼蒂。

托尼的兒子進入小學後，聽小朋友們經常說查爾斯王子的事情，非要父親給他起個查爾斯的名字。兩年後，戴茜養下一個女兒，英國王妃戴安娜是戴茜的偶像，戴茜說：「不如就給女兒起名戴安娜吧，反正洋男洋女的名字也不嫌多，是吧？」三年後，戴茜又生下一個女兒，托尼說，「是不是該叫她卡米拉了？」夫妻倆同時笑起來。英國的王子王妃和情人，全到了托尼家裡，成了兄妹三位。

托尼在豆腐廠幹了多年，雖然拿的是「邊緣社會」的工資，可是他把豆腐廠裡方方面面都搞熟了，還多留了一個心眼。若干年後，托尼也居然辦起一個豆腐廠。如今他的豆腐廠裡花式品種比以前那家廠裡還豐富，生意更好，據托尼揚言，收帳的日子，經常是現金數也數不過來。不像我，至今還在工廠裡打工，情況和二十年前也差不多。歷史事實已經證明，托尼比我對中國文化吃得更透更深，今天誰有膽量說「吃豆腐」不是中國文化的一部分。

這樣在國內還剩下托尼的一個弟弟，符合移民條例中最後一個子女可以來澳洲的那一條。他弟弟來澳洲後就變成了強尼，在豆腐廠裡替哥哥打工，不久後，強尼把老婆孩子也辦來了，托尼老闆賜給洋名是瑪麗亞和小哈利。

辦豆腐廠的一大功勞還應當歸功於托尼的老丈人，戴茜的父親是個機械工程師，通過他的關係，從中國一個豆製品廠裡搞到一些舊機器，運來澳大利亞。靠托尼掙到的幾個打工錢，玩起一個工廠是不可能的。戴茜的父親就以技術移民的名義來到澳大利亞，組裝完機器後，他就沒有什麼大事了，平時來廠裡轉幾圈，女婿給老丈人開一份工資，算是報答，也給他起了個洋名叫菲利普。菲利普看看澳洲是個養老的好地方，就把老伴也辦來了，托尼丈母娘的洋名叫露茜，露茜是戴茜的母親。

戴茜有一個妹妹，她在國內和一個男人搞了八年婚外戀。那個男人的妻子聽說她要去澳洲，答應離婚把男人讓出來，條件是必須把他倆的兒子送去澳洲。戴茜的妹妹答應了，終於熬成正果，把那個男人弄到手，附帶著一個十二歲的兒子。戴茜的妹妹來到澳洲，就起了一個大美人的名字海倫，她的男人起名為戴維，兩個人一起在托尼廠裡幹活掙錢，那個兒子就讀羅賓遜中學，還參加了學校足球隊，洋名叫羅賓。

不久後，托尼把他的一個遠房表弟，以做豆腐技師的名義弄來澳大利亞，反正做豆腐這項特殊技能非中國人莫屬。托尼還在中國認了一個二十幾歲的乾兒子，也以這個名義弄來澳洲，兩個人的洋名，一個叫傑克，一個叫馬克，現在他倆是豆腐廠裡的主要勞動力。

直到今天，我和托尼還經常有電話聯繫，雖然我在墨爾本，他在悉尼。他在電話裡對我說，他正在開發一種奶酪豆腐的健康食品，準備打入主流社會的超市，明天就要帶著女祕書去和超市的大老闆談生意，談成了，那生意真是做大了。「四十千」的光榮歷史又一次雄辯地證明，托尼對西方文化也比我認識得更加深透，不然也不會想出「奶酪豆腐」這一招。我算是對他澈底服了。托尼問我，是不是要寫他成功人士的光輝業績？我說，那是肯定的。

其實，他的光輝績並不是在澳大利亞建起了一家豆腐廠。這兒需要歸置一下，自從托尼踏上澳洲土地，他父母亨利和曼蒂，從中國帶來的兒子查爾斯，這裡養下的女兒戴安娜和卡米拉。弟弟一家三口：強尼，瑪麗亞和小哈利。遠房表弟和乾兒子：傑克和馬克。再加上他的妻子戴茜那一邊，丈人丈母娘菲利普和露茜。妹妹海倫妹夫戴維和孩子羅賓，兩邊相加是十七位，更有發展壯大的氣勢。如果光從名字上瞧，還以為是英格蘭皇室或者是蘇格蘭貴族移民來澳大利亞了。這也就讓我們明白了一個道理，為什麼澳大利亞二十年前人口是一千七百萬，如今是二千二百萬。

我和托尼拍在一起的老照片就不提供了。因為托尼看到這篇文章，不知道是請我吃龍蝦，還是罵我。但是，我一直認為，托尼最成功的地方是把一大家子拖泥帶水地弄到澳大利亞，拖泥帶水和做豆腐的過程有點相似。托尼帶來的都是中國的黃泥土和長江水。為澳大利亞的人口繁榮做出了貢獻，為中國的人口就業等減輕了負擔，更為他們的家庭帶來了福祉，三贏。而他創辦豆腐廠只能排在成功的第二位，大家說，是不是啊？

用托尼的話來說：「這叫中國人的軟實力。」

（原載於澳洲《大洋時報》）

29 搬來搬去

當年每個「老留」都有搬家的故事，可是像我這樣頻繁搬來搬去的人大概不多。

二十年前，來到澳洲的第一個「家」，是在悉尼艾斯菲爾區，如今那裡已被稱為「小上海」，放眼望去，到處都是中文店名，街上經常能聽到「阿啦」的口音。

我的住處是在一條名叫「強盜士」的街上，裡面住著十個「留學生」，房門鑰匙放在門口骯髒的地毯下面，打開門便聞到一股兒的人氣味，地下一大堆臭烘烘的旅遊鞋。可是這幫哥們絕對不是來澳大利亞旅遊的，名義上是來「留學」的，到底來幹什麼，我到現在都沒有搞明白。我是住進這幢破房子的第十一個人，後來又住進來一位，房錢最低的時候，平攤到每人身上只有十五元錢，伙食費十元錢就能打發了，一週二十五元錢就能混日子，最貴的大概是那張火車週卡，也要二十幾元錢，要讀書，要找工，這張週卡是必需的，不然就得冒險混票，被穿黑西裝的查票人員查到就麻煩了。我寫過一篇〈強盜士51號〉的小說，就是根據那時的情景狀態構思的。

住了不久，我們中間的一位北京哥們收到了一封移民局的拒簽信，讓他二十八天離境。他當然不會離境，離境不就等於澳大利亞白來了，只能搬家出走。我們不知道哪一天移民局會大駕光臨，於是，大家紛紛出逃。

我的第二個住處是卡巴拉瑪打，我的朋友阿張和另一位阿陸，以及兩個越南兄弟共住著兩房一廳的樓房裡，他們都是在一個廠裡幹活。那時候，可沒有一人住一間屋的奢望，我去了又在屋裡添了一張鋪。沒住多久，我在離悉尼城較遠的石頭河宰牛廠裡找到工，就搬去那兒。可是，老住處出事了，被小偷撬竊，屋裡翻得亂七八糟，被竊的東西中間，最貴的是阿張的一件八成新的皮夾克。阿張很傷心。那位越南兄弟對他說：「你出一百元錢，我肯定能幫你去把皮夾克找來。」瞧，太黑色幽默了。

在石頭河宰牛廠我幹了三年，在那個小鎮上，我的住處搬來搬去搬了五次，讓我最有念想的是皇冠街十三號。一共住著六個人，一位福建來的很有性格的青年詩人，一位師範大學讀民國史的，一位同濟大學理工科畢業的，一位杭州某大學的懂聲樂會唱歌的年輕教師，還有一位女畫家，她閱讀過不少文化理論書籍，例如黑格爾的《小邏輯》，全世界的女人中間，能讀懂《小邏輯》的肯定沒有幾位。

於是乎，我們的客廳裡簡直成了文化沙龍，高談闊論，談詩論畫，說古道今，東西方文化探討，經常爭論得臉紅耳赤，再來一曲引吭高歌「外面的世界真精彩，外面的世界真無奈」，不亦樂乎。那時候，墨爾本的「老留」們正在排演一齣《黑眼睛》的話劇，我們也曾經有一個想法，編一個荒誕劇，名字就叫《皇冠街十三號》。戲裡的場景是這樣的，客廳的牆上掛著一個大鐘，指針指在1點上，1點是剛剛開始，1點又是13點的意思，13點在上海話裡又有一層意思，而13這個數字在西方也是一個不吉利的數字，可是「皇冠街」的名字卻很響亮，很好聽，很高貴，皇冠和13放在一起，很有點說不清、道不明的象徵意義，和我們這群人在澳洲的處境差不多。俱往矣，這段苦中有樂的生動歲月，此生此世大概不會再有了。

那家有一百多年歷史的石頭河宰牛廠倒閉了，這個廠裡四五百名工人，其中中國留學生就有上百名，大概是「老留」在澳洲人數最多的一家工廠。我又搬回卡巴拉瑪打市，阿張把他租下的一套房子留給我和另兩個留學生，一個走了，我又招租了一人。來看房的是一位越南華人，會說中文，他父親在卡市街上開一家中藥店，想想來客大概可以。

來住的房客是他的弟弟李，二十歲左右，不會說中文。後來才知道他是一個吸大麻的主兒，白天不見人影，夜裡回來兩眼發呆地靠在沙發上，電視開的一片嘈雜聲，他翻著魚肚白的眼睛，似睡非睡，嘴巴也歪了，有時候還會上下哆嗦，大概是毒癮上來，沒有錢買大麻。有一段時期，他經常有不少來客，躲在屋裡開會，就像搞地下黨工作似的。有一次我去問他要房租，打開門屋裡煙霧騰騰，他們正在開會。事後，他很生氣，認為我在這麼多人面前問他要房錢，讓他丟面子，還拿著一把玩具手槍，問我：「卡巴拉瑪打的『五個T』知道嗎？」我知道他說的就是黑社會五T黨，卡市街頭的一批小混混。卡市街頭和火車站上經常會出現這樣一幕景象，巡邏的警察突然奔跑起來，前面的一個小混混也突然奔跑起來，原來是警察瞧見了正在販賣毒品的混混，一追一逃，就像在演電影。

我們的那位房客李既吸毒又販毒，主要是做大麻的營生，犯罪的檔次不是很高。但是，他們一開會，事情就嚴重了，第二天卡市的某一家商店就會被撬竊。他把偷來的一板一板冷凍的海鮮和牛肉塞在冰箱裡，把裡面塞得沒有一點空隙。他自己又不做飯，把上好的海鮮餵他那條小狗，小狗在屋裡拉屎，搞得到處是臭烘烘的。

我們附近有好幾處樓房，一處樓房裡傳出大喊大叫的聲音，不知誰報了警，一回兒，警車「雞兒雞兒」尖叫著就來了。我想李和他的同夥們會議再開下去，警察早晚會找上門來，讓他走人，他不肯走。最後，只能把房子退租，大家搬家。

在悉尼的七八年裡，我搬了十幾次家，最後朋友開一輛麵包車幫我搬家到了墨爾本。到了墨市，我也沒有消停過，還在一次一次地繼續搬。

墨市的故事也很精彩。我們一起住的一位東北哥們沒有身分，假結婚的市場價是四五萬澳幣，他拿不出這麼多錢。另一位英語較好的胖哥就給他出主意，和他一起到了聖凱特街頭找來一位金髮碧眼的妓女，請妓女在館子裡吃了一頓飯，說好假結婚，分期付款，事情搞成後，給兩萬澳幣。那金髮女郎喜氣洋洋地搬來了，她長得有模有樣，身材窈窕，腳踩高跟鞋，身揹小坤包，街上一走，完全是一位辦公室小姐的風姿。那位東北哥們把自己的房間讓出來給她住，自己搬到廠裡去住。那個妓女後來又帶來一個傻瓜兒子，她還有一個很漂亮的未成年的妹妹，一來就要問我討煙抽。後來，我們發現了針筒之類，原來那個妓女吸毒，那個傻瓜兒子就是她吸毒時和男人留下的作品。再後來，那個妓女的情人也經常上門，半夜三更鬧得大家都睡不好覺……。故事太長，不在這裡細說。

常言說：「樹挪死，人挪活。」不過，像我這樣不斷搬來搬去的主兒，活得並不怎麼樣，也就是混日子而言。不過有一點是可以肯定的，搬來搬去的次數多了，接觸的人也多，大概不下上百人，好人、壞人都有，小偷、妓女、吸毒者全都碰到過。對於一個喜歡寫作的人來說，這也算是一筆財富，想要寫的故事寫也寫不完。

我粗粗一算，我來來澳洲二十年，大概搬了二十幾次家。搬得最遠的一次是從悉尼搬來墨爾本，路程一千公里。更遠的一次，是和諸位一樣，把家從中國搬到澳大利亞，搬過太平洋，鵬程萬里。也許人的一生就是搬來搬去，當初從娘肚子裡出來，是搬來，將來眼睛一閉，又搬回老天爺那兒去了。哦——我的搬來搬去，我們的搬來搬去。（完）

（本篇散文2016年澳洲大洋時報徵文二等獎）

30　風聲鶴唳

一

時晴時陰，幾朵灰色的雲像野馬似地在天空中跑來跑去，瘟神悠然漫步到地球每一個角落。

人們在幹什麼呢？人人手上一部手機，手機上的信息就像戰爭爆發一般，成千上百地趕來……，來一條就「叮咚」一下，就像時時刻刻敲著人們的腦瓜，當然可以關閉聲響，但誰也做不到眼不見為淨。

如今，手機上有著各種各樣的社交群落，喝酒的有酒友群，種菜的有菜友群，跳舞的舞友群，玩麻將的是麻將群，旅遊的是旅遊群，鍛鍊身體的有健康群，最瘋狂的要數抬槓的時政群，除了來路不明的新聞時政，人人都在上傳各種各樣能表達自己觀點的信息，一條接著一條。持不同高見、政見、惠見、蠢見的網友更是在手機上吵得不可開交，形形式式的高談闊論，奇談怪論，更添上陰謀論、甩鍋論等等層出不窮，最驚悚的一條是外星人從天上甩下一塊像大鍋似的隕石，石頭裡全帶著病毒。為何不是天上掉下一個林妹妹，石頭縫裡蹦出一個孫悟空？

「大字報不貼牆上，貼在微信裡叫帖子，大鳴大放大辯論，咱不就回到文化大革命的年代了？」這是強尼的謬論，他還有兩條高論：「當今，人人都在微信裡坐上總統、總理、總書記和皇上的寶座，個個都在制定國策，這叫民主化，又叫全球化，還叫人類命運共同體。」另一條是古訓：「坐廟堂之高則憂其民，處江湖之遠則憂其君。進也憂，退也憂。」老張憂心忡忡，一臉悲劇狀態，腦袋半禿，強尼是他的英文名字。

「強尼憂國憂民純粹是瞎逼逼，」老顧一臉不屑地揭發道，「強尼，不，那時候還是小張，小張撕下大字報當廢紙賣給廢品回收站，每斤一分錢，然後陪著他爺爺喝八分錢一斤的地瓜酒。他在文革的時候百分之百是個逍遙派，現在網上叫吃瓜群眾。」

瘟疫當前，每天上傳中國各地的新冠病毒的確診人數、重症人數和死亡人數，是老顧的義務。老顧的見解是：「現在人人都是醫生，個個是專家學者。」老張就說，你能不能少報一點死人的數目，太讓人悲傷。老顧堅持實事求是，不瞞報，不瞎報，不謊報。還提議每人捐一百澳幣支援祖國防疫救災。我倆堅決響應。

老顧頭髮花白，以前他的高論是「噴灑論」，這個話題得從種菜說起。老張說，「如今上檔次的澳洲人吃的都是有機蔬菜、有機雞蛋、有機肉，價錢是貴了一點，但有利於健康。我們家裡只吃有機蔬菜，後院裡種的，不花錢。」

老顧說這不可能，其理由是種菜必須全過程有機，不下農藥，肥料也須全有機，誰知道從「朋威爾豪斯」商店裡買來的肥料裡摻了什麼玩意？

老張就說百分之百可能，他不買來路不明的肥料，每天把自己撒的尿積累在大號可樂瓶裡，發酵後兌一半水，然後澆在菜根周圍，效果特佳，菜葉上有幾個蟲子也沒關係，用煙頭浸水澆上就管用。

老顧反駁道：「有三個疑點，第一，你喝下大瓶可樂撒下的尿能算有機肥嗎？第二，用煙頭水做殺蟲劑和農藥有什麼區別？第三，澆肥最好的方法不是澆在根部，而是噴灑，懂不懂啦？」

強尼就問：「怎麼噴灑？」

老顧回答：「你從可樂瓶裡吸一大口，然後用嘴均勻地噴灑在菜葉上。」

「你說用嘴吸尿噴灑？」老張瞪大眼睛。

「必須先嘗嘗自己體內出來的液體是不是有機味道？噴灑在菜葉上才叫有機蔬菜。」老顧說的也有道理。

我大笑。

這是不久前我們幾個老哥一起喝酒時抬槓的話題，沒有想到，才過兩個星期，澳洲的疫情飛流直下三千尺，澆遍南半球土地，不管是土著人、白人、黑人和黃種人都不得不響應黨和政府（這裡指澳大利亞的自由黨政府和維多利亞省的工黨政府）的號召，隔離在家，大家都成了瞧手機一族。而老顧傳遞的信息已經從祖國大陸轉換成世界各地和澳洲本地的新冠病毒的確診人數、重症人數和死亡人數。那人數在可怕地增長，就像是一位瘋子長成了巨人。

山雨欲來風滿樓，不是欲來，大雨已經傾盆而下，比老顧嘴裡的噴灑厲害千萬倍。

二

老顧傳來一條視頻，一個叫悉尼奶爸的人在做的節目，內容是不久前華人購買大批口罩寄回中國的事，他數說了一二三四。下面的跟帖上百條，觀點各異，各執己見，一會兒又互相掐起來。

「叮咚」一聲，大群裡傳來一條驚恐的消息，全是英文的，用翻譯軟體打開，說星期一在墨爾本東南方向的斯本威地區的華人大商場裡，檢測出六位男女染上新冠肺炎。還說整個商場全封了，裡面的老闆、雇員回家自我隔離十四天。還說，在這前三天裡去過商場購物的顧客必須警惕，觀察自己體內會出現什麼異況，如有異況，立即和醫院聯繫云云。講得有鼻子有眼，還說斯本威火車站正在進行消毒，關閉三天。

我立刻把這條大消息傳給小群裡的顧、張兩位。

強尼立馬回了信息，他一天到晚捧著那個寶昂貴的蘋果手機。他說：「糟了，星期天也就是前天，我剛去過那兒的華人超市。」不一會又傳來第二條：「太恐怖了。不知道是哪六個？是不是那個吆喝two刀一公斤黃瓜的胖經理？那天我和他說話，瞧他無精打采的樣子。還是那個老是少找錢的橫娘們？那天她好像說話都吐不出聲音了。他奶奶的，看來我也逃不過了，就看這幾天了。」

一會兒老顧的華為手機也傳來信息，他家離斯本威兩站地，另有一家華星超市，所以他只去這一家。不過他和老張有同感，分析道，說他瞧見華星超市的小個子老闆戴著口罩，一臉萎靡不振的神態，連五公斤的米袋也提不起，好像也中招了，只是現在還沒有檢測到他。然後他對老張說：「你千萬不能中招，下次喝酒輪到你家，你家的有機蔬菜、有機雞蛋、有機肉，我們還沒有嘗過呢。」

老張回答：「我真的不行了，感到身體有點兒發抖，不和你們說了，先去躺一會。」

「如果你真有個三長兩短，哥們責無旁貸，我知道有一個臨終關懷的護理所，護理價錢也比較合理……。」啥時候了，老顧還在開晦氣的玩笑。

我已經笑不出來了，因為上個星期三我和老婆也一起去過那個華人商場，那是前五天。雖然信息裡說是前三天去過的人要注意，但也是說說而已，六個倒楣鬼也不會恰好在三天裡染上的吧，如果是前五天、七天呢？說好了，不是有兩個星期的隔離期嗎？還有顧客和售貨員，究竟是誰傳染給誰？

越想越恐慌，那天一幕幕情景浮起我在眼前，老張說的人物印象在我腦海裡一個不缺，胖經理、橫娘們等，又讓我添上熟食店的烤鴨師傅。那天我要了半隻烤鴨，瞧師傅斬鴨子時有氣無力的樣子，下刀從來沒有如此混亂。還有海鮮店的美女售貨員，說話銀鈴聲，服務態度特別好，平時顧客購買海鮮，有一半衝她去的。可那天她好像被人下了藥一樣，對人愛理不理，垂頭喪氣。這些人我全靠近過，更可怕的是我沒有戴口罩，會不會有氣溶膠已經被我吸入？

沒有帶口罩的原因是，商店貨架上已經空空如也，家裡只有一個口罩，還是老婆出門時自己剛縫製的。再說這兒的洋人習慣不戴口罩。我也學了點洋脾氣，唉，一不小心就在澳洲大意失荊州，該不會一失足成千古恨吧？

我冷靜下來，仔細回顧前前後後，哪一處最容易中招？想起來了，那個時段好像我有先見之明，太太戴著口罩在商場裡購物，我逛了一圈就守著手推車等在大門口，門口空氣流通，還能曬太陽，微信上說多曬太陽，也能治理新冠肺炎。不幸的是不一會太陽被雲朵遮住了，冷風颼颼襲來，在大門外我嗖嗖發抖。還有個不著調的傢伙特意跑到門外在我前面打了兩個噴嚏。

講起打噴嚏，我們回家坐火車的時候，車廂那頭就有個人高馬大的土著人打了一個震天響的噴嚏。微信裡說，氣溶膠在密封的空間裡能噴三十公尺。

那天晚上我就感到不對勁，頭暈發冷，睡前兩小時喝了一杯檸檬水加小蘇打，一杯大蒜水，一碗薑湯，還有家裡過期的板藍根也泡上一大碗。又在床頭放了兩個剝開的洋蔥。

一夜沒有睡好，去了三次廁所，做了四個惡夢，惡夢裡瞧見了那個叫新冠肺炎的傢伙，不三不四，細節就不嘮叨了，怕嚇著各位。

不過早晨起來發抖的感覺沒有了，也沒有發燒，這才稍安勿躁。誰能料到今天這個遲到聳人聽聞的六人中招的壞信息猶如狠狠地揍我一拳，完了，完了！今晚又該做惡夢了。

三

今天早晨大群裡傳來一條振奮人心的消息，昨天廣泛流傳的斯本威商場六人中招的消息是假的。這個好消息比較靠譜，是擔任過多元文化委員的蔣醫生上傳的；他說，正確的疫情信息在澳洲官網上發布，滾動新聞。

我立刻傳給張顧兩位。

強尼回來的信息是：「心裡壓著一塊大石頭落地，這會兒算是氣順過來。」一會兒又傳來一條：「老顧的臨終關懷也沒戲了。」

老顧還不肯罷休，他說一定查出那個造謠者是誰。過了一會他又傳來一條：「據我分析推理，十之八九，華星超市的老闆是可疑對象，亞洲食品都漲價了，為了和斯本威華人商場搶生意，他處心積慮地玩出這一陰招。」這傢伙一下子變成福爾摩斯……。接踵而來的是老顧第五條信息：「要不我們也在群裡發一個，就說華星超市查出三個新冠肺炎，其中包括那個貪婪的李老闆。」

老張立刻回了他一條：「李老闆和你有殺父之仇嗎？」我也回了一條：「不可張嘴亂噴灑，唯恐天下不亂。」

老顧立馬認識到問題的嚴重性，第六條信息是：「抱歉了兩位老哥，我的思想方法有點扭曲，堅決不能走回文革那條老路上。」

他的第七條信息是：「21世紀是生命科學的世紀，醫學科技發展關乎整個社會、經濟、民生、國防安全這樣一個大的格局。」這傢伙轉臉就高大上了。

老張的信息是：「手機真好，隔空對話，不然在瘟疫的隔離期間，真能把人憋死。」

我也引經據典地來了一段：「六百多年前，一個黑色的瘟神在義大利佛羅倫薩橫行，十名男女躲入鄉村一所別墅裡避難，一百多個故事產生了，然後成為喬萬尼·薄伽丘筆下的《十日談》，然後人文主義的星光閃爍在黑暗中，跨過瘟神留下的殘骸，文藝復興的精神光芒由此地走向世界。」

老哥們又和諧了。

四

然而天有不測之風雲，三天後那個瘟神走到我家門前的喬治街上，救護車把街對面的安東尼夫婦接走，據說是他兒子從義大利旅遊回來傳染給老夫婦倆。整條街都恐慌起來。

更使人不安的是，老夫婦養的那隻肥貓拜拜瞧上了我家的地盤，溜進我家後院的時候已經瘦了一圈，看來好幾天沒有人餵食。我不得不餵了牠一點殘羹。

微信中又瞧見一條唬人的信息，說人能把新冠病毒傳染給貓和老虎，老虎咱挨不上，貓能不能再傳染給人還沒有科學定論。拜拜可憐巴巴地瞧著戴上口罩的我，我把剛買來的貓食倒進一個盤裡，心裡發怵，心想等牠嚼完了，是不是也能給牠戴上口罩？又不能和牠「拜拜」。

（原載於香港《文綜》雜誌2020年、澳洲《大洋時報》）

31 假如我活一萬歲

獲獎感言：人們總是在追尋生死的意義，活著是為了什麼？死後又走向哪裡？「假如人活百年、千年、萬年又該是一種什麼樣的活法？」我和朋友們經常面對著天上人間探討著這些永恆的話題。天上有太陽、月亮和星星，其實星星的概念已經包括了太陽和月亮，只是因為距離。當我再次獲得星雲獎的消息，彷彿又一次看到了星光閃爍，那是星星對於人生探索的遙相呼應。

一

天空中，驟然雨下，我們幾位從後花園移入客廳，繼續高談闊論。

客廳裡依然能夠看到園裡的那片青草地，和庭院中間那棵綠葉綿綿的桉樹。樹的上面，是空中飄蕩下的春雨；樹的下面，綠葉間的雨水滴落在一個水塘裡，宛如一幅天然的水墨畫。

按樹能在澳洲大地上形成整片整片的樹林。樹熊也是澳大利亞的特產，爬在枝杈間一天到晚睡不醒的樣子，牠們以樹葉為食，因為桉樹葉具有催眠的作用，就讓這些萌噠噠的小傢伙老是處在甜蜜的夢中。自然之神就這樣把天空、雨水、樹木和樹熊的美夢聯繫到了一起。

這棵桉樹上沒有樹熊，因為它樹立在彭博和安娜家的後院裡，那麼它和人的夢想有什麼關係呢？

二

「人人都想長壽。」熊百歲如此說。他是我們中間最年長的一位，見多識廣，做過工，當過兵，又在編輯部裡混過幾年，「這不，下半輩子我又混到國外來了。」這是他對自己人生軌跡的描繪。他不但閱歷廣，興趣更廣，出國前他就去了幾家寺廟拜過各路菩薩，順利地拿到簽證，來到國外後又涉足各處的洋人教堂。據他自己說，他已經把天主教、基督教和東正教之間的關係理順了，最簡單的區別就是天主教有牧師，基督教只有一本聖經，東正教排場最大。後來，他還頭戴一頂白色的小帽，去過幾次圓頂的清真寺，他說踏進清真寺都要脫鞋。現在他的腳步又返回到佛教的道路上，他說：「上了年紀，還是感到佛教比較好，佛教性情溫和，與世無爭，人人都能成佛。」

「老熊，你說你以前當過兵，玩過槍，大概不符合佛教精神吧？」邁克陳懷疑道。陳是我們中間最年輕、最認真的一位，在蒙納殊大學讀橋樑工程的碩士學位，他的語言是：「一座大橋在結構設計上不能誤差分毫。」

「這和弄槍舞刀沒關係，我又沒有殺過人。再說，殺過人的人還有立地成佛那一說呢。只有你活到了我這個年紀，才能真正弄懂什麼叫佛教精神，用佛的話說，這叫『覺悟』。」熊百歲振振有詞。他對陳的名字有過研究，不是指他的洋名，而是他的中文名字陳究規——聽上去好像是「酒鬼」，看上去就大不一樣了，是追究規則的意思，和喝醉酒恰好反過來。他還問：「你爸媽怎麼就給你起了這麼一個『較真』的名字？」

「搞科學，做工程，就是要『較真』，就是要探究，就是要尋找事物之間的規則。」彭博的三個「就是」讓未來的工程師心裡一片溫暖。他鼓勵道：「小陳你只要繼續發揮那種追究事物刨根問底的精神，地球上一定會多出一個傑出的橋樑專家。」他對於熊百歲的評價是：「老熊能算一個雜家。」

「老熊」聽起來和「老兄」諧音，他很受用：「我應該是雜家轉世。知道嗎？兩千年前的春秋戰國，就出了一個大名鼎鼎的雜家呂不韋，他給國人留下一部不朽的編著《呂氏春秋》，此書雖不是他寫的，但必須冠上他的姓氏。」老熊洋洋得意，好像那部書是他編的專著。

我發言道：「一轉兩千年，轉得太厲害了吧？他姓呂，你姓熊，祖宗八代也轉不上關係啊。」

「詩人，這你就不懂了。你說一轉兩千年欠妥，從兩千年前到今天，大大小小也許我已經轉世上百次了。現在熊姓雖然不多，但熊氏是華夏最古老的姓氏，是從古人對熊的圖騰崇拜中誕生的，以後許多姓氏也都是從那些古老的姓氏中分化出來的，懂不啦？」

「那就更不能證明你和那個大雜家Mr呂有什麼關係了。」邁克陳也咬住了他，「除非你能通過DNA的證明，轉世也得有科學證據啊。」

老熊不緊不慢地說：「我是有這個想法，不過去哪兒去找Mr呂的DNA呢？據我考證，呂不韋很可能是秦始皇的親爹，如果真能和秦始皇一起躺在陵墓裡？找到他的DNA還是有希望的。」

大家笑起來了。彭博說：「老熊越吹越大了，又和皇帝搞到一起。別說這麼遠，就說你的前身吧，是從哪兒轉世過來的？」

「這個問題，我問過我父母，也問過我自己。最近，居士林裡的智仁師傅給了我一個妙答：『瞧你身材又高又大，前世大概就是一頭大熊吧。』我一拍胸脯就感悟了，玄機看透了就這麼簡單。」他說的居士林就是在斯賓爾路邊上的那座大廟，現在在澳洲土地上，佛教的廟宇也越造越多了。老熊每週要去燒一炷香，順便吃一頓免費的齋飯。

「老熊啊，那你到底想活到幾歲？」安娜替他泡上一杯綠茶。

「長命是我家的遺傳，我嘛，要求也不高，就像我的名字那樣，百歲足已。」老熊輕吹一口茶葉。

「哇，如果要求高一點，你還有什麼打算？」

「人生要有意義，多活幾年我肯定能編寫出幾部巨著。」老熊抿一口茶又道，「國語起名字有它的道理，以前在出版社裡，我的頂頭上司叫馬萬年。」

大家哄堂大笑，和閱歷廣的人談話是一種樂趣。他繼續發揮：「我對領導說，熊活百歲已經很窩囊了，做牛做馬一萬年，其實很辛苦的。你爹媽賜給你這個大名時是怎麼想的？老馬就對我咬牙切齒地翻白眼。不過他做事真的很敬業，勤勤懇懇，一絲不苟。」

「熊大哥啊，你真是我們中間的活寶。」安娜已經笑得喘不過氣來，「下一部熊氏春秋，一定要把熊百歲、馬萬年的故事編寫進去。」

「那當然，世事洞察皆學問。」老熊喝著茶，一副老僧入定的樣子。

三

「以前皇帝叫做萬歲爺，如今大人物也喜歡萬歲。如果真的讓皇上在帝位上坐一萬年，那會是什麼光景？」我提出一個看法。

「據莊周考證，楚國南方有一種叫做靈龜的樹，把五百年當作春季，又把五百年當作秋季，那是樹的壽命。最長壽的人叫彭祖，活過了七百年。」老熊的茶水已經見底，「假如那個始皇帝活到今天，也才兩千多年，離開萬歲還早著呢。」

「你是說時間的綿延在核定的數量範圍內還只有五分之一。」安娜給老熊沏上二道茶，她的言詞露出鋒芒，「以前都說西方人的思維縝密，講究定量分析，東方人思維含糊，只求大概。可是在對待長命的概念中好像倒了過來，洋人的Long live只是含糊其詞地說讓生命活得長久，中國人講得很確定，萬歲就是萬歲，在皇帝以下，還有九千歲、千歲爺等等，等級森嚴，毫不含糊。」

「這個論題開始越來越有意思了。」彭博是在給太太敲邊鼓，「真沒有想到我們彭家祖宗能活到七百歲？現在至少有兩件事情等待著我，一是去對彭祖家世進行考證，二是準備申請金氏世界紀錄。」真人不露相，其實他才是我們中間學問最高的，得過兩個博士學位，一個是生物學，一個是天文學，現在澳洲的一個天文台裡工作。

老熊曾經神祕兮兮地說：「彭博士的工作內容是保密的。」

小陳追問：「保密的，你怎麼會知道？」

「我這是邏輯推理。佛教中有小千世界、中千世界，四禪九天，彭博士研究的課題是外星人，那是大千世界的內容，離開神仙也就是幾步之遙。」

彭博謙虛地表示：「我的研究一般般了。告訴你們一個祕密，全世界讀過黑格爾《小邏輯》的女人肯定數得過來，我太太就是其中一位。」

安娜獲得過哲學碩士的學位，又是兩個孩子的母親，她說她最喜歡的是古希臘的氛圍，哲人們爭論著天上的星星，和如何在大地上建立一個理想的國家。

於是彭博和安娜的家的客廳就成了我們的沙龍，從地球到人類，從科學到倫理，從宗教哲學到社會歷史，大家無所不談，有時候還爭得面紅耳赤。我們幾位都是海外華人，來自大陸、台灣、香港和東南亞。大家在高談闊論中享受著精神樂趣，和對真理的認知。

我是一位想像力豐富的詩人：「現在讓我來定量分析一下，假如皇帝活了一萬年，每天吃山珍海味，穿綾羅綢緞，享受三宮六院七十二妃子，還得和皇兄皇弟爭權奪利，和那些可惡的大臣們勾心鬥角。那些皇后妃子、皇兄皇弟、大臣們早已經老死了一批又一批，皇帝的兒子無法繼位，瞪著白眼希望老子早日駕崩，兒子的兒子的兒子們已經成千上萬，這個老不死仍然霸占著皇位不肯駕崩，他每天每月每年過著同樣的日子，要過完三百六十六萬天⋯⋯」

老熊一聲嘆息，「別讓萬歲爺再熬下去了，那不是享福，是受罪。」邁克陳喝了第二杯咖啡：「馬上跳河，這會讓皇帝過得很爽。」彭博士喜歡用三段論：「是無聊，是可恨，也是可悲。」

四

安娜做出了一個哲學分析：「在經驗世界中當然沒有萬歲的先例，但不可否認的是，從皇帝到平民都有追求長生不老的心態。現代醫學的發展也是為了迎合人們的這種頑固而又可笑的心理。」

我又突發奇想：「假如我活一萬歲，我已經想出一個不那麼無聊可恨的活法。」

「洗耳恭聽。」老熊和大家都豎起了耳朵。

「這就是佛學的轉世之說。以前所說的前世今生，轉世為牛馬豬羊和人等等，都存在著懲罰和獎賞等功利主義原因。如果把我們每一次轉世，看成積極地投入，看成對世界的認識和體驗呢？」

「論題越來越深刻了。」彭博一下子抓住了主題，「那麼大家可以想像一下，在轉世中我們將成為什麼呢？」

中國古代有鳳凰涅槃之說。安娜設想她能轉世為鳳凰，飛到了古希臘的上空，她瞧見了一幅幅生動的圖景，蘇格拉底在和柏拉圖促膝交談，亞里斯多德在對弟子亞歷山大進行教誨；從哲學家對天地的追問，到了帝皇那兒變成了對世界盡頭的追問。亞歷山大大帝在征服中企圖走到大地東面的盡頭，當他遙望到喜瑪拉雅山的時候，被印度土著的大象軍隊擋住了……

彭博說鳳和凰應該是雌雄兩種，他願意擔任雄的那一隻，也許他和安娜前世已經成了夫妻，鳳凰一起飛過了高山大河和平原，追視著那支由西向東的古老軍團。

老熊認為他就是擋住亞歷山大軍團的那頭大象，象比熊大，在轉世中他企圖朝大靠攏。老熊算計了一下，再朝前五百年，在轉世中他又成為一頭鹿，在尼泊爾的菩提樹下遇到沉思中的釋迦牟尼。假如朝後一百年，那是秦始皇統一六國之時，老熊又可以轉世為那個編撰巨著的雜家了……。在他們三位的轉世過程中，古希臘、古印度和古代中國，三個古代文明連到了一起。

其實人類的文明史只有五六千年，而我願意轉世為萬年前的一匹駿馬，從古老的中原大地出發，朝北奔馳到阿拉斯加，遠古的時候那裡還有一條地峽連接美洲大陸，我的馬嘶聲和頭插羽毛的土著人的尖叫遙相呼應。那麼在萬年後，當哥倫布發現新大陸的時候，我會對他說：「兄弟你來晚了。」在轉世中，我讓蠻荒的遠古和近代社會打了一聲響亮的招呼。

邁克陳說自己前世是一條魚，他在夢境中已經數次環遊澳洲；他還願意轉世為南方大陸上的一棵樹，他的靈魂鑽入樹木中，那麼他就希望那棵大樹能夠造出一道橋樑。

「如果活一萬歲，無論是轉世為動物、植物或人，每個人都可以有成千上百次的活法，每種活法都很新鮮是不是？」老熊從口袋裡摸出煙盒。

安娜說：「其實在人和動物之間，就像隔著一條河，人比動物就是多出來那麼一點點邏輯思維的能力。」

「那我們的轉世，就如同在這條河上游來游去。」我補充道。

「你先在河裡游著，我要去對老天燒一支香。」老熊的煙癮憋不住了，他走出門口，剛點上一支「魂飛爾」牌香煙就叫嚷道：「女士們先生們，快來看風景！」

大家一起走到廳外，天已放晴，晴朗的天空中展現出一幅壯麗的畫面，兩道五彩繽紛的彩虹橫跨天際……

邁克陳說：「是不是神在天空中架起的橋樑？」

安娜感嘆道：「真美，人生的意義也應該像神一樣，在於創造。」

彭博士總結道：「今天我們在地下和天上轉來轉去。從遠古到今天，從飛鳥到熊、象、鹿、馬、魚和大樹，人感受了人類成長的歷史，人也體驗了和自然萬物的關係，那麼人就更應該懂得尊重生命和尊重自然。」

五

天有不測之風雲，人有旦夕之禍福。最後，我不得不交代一個不幸的消息。幾個月後的一個夜晚，邁克陳最後一個從蒙納殊大學圖書館裡出來，駕車回家的途中，在斯賓爾路上，被橫道上衝出來的一輛車撞在駕駛座旁，他當場身亡。撞他的是一個喝醉酒的傢伙。用老熊的話說：「是究規遇上了該死的酒鬼。」可是那個酒鬼不死不活地橫躺在醫院裡，老熊真想去揍他一頓。

彭博沉痛地說：「我不知道是上帝犯了一個錯誤，還是上帝想把他招回天上去架橋。」

安娜流著眼淚：「為什麼是他呢？他還這麼年輕。人永遠不知道明天等待著的是什麼。」

大家一致同意老熊的提議，在斯賓爾路邊的廟宇裡，給小陳做了一次道場，他是從馬來西亞來的華裔子弟。斯賓爾路是一條很長的公路，沿路下去還有一家名叫松鶴園的華人殯儀館。陳究規的家人和我們幾位好友，把這具年輕的遺體送入了墓地。松和鶴都是長壽的象徵，但在墓園裡是讓人長眠久安。在這條路上，他走完了從生到死的短暫路程。

老熊說，人生要有意義。安娜說，人生的意義應該像神一樣，在於創造。彭博士也許正在尋找太空中新的生命體。人都想讓生命閃出光亮，但有時候人卻不能掌握旦夕間的生死。小陳還沒有來得及創造大地上的橋樑，如果他轉世為一棵樹，倒下的樹木成為一座橋樑，但願那道橋樑架設在安娜說的人類和動物、植物相隔的那條河上。

在悲情中，我在前院種上了一棵樹，檸檬樹在澳洲也是一種普遍的樹木，數年就能長大。當檸檬樹結果的時候，我想，也許在金色的檸檬中我能看到那個轉世的臉龐。（完）

（本篇散文為第五屆全球華文文學星雲獎散文佳作獎）

輯三

評論

32　沈志敏：
一位出色的澳華小說家

何與懷博士

一、沈志敏建構「綜合邏輯」大廈

2016年4月，澳大利亞南溟出版基金收到墨爾本作家沈志敏一部申請贊助書稿：《新的啟示——「綜合邏輯」大廈的建構》。作為南溟出版基金的一位評委，我當時得以有機會翻閱了一下。但由於該書稿不屬文學類，所以後來沒有列入評審之中。半年之後，11月1日，沈志敏這部書由上海人民出版社出版發行，書名改為《綜合邏輯論—人類自組織意識的邏輯生成及其發展》，全書超過四十四萬字，四百八十多頁。真可謂一部皇皇大著！

關於這部書最初的構思，沈志敏說他把兩個問題聯繫起來進行考察：一是人類的生理本能是否能夠生成轉換為認識理解事物的理性化的邏輯意識？二是如何從人類全體和人類個體中所表現出來的既相似而又有差異的智性中來體現這些邏輯意識？他發現，將這兩個問題串通後，讓他感到眼前豁然開朗，一條「綜合邏輯」的路途被開拓而出，一片五彩繽紛的火焰照亮了這條探索的道路。

於是，沈志敏不拘一格地提出了「綜合邏輯」是人類認識的源頭，也是其他一切形式邏輯的基礎，由此大膽地將這一邏輯形式設定為人和動物的根本區別、人類智性的基本起點、人類創造的開端和人類精神的初始狀態。「綜合邏輯」是人類具有生理基礎和心理基礎的一種自我意識組織系統，這個自我意識組織系統在人類經驗活動中、在和事物發生關係時，能夠產生互為因果的邏輯關係。

本書論證和分析了人的「智性」如何產生，而又如何轉換到人的邏輯思維中去的。這種邏輯思維的模態就是本書闡述的「綜合邏輯」。這種邏輯意識的萌發讓前人類踏入人類的境地，它的產生在人類史上促成了人們的物質創造活動，形成了人類的精神意識並推動其發展，構成了人類社會組織的產生。

沈志敏還認為，綜合邏輯也是其他所有形式邏輯的基礎層面。創設和研究綜合邏輯體系，是為了揭示人類自身的思維認識活動，刻畫出人們普遍的思維聯想活動是如何形成的，採用古代哲人一句話就是：「認識你自己。」也就是認識我們自己。通過這些畫面的揭示和觀察，可以清楚地表明，在綜合邏輯通道的運行中，能夠產生無窮無盡的創造意識，這種創造意識當然會對人們的社會活動產生巨大的影響，而人類社會發展的歷史已經證明了這一點。

沈志敏的學術「野心」極其巨大。他認為，中國當代社會，其經濟發展已走向高潮，但在人文科學的領域似乎還沒有跨出中國古代哲人留下的那些沉重模糊的歷史腳印，也沒有走出近代和現代西方哲學家給予的較為清晰的經驗知識的腳印。當然踩過這些腳印是必須的，就像人們所說的是「站在巨人的肩膀上」，但跨出這些腳印卻更加難能可貴——也許在跨出那些思想意識區域的時候，探索者不得不承受拖泥帶水的沉重的步履。沈志敏為此大膽宣布：「必須有所突破和創新。」他很讚賞比利時科學家伊里亞・普利戈津（Ilya R. Prigogine, 1917-2003）的那句言語：「我們相信，我們正朝著一種新的自然主義前進。也許我們最終能夠把西方的傳統（帶著它對實驗和定量表述的強調）與中國的傳統（帶著它那自發的、自組織的世界觀）結合起來。」（伊里亞・普利戈津，《從混沌到有序》，上海譯文出版社，2005年5月，第57頁）他希望他這部《綜合邏輯論》能成為人類探索途中的一個小小的痕跡。

或者更進一步，沈志敏顯然是想達到他這樣一種預期設想：他要以這部原創理論性著作試圖在當代中國哲學史上創設一個全新的邏輯體系。當你打開了那扇「綜合邏輯」殿堂的大門，當你穿行在神祕而又迷人「綜合邏輯」通道之中，當你觀賞了「言語結構」那幢人類交流行為的構架；當你看完了這本書，當你讀懂了這本書，當你走出了「綜合邏輯」大廈，當你走下門前壯闊的台階，清風徐來，突然間你就會有這樣的發現和感受——你已經不是原來的你，因為你對人類又有了新的認識和理解，那是因為邏輯和思想的力量。

沈志敏《綜合邏輯論》主要是從認識論方面論述「綜合邏輯」的概念，企圖建構起一座新穎的邏輯大廈。這部學術專著的觀點當然還需要許多業內專家的多方論證，但作為沈志敏十多年精心鑽研和創作的文化成果，是可喜的也是值得珍惜的。我把它稱之為「澳華文壇的超文學研究」。在澳華文壇，除沈志敏外，這種研究已有洋洋灑灑煌然大觀的論著問世的還有：南京大學退休教授汪應果討論靈魂和生死奧祕問題的《文化憂思與生死奧祕》，海之濤先生企望綜合解釋所有自然科學、社會科學和生命智能科學理論的《大終極理論》，聖童博士探討他稱之為「神性本體論」哲學客觀性及其價值的《神性本體論哲學》。他們的研究都相當奇特有趣，絕對引人入勝，雖然人們不一定認同。這個話題，筆者或者會另文論述。這裡只想說一句，他們幾位的探討各不相同。至於沈志敏，長期以來，人們一直以為他只熱衷於小說創作，完全想不到他對哲學之類的人文社會科學問題做了如此認真而且具有開創意義的探討。

當然，本文還是集中討論沈志敏業已引起澳華文壇甚至華文文學世界矚目的小說創作。

二、沈志敏早期小說：澳華留學生文學的一個縮影

沈志敏1990年作為留學生來到澳洲後，便寫了不少小說，反映來自中國的留澳學生的生活，成為當年澳華留學生文學的主要作家之一。

如他的短篇小說《紅坊夜雨》（悉尼《東華時報》2000年7月20日）。當年，這五萬中國大陸留學生生活極其艱難，「永居」又久候不批，許多人精神幾近崩潰。在他們及其家人、朋友中間，五花八門的家庭、婚姻、性愛情欲故事層出不窮，自然也是澳華作家所描寫的重要內容。有若干作品描寫嫖妓的經驗。吳棣一個短篇小說就叫做《嫖妓》（《東華時報》最早刊載，多年後《澳華文學網》2011年12月4日重載），從頭到尾就是寫一個窮留學生在妻子從國內來澳團聚前夕唯一一次找洋妓女的經過。

他想了卻一個多年的心願，不幸得到的是一個令他完全垂頭喪氣的折磨。黃惟群的中篇《尋》（悉尼《東華時報》1999年6月3日、10日連載）剛好相反。作品中的主人公人過中年，在悠長的寂寞難耐的日子裡從來沒有真愛，只有在嫖妓的時候，才體驗到性愛的快樂。而沈志敏的《紅坊夜雨》又不是上述的兩種單純性欲體驗。故事中的「我」在妓院挑中的妓女碰巧是同住在悉尼紅坊區一座樓的鄰居，在談天中發現大家還是四川同鄉。故事結束於「我」在雨巷中的等待，帶著無限的惆悵，「紅坊區彷彿迷失在夜雨之中……」。這個雨巷，令人不由得聯想起戴望舒的雨巷。小說顯然另有一番氛圍情趣——這正顯示作者在性欲之上的精神追求。

沈志敏那篇著名的短篇小說《與袋鼠搏擊》（《澳洲華文文學叢書·小說卷》，第1-9頁）構思本身就很奇特，極富想像力。它描寫一個失去工作的中國留學生遇上袋鼠的襲擊，把澳洲特有的、但也不多見的景象寫活了。小說中顯示動物的靈性與人的精神對應，展現人與人、人與社會、人與動物、人與自然的關係，故事很實在，筆墨卻很空靈。作者筆下的澳洲袋鼠，借力跳躍及與人握手言和的細節，簡直就躍然紙上，可謂神來之筆。它那樣強勁有力、彪悍頑強、善惡分明而又寬容大度，這分明正是澳洲之魂。悉尼作家張奧列當年編輯澳洲華文文學叢書小說卷時，把這篇小說的題目作為整部書的書名是有道理的。他認為《與袋鼠搏擊》是當年澳華文壇難得的短篇佳作，既很澳洲化，又具現實性，寄寓著人生拚搏的勇氣及堅韌精神，可謂「澳味華風」——把澳洲風情與華人生態糅合一起（張奧列：〈不事張揚的沈志敏〉，《澳華文人百態》，台北世界華文作家出版社，

1999年10月，第60-61頁；〈澳味華風小說情〉，同書，第160-161頁）。所以，毫不奇怪，《與袋鼠搏擊》被編進中國《海外華文文學讀本》（短篇小說卷）作為大學教材，而且是澳華文學部分的第一篇。沈志敏作為作者也很喜歡自己這篇作品。事實上，可以說，在澳華文學中，還沒有一篇超越過它的短篇小說。

沈志敏一部中篇小說《變色湖》（墨爾本《原鄉》1996年第2期，第23-51頁）榮獲2000年中國盤房杯世界華文小說優秀獎。這部作品寫的是一個違反簽證條例的中國留學生被移民局官員追捕的過程，但其最可貴之處恰恰是超越了「居留」的主題。這可與他1995年電影文學劇本《槍聲，響起在移民局門口》（又名《人類學論文》，澳洲《華聲日報》1995年1月28日至3月4日連載）比較一下。後者也有對移民問題的深層思索，其內容真實地反映出當年中國大陸留學生進退兩難的生存困境以及由此引起的生活煩惱和無奈嘆息，筆調沉鬱並略帶幾分悲戚。但《變色湖》有所不同。故事主人公江華帶著一把二胡來到澳洲闖蕩，雖然直到最後「居留」問題並未解決，但他顯然已經以他的二胡——所謂「東方上帝的聲音」——贏得了澳洲人特別是澳洲土著的心。讀者發現這是一篇東西文化交融的頌歌，一篇人性勝利的頌歌。

該小說敘述江華初到澳洲，遇到種種困難，特別是居留問題，但得到土著人的幫助。江華被移民官拘留時，一位土著長老帶著手下來搭救他，順便還把移民官和警察訓斥了一頓。江華自己雖然命運未卜，但不怨天尤人，他甚至非常熱愛澳洲這塊神奇的土地。「澳大利亞天廣地寬，是上帝心情坦然的時候創造出來的。」顯然這也是作者的態度。請看下面的描寫——一個還是「異鄉人」對這塊土地的感覺：

> 「每天傍晚，完成葡萄藤下緊張萬分的收摘後，我都要攀登上一道小山崗，喘一口氣。看著天那邊，燦爛多姿如火如荼的晚霞，漸漸地泯滅在波瀾壯闊的雲端之中。景色的含義顯得如此單純，又如此深奧，也許遠遠超出了人們的想像。山川、湖泊和河流，千萬年來坐落和流淌在這片土地的周圍，它們肯定比我更加理解消失中的晚霞。」（同上，第25頁）

作者以飽滿的欣慰心情描寫江華在一座古老的鄉村小教堂裡給人們演奏：

> 「陽光從彩色的花玻璃透射進來，與那二胡聲，和那一排排長椅上坐著的人們，共同營造了一種和諧的氛圍。這座教堂並不華麗，內部也沒有高大寬敞的空間，和有些神聖的大教堂相比，似乎低矮簡陋了一些。然而，這教堂內並不缺少上帝給予的情調。我想，平日間，牧師莊嚴的布道聲傳入每一個人的心靈，優美的風琴聲滲透在每一塊磚縫間。今天，就讓一曲二胡聲像泉水般地流入，給人們增添另一番情調，也許，這是上帝的一種新觀念吧。」（同上，第36頁）

不過，需要指出的是，在上世紀九〇年代，像其他許多澳華留學生文學作家一樣，沈志敏那個時期的作品在藝術構思上總的來說格局不大，在思想觀念上有些幼嫩、簡單。《變色湖》多少就有一廂情願的理想主義傾向。故事這樣結尾：

> 「我佇立在淺紅色的湖邊思索著。一夜之間，水為什麼由乳白色變成淺紅色？我無法猜出其中的原因。但是人呢？一夜之間，我變得心胸坦然了，無畏無懼，準備踏入牢籠；而那兩位移民局官員也改變了主意。是什麼，讓這一切都改變了？是天地間的氣候、溫度？是山川水流中的礦物質元素？是人體之內的心理機制，還是腦袋裡的腦組織結構？我知道自己不是一位萬能博士，無法回答。
>
> 「水還是同樣的水，但改變了顏色；人還是同樣的人，但改變了一些見解。在水底的深處，在人類的心靈深處，卻有許多東西是難以改變的。大自然深處有著精靈，人的心底下面有著靈魂。」（同上，第51頁）

來得太突然、太美好了吧？即使上帝已有一種「新觀念」，並非全部澳洲人都已一致認同，亦非每一個華裔新移民都有幸得以親身體會。問題的關鍵，可能還是當年從封閉專制的社會來到自由開放的澳洲的中國留學生／文化人一種普遍急切期盼心理的折射吧？

三、《動感寶藏》：對《變色湖》的呼應與超越

《變色湖》發表十年之後，沈志敏完成首部長篇小說《動感寶藏》，一下就獲得很大的成功，被上海人民出版社購下版權並於2006年6月出版，更榮獲台灣僑聯總會頒發的2007年世界「華

文著述獎小說類第一名」獎項。

這部作品生動地集中描寫了三位少年在澳洲大地上的流浪、探寶和歷險的一系列緊湊動人的故事。三個少年中，白種人湯姆斯的父親是澳洲國會議員，當下正忙碌著競選州長的寶座，但反對派收買記者從各個渠道挖出他許多不可告人的隱私。湯姆斯從報紙上知道父親在外面有好幾個情婦，又知道他本人並非父親親生，而是他母親和一個音樂學院教授的私生子。這一切如五雷轟頂。父親自殺的結局最終使湯姆斯離家出走。另一個是華人少年高強，他在澳洲讀高中，剛考出了駕駛執照。在中國國內擔任企業老總的父親曾經答應過兒子，送他一輛名牌跑車。然而就在這一天，高強得到消息，他父親因經濟問題，被逮捕入獄。高強一下子墜入黑暗之中。而土著少年土谷，則壓則根兒不知道父親是誰，他母親屬於「被掠奪的一代」，有著嚴重的心靈創傷，沉醉在毒品的麻醉之中。那天，土谷的弟弟土包因在街上參與販賣毒品，在警察追逐的過程中，土包撞在鐵欄上，不幸死去。土谷為弟弟的死感到怒火萬丈……

這件意外的事件成了導火線，激起紅坊區的土著人的憤怒，他們紛紛上街，攔住街道，用石塊和燃燒瓶襲擊警察。當時，高強在酒館門口搭識了湯姆斯，他倆漫無目的地走入紅坊區，恰好遇到那場暴亂。他倆為了發洩心頭的不滿，一起參加了扔石塊等襲警活動，並被街頭錄影機照錄下來。在混亂之中，他倆又遇上了土谷，三人一起偷了一輛車外出逃亡，最後被警察抓獲，三人一起被送進了阿姆斯拘留營。

在拘留營裡，三個孩子搭識了一個能說會道的販毒者斯蒂姆。這個人為了實現一項驚天大陰謀，通過女友在外面劫持了一架直升飛機，帶著這三位本性善良的少年和他一起越獄，真正走上了逃亡的不歸路。其後，這三個少年遊走了澳洲許多地方，一連串險象橫生的尋寶、海上漂流、森林中與鱷魚對峙等極為驚奇的故事相繼發生。他們在沙漠邊的一個山洞裡找到了傳說中的寶藏，並戰勝了斯蒂姆的陰謀。不過，寶藏並不是金銀財寶，而是一塊記載著當年白人搶劫土地、屠殺土著人的圖景的千年古木……

小說中生活畫面廣闊鮮明，具有健朗活潑風格。全書故事跌宕起伏，趣味無窮，讀來引人入勝。在尋寶歷險過程中，三位主角因彼此間的語言與性格、習慣不同的踫撞，顯露了人物各自特點。他們在不期而遇以後結伴歷險，以智慧和才幹克服種種困難，渡過種種難關，其中有與居心叵測的流氓斯蒂姆的鬥智鬥勇，有對於神奇寶藏的種種線索的細緻分析和切實尋求，有對真誠的友誼和理解的企盼與讚美，又在各個方面顯示他們努力追求人生的成功和真善美的美好境界。三位少年一度被那個專事偷搶的慣犯所控制，但最後擺脫了，返回正常社會，成了少年們崇拜的英雄。如喬魯在此書的「跋」中所說，《動感寶藏》作為一部探險小說，承傳了笛福的《魯濱遜漂流記》、馬克・吐溫的《湯姆・索亞歷險記》這些歐美文學名家名著的文學精神，「這樣的描寫不僅僅是行走，更是一種不畏艱難困苦的心路歷程；所寫的不僅僅是探險，更是一種精神的自由釋放與創新」（《動感寶藏》，上海人民出版社，第320頁）。由於這次生活的經歷，三位少年成熟了，產生了積極向上的人生觀。

許多人讚賞地注意到沈志敏這部小說主角的設計。三個少年，一個華人，一個土著，一個白人，這難免讓人聯想到帶有政治寓言的「三原色」。歐陽昱在他的〈後多元主義澳大利亞中的歸屬問題〉（中國汕頭大學《華文文學》2012年第5期，第58-59頁；網絡轉載）一文中就指出，所謂三原色，美術指的是紅黃藍，但在此指的是黑黃白，沈志敏就「以這種三原色為該書奠定了基礎」。在該文中，歐陽昱強調：

三個孩子浪跡天涯，尋找寶藏，無論是精神方面，還是其他方面的寶藏，其中的種種故事，都不如該書結構之後暗藏的思想重要。這個思想反映了作者的一個重大認識，儘管是有限的認識，即澳大利亞的種族和諧和文化和諧之關鍵，就是這種三原色的融合（歐陽昱，同上）。

應該說，沈志敏有意設定的澳洲「三原色」，讓人感受到澳洲這個移民國家的大洋氣息，感受到它的健朗向上的多元文化和活潑世態。這三個走到一起的少年憑藉自己的才華，面對紛繁的世界，努力做出正確判斷與抉擇，富有動感地證明了個人生活的本來意義。

《動感寶藏》內中的長途遊歷探險，以及不同種族間的文化碰撞和融合，讓人聯想到他1996年中篇小說《變色湖》。也許，考慮到中國國內讀者對《動感寶藏》無疑會有新鮮感和神祕感，此書相應展現了更多的澳洲歷史文化風土人情方面的內容，但熟悉澳洲生活的本地讀者，尤其熟悉沈志敏作品的讀者，這可能是缺點而不是優點——過多地引述或多或少湮沒了作者自己的靈氣和作品應有的風采。如果更嚴格地說，此書追求故事情節的曲折，有時不免影響人物性格的塑造。當然，瑕不掩瑜，這部沈志敏第一次創作的長篇小說，是應該刮目相看的。他不故步自封，因循拾取陳舊題材，而是另闢新徑，大膽嘗試，竟以三個不同血統、不同文化風俗習慣的角色，演繹出這部二十四萬字的力作，顯示了他獨到的才思，實在難能可貴。沈志敏的《動感寶藏》與《變色湖》遙相呼應，但格局大大擴大了，特別是思想內容有了深化，不啻是一種超越。

2006年11月25日，《大洋時報》社長馮團彬和沈志敏專程從墨爾本來悉尼舉辦「大陸、沈志敏新作暨澳華長篇小說研討會」。沈志敏在會上說，有不少人問他怎麼會寫這麼一個故事，寫一個自己不熟悉的故事。他說，他也說不好為什麼，「在我寫東西時，有一種夢幻的感覺，在夢幻中，看見了三個少年，跟蹤著他們，就寫出來這麼個歷險記」。沈志敏無疑也做了一次探險，他這個「夢幻探險」是成功的。

四、《墮落門》：某種澳華沉淪男人的傳神寫照

沈志敏的長篇小說《身分》，是澳大利亞南溟出版基金2008年贊助的唯一作品，2011年7月，該作品以《墮落門——沉淪澳洲的中國男人》為書名在台北由釀出版公司出版發行。在這之前，該書稿在海內外發表的時候，曾根據報刊發表要求改稱為《海外混客》、《身分，你這鬼東西》或《「身分」這鬼東西》。《老謝外傳》其實是在中國國內雜誌上連載時最早的書名，最後用《墮落門》，也是根據台北的出版社的要求改的。

這部長篇小說的主人公叫「老謝」。老謝下過鄉，做過工，但最引以為榮的是做過教師。他說，在中外歷史上，許多偉人都擔任過老師，後來就成為帶領廣大人民群眾走上一條金光大道的導師了。老謝當然沒有這麼偉大的志向，也不能說一點也沒有。

他出了國，變成了黑民，又被關進移民局的大牢，後來搖身一變拿到了澳洲永久居留。他結過婚，又不得不離了婚。他在國外混得並不怎麼樣，卻一心想混出個人模狗樣。於是，上帝滿足他的要求，讓他莫名其妙地發了財，衣錦還鄉光宗耀祖了一會，但回到澳洲，他又糊裡糊塗破了產。全書二十四章，最後，尾聲，老謝上法庭。他又成了一個窮光蛋。

書最後有這麼一段描寫：老謝坐在一塊石頭上，點上一支「魂飛爾」牌香煙，苦苦地思索起人生。這時候的他儼然一位「我思故我在」的哲人。他在裊裊煙霧中沉思：「今天，我老謝為什麼會混到這個份上，我老謝在這個世界上到底扮演了一個什麼樣角色？」

天黑了，煙盒裡的煙也被老謝抽完了，最後，老謝發現自己的身影越來越模糊。於是，其他各種各樣的人物形像出現在他眼前，他彷彿看到了歷史長河裡的各種各樣的偉人，看到形形式式的英雄人物，也看到了不少大壞蛋；看到了許許多多不好不壞的人，也看到了不少又好又壞的人，他感到自己和兩個人有點像，一個是中國人，那是魯迅筆下的阿Q，另一個是看到了洋人，那是塞萬提斯筆下的唐詰可德。但再想想，自己和誰也不像⋯⋯。他自言自語地說：「人活在這個世界上，經常搞不清楚自己的身分。——我是誰？」說這句話的時候，他的嘴裡一片苦澀，腦袋裡一片混亂，「發根他媽」。

沈志敏這部改於2008年6月30日、7月7日的長篇小說《墮落門》就此結束。

「發根他媽」作為全書最後四個字很有意思。這是老謝標誌性的口頭禪。「發根」是洋人的國罵「fucking」的諧音，「他媽」是中國國罵的主要成分，把洋罵和國罵結合起來是老謝的獨家發明。「發根他媽」音調罵不響，還帶有點唱腔，聽起來也不像罵人的話，所以洋人聽不懂，中國人也弄不清楚。其實，在很多情況下，罵人並不一定是去激怒別人，而是在安慰自己，就像阿Q罵別人是自己的兒子，其目的也是一種心理安慰。老謝便是這樣。

一個平凡的人，而卻偏偏要走不平凡的路，混來混去，像在一條泥濘的道路上，拖泥帶水，亂七八糟。沈志敏這樣比喻：平凡和不平凡就像兩個雞蛋碰撞，蛋殼碎了，流出一堆黏糊糊的蛋清和蛋黃，這就是老謝的人生悲喜劇。他是生活在現代的人，但按照現代人的標準，他又是即將過去的人，和新生代隔著八九條代溝，想跳也跳不過去。可是老謝不死心，他還要無休無止地想望將來。因此，這個生活在現實的人，又是夢中之人，有時候搞不清楚自己是處在現實之中還是在睡夢裡。老謝在夢中還要打呼嚕，為他夢中出現的圖景激動，也為夢中的情景而後悔。「如果沒有夢，人還活著幹什麼？」他覺得這句話是絕對的百分之百的真理，「比馬克思主義的真理還要真理」。這樣，他演繹了一場現代版的黃粱夢。

前面說了，《墮落門》這部小說，曾用名有「身分」、「海外混客」、「身分，你這鬼東西」、「老謝外傳」等。就是「身分」那鬼東西，弄出酸甜苦辣許多事，弄出人間悲歡離合。2001年，筆者曾寫過一篇題為〈精神難民的掙扎與進取〉的長文，討論上世紀九〇年代澳華小說的認同關切，討論「身分焦慮」這個痛苦的主題。《墮落門》中所刻畫的「老謝」這個「沉淪澳洲的中國男人」，是當年留澳學生的一員，這部作品可謂是當年「澳華留學生文學」的擴展、深化，以及另類化。「人活在這個世界上，經常搞不清楚自己的身分。——我是誰？」這是老謝的話，特別作為《墮落門》全書的開卷語。

沈志敏作為作者，在自己的長篇小說中，最喜歡的是《墮落門》。他在簡述其作時，說他在以前寫的一些作品中也寫到過老謝這種人，有時候搞不清楚，老謝是我、是你還是他，因此，斷斷續續地寫了十幾年。沈志敏說：「有些書可寫可不寫，這本書是我很想寫的，在寫作的過程中，經常有喜怒哀樂共生，還有亂七八糟的夢，讓我沉醉其中。」（網絡書訊）可見，「老謝」的喜怒哀樂，那些亂七八糟的夢，他前後左右晃動的影子，長久以來一直纏繞著沈志敏的心靈。最終，他以風趣、幽默、生動的筆調，以滿含詼諧諷刺而又令人信服的真實，成功地將「老謝」這個人物寫活了，寫得有血有淚。二十多年前那些和《墮落門》作者前後腳踏上澳洲這塊新大陸的，那大批背景相同的所謂「四十千」的老留學生們，都會從老謝的身上看到什麼。實際上，老謝就是當年他們中間不少人——某種沉淪澳洲的中國男人——傳神的寫照。可以說，《墮落門》是一部充滿自我省思的優秀作品。

「時間能淘汰老謝的生命，時代卻無法淘汰老謝混跡海外的形像。」《墮落門》的「引言」如是說。這句話看來也將在澳華文學史上讓人們長久銘記。

五、那輛澳洲巴士情迷意亂：現代旅遊文學的嘗試和創新

2012年6月，沈志敏和宋來來合作，出版了長達三十多萬字

的《情迷意亂，那輛澳洲巴士》（北京體育大學出版社）。這是一部旅遊文學長篇小說。書中真實地描述了一輛滿載來自中國的遊客的巴士在澳洲大地上之漫遊，描述了不同層次的華人在這個旅遊過程中的言行舉止，以及對澳洲風土人情、社會結構的各種理解。而在司機雷哥的眼裡，這群遊客有點像妖怪。於是，讀者見識了一個情迷意亂的浪漫之旅。

真是情迷意亂。甚至遊客尚未開始他們的旅程之前，小說一開頭就出現匪夷所思的故事。

在去飛機場的途中，巴士內只有司機和導遊兩個人。「乾爹」，那位打扮性感的女導遊海倫對司機叫喚了一聲，聲音很親切很動人，甚至有點曖昧。

這曖昧是真的。這兩人是怎樣組合到一起的呢？被叫為「乾爹」的司機是雷哥。有一天，在墨爾本的唐人街喝了不少酒的雷哥，看到一個姑娘，二十歲模樣，臉色蒼白，臉蛋有點髒，神態是惶恐、是無奈還是傻也說不清楚，竟然對著一個一個走過去的男人，叫喚道：「誰想娶我，哪一個人要我？我跟你們走。」還能對著洋人的臉蛋，用英語嘶叫。這時候，雷哥的腳步已經停留在邊上。她瞧見了雷哥，又叫喚道。雷哥也被這種人膽的語言嚇了一跳，嘆了一口氣，心想：這年頭，中國的女孩在國外到底是怎麼了？「姑娘，你不是瞎說的吧？不是胡說八道，不是開玩笑？你能嫁給我？」雷哥一副認真的模樣。那個姑娘好像碰到了大救星，說：「大叔，不，大哥，你要我了。」來回幾句對話，好像是唐人街上的一場戲收場了，在邊上的觀眾看來，戲的結尾是一個女傻瓜跟著一個酒鬼走了。後來，這個女孩就是今天的女導遊海倫。整個事情複雜有趣得很，也有情有義得很。

當然，這是一部旅遊文學，主要講旅客講旅遊，包含著大量信息和中西文化的解讀。從墨爾本機場開始，到悉尼情人港結束，一路花絮紛繁，故事層出不窮。就看看小說每章的題目吧，也可略知一二：〈墨爾本是個「墨」字〉、〈灰色的香煙，藍色的功課，和黑色的記憶〉、〈滑鐵盧賓館門前的鬧劇〉、〈冷風城堡〉、〈董老闆真的挖到了金子〉、〈美女導遊的床邊座談〉、〈大洋路上的暴風雨〉、〈耶穌究竟有多少門徒〉、〈美女導遊的明暗花招〉、〈包大亨和金牛縣老闆過招鬥富〉、〈墨爾本夜遊〉、〈安利風暴〉、〈鮑導師的「指點迷津」〉、〈雅拉河畔的燒烤〉、〈後花園裡拍賣奧運磚〉、〈天體浴場〉、〈蘭卡海灣的懸念〉、〈企鵝島的愛心〉、〈堪培拉的Relax〉、〈海倫和雷哥，情迷意亂的陷阱〉、〈葬禮和婚禮〉、〈歌劇院的陽光和同性戀大遊行〉、〈唐人街文化和情人港的奇蹟〉。一共二十三章，讓人大飽眼福。

這部小說沒有傳統意義上的主角，但一輛巴士上的二十幾個人又全是主角，沒有驚險曲折的情節，但都是有故事之人，各有各的故事。例如其中一位朱麗婭老太太，涉及於她的身世，在全書要結束的時候，出現了也是非常出乎意外的一幕。

旅遊團在悉尼情人港遊覽的時候，那個朱麗婭老太太拉著拉桿箱瞧著飛來的白鴿，又抬起頭來望著天，看著海。也許，那些飛來的白鴿能帶來夢中期望的信息。上帝啊，她已經老了，還能等到那一天嗎？就在這個時候，她聽到了一種聲音，好像是從天上傳來的，又好像是從海面上飄來的，不，就是在不遠之處，越來越近。朱麗婭轉過臉，瞧見不遠處有兩個人，一女一男，都已上了年紀，好像也是亞裔人士，女的推著輪椅，男的坐在輪椅上，臉上戴著一副黑色的太陽鏡，但他的肩上擱著一把小提琴，一手扶琴，另一手拉動著琴弦，全神貫注。琴聲是那樣地熟悉，對於朱麗婭來說，這首曲子就像是天竺之音，她的腳步不由自主地朝那裡走去，背後的拉桿箱在草地上一跳一跳，好像箱內藏著一個小精靈。她走近那輛輪椅，她走到那個拉琴人面前，那個男人的琴聲戛然而止。突然，從男人的嘴裡吐出了幾個字：「朱麗婭。」朱麗婭似乎也感到這張臉輪廓很熟悉。「你是？」提琴從那個男人手上掉下來，他猛然從輪椅上站起來，摘掉墨鏡……

朱麗婭認出了眼前的這個男人，這個她三十年來朝思暮想的情人。當年，羅敏和朱麗婭都是在一個山溝溝裡插隊的知青，兩人後來分隔了三十年，等待了三十年，也尋找了三十年。朱麗婭含著熱淚打開了那個拉桿箱，滿滿一箱三十年前羅敏寄來的情書，一封也不少，這是藏在一個從女青年到中年女教師，到上了年紀的女教授心中的金子。這個女人太執著了，她不止一次地來到澳大利亞尋找斷線的愛情，她是在找天上飄逝的雲，海裡游失的魚，可是居然給她找到了。這是中國人的朱麗亞和羅密歐的故事。

情人港上陽光普照，海風徐徐吹來，鳥語花香，葉濃草綠。那輛輪椅上面，羅敏又抱起提琴，左右是朱麗婭和趙妹，他們面對著藍色的大海，小提琴聲音又響起來了，琴音跌入在海浪之中——

全書便結束在這連旁人也為之流下熱淚的感動之中。

沈志敏這部題為《澳洲，那輛情迷意亂的巴士》的作品，全書以輕鬆風趣的文筆，描述故事生動有趣，還出人意表。只要翻開這部書，讀者就會被吸引，這是一部讓你看了一遍，還想再想看一遍的小說。難怪它出版後，被認為已俱備了搬上銀幕的大好條件。

沈志敏此書的確比較獨特，大概是中文寫出的當代第一部描繪旅遊的長篇小說。現今的中國的旅遊文學，大都是一些較短的山水散文等。縱觀文學史，中國古有《西遊記》、《老殘遊記》等，歐美有《格列佛遊記》、《匹克威克外傳》等，它們都是名著，但和現代意義上的旅遊文學不免有所區別。而就長篇小說這種體裁而論，沈志敏這部作品，從內容到形式都突破了過住小說的特定方法。作者自己也覺得，在創作過程就充滿挑戰性，不僅感覺到內容是全新的，而且文學形式上好像也有所突破。藝術貴在創新，此書為華文旅遊文學提供創新試驗。所以有人說，它的面世將會衝擊華文旅遊文學的創作方向。沈志敏如此試驗，當然需要勇氣與膽量，及不計得失的精神配合，也基於他經過多年的寫作磨練。

六、現實手法，浪漫情懷：沈志敏的「鄉土文學」

在澳華文壇，關於沈志敏的小說是現實主義還是浪漫主義，有不同的看法。一般而言，文學理論中所說的「主義」，大概包括三方面的含義：作品內容主題所體現的精神、作品所採用或遵循的創作方法，以及文學發展過程中的特定文學形態或者特指某種思潮和流派。這樣，關於沈志敏小說的「主義」想像，討論起來也很有意思。

不少人認為沈志敏的小說是偏向浪漫主義的。悉尼作家、評論家張勁帆就很明確指出：「浪漫主義」是「沈志敏小說的靈魂」（勁帆：〈浪漫主義：沈志敏小說的靈魂〉，《澳洲網》2007年7月2日）。他說，沈志敏早年不少短篇小說和中篇小說《變色湖》，覺得最突出的特色就是充滿激情和傳奇色彩的浪漫主義，他的長篇小說《動感寶藏》更令人加深這種印象。在張勁帆看來，沈志敏的浪漫主義首先表現在他的題材選擇上。他喜歡描寫長途遊歷探險及不同種族間的文化碰撞和融合，展現澳洲歷史文化風土人情，大都具有強烈傳奇性的故事，而不是常規性的普通生活，這樣的題材為他的浪漫主義提供充分的發揮餘地。其次，他的浪漫主義表現為想像力的極大發揮，如在《與袋鼠搏擊》、《動感寶藏》等作品中的一些情節描寫。還有，在他的瑰麗而充滿激情而且時有哲理的文學語言上，也體現他的浪漫主義。張勁帆還讚賞地說，澳洲的華文寫作者人數不少，但大都走的是寫實主義的路子，也有少數走的是現代主義的路子，走浪漫主義路子的，大約僅沈志敏一人。沈志敏的獨特性對於澳華文學來說就很值得珍視了（勁帆，同上）。

但也有許多人看法不同。例如墨爾本評論家海洛英完全持不同見解。他把兩位澳洲作家的兩部長篇小說——大陸的《悉尼的中國男人》和沈志敏的——作為對照物進行討論。他說，對於在1989年前後移民海外的中國作家來說，現實主義和現代主義對他們都有著很大的影響，並且很大程度地在他們的作品中得到了體現。澳洲作家大陸和沈志敏就是極為典型的例子：大陸的作品滿天滿地潑撒著現代主義的膽大妄為，而沈志敏的小說則一筆一畫地刻寫著現實主義的工工整整。海洛英還說，澳洲華人文學的現實主義與現代主義之力量比較，可以用「滄海一粟」來形容，現實主義是滄海，現代主義是一粟。沈志敏的《動感寶藏》，屬於徹頭徹尾的現實主義的作品，既體現在作品的內容也體現在創作方法上。（海洛英：〈現代主義與現實主義的澳洲之爭——評《悉尼的中國男人》、《動感寶藏》及澳洲華人文學創作〉，網絡，作者文集2006年12月）海洛英沒有從現實主義精神、現實主義態度，以及現實主義創作方法和寫作技巧細分討論，他的出發點就是就是亞里斯多德所說的「按照生活的本來面目來描寫」這個規範。但他可貴地指出：沈志敏的現實主義並沒有停留在對現實的模仿之上，不是傳統意義上的現實主義，而是呈現了一種非典型化的趨向，用「全景式」的掃描方法，而且不僅僅在於人物群體的塑造，更在於對澳洲的社會生活和歷史進行了「全景式」的包羅萬象的描述。

海洛英總結道：

這一「全景式」的描寫方法，明顯是作者刻意而為的，意在通過這一方法全景地細節地描寫和介紹澳洲社會。這一描寫方法也明顯是成功的，使沈志敏的小說跳出了留學生文學和移民文學的範圍，超越了傳統的現實主義，成為華人新移民文學中第一個描寫留學生和移民生活以外的長篇小說（海洛英，同上）。

在關於「主義」問題上，張勁帆與海洛英兩人（還有其他一些人）看法不同。他們做出評論的時候，沈志敏的《墮落門》和《情迷意亂，那輛澳洲巴士》尚未問世，如果他們讀到這兩部作品，也許各自都會不同程度修改某些已見又加強某些己見。也許我們可以說，沈志敏小說是敘述手法上的現實主義和內容情調上的浪漫主義。現實手法，浪漫情懷，這是他的特色。需要指出的是，張勁帆與海洛英他們兩人有一點很清楚是共同的，就是都肯定沈志敏努力描寫留學生和移民生活以外的故事。以我之見，這正是沈志敏不同於澳華其他許多作家的最大亮點——這就是生活澳洲的華人描寫澳洲生活的澳華「鄉土文學」，或稱之為澳華文學「本土化」。正如悉尼作家劉放所說，沈志敏的《動感寶藏》給他最深的印象是，作品中有一種濃郁的澳洲鄉土氣息，感到作者對澳洲發生的很多大事件了解得很透徹，也融合得很到位，很活。這樣的澳洲鄉土風情，在沈志敏的其他小說中也可以看到，如《與袋鼠搏擊》、《變色湖》等，作品中描寫的那種場景、環境、氛圍，都充滿著這種澳洲鄉土氣息。沈志敏寫現在的澳洲，有澳洲「鄉土文學」的味道（劉放：〈沈志敏的澳洲「鄉土文學」〉，《澳華文學網》2010年1月7日）。

沈志敏的探索與嘗試，無疑有著相當正面的意義。澳華文壇一般狀況是，大都是華人寫熟悉的華人，在澳洲的或在祖籍國的。當然這無可厚非。但沈志敏的突破是難能可貴的，他跳出許多華人作家慣有的思維模式，把筆觸深入澳洲社會，在澳洲的紅土沙漠中吸收養分，創作出富於澳洲鄉土特色的作品。顯然，如果澳華作家像沈志敏那樣關注澳洲鄉土，面對現實，開拓視野，創作的題材就會像「動感寶藏」一樣，無窮無盡，更趨於多元豐富。而且，正如劉放指出，如果說，我們華人終將融入澳洲，以澳洲為家，成為真正意義上的澳洲人，那麼，澳洲華文文學最終也必然進入澳洲社會的主流和深層，反映澳洲社會的本質，寫出澳洲鄉土風情澳洲味（劉放，同上）。其中因果關係完全符合邏輯。沈志敏所代表的這種方向路徑將促使澳華文學的創作前景更為開闊，更有意義。

走筆至此，我想起前文引用過的歐陽昱大文〈後多元主義澳大利亞中的歸屬問題〉此文討論沈志敏的《動感寶藏》時，有一個觀點：「這部小說還是揭示了一個比較黑暗的真理，即澳大利亞是一個不適合中國人久留之地。」如果這是真理，確是真夠黑暗的。不過，就我而言，我找不出這個「揭示」，讀不出這個「真理」。進而論之，一個熱愛澳洲這個新家園並致力澳華文學「本土化」的澳華作家，想來大概也不會認同更不會宣揚這個所謂「真理」吧？

七、綜合邏輯與文學創作：沈志敏的見解與實踐

本人多次和沈志敏討論他的小說創作。他喜歡的作家有浪漫主義的也有現實主義的。他在創作過程中，心裡並沒有想到什麼現實主義和浪漫主義，沒有刻意地去模仿某些主義和方法，只是根據人物和故事去發展。當然，他也像每個搞文學創作的人一樣，總是要借助誇張和虛擬，總要發揮自己的想像力。不是說他的《動感寶藏》讓人不禁想起《湯姆·索耶歷險記》之類的小說嗎？馬克·吐溫這部作品就是將現實主義的刻畫和浪漫主義的抒情和諧地統一。或者，就像他沈志敏自己在《墮落門》中曾經說過的一個比喻：「滾圓的雞蛋有點浪漫主義色彩，就像每個人的心裡都藏著一份浪漫主義的情懷；吃在嘴裡的雞蛋，卻是一股兒現實主義的味道。」

在他看來，世界上大凡作家偏向兩種類型：一是記錄型，以自己的經歷為主敘述人生故事，如曹雪芹，他的《紅樓夢》出自自身經歷；二是創造型，以虛構為主描繪這個多彩的世界，如雨果，他的《巴黎聖母院》從石頭上的刻字生發靈感。當然，兩者都不是絕對的。前者在敘述人生時經常注入虛擬成分，後者在虛

構人物事件中肯定也會有自己的人生體驗。在兩者中間都出現過許多他喜歡的傑出的作家作品。但沈志敏坦言，他比較喜歡更具有想像力構建的作品。他喜歡雨果甚於巴爾札克。在當代中國作家中，金庸的想像力和創造力讓他非常著迷。當年他在上海的時候，曾經一口氣閱讀了金庸的好幾部作品，廢寢忘食，每天只睡五六個小時，沉湎在他構造的武術世界中，不亦樂乎。他說，金庸的作品不但繼承了舊武俠小說中比武設局等等特點，更為可貴的是在他的新武俠小說中拉開了一個更為廣闊的帷幕，將大量的人文和文化因素放入了俠客領域，走進歷史的虛擬之中，構建起一個波瀾壯闊引人入勝而又使人眼花繚亂的東方武術世界。

金庸建構起的這個武術世界，沈志敏認為來源主要有兩個方面：一個方面是他運用了有關的歷史知識，和廣泛涉及到的其他各種知識；另一個是他自己的人生經驗。作者以自己豐富的想像力在天地間縱橫馳騁，在過去和今天的時光中穿越，他將人生之中各式各樣的經驗知識串行起來，然後精心製作出他的人物，又像蜘蛛構製網絡一般，讓那些人物活躍在那片虛擬歷史天空下的大網之中。沈志敏在他的〈走進歷史的虛擬——談金庸武術世界的建構〉（《澳洲網》2017年11月1日）一文中，最後這樣指出：

> 「完美的虛構就是一種無中生有的創造，這個『無』並非純粹的『無』，而是將許許多多的『有』，建構成一種新的物類。新武俠小說不就是這個無中生有的『新物類』嗎？……金庸在走進歷史的虛擬之中建構起來的武術世界，在中國現代文學史上，無疑地是創製出一朵奇葩。」

沈志敏由衷佩服這種無中生有的創造。這裡，我們可以討論一下他所醉心的文學創作中的創造聯想。本文開頭談到沈志敏建構「綜合邏輯」大廈，關於綜合邏輯和文學創作的內在關係，他多年來一直就有一套見解，並運用於他的文學實踐。

沈志敏說，綜合邏輯是一種聯想的邏輯。綜合產生聯想，產生從簡單到複雜的類構思維活動。當然，事實上許多類型並不是那樣清晰可分的，各種類型又混雜在一起，又可能相互交叉融合在一起，造成新的更加複雜的類型，很多類型都是「動」和「靜」的結合體，而且經常發生變化，猶如結構的生成轉換，所以說「類型」的情況是無限的，永遠處於不停地構成和發展中，因此也呈現出各種類構情況。在實際生活中，人們大量的情況，都是處於這種不斷變化的動態類構的情況中。只要人們能夠意識到這種情況的存在，就能在實際生活中，去抽像總結出各種類型，也能夠從主觀出發去創作出某種新的類型。

每一篇或一部文學作品，都是一個複雜型的類構。如《動感寶藏》，屬創造型，但開始的故事取自於悉尼紅坊區的土著鬧事，劫獄的聯想來自於澳洲新聞。三位少年為黑白黃三色象徵；《墮落門》是作者自己親身經歷和澳洲留學生生活的編織；《情迷意亂，那輛澳洲巴士》，實驗性，無主角，但二十幾人又全是主角，充分體現聯想及其擴展。再以《與袋鼠搏擊》為例，看各種聯想如何構成合理的因果關係：黃羊和袋鼠的跳躍，觀察和傳說中的經驗；拳擊手和袋鼠的搏擊，對於動物合理的推測經驗；作者在軋鋼廠和牛廠裡的生活，自己直接的生活經驗；留學生在異國他鄉的無奈苦悶和精神生活，作者自己和身邊朋友的經驗；

袋鼠的形像和澳大利亞的象徵，知識的經驗；海明威的老人與海，書本經驗。最後，各因果聯想類構成這部作品。

那麼這個作品究竟是否成功呢？如果是一部成功的作品，那就是這種複雜的類構活動，至少對於一件藝術品來說，做得很「精確」；如果是不成功的話，也許原因多種多樣，但胡編亂造肯定是一大原因。「胡編亂造」也是根據人的主觀要求去選擇經驗事物進行類構的，但那些事物在類構的過程中，沒有反映出正確的因果關係。作品缺乏類構的「精確性」，主要是因果類構的不合理，甚至是荒謬，從而造成了作品的失真，因此那個「假說」也就不能成立。這些都可謂沈志敏經驗之談。

總之，關於綜合邏輯和文學創作的關係，沈志敏認為人的思維活動，包括具象思維和抽象思維都含有邏輯意念，但傳統意義上的形式邏輯難以包含和說明這些思維活動各個方面，而綜合邏輯卻能從互為因果的關係方面來理清那些思維的頭緒。而文學創作其實就是人們通過這種邏輯意識，來對自己的經驗記憶等知識進行的類構聯想，形成了一種通過文字化的創作活動。

在檢查沈志敏這個見解時，我發現一個很有趣而且很重要的現象——他對「石頭」情有獨鍾。沈志敏說，石頭是這個地球上存在時間最綿長的物體，人類利用石頭而產生的想像可以無窮無盡。雨果在巴黎聖母院的石頭上瞧見一行文字，然後就演繹和虛構出《巴黎聖母院》這一部傳世巨著。中國的古典名著《西遊記》讓石頭裡面爆出一個最有靈性的猴子孫悟空。曹雪芹索性就將他的《紅樓夢》稱為《石頭記》，讓無生命的石頭演化出最玄妙的故事，於是「紅學」給後人留下了一個永遠解讀不完的謎語。而用石頭築起的萬里長城既是占據萬里空間和千年時間的實體形像，又在精神層面含蓄地表達了這個民族的意志和命運，構成了中華民族的一種歷史圖騰。沈志敏認為，再從那些綜合邏輯的交叉通道擴散出去，古今中外世界大部分民族的精神活動中都有這種「石頭情結」，都想在無生命的石頭裡留下自己的生命痕跡。古老的從埃及人無聲的金字塔到瑪雅人遺失的石頭城，近代的從巴黎聖母院到米蘭大教堂，似乎每一塊石頭裡面都含有人類的精神遺跡和密碼，想通過地面上的石頭和天上的聖靈進行交談，也想利用石頭和自己的未來的後代進行交流。

沈志敏對文學創作過程中的邏輯運用方式做出解釋，說明在創作中正確運用邏輯和因果關係的重要性。他對產生豐富聯想的「石頭」意象情有獨鍾，並從綜合邏輯的交叉通道去追尋人類「石頭情結」的普遍意義。一個傑出的小說家從這些獨特的角度去探討小說創作中的問題，是很有啟發性的。當然，這個論題很大，還有待展開。

八、澳華文壇「獲獎專業戶」：沈志敏一步一步攀登文學高峰

1989年「六四」之後，四萬多中國留學生／文化人被獲准居留澳洲，其中有些人喜歡弄文舞墨，有些原本就是作家，經過三十年歷程，如今業已形成具有自身特點的澳洲華文文學格局。在眾多澳華作家當中，沈志敏無疑是值得關注的。他為澳華文學添上一抹難得的亮麗的色彩。

沈志敏1956年出生於大上海，中學畢業後，曾插過隊，當過工人和技校教師，搞過經銷工作。1990年赴澳洲，前期寄居於悉

尼，後期定居於墨爾本。在澳洲，他是生活較為顛簸坎坷者，從事過各行各業的工作，早出晚歸或值夜班，許是生活重擔過累，有一段時間經常神情恍惚，步履飄浮。他這個人，不善詞鋒，不會高談闊論，不與人爭論，有點靦腆，是內向型。然而，經過幾十年耕耘，沈志敏卻出類拔萃，文學成就有目共睹，他被稱為澳華文壇「獲獎專業戶」，屢屢獲得世界各地各種文學獎項。例如：（詳見文後的獲獎紀錄）……

的確，在澳華文壇上，沈志敏堪稱是實力較強的一位作家，無論就作品的產量還是質量而言。這裡，我們簡單回顧一下沈志敏的文學軌跡。他自幼愛好文學，出國前開始從事業餘創作。到了澳洲，他在工餘疲倦中，仍堅持創作不輟，默默耕耘，寫點東西以撫慰心靈，向來不管文壇是非。他不僅有毅力，更很有天賦，故事編得好，巧妙，流暢，符合生活邏輯，又有想像的層面，天馬行空，收放自如。初時，他經常為悉尼華文作家莊偉傑主持出版的留學生雜誌《滿江紅》雜誌撰稿。1991年底，上海青年文學刊物《萌芽》發表他的短篇小說〈乾杯，為這個世界〉，從此，他的文學寫作開始建立在自信與才華的基礎上。特別有意義的，沈志敏獲得澳洲居留身分定居墨爾本後，逐漸意識到，一部人類文明史，就是一部人類不斷遷徙、不斷擺脫生存困境、不斷擴展生命空間的歷史。歲月流逝，事物生發，自有其內在因素。於是，他多了一份沉思和冷靜，也多了一份快樂和輕鬆。在他一部一部的作品中，沈志敏不僅力圖超越狹隘民族地域文化意識的樊籬，而且把人類棲息問題引向更深層、更具有人類文化學的探思。他的作品洋溢著大洋氣息，展現豐富的人文內涵，顯示了一種在新的更大背景下人類精神的釋放、更新和昇華。

就在本文將要結束之時，我不禁想到沈志敏在其散文〈燃燒的帳篷〉中對那塊世界著名的澳洲石頭—島山—神石的描寫：

傍晚時刻，在大沙漠中間突然聳立出一個龐然大物，讓你眼前一亮。

它的全名叫艾雅斯岩石，高三百四十公尺，周長約九公里，是世界上最大的獨體岩石，地質學家稱它為島山。它是天上掉下來的神石，是附近的土著人的崇拜物。根據季節和時間的不同，它能變化出七種顏色，又名「變色岩」。

我們眺望著艾雅斯岩石。……在這個神祕的沙漠中究竟蘊藏著多少個謎呢？那塊巨大的石頭本身就是一個天大的謎。

「你說這塊大石頭像什麼？」阿華問我。

我凝視著那塊大石頭，脫口而出道：「它像一個大帳篷。」

「哪有石頭的帳篷？這是一塊整石。」阿華也喜歡和我頂牛。

「你怎麼知道那塊石頭中間沒有空間呢？」我寧可想像在那塊石頭中有一個巨大的空間，一個土著人的王國世世代代生活在裡面，他們是天外來客還是千萬年前的遺民，都無關緊要……。這時候，我看見晚霞照射在巨大的岩石上，從下端慢慢地向上移動，似乎正在點燃著那塊天底下最大的石頭。我仍然在想著：是的，人類至始至終需要一個巢窩，哪怕是從母胎開始，人類住山洞，構木為巢，築泥為屋，制磚造瓦建房，直至今天的高樓大廈，其功能和作用是一脈相承的。人需要一個巢窩，然而人又喜歡走出巢窩，走出家門，走出國門，去發現，去尋找。他們需要在這個世界上尋找什麼呢？是在尋找一個靈魂的巢窩，還是一個精神的家園呢？

哦，當晚霞在跌入天際的一剎那間，將整塊巨石都點燃了，廣闊的沙漠中間那一片紅豔豔的光輝就是一座燃燒的帳篷，在那個燃燒的帳篷中間隱藏著一個神祕的世界……

就像那個燃燒的帳篷，就像那塊碩大無比的變色神石，在沈志敏的腦海裡，一定也隱藏著一個神祕的世界，並未完全為外界所知。本文開頭點明，沈志敏的學術「野心」極其巨大。如以上論述所示，他的文學「野心」何嘗不更是如此？回想2006年11月25日悉尼舉辦的沈志敏新作暨澳華長篇小說研討會的主題——「打造澳華文壇旗幟性作品」，祝願沈志敏繼續攀登文學高峰，既能以奔放浪漫的情懷與想像投入通俗文學寫作，又能以歷史穿透力和美學的豐富性在作品中叩問靈魂，震撼人心，創作澳華文壇旗幟性作品！

（草於悉尼封城防疫期間，2020年4月16日定稿）

沈志敏作品獲獎記錄

1998年〈故鄉，異鄉，夢鄉〉獲澳洲《新海潮報》散文徵文一等獎。

1999年短篇小說《夜行黃金坡》獲墨爾本大丹農市「多元文化小說優秀獎」。

2000年中篇小說《變色湖》獲中國大陸《海外華文文學》雜誌「盤房杯小說優秀獎」。

2003年散文〈澳洲牧羊記〉獲北美《世界日報》徵文佳作獎。

2004年散文〈燃燒的帳篷〉又獲北美《世界日報》徵文三等獎。

2005年散文〈重回溫莎鎮〉獲澳洲「傅紅文學獎」二等獎。

2007年第一部長篇小說《動感寶藏》（上海人民出版社）獲得台灣「僑聯華文著述獎小說類」第一名。

2009年小說《強盜士51號》獲澳洲第二屆「傅紅文學獎」三等獎。

2011年散文〈街對面的小屋〉獲首屆「全球華文文學星雲獎」散文佳作獎。

2012年第二部長篇小說《墮落門》（台灣秀威資訊，2011年）獲得澳洲南溟基金會贊助，並獲得台灣「僑聯華文著述獎小說優秀獎」。

2014年第三部長篇小說《情迷意亂——那輛澳洲巴士》（北京體育大學出版社，2012年），並獲得台灣「僑聯華文著述獎小說優秀獎」。

2015年散文〈假如我活一萬歲〉獲第五屆「全球華文文學星雲獎」散文佳作獎。

2016年散文〈搬來搬去〉獲澳洲《大洋時報》「居留歲月」徵文二等獎

2017年學術論著《綜合邏輯論》（上海人民出版社，2016年）獲得台灣「僑聯華文著述獎社科類」三等獎。

2019年微型小說《天皇蓋地虎》獲澳大利亞「世界華文戲劇主題微型小說」徵文一等獎。

語言文學類　PG2619　秀文學45

澳洲牧羊記
——沈志敏小說散文選

作　　者 / 沈志敏
責任編輯 / 洪聖翔
圖文排版 / 蔡忠翰
封面設計 / 劉肇昇

發 行 人 / 宋政坤
法律顧問 / 毛國樑　律師
出版發行 / 秀威資訊科技股份有限公司
114台北市內湖區瑞光路76巷65號1樓
電話：+886-2-2796-3638　傳真：+886-2-2796-1377
http://www.showwe.com.tw
劃撥帳號 / 19563868　戶名：秀威資訊科技股份有限公司
讀者服務信箱：service@showwe.com.tw
展售門市 / 國家書店（松江門市）
104台北市中山區松江路209號1樓
電話：+886-2-2518-0207　傳真：+886-2-2518-0778
網路訂購 / 秀威網路書店：https://store.showwe.tw
國家網路書店：https://www.govbooks.com.tw

2021年11月　BOD一版
定價：480元

讀者回函卡

國家圖書館出版品預行編目

澳洲牧羊記 : 沈志敏小說散文選 / 沈志敏著. --
一版. -- 臺北市 : 秀威資訊科技股份有限公司,
2021.11
面； 公分. -- (語言文學類 ; PG2619) (秀文學 ; 45)
BOD版
ISBN 978-986-326-998-4(平裝)

848.7 110018315